대장
김창수

대장 김창수

김탁환·이원태 지음

2017년 10월 19일 초판 1쇄 발행

펴낸이	한철희
펴낸곳	돌베개
등록	1979년 8월 25일 제406-2003-000018호
주소	(10881) 경기도 파주시 회동길 77-20 (문발동)
전화	(031) 955-5020
팩스	(031) 955-5050
홈페이지	www.dolbegae.com
전자우편	book@dolbegae.co.kr
블로그	imdol79.blog.me
트위터	@Dolbegae79

주간	김수한
편집	이경아
표지 디자인	박연미
본문 디자인	이은정·이연경·김동신
마케팅	심찬식·고운성·조원형
제작·관리	윤국중·이수민
인쇄·제본	한영문화사

책값은 뒤표지에 있습니다.

소설

대장 김창수

이원태
김탁환 지음

돌베개

제3부

제4부

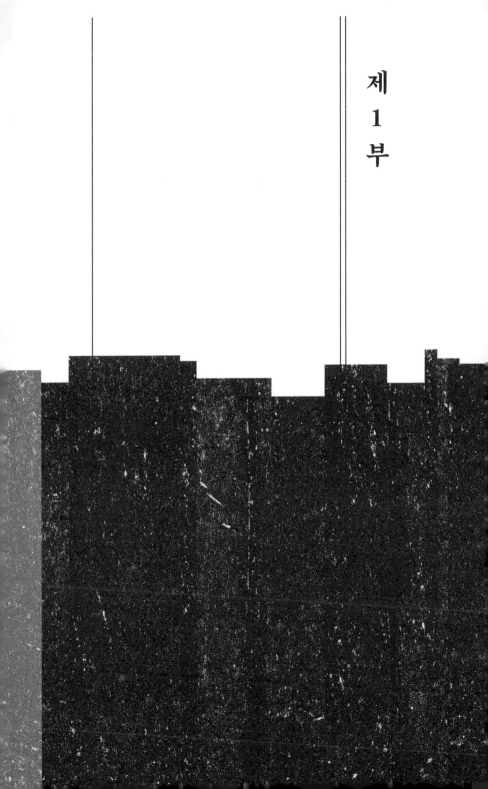

제
1
부

감옥소

태초에 감옥소가 있었다.

감옥소에서 숨 쉬는 자는 둘 중 하나다. 인간인 간수와 짐승인 죄수. 죄수는 인간의 탈을 쓴 채 악행을 일삼아 온 짐승이고, 간수는 그 탈을 벗겨 짐승을 짐승답게 다루는 인간이다. 감옥소에선 간수가 곧 신이요 법이요 진리다. 명령을 따르지 않는 죄수를 도륙할 권리까지 있다. 법률 조항을 들이대며 월권 운운하는 책상물림도 있겠으나, 여긴 감옥소다. 감옥소에서 간수를 평하고 논할 죄수는 없다.

높이 6.5미터 두께 1미터. 인천 감옥소의 정사각형 담은 죄수는 물론이고 2층 옥사가 보이지 않을 정도로 높다. 문은 동서남북 네 개인데, 지옥문으로 통하는 남문만 대문이고 동문과 서문과 북문은 협문이다. 동문과 서문으론 간수들과 감옥소의 필요 물품이 오가며, 북문은 산 자를 위해 열린 적이 단 한 번도 없다. 북문 바로 앞이 옥사인데 지붕에 기와를 얹었다. 북문과 옥사 사이 뒷마당은 볕이 들지 않아 사시사철 응달이다. 마당 구석 허름한 집은 사형 집행장이다. 감방은 모두 열 개인데, 짐승을 가둬 먹이는 축사만도 못하다. 인간 망종 죄수들 감방을 냉온(冷溫) 따져 번듯하게 지을 까닭이 없다. 여름엔 태양이 감방을 통째로 달구고, 겨울엔 해풍이 들이닥쳐 뼈 마디마디를 시리게 한다. 1층 가장 왼쪽 방은 병든 죄수를 치료하는 병감(病監)이다. 옥사와 수직으로 동문 쪽엔 관리사, 서문 쪽엔 식당과 창고가 있다. 관리사 1층은 간수실과 벌방이고 2층은 소장실이다. 옥사 외벽에 덧댄 쪽방은 사형수 대기방이다. 지옥문과 서문 사이 그러니까 창고 옆모서리를 차지한 4층 높이 망루는 봉우리처럼 우뚝하다. 감옥소는 물론이고 인천 앞바다에 둥둥 떠 있는 고깃배와 청국과 일본, 멀리 유럽에서 온 커다란 양이선까지 발 아래다.

간힌다는 것은 누리지 못한다는 뜻이다. 인천 감옥소에선 망루를 제외하곤 바다가 보이지 않지만 죄수들은 이곳이 개항 인천의 언덕임을 매일 확인하며 지냈다. 갈매기가 하늘을 맴돌았고 뱃고동이 시끄럽게 울었으며 바다에서 올라오는 바람이 짜고 시원했다. 죄수들은 너나없이 바다에서 좋은 시절을 보내

다 왔다 했고, 감옥소를 나가면 첨벙첨벙 바다로 뛰어들 것이라
고 했다.

이야기는 이야기다

이영달(李榮達), 그는 인천 감옥소 간수다.

이 기막힌 옥담(獄談)은 영달의 증언을 기초로 만들어졌다. 증언을 그대로 옮겨 적은 것은 아니며, 각종 기록과 사진 그리고 영달과 함께 감옥소에서 지낸 죄수들의 증언을 참고했다. 영달은 자신의 기억을 철저하게 믿었지만, 바뀌고 지워지고 덧보태지는 것이 또한 기억이다. 영달의 풍부한 회고에 기대면서도, 거리를 두고 그것들을 살폈다. 옥담이 1인칭이 아니라 3인칭 시점인 것도 이 때문이다.

감옥소는 그 자체로 생명체와 같다. 좁게는 인천, 넓게는 한양을 비롯한 조선 팔도의 크고 작은 일들과 맞물린다. 간수인 영달뿐만 아니라 감옥소장 강형식이라 하더라도, 감옥소와 이어진 무수한 변화를 모두 알고 설명하긴 불가능하다. 감옥소장과 간수도 이러하니, 죄수들의 기억은 파편적일 수밖에 없다. 날짜가 헷갈리는 것은 물론이고, 사건들을 때론 바꾸고 때론 지우고 때론 만든다. 죄수의 형량이나 품성과는 무관하다. 감옥소는 죄수를 억누르는 괴물이니까. 자유를 앗아간 괴물에게 반감을 갖지 않는 죄수는 없다. 그 반감이 상처를 덧나게 한다. 고통스러운 일만 기억하는 죄수든 그래도 즐거웠던 순간을 더듬어 찾는 죄수든, 모든 죄수는 외눈박이다.

1896년을 전후하여 인천 감옥소에서 벌어진 사건을 영달만큼 풍부하게 아는 이는 없다. 그를 제외한 간수들은 이미 세상을 떠났고, 죄수 중 상당수도 지옥을 두려워하며 눈을 감았다. 아직 목숨이 붙어 있는 죄수들은 대부분 문맹이다.

영달의 회고가 사실에 완전히 부합되진 않는다. 그가 아무리 상세하게 털어놓는다 해도 간수의 눈에 비친 인천 감옥소일 뿐이다. 게다가 그에겐 치명적인 약점이 하나 있다. 인천 감옥소를 지나치게 아낀다는 것이다. 간수장까지 지낸 그로선 당연한 태도지만, 1910년부터 1946년 봄까진, 이름까지 바꾸고 기억상실증 환자처럼 단 한 번도 감옥소 이야기를 꺼내지 않았다는 점에서 때늦은 회한이 덧붙었다. 너무 오래 묵어 맛을 헤아리기 어려운 간장 맛이라고나 할까. 간수로 근무한 기간과 퇴직 후 침묵한 기간까지, 영달의 마음에서 인천 감옥소가 빠져나간 적은 없었다. 그가 반복해서 입버릇처럼 강조한 문장은 이것 하나다.

"……다른 감옥소와 달라도 너무 달랐소."

1876년 개항과 함께 신문물이 인천으로 밀려들었다. 은행과 주식회사처럼 완전히 새로운 제도가 낯선 양이식 건물에 자리 잡았다. 영달의 회고에 의하면, 인천 감옥소는 기존 감옥소와 전혀 다른 근대 감옥소이고, 영달의 직책 역시 '옥리'(獄吏)가 아니라 '간수'다. 1894년 갑오경장과 함께 경찰 제도도 탈바꿈했는데, 신식 복장과 함께 계급도 경무관, 총순, 순검으로 달라졌다. 순검 중 일부가 간수 역할을 맡았다. 개화기 인천 감옥소가 근대 감옥소였다는 물증은 아직 없고, 전근대적인 감옥소 중 하나였다는 사료만 차고 넘칠 뿐이다. 최근에 발견된 감옥소 도면에 의하면, 개화기까지 인천 감옥소는 단층이며, 기와지붕 아래 감방은 단 세 칸뿐이다. 감옥소를 에워싼 담벼락도 네모반듯하지 않고 타원에 가깝다.

그렇다고 영달의 회고를 모조리 허구나 망상으로 치부할 순 없다. 한 시대를 살아낸 자의 회고담에서, 그가 아꼈던 대상—사람이든 사물이든—이 부풀려지거나 사실(史實)로부터 떨어져 나오는 경우는 드물지 않다. 그렇다고 그 회고가 가치 없는 것은 아니다. 시대를 몸으로 겪으며 뚫고 나온 개개인의 목소리가 문

헌이나 사료보다 더 생생한 역사가 될 수도 있다. 영달이 감옥소를 떠나 침묵한 36년 동안, 두 차례 세계대전이 있었고, 수천 명의 목숨을 앗아간 국지전은 헤아리기 힘들 정도였다. 지구라는 행성 전체가 살육의 현장이 되자 감옥소는 더욱 추악해졌다. 아우슈비츠에서 알 수 있듯이, 감옥소는 죄수를 가두는 건물에서 더 끔찍한 죄를 저지르는 마당이 되기도 했다. 어디서 어떻게 구했는지 확인하긴 어렵지만, 영달은 감옥에 관한 국내외 다양한 책과 사진과 자료들을 수집했다. 그리고 세상의 감옥소들과 자신이 근무한 인천 감옥소를 비교했다. 영달보다 이 세상의 감옥에 관한 자료를 풍부하게 소장한 이는 드물 것이다. 인천 감옥소에 대한 그의 설명과 묘사는, 그러므로 세상의 모든 감옥소들을 단어와 단어 사이, 문장과 문장 사이에 두고 특별히 도드라진 것이다.

영달은 감옥소란 공간을 자기 식대로 고쳤을 뿐만 아니라, 등장인물의 이름도 열에 아홉은 바꿨다. 재판 기록에 버젓이 나오는 이름들까지도 손을 봤다. 그렇지만 그는 1896년 8월 13일부터 1898년 3월 21일까지, 주요 사건들이 발생한 날짜는 그대로 따랐다. 지우거나 바꾸려는 것만큼이나 정확히 지키려는 것도 강박이다. 이처럼 유별난 태도가 어디서 비롯되었는가를 파악하는 것도 옥담을 음미하는 또 다른 재미일 것이다.

인간은 저마다 마음에 감옥소를 하나씩 두고 산다. 그 감옥소의 크고 작은 비밀을 털어놓는 것은 용기라면 용기이고 후회라면 후회이리라.

박달

"어이, 박달!"

간수들은 이영달을 '박달'이라 불렀다. 박달은 그가 평생을 아낀 박달나무 몽둥이를 가리켰다. 영달 역시 그 별명이 싫진 않았다. 박달 몽둥이는 그의 분신이자 작품이었다. 대부분의 간수는 인천에서 이름 난 목수나 대장장이에게 주문해서 몽둥이나 채찍이나 쇠좆매를 사왔다. 영달은 응봉산에서 직접 나무를 골라 베어 한 달을 깎고 다듬었다. 종잡을 수 없는 무수한 각! 박달은 스치기만 해도 살갗을 열 조각 스무 조각으로 찢었다. 각마다 피가 튀었다. 단 한 번도 똑같은 모양으로 찢긴 적이 없었다. 그는 이 변화무쌍함이 좋았다. 살갗만 찢으면 뭐하느냐고, 쇠몽둥이로 두개골이나 골반을 박살내는 편이 백 배 낫지 않느냐는 어설픈 질문을 받은 적도 있다. 영달은 죄수들이 스스로 짐승이란 자백을 하기 전에 저승으로 가는 걸 원치 않았다. 살갗을 찢고 근육을 찢고 오장육부까지 찢어, 피 철철 흐르는 고통을 들여다볼 시간을 주고 싶었다. 아량이나 자비가 아니라, 감옥소 다운 감옥소를 만들려는 간수의 마음이다.

이영달 식 주홍글씨이기도 했다. 온몸에 피를 문질러대며, 감옥소를 나가면 꼭 찾아가겠다는 개소릴 지껄이는 죄수도 적지 않았다. 출소 후 정말 찾아온 이는 없다. 인간과 짐승이 마주보며 지난 시절을 회상하는 것이 가당치도 않거니와, 그딴 개소릴 들은 날엔 간수의 마음을 더 곱씹었던 탓이다. 감방 바닥과 네 벽을 피로 칠갑할 때까지, 죄수의 이마부터 목과 어깨, 등과 가슴과 배, 엉덩이와 허벅지와 종아리 그리고 자지와 불알 두 쪽까지 쫙쫙 찢었다. 발악이 비명으로 비명이 애원으로 애원이 신음으로 바뀌었다가 침묵에 닿았다. 모자와 안경과 복면과 장갑과 양말로 가려도 결코 가릴 수 없는, 인간에 대한 복종심을 가르친 하루.

이름은 인간만이 가진다. 시간도 인간만이 가진다. 감옥소에서 수인 번호로 불리는 죄수에겐 시간을 마음껏 쓸 자유가 없다. 과거와 미래, 즉 번호가 아니라 이름을 지녔고 지닐 나날을 떠올리는 것도 사치다. 아비가 종이었든 양반이었든, 감옥소에선 쓸데없다. 오늘부터 짐승이 되었고 영영 짐승으로 살다가 뒈진다는 사실이 중요할 뿐이다.

영달. 감옥소 간수에겐 어울리지 않는 이름은 그의 아비가 지었다. 부귀와 공명을 누려 영달하란 뜻이다. 폐병으로 일찍 세상을 버린 아비는 뼈대 있는 가문까지 운운했었다. 뼈대가 아무리 굵어도, 매일 끼니를 걱정할 형편이었다. 아비는 조각배 한 척 없는 어부였다. 풍어제가 열릴 때는 몇 줄 축문을 지어 뼈대를 세웠지만, 삶의 대부분은 그물질도 낚시질도 서툴러 품삯을 절반도 못 받는 뱃놈에 불과했다. 어미는 무능한 남편을 버려둔 채 야반도주했다. 영달은 네 살부터 아비와 밥상에 둘러앉은 적이 없었다. 아비는 바다에 떠 있는지 술독에 빠져 있는지, 둘 중 하나였다. 영달의 입으로 들어갈 음식은 스스로 챙겨야 했다.

포구를 구걸하며 돌아다니던 그 여름, 박달을 만났다. 마루에 그물이 널린 집으로 빈 쪽박을 품고 들어서는 순간, 돌멩이가 날아와 관자놀이를 때렸다. 순식간에 부어오르며 피까지 흘렀다. 돌멩이를 하나씩 쥔 또래 아이 다섯 명이 뛰어와 영달을 에워쌌다. 거지 아이는 파리나 바퀴벌레나 개미나 쥐보다 못했다. 두들겨 패도 문제될 것이 없었다. 쓰러진 영달에게 몽둥이 하나가 보였다. 맨손으론 도저히 다섯 아이를 당하지 못한다. 다른 날들처럼 또 한참을 짓밟히며 참아야 할까. 돌멩이를 던진 녀석이 얼굴에 침을 뱉었다.

"너 같은 새끼 감옥소에서 평생 썩어야 해."

영달은 이마에 묻은 침을 닦지도 않은 채 몽둥이를 쥐곤 녀석의 뺨을 후려갈겼다. 살갗 찢기는 소리가 서늘했고, 뒤이어 녀석의 비명이 터졌다. 찢겨 벌어진 틈으로 피가 흘렀다. 영달은 쪽박도 챙기지 않은 채 달아났다. 아이들은 다친 녀석을 살피느라 영달을 쫓지 않았다. 언덕을 넘어 바다가 보이지 않는 숲까지 한달음에 내뺀 뒤에야 숨을 골랐다. 손엔 피 묻은 몽둥이가 들려 있었다. 어긋나게 깎아 날카로운 각이 여섯 군데였다. 영달은 이날부터 평생 박달 몽둥이를 지니고 다녔다. 인간과 몽둥이가 나누는 특별한 우정의 시작이었다.

만남은 또 다른 만남을 낳는다던가. 이 진한 우정을 시작한 탓에 영달은 감옥소 철문 앞까지 다녀왔다. 움집으로 들이닥친 포졸은 영달을 포승줄에 묶어 관아로 끌고 갔다. 바다에서 돌아온 아비는 아들에게 뺨을 찢긴 아이의 부모를 찾아갔고, 몰매를 맞으며 손이 발이 되도록 빌었으며, 2년 동안 그 집 목선에서 품삯 없이 일하겠다고 약속했다. 아비가 수습을 위해 분주한 동안, 관아의 옥에 갇힌 아들은 갑자기 끌려 나왔다. 천으로 눈을 가리고 삿갓까지 쓴 채 포승줄에 끌려 무작정 걸었다. 이윽고 걸음을 멈춘 포졸이 영달의 삿갓을 벗기고 천을 풀었다. 쏟아진 빛에 눈이 부셨다. 거대한 철문이 앞을 막아섰다.

"잘 봐 둬! 지옥으로 들어가는 문이니까."

지옥으로 들어가는 문, 인천 감옥소 정문이었다. 문 옆 까마득한 망루에서 총을 든 간수가 어린 영달을 겨눴다. 가슴이 뚫리듯 두려웠다. 간수가 미간을 찡그리며 써늘하게 웃었다. 방아쇠를 당기지 못해 아쉬운 표정이었다. 처음으로 살의를 느꼈다. 원한 없이도 웃으며 누군가를 죽일 수 있는 얼굴을 처음 본 것이다. 무릎이 후들후들 떨렸다. 철문에 어깨를 기대고 겨우 버텼다. 그 어깨가 활활 타오르듯 뜨거워 서너 걸음 나갔다가 멈췄다. 내리쬐는 햇볕에 철문이 벌겋게 달아올랐던 것이다. 영달은 다시 고개를 들어 망루를 올려다봤다. 간수는 그때까지도 그를 노렸다. 발가벗겨진 기분이 들었다. 저 멀리서 흙먼지를 일으키며 사내 하나가 달려왔다. 아비였다. 아비는 수결한 합의문을 포졸에게 내밀며 아들을 등 뒤로 돌려세웠다. 시큼한 땀 냄새가 영달의 코로 밀려들었다. 아비의 손에 들린 엽전 꾸러미가 포졸의 소매로 들어갔다.

"다음엔 금은보화로도 안 돼."

"고맙습니다요! 이 은혜 평생 잊지 않겠습죠!"

아비의 정수리가 포졸의 무릎까지 내려갔다. 개 같은 은혜였다.

영달은 박달 몽둥이를 휘둘러 더 쉽게 더 깊이 더 많이 살갗을 찢는 법을 궁리했다. 다섯 놈이 덤비든, 열 놈이 덤비든, 단한 놈에게만 박달의 위력을 새겨 주면 그만이었다. 통쾌했다. 적당히 찢으면 감옥소에 갇히지만 확실히 찢으면 형님 대접 받는다는 것을 알았다. 손에 들린 몽둥이만 보고도 슬금슬금 피하는 놈들이 대부분이었다. 막힌 벽을 뚫어 시원한 바람을 맞는 기분이랄까. 갯비린내에 피비린내를 더하여!

백 일에 하루나 이틀, 아비는 영달을 꿇어앉힌 뒤 낡은 서책을 침 묻혀 넘기며 소리 내어 읽었다. 식은밥 한 덩이 주지 못하는 공염불이었다. 아비는 다리와 허리와 어깨와 목을 어긋나게 비틀어대는 아들을 못 본 체하며 강독 중인 글로만 파고들었다. 초라하지 않던 시절이 고저와 장단을 따라 흘렀다. 영달이 참지 못하고 콧바람을 뿜으면, 아비는 아들의 목을 벨 기세로 도끼눈을 떴다. 서릿발에 눌려 띄엄띄엄 몇 글자를 읊고 언뜻언뜻 몇 문장을 외웠다.

아비가 죽고 난 봄. 과거 보는 마당을 기웃거린 것은 뼈대 있는 놈들은 어찌 세상으로 나아가는지 구경이라도 할까 싶어서였다. 봄날의 풍광은 가관 중에 가관이었다. 5일마다 돌아오는 장(場)도 그처럼 치사하고 노골적으로 돈을 밝히진 않았다. 앞자리를 맡아 두었다가 파는 놈, 글을 지어 파는 놈, 글씨를 적어 파는 놈들로 난전(亂廛)이었다. 목청껏 흥정하며 답안을 주고받는 광경을 보고도 지적하거나 막는 관원이 없었다. 눈 뜬 봉사질을 하는 관원의 소매로 두둑한 묵인료가 지불되었다. 뼈대가 있든 없든, 아비가 종이든 양반이든, 그것이 문제가 아니었다. 문제는 돈이었다. 물살을 거슬러 급제의 문에 오르는 길을 사들일 돈만 있다면, 이름 석 자만 쓰고도 벼슬길로 나아갔다. 영달에겐 양반이던 과거는 중요하지 않고 무일푼인 현재만 처량했다. 몰락한 가난뱅이에겐 기회가 없는 세상이었다.

개항 인천으로 몰려든 이들은 일확천금을 노렸다. 그들은 기회를 바랐고, 그 기회란 돈을 벌 가능성 이상도 이하도 아니었다. 백에 아흔아홉은 마지막 남은 푼돈까지 잃고 발악하며 누군가를 찌르거나 스스로를 찔렀다. 감옥소에 가든 땅에 묻히든 삶이 끝나긴 마찬가지였다. 영달도 악착같이 돈을 벌기 시작했다. 돈 되는 일이라면 모래알도 혀로 핥고 썩은 생선도 온종일 토막 냈다. 처음부터 간수란 직업을 원한 것은 아니었다. 감옥소에서 짐승들을 다스리며 평생을 살리라곤 상상도 못했다. 그가 어려서부터 원한 직업은 어부였고, 궁극적으로 갖고 싶은 것은 목선이었다. 인천 앞바다에 그물을 드리워 일용할 물고기를 잡는 배! 아비는 평생 바다로 나갔으나 목선 한 척 사지 못하고 세상을 버렸다. 배가 없다면, 영달도 서해에서 일하고 일하고 또 일하다가 뒈질 것이다.

십 년을 개같이 일해 목선 살 돈을 마련했다. 박달 몽둥이를 품었으되 휘두르지 않은 나날이었다. 배만 사면, 아옹다옹 육지의 다툼으로부터 멀리 떨어져 맘 편히 살리라 여겼다. 그러나 돈을 받은 선주(船主)는 갑판이 썩어 문드러져 바닷물이 차올라오는 낡은 배만 남기고 사라졌다. 팔겠다며 보여줬던 새 배가 아니었다. 배를 도끼로 찍어 부수곤 불태우며 다짐했다. 지옥 끝까지 가서라도 선주를 붙잡아 갈기갈기 찢으리라.

일 년을 꼬박 쫓았다. 선주가 다시 서해로 기어들어 왔다. 영달은 강화도 투전판에서 선주의 오른 손등을 박달로 내리쳐 바스러뜨렸다. 투전꾼들은 엉덩이를 밀며 물러났다. 선주는 고래고래 비명을 지르며 온몸을 비틀었지만, 영달은 오른손을 감싼 왼 손등마저 박달로 부러뜨렸다. 살갗이 찢기며 피가 영달의 뺨과 코로 튀었다. 영달은 찡그리거나 피를 닦아내지 않고, 버둥거리는 선주만을 노려봤다. 세 번째 몽둥이질은 왼 발목을 네 번째 몽둥이질은 오른 무릎을 박살냈다. 두 팔과 두 다리를 모두 다친 선주는 등과 허리와 엉덩이를 움직여 피하려 했다. 그러나 영달은 퇴로를 주지 않고 성큼 문 앞으로 가서 기다렸다. 뱀은 쥐의 고통을 즐긴다고 했던가. 영달은 선주의 뒤통수만을 노렸다. 숨통을 완전히 끊어 놓으려는 것이다. 들어 올린 몽둥이를 내리치려는 순간 누군가 영달의 손목을 쥐었다. 손을 비틀어 떼어내려 했지만 아귀힘이 씨름꾼 저리 가라였다.

"귀엽군!"

시선이 마주쳤다. 영달은 그 매의 눈초리를 기억해냈다. 망루에서 심장을 겨누던 총구도.

지옥문

"귀여운 새끼가 들어오네."

1896년 8월 13일, 간수장 박동구가 신입 죄수 명단을 넘기며 말했다. '귀엽다'란 단어가 영달의 귓구멍을 파고들었다. 6년 전 강화도 투전판에서 박동구가 그에게 했던 말이다. 배를 속여 판 선주는 감옥소에 가겠지만, 영달 역시 폭행죄로 갇힐 형편이었다. 그때 박동구가 목덜미를 당기곤, 입술을 거의 벌리지 않고 말을 씹듯 물었다.

"어때? 감옥소에서 평생 지낼 생각 있나?"

선주가 빼돌린 목선 한 척 값을 박동구가 챙기는 조건이었다. 그 제안을 받아들이지 않으면 영달도 죄수로 썩을 상황이었다. 시험을 쳐 간수를 선발하는 것이 원칙이지만, 감옥소장이나 간수장의 추천에 따라 부정기적인 충원이 이뤄지기도 했다. 박동구는 왜 하필 영달을 간수로 지목했을까. 10년 전 지옥문에 어깨를 댔다가 급히 뗀 아이를 기억하느냐고 묻진 않았다. 알든 모르든 달라지는 건 없으니까. 5년 형을 선고받고 복역하던 선주는 형량을 1년 남기곤 옥사(獄死)했다. 영달은 사적인 원한을 풀려고 선주에게 박달을 더 힘껏 휘두르진 않았다. 그러나 선주 입장에선 간수인 영달을 감옥소에서 매일 본다는 부담이 무척 컸으리라. 죄수의 마음까지 일일이 살필 만큼 간수가 한가하진 않다.

간수장 박동구는 인천 감옥소의 살아 있는 전설이다. 감옥소장은 이직(移職)이 잦지만 한번 간수는 영원한 간수다. 큰 키에 마른 몸매로 얼굴 전체에 날이 섰다. 역삼각형 얼굴의 꼭짓점인 턱은 나무판이라도 뚫을 정도였고, 45도로 찢겨 올라간 눈엔 웃고 있어도 짜증과 의심이 담겼다. 유난히 긴 송곳니는 윗입술을 살짝 떼기만 해도 살기를 뿜었다. 각진 귀는 들리지 않는 소문까지 긁어모았고, 말을 건네기 전 파르르 떨기기부터 하는 입술은 날카로운 말 몇 마디로 상대를 위축시켰다. 예민함으로 똘똘 뭉친 박동구였지만 먼저 나서는 법이 없었다. 죄수는 물론이고 간수들 뒤에 서 있길 즐겼다. 박동구가 간수들을 길들이는 방법은 간단했다. 등 뒤에 있다고 믿을 때 없거나 없다고 여길 때 있는 사람. 그 섬뜩함을 맛본 간수들은 박동구가 있으나 없으나 긴장한 채 근무했다. 박동구는 감리서 뒤편에 죄수들을 동원하여 감옥소 터를 고르고 벽을 쌓고 지붕을 일 때부터 간수였다. 사

방 담벼락을 둘러 송곳을 촘촘하게 박자고 제안한 이도 박동구
였다. 1883년 1월, 감리서 업무를 시작하면서 새 감옥소에 죄수
를 채우기 시작했다. 설계도는 감옥소장실에 보관하지만 그보다
더 상세한 지도가 그의 머리에 들어 있었다. 설계도에 누락시킨
함정과 엄폐물까지 완벽하게 아는 이는 박동구뿐이었다. 영달도
감옥소에 대한 간수장만의 특별한 지식을 목격한 적이 있다. 망
루에서 박동구와 둘이 근무를 서고 있을 때였다. 죄수가 옷을
던져 담에 솟은 송곳을 덮고 그 위로 뛰어넘으려 했다. 탈옥수
를 즉결처분할 권한이 당직 간수에게 있었다. 조준을 마친 영달
이 방아쇠를 당기려는데, 박동구가 가만히 총구를 밀어 내렸다.
영달이 왜 방해하느냐고 따지기도 전에, 송곳이 튕겨 올라 죄수
의 배를 뚫었다. 즉사한 죄수의 시신은 다음 날 아침까지 꼬치
구이처럼 그대로 걸렸다. 영달은 총구를 밀던 박동구의 손가락
을 반복해서 떠올렸다. 간수장은 알고 있었다. 죄수가 넘으려고
덤빈, 담 아래 바위가 있어 다른 곳보다 50센티미터가 낮은 셈인
담엔 송곳이 죽창처럼 올라가도록 만든 것이다. 그때부터 탈옥
을 감행하는 횟수가 현격하게 줄었다. 간수장만이 아는 함정이
감옥소엔 백 개도 넘는다는 풍문이 보태졌다. 그는 말이 없었다.

간수가 되기 전까지 박동구의 이력은 알려진 바가 없다. 죄수
와 간수 들이 아는 사실은 박동구가 강하고 또 강하다는 점이
다. 감옥소장도 감히 그를 함부로 못했다. 7년 전 부임했던 감옥

소장 조정택이 박동구가 만든 일과표에 이견을 달았다가 감옥소에서 퇴근을 못해 고생한 이야기는 가장 흔한 무용담이다. 간수들이 박동구의 명령에 따라 모두 퇴근해 버린 탓이다. 그 저녁 소장실이 있는 관리사 열쇠를 지닌 이는 박동구뿐이었다.

감옥소장 앞에서 박동구가 입을 여는 경우는 드물었다. 그는 언제나 침묵의 편이었지만, 둥근 깔때기의 중심으로 모래가 몰리듯, 뜻대로 간수들을 움직이는 재주를 지녔다. 하나뿐인 망루에 자주 올랐으며, 들고 나는 바닷물과 나고 드는 배들을 바라보며 시간을 보냈다. 어떤 날은 밤을 새워 그 자리를 지키기도 했다. 망원경에 두 눈을 대고 바닷가를 훑을 때는 누군가를 찾는 중이란 느낌을 받았다. 묻진 못했다. 박동구는 간수든 죄수든 언제 어디서나 질문을 던져도 되지만 그 역은 성립되지 않았다. 위한답시고 넘겨짚다 응징당한 이가 한둘이 아니었다.

박동구는 신입 죄수가 들어오는 날엔 명단부터 웅얼웅얼 읽었다. 아주 드물게 이름과 죄명에 대한 품평을 짧게 던졌다. 그가 '귀엽다'고 평한 신입은 간수들이 반드시 알아 둬야 했다. 죽기전엔 감옥소를 나갈 수 없는 신입들에게만 그 표현을 썼던 것이다. 6년 전 간수 자리를 권한 투전판에서도, 박동구는 영달에게 귀엽다고 했다. 영달 역시 목숨이 붙어 있는 한 감옥소에 머물 운명인가. 그땐 귀엽단 말이 이렇듯 고약할 줄 몰랐다. 어쨌든 영달은 박동구가 귀엽다고 평한, 감옥소에서 첩첩 불행할 녀석의 이름과 나이와 죄명을 확인했다. 김창수, 1876년생, 21세, 살인.

의병장! 치하포 객사 주인 이화보는 김창수를 그렇게 불렀다. 가끔은 '장군님'으로 우러르기도 했다. 개나 소나 의병장이군. 영달은 한 귀로 듣고 한 귀로 흘려보냈다. 인천 감옥소엔 자칭 의병장이 한둘이 아니었다. 갑오년 동학 의병도 있고 그 동학이 일으킨 난을 제압하겠다고 나선 의병도 있으며 을미년 억울하게 살해된 왕비의 복수를 하겠다고 일어난 의병도 있고 단발령에 몸서리치며 고을 무기고를 턴 의병도 있었다. 그냥 의병이 아니라 하나같이 의병장이었다. 의병이든 잡범이든 지옥문 앞에선 마찬가지였다.

지옥문. 죄수들이 불국(佛國: 프랑스) 조각가 로댕을 알 턱이 없지만, 철문은 오랫동안 그 이름으로 불렸다. 두께는 2미터가 넘었고, 넓이와 높이는 각각 10미터에 육박했다. 강철 톱니바퀴에 연결된 회전식 봉을 장정 다섯이 매달려 밀어야 겨우 열렸다. 감옥소에서 지옥문이 삐거덕 울며 통째로 열리는 날은 단 하루 신입이 들어올 때뿐이었다. 출소하는 죄수들 엉덩이를 작별 인사 삼아 걷어차는 곳은 동쪽 쪽문이었다. 서쪽 쪽문으론 간수들과 감옥소를 유지하는 데 필요한 물품들이 오갔다. 북쪽 쪽문으론 산 자들의 출입이 없었다. 오로지 남쪽, 바다를 향한 철문만

이 대문인 것이다. 지옥문은 가장 높은 곳에서 제일 낮은 곳까지 무수한 흔적들로 가득했다. 돌멩이나 쇳덩어리가 날아가 부딪친 자국이란 풍문이 돌았지만, 영달이 간수로 근무한 6년 동안엔 철문을 향해 날아간 것도 없고 들려온 소리도 없었다. 그런데도 6년 사이 흔적이 두 배나 늘었다. 햇살 쨍쨍한 날엔 크고 작은 흔적이 더 많이 선명하게 드러났다. 긁히거나 움푹 팬 모양과 깊이에 따라 빛깔이 달랐다. 그 차이에 갖가지 괴담이 들러붙었다. 감옥소에서 목숨이 달아난 죄수의 혼백은 저승길에 반드시 이 철문을 통과해야 하는데, 철문이 너무 두꺼워 겨우 몸통이 빠져나간 뒤에도 팔이나 다리 한 짝이 남아 버둥거린 흔적이라고도 했고, 간수들이 액땜을 한다며 죄수들 시신에서 피를 한 바가지씩 뽑아 몰래 뿌리는 바람에, 갈매기로 환생한 죄수들이 제 피 냄새가 나는 자리를 밤마다 찾아와서 부리로 쪼아댄 결과라고도 했으며, 감옥소 밖에서 평생 옥바라지한 부모가 아들이 감방에서 죽자 철문 옆 버드나무에 목을 매며 뱉은 마지막 한숨이 철문에 닿은 탓이라고도 했고, 시신의 썩은 물이 바다로 흘러 내려가다가 철문에 걸리는 바람에, 그 철문을 뒤틀어 부수고 가려고 했지만 실패한 몰골이라고도 했다. 철문은 어떤 괴담도 품을 만큼 기기괴괴했다. 죄수들의 상상력은 결코 철문을 이길 수 없었다.

끔찍한 최후를 떠올리게 만드는 지옥문을, 죄수들이 그래도 바라보는 이유는 단 하나였다. 문이 열리는 순간 바다가 펼쳐진다는 것. 그 짧은 풍광을 보기 위해 1년을 버틴 이도 있었고 10년을 견딘 이도 있었다.

죄수들은 감옥소에 신입이 들어오는 날을 귀신같이 알아맞혔다. 이런저런 이유로 감방에 죄수가 줄고, 그 자리에 시커먼 쥐들이 엎드려 태연스레 잠을 청하면, 죄수들은 보리 한 톨 김치 한 쪽을 걸고 내기를 했다. 적중하는 날이 대부분이고 닷새 이상 차이가 난 적은 없었다. 당일엔 새벽부터 옥사 분위기가 달랐다. 감옥소에서 가장 힘센 죄수 열 명이 차출되기 때문이다. 죄수들은 정해진 일상을 보내면서도, 자주 철문으로 시선을 돌렸다. 문이 보이든 보이지 않든, 그들은 설렜다. 혼자 가만히 웃거나 가슴에 손바닥을 얹는 죄수도 적지 않았다. 간수는 간수대로 철저하게 준비했다. 목욕과 머리 손질은 기본이고, 간수복과 몽둥이도 각을 새로 잡았다. 신입 죄수를 쪽문으로 조용히 들이면 이런 수고를 할 필요가 없지 않느냐고 불만을 털어놓는 간수도 있긴 했다. 그러나 박동구는 감옥소가 세워진 이래 계속된 환영식을 바꿀 마음이 없었다. 뱀이 허물을 벗듯, 옛 짐승을 잊고 새 짐승을 받아들이기 위해선, 감옥소의 인간과 짐승이 모두 모이는 자리가 필요하다고 믿었다.

이이제이(以夷制夷). 오랑캐로 오랑캐를 제압하듯, 짐승으로 짐승을 다루는 곳이 감옥소다. 제 손에 피를 묻힐 만큼 어리석은 간수는 없는 것이다. 죄수가 간수를 믿지 않는 곳이 감옥소다. 간수가 죄수를 믿지 않는 곳이 감옥소다. 그리고 죄수가 죄수를 믿지 않는 곳이 또한 감옥소다. 악행의 근본은 배신이며, 감옥소까지 기어들어 온 범죄자들은 누군가의 믿음을 무수히 박살내며 여기에 이르렀다. 믿음을 박살내며 그들은 무슨 생각을 했을까. 바보처럼 누군가를 믿어 낭패를 보진 않겠다고 다짐하지 않았을까. 죄수들을 모래알처럼 하나하나 떼어 놓은 후 서로 의심하고 다투고 죽고 죽이게 만들 것. 간수의 명령에 맹종하는 것만이 목숨을 보전하는 길임을 가르칠 것. 감옥소의 이이제이가 시작되는 첫 자리가 바로 지옥문 앞이었다.

뭉게구름만 서너 점 깔린 푸른 하늘이었다. 한여름 열기가 감옥소 전체를 휘감았다. 옷을 죄다 벗고 누워도 땀이 줄줄 흐를 정도였다. 지친 갈매기들도 허공을 어지럽히지 않고 담벼락이나 지붕에 각각 내려와 쉬었다. 감옥소를 감싸고 도는 들뜬 기운을 느끼기라도 하듯, 새들도 고개를 쳐들고 구경꾼 행세를 했다. 준비를 마친 간수들이 철 대문에서 옥사까지 2열 종대로 벌려 섰다. 그 사이로 신입 죄수들이 들어오는 것이다. 간수들은 서로를 등진 채, 앞마당에 삼삼오오 모인 죄수들을 째렸다. 철문이 열리는 날이 아니고는 이렇듯 간수복 차림으로 몽둥이까지 챙겨 들고 나오진 않았다. 영달은 철문에서 일곱 번째 서쪽을 향해 섰다. 영달과 같은 달에 들어온 김상노는 여덟 번째 동쪽을 향하는 자리를 맡았다. 근무 기간이 늘수록 철문 쪽으로 가까이 붙었다. 담벼락을 바로 왼편 혹은 오른편에 두면 경계할 죄수들 숫자가 줄 뿐만 아니라, 신입들이 철문을 통해 마당으로 들어선 다음 가장 먼저 경계를 풀 수 있었다. 영달은 고개를 들어 뭉게구름이 걸린 철문 옆 망루를 살폈다. 목에 망원경을 두른 박동구가 2열 종대로 선 간수들을 장총으로 한 사람씩 겨눴다. 총구가 심장을 노리더라도 흔들리지 말 것. 옆에 선 간수가 쓰러지더라도 혹은 다가오는 죄수 중 한둘의 목숨이 끊기더라도, 영달은 영달이 선 자리를 지켜야 하는 것이다.

마당에서 해바라기를 하던 죄수들이 슬금슬금 모여들었다. 철문은 미동도 하지 않았지만 죄수들은 문 밖에 신입들이 도착했음을 알아차렸다. 차꼬나 수갑의 쇳소리를 들었을까. 죄수들은 철문에서 영달이 선 지점보다 서너 배는 먼 거리에 서 있었다. 쥐나 새의 귀를 지녔다 해도, 소리로 방문객을 알아차리긴 불가능했다. 그냥 안다고 했다. 그냥! 누가 먼저인지는 모르지만, 앞이나 옆에 선 이가 철문으로 살짝 몸을 기울이거나 한 보나 반 보쯤 걸음을 떼면, 나머지도 조금씩 다가서게 된다는 것이다. 그 기운이 뭉치고 뭉쳐 확실한 움직임이 되면, 철문 밖에는 어김없이 신입 죄수들이 도착해 있었다. 백이면 백, 적중했으므로 간수들도 의심하지 않았다. 눈은 정면의 죄수들을 향하면서도 귀는 신경을 잔뜩 긁어대며 열리기 시작하는 철문에 닿았다. 몽둥이를 쥔 손에 힘을 주며 놈들을 쨰렸다. 수백 마리의 야수들이 한꺼번에 모여드는 것이다. 늑대, 여우, 삵, 독수리, 표범, 불곰, 솔개, 스라소니, 멧돼지, 참매, 들개. 그리고 이 짐승들을 뒤섞어 만들 수 있는 모든 야수들까지. 이 순간 죄수들의 침묵이 놀라웠다. 한꺼번에 철문 가까이 나아오면서도 입을 닫고 발소리까지 줄였다. 먹잇감을 단숨에 낚아채기 위해 접근할 때와 같았다. 오늘 밤 즐길 먹잇감이 도착한 것이다.

금을 긋진 않았지만 짐승들은 줄지어 선 간수의 3보 앞에서 멈췄다. 더 가까이 접근하면 우선 한 놈의 심장이 박동구의 총탄에 뚫릴 것이고, 나머지 죄수들도 뼈가 부러지고 장이 터져 나올 때까지 얻어맞을 것이다. 죄수는 절대로 간수 몸에 손을 대면 안 된다. 내규를 어긴 죄수는 그 자리에서 맞아 죽거나 아니면 시간을 두고 천천히 말라 죽었다. 죽는 것은 마찬가지였다. 죽인 간수에겐 죄를 묻지 않았다. 정당방위였다.

영달은 콧잔등을 찡그리며 숨을 참았다. 악취가 지독했다. 먹잇감을 쫓는 야수라면 소리뿐 아니라 냄새까지 지울 것이다. 맞바람을 맞으며, 먹잇감의 냄새를 콧속 깊숙이 넣은 채 한 걸음 한 걸음을 뗄 것이다. 그러나 감옥소에선 체취를 단숨에 지울 맞바람을 만나기가 쉽지 않다. 돌풍이 밀려와도 사방 벽에 부딪쳤고 힘겹게 벽을 넘더라도 감옥소를 빙빙 돌며 방향을 잃었다. 어느 방향에서 다가오더라도 죄수에겐 죄수의 냄새 간수에겐 간수의 냄새가 났다. 죄수들까지 씻길 물은 없었다. 매일 세수하고 이 닦고 옷을 청결하게 바꿔 입는 것은 인간의 일이다. 감옥소에 갇힌 짐승은 머리카락과 입과 겨드랑이와 사타구니와 발에서 나는 냄새에다가 문드러지거나 썩은 살 냄새까지 내뿜고 살았다. 특히 초여름부터 밀려드는 악취는 옥사를 가득 메우고 운동장까지 점령하려고 들었다. 작년 늦가을엔 이미 숨이 끊긴 죄수를 닷새나 감방에 감춰 둔 적도 있었다. 척추를 다쳐 거동이 불편한 늙은이였다. 그 늙은이 몫까지 배식을 받아 감방 죄수들이 나눠먹었다. 죄수들 몸 냄새가 하도 지독해서, 당직 간수가 시체 썩는 냄새를 맡지 못한 것이다. 죄수를 만난다는 것은 죽어가는 짐승의 악취를 맡는다는 뜻이다. 영달은 핏발이 설 정도로 눈에 힘을 잔뜩 넣은 채 크게 뜨곤 짐승들을 노렸다.

군데군데 빠진 누런 이를 드러내며 콧김을 뿜어대는 죄수는 육(六)호실 메뚜기 나춘배였다. 간수 중에서도 특히 영달이 악취를 못 견뎌한다는 사실을 알고 하는 짓이다. 간수는 죄수를 수인 번호로 불렀지만 죄수는 죄수끼리 번호를 대지 않았다. 죄수끼리 별명을 부르다가 간수에게 적발되면 곧바로 벌방 행이었다. 절반은 죽어 나온다는 벌방을 각오하고서라도 별명을 고집하는 것은 짐승이 아닌 인간으로 살겠다는 고집이기도 했다. 죄수들이 본명 아닌 별명을 애호하는 이유는 감옥소 밖에서의 삶을 감옥소 안까지 끌어들이고 싶지 않은 탓이다. 메뚜기는 마른 몸매에 유난히 다리가 길었다. 평소 걷는 모양새가 메뚜기와 닮았고, 휘파람으로 메뚜기를 불러들이는 재주가 남달랐다. 바지춤에 넣고 다니다가 간식 삼아 몰래 입에 털어 넣곤 씹어 삼켰다. 메뚜기 뒷다리가 머리카락에 걸려 대롱거리기도 했다. 방화범인 메뚜기는 감옥소 식당 청소를 도맡아 해 왔다. 천장에서 쥐가 갉아대는 소리만 듣고도 음식 재료를 맞힐 정도로 귀가 밝았다. 30분이면 끝날 청소를 사흘씩 느릿느릿 하는 특기도 지녔다. 손은 게으르고 혀는 부지런했다. 입만 열면 잘 나가던 시절을 비 온 뒤 계곡물처럼 쏟아냈다. 메뚜기의 전성기를 증언할 이는 감옥소에 단 한 명도 없었다. 메뚜기가 영달의 눈길을 받아치다가 목을 길게 빼곤 외쳤다.

"열린다!"

흙먼지부터 일었다. 영달은 고개를 돌려 철문을 살피고 싶었지만, 몽둥이를 어깨까지 올리고 정면을 향한 눈을 또릿또릿 떴다. 당장에 내리칠 죄수를 고르는 자세였다. 끄으윽 끅. 철문 열리는 소리가 났다. 문을 쳐다보는 죄수들의 발에서부터 흙먼지가 풀풀 날려 악취와 엉켰다. 가까스로 제자리걸음을 딛고 있긴 하지만, 마음은 열리기 시작하는 철문에 벌써 가 닿았다. 번갈아 땅바닥을 내리치는 발바닥이 화끈거렸다. 부글부글 끓는 무쇠솥과 다를 바 없었다. 조금이라도 빈틈이 생기면, 3보의 거리를 단숨에 없애면서 밀려들 수도 있었다. 몽둥이를 든 팔이 어깨를 지나 귓불까지 올라갔다. 메뚜기가 엄지발가락 한 마디를 더 내디딘다면, 영달은 풀쩍 뛰어 놈의 이마를 후려칠 작정이었다. 먼저 달려 나가 때리고 그 위치를 지킬 것! 간수가 되자마자 박동구로부터 꼬박 보름을 반복해서 듣고 익힌 죄수 진압법이었다. 끼익 끽끽.

들끓던 기운이 순식간에 가라앉았다. 길게 목을 뺀 죄수들의 두 눈이 파도처럼 출렁거렸다. 눈물이 고인 눈도 드문드문 섞였다. 고비를 넘긴 것이다. 영달은 앞에 선 메뚜기의 표정을 재빨리 확인했다. 녀석은 아예 만세를 부르듯 두 팔을 높이 들곤 입을 한껏 벌린 채 웃고 있었다. 영달은 놈의 콧잔등을 노리는 몽둥이의 높이를 그대로 유지한 채 고개를 45도 남쪽으로 돌렸다. 푸른 빛이 두 눈으로 쏟아졌다. 활짝 열린 철문 사이로 펼쳐진 바다는 오늘따라 더 밝고 푸르고 풍성했다. 바닷물이 고스란히 올라가 하늘이 되고, 하늘이 그대로 내려와 바닷물로 출렁거렸다. 망루에서, 박동구 곁에서 더러 인천 앞바다를 살폈지만 저토록 멍든 푸른빛은 아니었다. 우둘우둘 망자의 고통이 서린 철문 사이로 등장한 탓인지, 바다는 더 고요하고 더 맑고 더 그립고 더 슬펐다. 죄수들은 바다를 한 뼘이라도 더 눈에 넣으려고 안간힘을 썼다. 저기 바다가 있었다. 감옥소가 아닌 바다. 어디로든 떠날 수 있는 바다가 저기였다. 바다가 저기지만, 죄수들은 단 한 명도 철문을 지나 저기에 닿을 수 없었다. 앞을 막아선 간수와의 거리를 3보에서 2보로만 줄여도, 그러니까 바다를 향해 한 걸음만 내디뎌도, 목숨이 위태로운 것이다. 그리움은 죄수라는 신세에 대한 슬픔으로 바뀌었다. 슬픔이 팅팅 부풀어 오르기 시작했다. 그들은 감옥소에서 죽은 듯 지내야 하며, 바다를 누빌 자유는 가장 먼 미래에야 당도할 일이었다. 죄수는 분노를 끼니마다 먹는다지만, 철문 사이로 바다를 본 날 그들의 속을 채우는 분노는 질과 양이 달랐다. 심해에서 죽어 수면으로 떠오른 고래를 본 적이 있는가. 안으로 썩은 살점은 고래의 배를 악취와 가스로 가득 채워 거대한 공처럼 부풀린다. 그렇게 부풀어 오른 배 때문에 고래는 심해에서 영원히 잠들지 못하고 수면까지 떠올라 바닷가로 밀려오기도 하는 것이다. 이날 죄수들 가슴에 차오른 분노는 죽은 고래의 탱탱한 배와 다르지 않았다. 조금이라도 그 배를 건드린다면 순식간에 폭발하여 썩은 내장과 살점을 우박처럼 뿌릴 것이다. 평생 씻어도 사라지지 않을 분노였다. 목소리조차 쇳조각을 갈아낸 듯 거칠어졌다.

"온다!"

소리가 먼저 들렸다. 땅바닥에 끌리는 쇠사슬들의 철커덕거림이 고요한 바다를 흔들었다. 그리고 곧 어깨와 팔꿈치와 손목을 쇠사슬로 동여매고, 두 발엔 차꼬를 찬 신입 죄수들이 굴비처럼 엮여 한 줄로 들어섰다. 줄을 서긴 했지만 걷는 속도와 보폭이 제각각이었다. 다리 하나를 쓰지 못해 모로 쓰러질 듯 뒤뚱거리는 죄수도 있고, 허리를 절반 가까이 숙인 채 조심조심 발 아래를 살피며 걷는 죄수도 있었다. 맨발에 바지는 대부분 찢겨 나갔고, 열둘 중 다섯은 윗옷을 입지 않은 반벌거숭이였다. 가슴과 등은 채찍에 맞아 피멍이 벌겋게 사선으로 돋아났다. 맞을 만큼 맞고 터질 만큼 터졌다. 끄으으윽. 이윽고 철문이 굉음을 내며 서서히 움직이기 시작했다. 그나마 신입 죄수들의 몸과 몸 사이로 보이던 푸른빛이 순식간에 사라졌다. 다시 저 문이 열리려면, 오늘 들어온 신입만큼 죄수들이 죽거나 석방되어야 했다. 쾅! 문이 굳게 닫히는 순간, 죄수들의 눈이 다시 들끓었다.

간수들이 서로 곁눈질했다. 이상한 침묵이었다. 신입이 들어오고 철문까지 닫혔는데도 욕지거리 하나 없는 것이다. 예전 같으면 벌써 욕설이 쏟아지며 신입들을 주눅 들게 만들었을 것이다. 영달은 망루를 올려다봤다. 박동구의 시선이 옥사 쪽으로 향했다. 거기 두꺼비 마상구가 있었다. 옥사 출입문에 기댄 채, 철문 가까이 다가서려 애쓰는 죄수들을 구경하듯 바라보았다. 평양에서 마름질하다 인천으로 흘러들어 와 최고의 주먹에 오른 사내였다. 어릴 때 마마를 앓아 두꺼비 등짝처럼 얼굴과 목덜미에 오돌토돌 얽은 자국이 징그러웠다. 흥분하면 그 자국이 순식간에 시뻘겋게 달아올라서 당장 독이라도 뿜을 듯했다. 일본 상선에서 야쿠자 스무 명을 상대해 싸우다가 배를 폭파시키고 혼자 헤엄쳐 나온 불사신이기도 했다. 살인에 기물 파손까지 덧붙어 20년 징역형을 받았다. 미리 뇌물을 쓰지 않았다면 법정 최고형을 면하기 어려웠을 것이다. 감옥소에 들어온 뒤, 두꺼비는 간수장 박동구와 손을 잡았다. 이이제이. 박동구가 죽이라는 죄수를 죽였고 살리라는 죄수를 살렸다. 그리고 두꺼비는 짐승의 왕이 되었다. 두꺼비가 양손으로 세수하듯 얼굴을 훔치자마자, 메뚜기가 두 팔을 든 채 풀쩍 뛰어올랐다. 발이 땅에 닿는 순간, 죄수들이 한꺼번에 괴성을 질렀다.

괴성에 놀라 쓰러지지 않은 신입은 마지막으로 철문을 통과한 죄수뿐이었다. 다른 신입들이 폭포수처럼 쏟아진 욕설에 겁을 먹어 주저앉거나 쇠사슬에 걸려 넘어지는 동안, 마지막 신입은 고개를 들고 정사각형 높은 담과 그 위로 솟은 아득한 망루와 2층 옥사를 천천히 훑었다. 머리는 크고 눈은 깊었으며 가슴과 목은 두꺼웠다. 척 봐도 씨름꾼처럼 힘이 넘치는 몸이었다. 멍들고 찢긴 상처가 가슴과 배 여기저기를 차지했지만, 그 정도는 얼마든지 감당하고도 남음이 있었다. 죄수가 아니라 차라리 운 나쁘게 붙들려 온 적장(敵將)의 기운까지 풍겼다. 그 신입이 영달 앞에서 멈췄다. 얼굴엔 두려움이라곤 손톱만큼도 없었다. 이곳이 인천 감옥소인가! 먼 곳에서 이사 온 듯 오히려 차분했다. 신입에게는 전혀 어울리지 않는, 그래서 더 기분 나쁜 차분함이었다. 메뚜기의 경고가 곧장 날아들었다.

"어이, 눈깔 깔어. 꽉 쑤시기 전에, 확 파내 버리기 전에."

첫날부터 고개를 쳐들고 버티는 죄수는 둘 중 하나였다. 감옥소에 이골이 난 꼴통이거나 아니면 감옥소를 모르는 풋내기. 메뚜기가 고개를 돌려 슬쩍 두꺼비 눈치를 봤다. 이 정도 위협에도 신입들이 모조리 쓰러지지 않는다면? 두꺼비는 신입들이 기어서 옥사에 들어간다는 데 내기를 걸었다. 질 판이었다. 두꺼비가 다시 양손으로 얼굴을 훔친 뒤 귀여워 죽겠다는 듯 히죽 웃었다. 금으로 박은 앞니가 번뜩였다. 그 순간 영달은 골칫덩이의 이름과 나이와 죄명을 확인했다. 김창수, 1876년생, 21세, 살인.

선봉에 서서

1894년 12월 23일.

열아홉 살 김창수를 포함하여 3만 명의 동학군이 해주성 점령을 위해 들불처럼 모였다. 후군과 중군을 제외하고, 직접 성문이 보이는 곳까지 나아온 사내만도 7천 명을 헤아렸다. 황해감사가 거느린 관군은 많아야 200명이었다. 일본군 40명이 원병으로 참전해도 전세를 바꾸긴 역부족이었다. 화승총으로 무장한 동학군 300명이 남문 가까이 접근했다. 얼어붙은 손으로는 화승총 심지에 불을 붙이는 것이 무척 어려웠다. 김창수는 서문으로 진격하는 동학군의 선봉장을 맡았다. 그는 들개처럼 서문으로 내달려 관군을 제압할 사람은 썩 나서라고 외쳤다. 눈대중으로 헤아려도 300명이 넘었다. 김창수의 작전은 간단명료했다. 횡대로 서서 두려움 없이 달린다. 서문 앞에 닿으면 성벽으로 걸쇠를 던져 고정시킨 뒤 서문을 타넘고 저항하는 관군은 모두 죽인다. 동학군은 이미 해주성을 차지한 듯 환호했다. 징과 북이 동시에 울렸다. 전투가 시작되자마자, 김창수는 죽창을 손에 쥐고 서문을 향해 달렸다. 달리기라면 누구에게도 지지 않을 자신이 있었다. 탕! 총성이 울렸다. 달리던 동학군들이 허리를 숙이며 주저앉았다. 김창수도 소나무 뒤에 몸을 숨겼다. 서문까지 거리를 눈대중으로 살폈다. 300보만 달리면 대문에 등을 댈 정도였다. 김창수는 죽창을 높이 들어 휘휘 돌렸다. 돌진 명령이었다. 소나무에서 벗어나 다시 뛰기 시작했다. 250보, 230보, 200보에 이르렀을 때, 총성이 다시 울렸다. 타타타탕! 이번에는 연발이었다. 동학군들은 비명을 지르며 나뒹굴었다. 김창수가 총성이 울린 서문 쪽을 노렸다. 신식 군복을 입은 일본군들이 문 밖까지 나와 동학군을 향해 총구를 겨눴다. 그 수는 많아야 20명을 넘지 않았다. 동학군이 낮은 포복으로 김창수에게 기어왔다.

"김 대장! 어찌 합니까?"

"200보나 떨어졌는데도 총알이 날아드네."

화승총의 유효 사거리는 100보가 고작이었다. 일본군의 스나이더 소총은 최대 사거리가 1,800미터가 넘었다. 그때까지 스나이더의 성능을 몰랐던 김창수가 외쳤다.

"왜군은 고작 스무 명이다. 한꺼번에 달려들어 박살을 내자. 따르라!"

다시 일어나서 달렸다. 동학군들 역시 죽창을 쥐고 함성을 지르며 뒤따랐다. 타타타타타타타탕! 이번에는 총성이 더 길게 이

어졌다. 동학군들은 관통상을 입은 어깨와 다리와 배를 움켜쥔
채 쓰러졌다. 김창수의 얼굴과 가슴에도 피가 묻었다. 김창수는
자신이 맞았다고 처음엔 착각했다. 엎드린 채 손과 발을 움직여
보니 이상이 없었다. 바로 옆에서 달리다가 심장이 관통되어 절
명한 동학군이 흘린 피였다. 눈을 감을 틈도 없이 저승으로 떠난
것이다. 김창수는 피 묻은 손으로 동학군의 눈을 감겨 줬다. 꽁
꽁 얼어붙은 땅에 뿌려진 뜨거운 피는 곧 차갑게 굳어 질척질척
했다. 그 옆에 또 다른 동학군이 죽어 가고 있었다. 총알이 뚫고
나간 배에서 창자가 흘러나왔다. 김창수가 그를 알아보았다.

"지동아! 눈 떠!"

해주 관아 노비 김지동이었다. 아기 접주 김창수보다도 네 살
이나 어렸다. 관아 곳간에서 쌀을 훔쳤다는 누명을 뒤집어쓰고
부모가 맞아죽은 뒤, 김지동은 동학에 입도했다. 그리고 두 달
만에 해주성 전투에 참가한 것이다. 피범벅이 된 창자를 내려다
보며 김지동이 울먹였다.

"대, 대장…… 무, 무서워요. 살고 싶……."

김창수가 대답할 틈도 없이 김지동의 숨이 끊겼다. 여기저기
서 비명이 쏟아졌다. 이대로 두면 전염병처럼 두려움이 번져 한
걸음도 더 나아가기 힘들 것이다. 김창수는 큰 소리로 외쳤다.

"척양척왜!"(斥洋斥倭)

동학군이 따라했다.

"척양척왜! 척양척왜!"

"척양척왜! 척양척왜! 척양척왜!"

김창수가 피 묻은 죽창을 쥐었다. 물러날 순 없었다. 총에 맞
더라도 서문까지 가고 싶었다. 가야만 했다. 그때 전령이 김창수
를 향해 허리를 숙인 채 다람쥐처럼 달려왔다. 죽창을 든 김창수
의 팔목을 잡곤 총지휘소의 군령을 전했다.

"퇴각, 즉시 퇴각하시오."

사일삼

아직 끝나지 않았다. 지옥문을 지나 감옥소에 들어왔다고 죄수가 되는 것은 아니다. 지옥문보다 더 지독한 문이 신입들을 기다렸다. 그들은 좁은 방으로 끌려 들어가 간수 열두 명과 일대일로섰다. 하루빨리 옥에 들어가 지친 등을 바닥에 대고 잠들고 싶은 마음뿐이었다. 모서리에 세워 둔 횃불이 이글이글 타올랐다. 신입들도 인천 감옥소의 악명을 듣긴 했다. 단 한 명의 탈옥자도 없는 곳. 감옥소 내규를 어기면 열에 아홉은 목숨이 달아나는 곳. 운이 좋아 석방되더라도 인천 감옥소에 갇히는 악몽을 평생 꾼다고 했다. 특히 신입 때는 간수와 고참 죄수 등쌀에 잠도 못자고 밥도 못 먹고 똥 눌 시간도 없다고 했다.

간수들은 허리를 꼿꼿하게 편 채 고요했지만 신입들은 어깨를 움츠린 채 부들부들 떨었다. 마당에서 쏟아진 야유에 두려움이 증폭된 것이다. 땀과 침과 눈물이 바닥에 떨어졌다. 손목과 발목은 퉁퉁 부었고, 허벅지와 무릎과 옆구리의 생채기에선 누런 진물이 흐르다 뭉쳐 악취를 풍겼다. 휘청대던 죄수가 팔을 휘젓다가 무릎을 꿇더니 목에 꽉 들어찬 가래와 함께 기침을 쏟았다. 맞은편에 선 김상노의 몽둥이가 어깨와 뺨을 두들겼다. 죄수는 비명을 지르며 버둥거렸지만 몽둥이질은 멈추지 않았다. 몽둥이를 막으려는 듯 방패처럼 뻗은 두 손도 내리쳤고 그 손 사이로 보이는 정수리와 이마와 턱을 갈겼다. 뼈 부러지는 소리와 함께 피가 튀었다. 죄수가 겨우 일어나선 양손으로 제 입을 막았지만 뒤섞여 나오는 울음과 신음을 막진 못했다. 김상노가 이번엔 주먹으로 죄수의 가슴을 한 대 두 대 석 대 때렸다. 죄수는 뒤로 밀리면서도 넘어지지 않고 버텼다. 피와 땀에 절은 등이 벽에 닿았다. 김상노가 다른 죄수들에게도 경고하듯 소리쳤다.

"또 쓰러지는 새끼는 바로 멱을 따 주겠어."

영달은 문에서 가장 먼 곳에서 '귀여운' 김창수와 마주보며 섰다. 그 역시 온몸이 상처투성이고 이마와 귓불에선 땀이 계속 흘렀다. 입술은 터져 피딱지가 앉았고, 움푹 들어간 볼 때문인지 튀어나온 광대뼈가 더욱 번들거렸다. 해주 감영이었나. 영달은 김창수가 이전에 머물렀던 감옥소를 다시 확인해야겠다는 생각이 들었다. 다른 열한 명의 죄수처럼 주눅 들진 않았지만, 그의 결박된 두 손과 두 발도 미세하게 떨렸다. 그 떨림을 드러내지 않으려고 눈에 힘을 잔뜩 넣은 채 버티고 있는 것이다. 영달은 시선을 내려 김창수의 오른손을 살폈다. 살인. 사람을 죽인 손. 곰발바닥 같은 크고 두툼한 손. 책상머리에서 세월을 흘린 서생의 손이 아니라, 산과 들에서 나무와 돌과 풀과 곡식과 씨름한 일꾼의 손이었다. 영달은 박달을 고쳐 들며 눈으로 쏘았다. 살인이 얼마나 끔찍한 죄인지 똑똑히 가르쳐 주마! 간수에겐 할 말이 없다는 듯, 김창수의 눈동사는 영달을 보면서도 영달이 아닌 누군가를, 여기가 아닌 다른 어디인가를 응시했다. 불쾌했다. 위험한 눈동자였다. 감옥소가 아닌 다른 곳, 감옥소에서 만나는 간수나 죄수가 아닌 다른 이를 떠올리는 것 자체가 불경이었다. 이렇게 눈동자를 굴리는 죄수는 꼭 문제를 일으킨다.

문이 열리고 감옥소장 강형식이 뚜벅뚜벅 들어왔다. 구두 소리가 크고 단정했다. 간수장 박동구가 따라 들어와 오른편에 병풍처럼 섰다. 강형식의 수려한 외모는 인천 조계에서도 유명했다. 조선인뿐만 아니라 외국인까지 합쳐도 강형식보다 눈이 큰 이도 코가 오뚝한 이도 눈썹이 짙은 이도 없었다. 제복은 물론이고 양복도 매우 어울렸다. 어디서 배웠는지 양이(洋夷) 음악에 맞춰 추는 왈츠 솜씨도 일품이었다. 목소리는 테너에 어울리는 우아한 저음이었다. 사람이든 사물이든 차갑게 쳐다보는 것이 습관 아닌 습관이었다. 입가에 미소를 머금기라도 하면, 박장대소하는 것보다 열 배는 더 이목을 끌었다. 감옥소장을 하기엔 아까운 미남자! 강형식은 마주 보고 선 간수와 죄수 사이로 걸어갔다가 돌아섰다. 작은 방엔 구두 소리만 가득했다. 강형식은 영달을 등진 채 김창수를 노려보았다. 영달은 강형식의 어깨 너머로 김창수를 살폈다. 김창수의 도발적인 시선은 바뀌지 않았다. 영달은 검은 동자만 굴려 박동구를 찾았다. 강형식은 역대 감옥소장 중에서 박동구에게 휘둘리지 않는 유일한 사람이었다. 자기만의 방식으로 박동구를 어르고 꾸짖었다. 강형식의 야심은 감옥소에 있지 않았다. 인천 감옥소를 조선 제일의 감옥소로 만들어 보겠다는 바람 따윈 없다는 이야기다. 대신 그는 인천 감옥소장을 발판으로 삼아 조정의 요직으로 옮겨 가고 싶었다. 한양에도 맡을 만한 한직(閑職)이 있었지만 자진해서 인천 감옥소장으로 내려왔단 풍문이 돌았다. 인천을 딛고 단숨에 권력의 핵심으로 나아가겠다는 전략인 것이다. 강형식은 오전에만 감옥소에 머물렀다. 점심 식사를 시작으로 저녁과 밤까지 각종 모임이 이어졌다. 특히 외국인들과는 매일 만나 어울렸다. 외교관과 은행가와 장사꾼 중에는 호형호제하는 이들이 여럿이었다. 강형식은 그들을 통해 자신의 명망을 높여 나갔다. 돈이 필요한 이에겐 돈을, 명예가 필요한 이에겐 명예를, 계집이 필요한 이에겐 계집을 선물했다. 강형식이 감옥소에 머무르는 시간이 적다고 해서 박동구가 감옥소 전체를 좌지우지한다고 예측하면 곤란하다. 박동구가 업무를 총괄하는 것은 맞지만, 강형식은 불현듯 되돌아가서 감옥소장의 권리를 행사했다. 그는 죄수는 물론이고 간수

중 누구도 신뢰하지 않았다. 특히 박동구를 철저하게 의심했다. 업무 일지와 관련 자료를 모두 가져오도록 하고, 하루 혹은 이틀에 걸쳐 그것들을 샅샅이 읽어 문제점을 찾아냈다. 그다음엔 간수들을 이 작은 방으로 집합시켰다. 강형식의 문책 방법은 남달랐다. 잘못을 적발하면 그보다 한 직급 낮은 이를 추궁하며 두들겼다. 같은 직급이라면 감옥에 들어온 순서에 따라 차등을 뒀다. 자신의 잘못 때문에 그나음 간수인 김상노가 문책당하는 것을 보노라면, 영달은 차라리 열 대든 백 대든 얻어맞고 말았으면 싶었다. 그런 마음이 가장 많이 드는 이가 바로 간수장 박동구였다. 강형식에게 얻어터지는 간수가 늘수록, 벌하는 시간이 길수록, 박동구의 얼굴빛은 그믐밤으로 바뀌었다. 선임 간수의 잘못으로 내가 문책을 당하는 방식은 묘하게 사람을 흔들어댔다. 우선 내가 당할 것인지 아닌지를 예측하기 어려울 뿐만 아니라, 문책의 칼바람이 지나간 뒤엔 선임 간수에게 따지기도 힘들고 후임 간수에게 사과하기도 어정쩡했다. 모두를 불쾌하게 만들고 모두를 긴장시키는 강형식만의 비법이었다. 말을 섞지 않고 털끝 하나 건드리지 않으면서, 박동구의 자존심을 자근자근 짓밟았다.

죄수를 짐승이라 단정하더라도 간수가 모두 인간인 것은 아니다. 매드 독, 미친개는 강형식의 별명이었다. 그는 입버릇처럼 '네놈들이 날 미친개 취급하겠지만'이란 말을 입에 달고 살았다. 그 문장을 하도 들으니, 그를 보면 미쳐 날뛰는 개밖에 떠오르지 않았다. 직접 매드 독 두 마리를 감옥소에서 기르기도 했다. 일본 영사대리 겐조에게 선물 받은 덕국(德國: 독일) 사냥개 포인터로, 이름은 바바와 부부였다. 해가 지고 죄수들이 옥사에 들어간 후엔 바바와 부부를 감옥소 마당에 풀었다. 강형식을 비롯한 간수들을 공격하진 않지만, 죄수들을 발견하면 급소를 노리며 달려들었다. 목과 가슴을 뜯겨 즉사한 죄수가 벌써 일곱 명이었다. 죄수들은 탈옥미수범으로 기록되었고 탈옥을 저지한 공은 고스란히 바바와 부부에게 돌아갔다. 죄수들은 끼니도 제대로 챙기지 못하지만 개들은 죄수 열 명 몫을 끼니마다 가볍게 먹어치웠다. 죄수 중 개를 잘 다루는 이를 뽑아 수발을 들게 했다. 개가 감기에 들거나 다리라도 저는 날엔 당장 죄수의 목숨을 보장하기 어려웠다. 그 죄수를 통째로 삶아 개들에게 먹였단 풍문까지 돌았다. 영달이 감옥소에 부임했을 땐 매드 독 담당 죄수가 황기배였는데 올해부터 김천동으로 바뀌었다. 황기배는 운이 좋았고, 김천동은 그 운이 자신에게까지 이어지길 바랐다. 멀리서 개들이 짖었다. 갈비뼈라도 한 대 더 부수어 뜯곤 잠들기를 원하는 걸까. 컹컹. 강형식은 개 짖는 소리가 들리는 방향으로 고개를 돌리곤 문 앞까지 걸어 나왔다. 부임 후 단 한 번도 바뀌지 않은, 신입 죄수들을 위한 훈화가 시작되었다.

"이 세상에서 환영 인사가 가장 어울리지 않는 곳이 바로 이곳 감옥소다. 너희 같은 인간 망종을 제외한다면, 평범한 이들은 대부분 감옥소에 손가락 하나 넣지 않고 생을 마친다. 두 가지만 명심해. 첫째, 잊어! 감옥소에 들어오기 전까지 직업, 지위, 원한, 채무 등 모든 걸 깡그리 잊어. 보다시피 감옥소엔 두 부류뿐이다. 간수라는 인간과 죄수라는 짐승. 둘째, 비워! 생각이란 것 자체를 하지 마. 생각은 간수가 한다. 생각하는 죄수는 지옥을 맛볼 거다. 주면 먹고 일하라면 하고 기라면 긴다. 생각이란 놈은 감옥소 밖에 버리고 왔다 여겨. 질문!"

강형식이 죄수들을 훑었나. 생각 자체를 말라고 했으니 질문을 던질 어리석은 죄수는 없을 것이다. 강형식이 훈화 마지막에 '질문'이란 두 글자를 다는 것은 지금은 쓸모가 없어진 꼬리뼈와 같다. 강형식의 입가에 옅은 미소가 피어올랐다. 그가 바바와 부부에게 특식을 던져 주는 동안, 간수들이 신입 죄수에게 수인 번호와 죄수복을 지급하고 감방에 배치하면 일과가 끝이었다. 그런데 그 손, 사람을 죽인 살인범의 오른손이 옆구리와 어깨를 지나 머리 위로 올라갔다. 강형식의 얼굴이 북극처럼 싸늘해졌다. 뒤에 선 박동구도 미간을 찡그렸다. 영달은 박달로 당장 그 손목을 부러뜨리고 싶었다. 김창수의 터진 입술이 열렸다. 거친 모래로 목과 혀와 잇몸을 긁어 내는 소리였다.

"말로 겁박하지 말고, 국법에 따라 죄수에게 합당한 대우를 해 주시오."

"겁박……이라고?"

빙하가 깨지듯 강형식의 얼굴이 일그러졌다. 박동구가 턱을 당기며 영달에게 눈짓으로 명령했다. 영달은 박달을 수평으로

뉘어 김창수의 명치를 찔렀다. 윽, 급습을 당한 신입이 웅크리며 허리를 숙였다. 박달이 그 등을 사정없이 내리쳤다. 살점이 찢기며 피가 튀었다. 김창수에게 건네는 박달의 첫인사이기도 했다. 신입은 무릎을 꿇지 않고 고개를 들어 쳐다봤다. 영달은 재빨리 턱을 돌려찼다. 묶인 양손으로 바닥을 짚긴 했지만 두 다리는 아직 뻣뻣하게 서 있었다. 최소한 무릎은 꿇려야 끝나는 게임이었다. 죄수는 차꼬에 수갑까지 차고 온몸을 쇠사슬로 둘렀다. 몽둥이까지 든 간수가 신입 죄수를 무릎 꿇려 제압하지 못한다면 두고두고 놀림감이 될 상황이었다. 지난 6년 동안 박달을 맞고 무릎 꿇지 않은 죄수는 없었다. 살점이 찢기며 피가 튀면, 덜 얻어맞기 위해서라도 무릎을 꿇거나 바닥에 등을 대고 누워 버둥거렸다. 더군다나 지금 이 작은 방엔 감옥소장과 간수장과 간수 열한 명과 신입 죄수 열한 명이 김창수와 영달의 대결을 보고 있다. 여기서 밀리면 간수 생활을 이어 가지 못할 수도 있다. 짜증과 분노가 뒤엉켜 솟구쳤다. 영달은 박달을 고쳐 쥐고 매타작을 시작했다. 아예 작살을 내서 무릎 꿇릴 마음뿐이었다. 곁에 선 김상노나 다른 죄수들에게까지 피가 튀어 흘렀다. 그런데도 김창수의 무릎은 꿈쩍도 하지 않았다. 허벅지에서부터 무릎과 종아리와 발등까지 때리고 또 때렸다. 맞는 김창수도 때리는 영달도 숨소리가 거칠어졌다. 이렇게까지 두들겨 맞고 견딘 죄수는 없었다. 숨이 끊기더라도 무릎을 꿇진 않을 기세였다. 영달은 이 살인범이 징글징글했다. 왜 하필 내 앞인가. 왜 이토록 헛힘을 쏟게 하는가. 결국 영달은 뒤통수를 후려갈기기로 생각을 바꾸었다. 아무리 혹독하게 때릴 때도 간수들은 죄수의 뒤통수만은 피했다. 잘못 맞으면 저승행이다. 그러나 오늘 영달은 먼저 나가떨어질 수 없었다. 최악의 상황이 오더라도 신입의 무릎을 꼭 꿇려야 했다. 박달을 높이 드는 순간, 김창수가 영달을 향해 멧돼지처럼 돌진했다. 머리로 영달의 코를 들이받았다. 영달은 엉덩방아를 찧으며 박날을 놓쳤다. 배 위에 올라앉은 김창수는 코피 터진 영달의 얼굴을 노렸다. 눈과 눈이 마주쳤다. 성난 호랑이의 눈이었다. 영달을 갈기갈기 찢어 삼키겠다는 살기로 가득 찬 눈이었다. 김창수는 눈을 부리부리 뜬 채 머리로 코를 다시 찍으려 했다. 피하긴 너무 늦었다. 저 박치기로 영달의 코는 내려앉을 것이고 어쩌면 두개골까지 금이 갈 판이었다. 퍽! 그때 김상노가 몽둥이를 휘둘렀다. 영달이 최후의 일격으로 노렸던 김창수의 뒤통수를 김상노가 후려친 것이다. 김창수의 몸이 이불처럼 영달을 덮쳐 왔다. 김창수의 큰 머리가 영달의 왼쪽 귓불을 스치며 바닥에 쿵, 소리와 함께 떨어졌다. 기절한 것이다. 영달은 곧장 일어서서 김창수를 밟아대기 시작했다. 그만둬, 김상노가 말렸지만 들리지도 않았고 멈추지도 않았다. 박달을 찾아 들 틈도 없이, 영달은 김창수의 뼈 마디마디를 부수고 싶었다. 그때 박동구의 둔중한 목소리가 영달의 뺨을 천둥처럼 갈겼다.

"박달!"

사일삼(四一三). 이것이 김창수의 수인 번호다. 이제부터 그는 김창수란 이름 대신 이 번호로 불릴 것이다. 강형식과 박동구가 방에서 나가고, 죄수들이 번호를 복명복창할 때도 김창수는 피와 물이 뒤범벅인 바닥에 뺨을 대고 쓰러져 있었다. 냉수를 다섯 바가지나 뒤집어쓰곤 겨우 눈을 떴지만 머리를 들 힘도 없었다. 비틀대고 절뚝이며 신입 열한 명이 차꼬를 끌며 감방으로 이동했다. 쓰러진 김창수를 내려다보다가, 김상노가 직접 종이로 말아 만든 담배를 영달에게 권했다. 담배를 받지 않고 툴툴거렸다.

"왜 껴들고 지랄이야?"

"이럴 땐 고맙다고 해. 내가 저 새끼 뒤통수를 갈기지 않았으면, 네가 먼저 뻗었을 거야. 개망신이지. 자!"

다시 담배를 내밀었다. 영달은 이번에도 집지 않고 노려만 봤다. 김상노는 그 눈에서 의심하는 구석을 알아차리곤 피식 웃었다.

"안 섞었어. 걱정 마. 코가 퉁퉁 부었네. 내일 병감부터 가. 우선 담배라도 피면 진정이 될 거야. 날 믿으라고. 여기다가 정말 뭘 섞었다면 너한테 왜 주냐? 내 필 것도 부족한데."

아편쟁이 김상노의 말을 믿어야 할까. 숨을 들이마시고 내뱉을 때마다 콧구멍 안이 송곳으로 찌르듯 쑤시고 아렸으므로, 담배에 잠시 기대기로 했다. 불을 붙여 한 모금 깊게 들이마셨다가 느리게 뱉은 후 경고했다.

"패더라도 내가 패. 저 새끼 뒈지면 네가 책임질래?"

김상노도 담배를 뽑아 들곤 연기를 뿜었다. 그 손이 눈에 띠

게 떨렸다. 금단 현상! 담배로는 해결되지 않는 중독의 증거였다. 아편굴에 들기 전까진 계속 저렇듯 수전증 노인 꼴이리라.

"씨팔! 망할 새끼가 질문만 안 했어도, 벌써 한 대 빨며 널브러질 시간인데."

김상노가 가래침을 김창수의 성기를 노려 일부러 뱉었다.

"책임? 난 죽을 때까지 책임 같은 거 몰라. 한두 번 패는 것도 아니고, 딱 졸도힐 만큼만 때렸어."

"떨리는 그 손으로? 딱 그만큼만 때렸다고?"

김상노가 눈을 흘기며 손을 제 옆구리에 꼈다.

"사일삼 이 새끼, 별종에 독종이야. 한눈팔면 안 돼!"

"지가 그래 봤자지! 개새끼!"

"장검을 든 왜놈 자객을 맨손으로 때려 죽였다잖아!"

담배를 든 영달의 손이 허공에 멈췄다.

"왜, 왜놈을?"

"그래. 근데 더 골 때리는 게 뭔지 알아?"

"뭔데?"

"시체 옆에다가 제 집 주소를 떡하니 적어 두고 갔대."

"주소를?"

"순검들이 설마 벽에 적힌 주소에 있을까 싶어 두 달 동안 딴 곳만 찾아다녔대. 그러다가 혹시나 하고 갔더니……."

"있었다고? 집에?"

"응. 순순히 오라를 받더래. 뭣하다 이제야 왔느냐고 호령까지 했다는 얘기도 있고."

"누구한테 들었어?"

김상노가 걱정스러운 눈으로 영달을 보며 혀를 가볍게 찼다.

"제발 감옥소에만 마음 쏟지 말라고. 간수장처럼 감옥소에 뼈를 묻을 건 아니지? 적당히 살아. 적당 적당 다니다가 한몫 챙기면 짐승들 우글대는 여길 떠야지. 이영달 간수님만 빼곤 다 아네요. 해주 감영에서부터 따라온 사일삼 어미가 감옥소 앞에 옥바라지 거처를 마련했다더군. 다른 죄수들은 어쩌다 인천 감옥소에 왔지만 이 새긴 달라."

"외국인을 죽였다면 인천항 재판소에서 심문을 하는 게 원칙이지."

"유식한 말씀! 왜놈들이 우리 조정에 아주 개난리를 쳤대. 당장 인천으로 끌고 와서 참수시키라고! 씨팔놈의 쪽발이 새끼들! 자기들은 남의 나라 왕비까지 죽여 놓고. 그나저나 큰대자로 뻗은 새낄 어찌 옮기지? 백두산 호랑이가 저리 클까?"

김상노와 영달이 좌우에서 김창수를 부축해 일으켰다. 발등이 바닥에 질질 끌렸다. 찢겨 나간 살과 살 사이로 피가 흘렀다. 흐르다 굳어 딱지가 앉은 자리도 몸을 흔드는 바람에 다시 뜯겨 피를 쏟았다. 붙잡고 걷는 동안 간당간당하는 숨결이 간수들 손에 닿았다. 신음 소리를 낼 때마다 땀이 흘러 팔뚝으로 떨어졌다. 사일삼이 들어갈 감방은 구(九)호실이었다. 김상노가 열쇠꾸러미를 찾아 들며 김창수를 영달에게 맡겼다. 두 발에 힘을 단단히 줬지만, 산사태로 무너지는 흙더미를 이듯, 점점 더 무거워졌다. 이대로는 1분도 견디기 힘들 것만 같았다. 김상노는 꾸러미에서 구호실 열쇠를 찾아 들고서도 납작한 호박 모양 자물쇠의 구멍에 맞춰 끼우지 못했다. 간수라면 자물쇠 여는 솜씨가 남다른 법이다. 영달도 사냥에 이골이 난 개마고원 포수처럼 보통 사람보다 열 배는 더 빠르고 정확하게 열쇠를 끼우고 돌려 자물쇠를 열었다. 아편이 원수였다. 열쇠 구멍도 못 찾을 정도로 김상노의 손이 심하게 떨린다는 사실을 죄수들이 안다면? 문에서 삐걱대는 소리가 들렸다. 구호실 죄수 중 하나가 문에 바짝 붙어 자물쇠에 열쇠 끼우는 소릴 집중해서 듣고 있었던 것이다. 영달은 곧 얼굴 하나를 떠올렸다. 벽에 김창수를 기대 앉힌 뒤 감시 구멍으로 감방을 들여다보며 외쳤다.

"오삼!"

"오삼!"

오삼(五三) 조덕팔이 복창하며 일어섰다.

"아직도 담배 장살 하나?"

"아닙니다."

조덕팔은 이년 저년 옮겨 다니며 기생들 기둥서방질로 평생을 보냈다. 단 한 번도 땀 흘려 일한 적이 없었다. 힘도 세지 않고 얼굴이 잘생긴 편도 아니지만, 장구나 북 장단에 부르는 노래는 인천 바닥에서 으뜸이었다. 듣는 이의 눈물을 쏙 빼놓게 만들 정도로 애달픈 이야기를 늘어놓는 데도 일가견이 있었으며, 슬픈 이야길 들으며 함께 울어 주는 재주도 남달랐다. 투옥된 뒤에도 면회 오는 기생들이 끊이질 않았다. 바리바리 음식은 기본이고 조덕팔이 부탁한 물건을 은밀히 건네기도 했다. 담배는 감옥소에서 금값과 같다 하여 '금배'로 불릴 정도였다. 조덕팔이 담배장사를 하는 줄은 진작부터 알았다. 박동구에게 보고했지만 별다른 조처가 없었다. 조덕팔이 박동구에게 따로 상납을 한단 뜻이다.

"이(二)호실 일칠(一七) 영감에게서 두 움큼이나 나왔어. 그 정도를 감옥소에 몰래 들여올 새끼는 오삼 너뿐이야. 어떻게 생각해?"

이호실 일칠은 별명이 육손이인 74세 방화범이다. 보부상으로 전국을 떠돌며 돈깨나 만졌고, 환갑과 함께 인천에 정착하여 붓과 벼루를 팔았다. 늦게 들인 첩이 대불호텔 벨보이와 눈이 맞자 동침중인 호텔에 불을 지른 혐의로 체포되었다. 다른 건 참아도 방랑길에 피워댄 담배 맛은 지우기 힘든 것이다.

"억울합니다. 그 영감탱이와 대질시켜 주십시오."

"정말인가?"

"정말입니다."

영달은 김상노의 떨리는 손을 쳐다보며 말머리를 돌렸다. 자물쇠를 열려면 시간이 더 필요했다.

"방금 문에 매미처럼 붙어 무슨 소릴 들었나?"

"아무런 소리도 듣지 못했습니다. 제가 가는귀가 어둡습니다."

"정말인가?"

"정말입니다."

그 순간 김상노가 열쇠를 자물쇠 구멍에 끼웠다. 영달은 조덕팔을 째리며 경고했다.

"두고 보겠어. 잊지 마. 네놈 머릿속을 내 다 보고 있다고."

열쇠를 돌리자 자물쇠가 덜컥 소리를 내며 열렸다. 김상노와 영달은 김창수를 좌우에서 안아 일으켰다. 그리고 옥문을 겨우 밀고 들어갔다. 구호실 죄수인 고 진사(高進士)와 양원종과 김천동 그리고 조덕팔이 간수들 사이에 축 늘어진 신입을 쳐다봤다. 피가 뚝뚝 흐르는 김창수의 몰골에 놀란 것이다. 김상노가 신경질적으로 명령했다.

"구경났어? 빨리 와. 쌍!"

김천동과 조덕팔이 종종걸음으로 썩 나와선 김창수의 옆구리에 각각 머리를 들이밀며 넘겨받았다. 김상노가 제 허리를 툭툭 치면서 서둘러 감방을 나왔다. 영달은 박달을 들어 죄수들을 끝까지 위협했다.

"똑바로들 해. 지켜보겠어, 구호실!"

김상노는 간수실로 들어오자마자 가방을 챙겨 일어섰다.

"미안!"

영달의 어깨를 떨리는 손으로 누르곤 나가 버렸다. 오늘 당직은 김상노였지만 영달이 감옥소를 지킬 수밖에 없었다. 지금 김상노의 머릿속엔 아편굴로 기어들어 갈 마음뿐이었다. 영달은 오늘은 이대로 지나가지만 따로 날을 잡아 진지하게 경고할 작정이었다. 아편쟁이는 인천 감옥소 간수가 될 수 없다. 절대로!

척양척왜

1895년 3월.

스무 살 김창수는 황해도 청계동에서 고산림(高山林)을 만났다. 해주성 전투에서 대패한 후였다. 몇 마디 대화만 나누고도 그를 평생의 스승으로 받들 마음이 생겼다. 스승은 부드러운 듯 단단하고 높은 듯 깊었다. 제자는 태어나서 청계동으로 올 때까지 대소사를 솔직히 털어놓았다. 스승이 물었다.

"과거 공부는 왜 한 건가?"

"급제해서 고을이라도 하나 맡아 다스리려고요."

"왜 그만뒀고?"

"썩을 대로 썩어서 그만뒀습니다. 공명정대하게 과거를 봐도 붙을까 말까인데, 썩은 판에선 저처럼 가난하고 천한 이가 비빌 언덕이 없었습니다."

다음 날 스승이 또 물었다.

"동학엔 어찌 들어갔고?"

"마음에 하느님을 모시려고……."

"그건 들어가서 배운 이치고, 동학에 마음이 솔깃한 이유를 묻는 걸세."

"양반도 없고 상것도 없는 세상을 만든다 하니 끌렸습니다. 나라를 엉망으로 만든 놈들은 죄다 양반 아닙니까?"

"양반을 모두 없애면 나라가 좋아질까?"

김창수는 즉답을 못한 채 스승을 쳐다보았다. 당연히 좋아지리라 믿었다.

"양반이 없어지면, 농사꾼이나 장사꾼 그리고 천민들이 나라를 이끌어 가겠군. 가능하겠나?"

"불가능할 게 뭡니까. 양반들이 놀며 하던 짓, 우리라고 못할 게 없지요."

스승의 질문에 날이 섰다.

"해주성에선 왜 참패했는가?"

"그게, 일본군 때문에……."

"성능이 탁월한 신식 총이라고 했지?"

"화승총보다 아주 멀리까지 나가고 또 훨씬 정확했습니다."

"양반한테 진 게 아니라 일본한테 졌다? 양반이 사라지고 나면 일본과 싸워 이길 것 같은가?"

"……."

김창수는 답을 못했다.

다음 날은 김창수가 먼저 찾아가 물었다.

"어찌해야 이길 수 있습니까?"

"양반도 깨어나고 상놈도 깨어나야지. 모두 조선 사람 아닌가?"

"조선 사람!"

"일본은 일본, 영국은 영국, 러시아는 러시아로 싸우는데, 우리만 양반 상놈 나눠 싸울 텐가? 우리도 조선 사람 한마음 한몸으로 싸워야지."

"조선 사람으로 싸우면 이깁니까?"

"중심을 이루는 생각이 있어야겠지. 안으로는 국왕을 받들고, 밖으로는 중화(中華)를 높여 오랑캐를 물리쳐야 해."

"오랑캐는 누구누구입니까?"

"'척양척왜'라 외치지 않았는가?"

"양이와 왜국을 물리치려면 어찌 해야 합니까?"

"의로움을 쫓아 안팎으로 힘을 모아야 해. 산골에서 머리만 굴리지 말고 직접 찾아가서 만나고 의논하게."

"안에선 어떻게 힘을 모읍니까?"

"국왕을 받들고 조선 사람임을 자랑스러워하는 이들과 힘을 합쳐야지. 역사에선 이런 무리를 '의병'(義兵)이라 한다네."

"의로운 병사, 의병! 밖으론 누구와 힘을 합칩니까?"

"양이도 아니고 왜도 아니면, 어느 나라가 남는가?"

"청나라입니까?"

사경을 헤매다

김창수는 감옥소의 첫 밤을 순조롭게 넘기지 못했다. 박달에 맞은 상처로 동이 틀 때까지 끙끙 앓겠거니 예상은 했지만 병세가 훨씬 심각했다. 독방에 홀로 갇혔다면 목숨을 부지하기도 어려웠을 것이다. 덩치가 좋고 지옥문을 지날 때도 당당했기 때문에 이렇듯 갑자기 사경을 헤맬 줄은 몰랐다. 그러나 천하제일 강골의 뼈도 녹일 만큼 고달픈 것이 감옥살이다. 김창수는 인천으로 오기 전 해주 감영에서 이미 혹독한 고문을 받았던 것이다. 이감(移監)한 죄수가 예전 감옥소에서 받은 형벌까지 고려하는 감옥소는 없었다.

김창수를 죽음의 문턱까지 내몬 장본인으로 처음엔 영달이 지목됐다. 그가 휘두른 박달 탓이라는 것이다. 구호실 죄수들은 새벽부터 요란을 떨어 당직 간수를 깨웠다. 기상 태평소가 울리려면 아직 한 시간은 여유가 있었다. 영달이 옥문을 박달로 내리치곤 안을 들여다보았다. 무슨 일이냐고 묻기도 전에 조덕팔과 양원종이 번갈아 설명했다.

"미친 개또라입니다. 이 새끼가, 갑자기 머릿속에 가시덤불이 가득 찼다고, 바닥과 벽 가리지 않고 들이받습니다요. 범벅입니다. 피범벅!"

"열이 펄펄 끓습죠. 살짝 쥐기만 해도 머리카락이 한 움큼씩 빠지고요. 그러다가 오줌에 피똥을 싸고 또 싸질렀습니다."

"도끼로 머리를 찍어 달래요. 힘이 얼마나 장산지 넷이 들러붙어도 당해내질 못하겠습니다."

"희한한 노래도 불러 젖힙죠. 노래라면 나도 꽤 아는데, 난생처음 듣는 잡소립니다. 잡가도 아닌 것이 타령도 아닌 것이, 큰 깨달음을 얻었네, 지랄맞습니다."

고 진사와 김천동이 벌러덩 누운 김창수의 어깨를 누르고 있었다. 아래에 깔린 신입이 조금만 꿈틀거려도 두 죄수의 몸이 휘청거렸다. 그야말로 필사적이었다. 정신이 온전하지 못한 죄수가 가끔 감옥소에 들어오기도 했다. 지옥문을 통해 앞마당으로 들어서는 순간부터 대부분 표시가 났다. 감옥소장 앞에서 손을 번쩍 들고 법대로 대우해달라고 또박또박 말한 김창수가 아닌가. 일부러 자살 소동을 벌이는 걸까.

연락을 받고 달려온 병감 과장 조경신은 죄수들부터 다른 병실로 이동시켜달라고 했다. 돌림병을 대비해서였다. 고 진사와 김천동은 칠(七)호실로, 조덕팔과 양원종은 팔(八)호실로 각각 옮겼다. 사일삼의 병세에 대해선 입을 닫으라는 명령도 내렸다. 말이 돌면 구호실 전원을 벌방에 처넣을 것이라고도 했다. 조경신은 영달을 투명인간 취급하며 깨끗한 수건을 물에 적셔 김창수의 몸부터 닦아냈다. 피멍이 들어 퉁퉁 부어오르거나 살점이 찢겨 피딱지가 앉은 얼굴과 목과 가슴과 배를 조심조심 훔쳤다. 영달은 벽에 등을 대곤 기다렸다. 6년 전 처음 간수가 되었을 땐 병세를 설명하며 돕겠다고 수건을 빼앗아 쥔 적도 있었다. 그때마다 그녀의 경멸에 찬 눈과 마주치고 차가운 말을 들어야 했다.

"방해하지 마세요. 다치거나 병든 죄수를 돌보는 것은 내 일입니다."

조경신의 확언엔 짙은 허무가 깔렸다. 죄수를 굶기거나 때리는 것을 막을 힘은 자신에게 없다. 하지만 병감으로 죄수들을 옮겨 치료하는 것은 오롯이 그녀의 몫이었다. 상처를 찬찬히 살피는, 김상노의 표현에 따르자면 지렁이가 담벼락을 따라 돌고도 남을 정도로 느려터진 진료 방식은 그녀에게 남은 마지막 항의수단인지도 몰랐다. 그녀의 눈과 손이 머무는 곳을 따르노라면, 지난 밤 박달의 움직임이 하나하나 되살아났다. 물론 영달은 그 짓을 잘못이라고 여기지 않았다. 짐승을 다루는 방법과 인간을 대하는 방법을 나란히 둘 순 없다. 다만 침묵을 늘이며 상처의 심각성을 부각시키는 병감 과장이 조경신이라는 점만 마음에 걸릴 뿐이다. 그 마음을 그녀에게 들킨 적은 없다. 출근한 김상노가 곁에 와서 섰다. 영달은 그의 손을 무심한 척 살폈다. 떨리지 않았다.

"병감으로 옮겨야 합니다. 그리고 이 방도 소독해야 하고요."

영달이 버텼다.

"어제 들어온 신입 죄수요. 하루 만에 병감에 둔 적은 없소. 감옥소에 적응하느라 힘이 들어……."

그녀의 설명이 더 차가워졌다.

"열이 40도가 넘습니다. 이대로 두면 숨이 끊어질지도 몰라요."

김상노가 영달을 두둔하며 끼어들었다. 영달이 당직을 대신서 주지 않았다면, 지난 밤 사일삼을 살피는 것은 고스란히 김상노의 몫이었다.

"간수장 허락을 받아야 하오. 그때까진 여기서 치료하시오."

그녀가 고개를 들고 김상노를 노렸다.

"치료 시기를 놓쳐 이 사람이 죽으면, 김 간수님이 책임지실 건가요?"

"책임? 난 그딴 거 몰라."

김상노와 조경신의 시선이 영달에게 향했다. 급한 용무일 경우 당직 간수가 먼저 결정하고 나중에 간수장에게 보고하기도 했다. 영달은 김천동에게 김창수를 업어 병감으로 옮기도록 했다. 조경신을 따라 계단을 내려가는 김천동의 발소리가 바빴다.

병감은 독채가 원칙이었다. 감옥소에서 가장 경계하는 것이 돌림병이다. 숙식을 함께하는 좁은 옥사에 돌림병이 도는 바람에 감옥소 하나를 통째로 불태운 적도 있었다. 독채가 원칙이지만 병든 죄수들에게 독채를 제공하는 감옥소는 없다. 병감을 따로 두지 않고 그때그때 의사들을 불러들여 침이나 뜸을 놓는 감옥소도 적지 않았다. 인천 삼옥소는 그나마 병감을 두고 병감 과장으로 조경신을 채용했지만, 독채만은 먼 미래의 바람이었다. 병감은 옥사 1층 왼쪽 끝방에 마련되었다. 수용 가능 죄수가 열 명밖에 되지 않아서, 죄수가 완치되기 전에 옥사로 돌아가는 경우도 종종 있었다. 조경신은 병감으로 사용할 방을 하나 더 원했지만, 간수장 박동구는 지금 쓰는 방도 지나치게 크다며 무시했다.

구호실 집기들을 소각했다. 이불과 베개는 물론이고 죄수복까지 모두 태우고 새로 지급했다. 물걸레로 방바닥과 벽을 구석구석 닦아냈다. 병감 자체를 탐탁지 않게 여기는 박동구지만, 돌림병의 조짐이라는 조경신의 진단엔 귀를 기울였다. 김창수를 새벽에 병감으로 옮겼다고 사후 보고를 하러 간 영달에게 말했다.

"박달! 넌 항상 운이 좋군."

"네?"

"사일삼이 뒈졌으면 누군가 책임을 져야 했겠지."

"제 책임이란 말씀입니까?"

"허약한 새끼일수록 시키지도 않은 칼춤 놀다 제 손을 벤댔어."

"그 새끼가 감히 소장님께 질문을……."

"멈출 때를 알고 두들겼어야지. 잘 기억해 둬! 수인 번호 사일삼! 그 귀여운 새끼의 목이 매달리는 걸 보고 싶어 하는 분들이 많아. 기대를 저버리지 말라고."

"알겠습니다."

"사일삼이 병감에서 돌아올 때까진 맘 놓지 마. 알지 내 말?"

박동구의 경고가 아니더라도 영달은 병감 근처를 맴돌았다. 대부분의 죄수는 병감에 가길 꺼렸다. 병감에 머무는 동안엔 노역에서 제외되어 편하지만, 병이 나은 후 감방으로 돌아왔을 때 더 큰 고통이 기다렸던 것이다. 강한 자는 대접받고 약한 자는 천대받는 곳이 바로 감옥소였다. 병감에 간다는 것은 스스로 약자임을 인정하는 꼴이다. 감옥소에 들어온 지 오래된 죄수도 병감에 다녀오면 신입과 똑같은 취급을 받았다. 밥도 가장 나중에 먹어야 했고, 고참의 빨래도 도맡아야 했으며, 노역을 나가서도 위험하고 힘든 일을 책임졌다. 죄수들은 버티고 버티다가 숨이 넘어가기 직전에 이르러서야 병감으로 보내달라고 청했다. 입소 다음 날 병감으로 간다는 것은 감옥소 바닥을 혀로 핥으며 몇 년을 보내겠다는 것과 다르지 않았다. 병감에 다녀온 죄수는 보름 남짓 홀로 벙어리처럼 지내야 했다. 병감에 머물렀다는 것은 몸에 병이 있었다는 뜻이다. 조경신에게 완치 판정을 받은 죄수라고 하더라도, 죄수들은 남아 있을지도 모를 병이 자신들에게 옮겨 오는 걸 극도로 싫어했다. 병감을 멀리하는 것은 간수도 마찬가지였다. 죄수에게 병이 옮는 것은 간수가 꼭 피해야만 하는 최대의 수치였다. 간수는 저렴하게 병감에서 치료받을 수 있다고 내규에 적혀 있지만, 자진해서 병감을 찾는 간수는 없었다. 아무리 피해도 간수가 병감에 반드시 가야 할 일도 있었다. 병감에서 숨이 넘어간 죄수의 시신을 거둬 처리하는 것은 당직 간수의 책임인 것이다. 시신을 만지는 일은 차출된 죄수들이 하지만, 간수는 병감에서 시신을 확인하고 조경신이 내민 사망 서류에 수결을 해야만 했다. 병감에 들어갔다 나온 날이면 당직 간수는 밤을 새워 목욕을 했다. 아무리 씻어도 불안하고 불길했다. 당직이 돌아온 날에 병감에서 연락이 오지 않기만을 바랐다. 영달이 자진해서 병감으로 찾아간 것은 6년 만에 처음이었다. 낮에는 조경신과 얼굴을 마주치기 싫었기에, 당직이 아닌데도 밤까지 남아 있다 병감으로 갔다. 김창수를 병감으로 옮긴 다음 날 밤엔 병감으로 들어가려다가 말고 문 밖에 서 있기만 했다. 병세가 심각했던지, 조경신도 퇴근하지 않고 김창수의 머리맡에 앉아 있었던 것이다. 아직도 이 나라에선 남녀가 대부분 내외하지만, 인천 조계에선 그처럼 엄격하게 나눠 생활하진 않았다. 조계에 사는 외국인들은 자기 나라의 풍속에 따라 남녀가 나란히 걷고 마주보며 차 마시고 라켓을 쥔 채 공을 주고받으며 즐기고 벤치에 붙어 앉아 이야기를 나눴다. 조계의 조선인들은 외국인처럼 적극적이진 않았으나, 학교나 교회에서 자연스럽게 남녀가 만나고 어울리는 것 자체를 금하진 않았다. 조경신에게 의술을 가르친 이도 영국 의사였으며, 그녀를 감옥소 병감 과장에 추천한 이도 내리교회의 미국 선교사였다. 그들의 그늘에서 교육을 받고 기독교도가 된 조경신은 병감의 남자 죄수들 곁에서 밤을 새우는 것을 당연하게 받아들였다. 사람을 살리는 일엔 남녀 구분이 없다는 것이다. 김창수는 계속 신음 소릴 냈고 조경신은 수건을 찬물에 적셔 그의 얼굴을 닦아냈다. 열을 떨어뜨리기 위해서였다. 지루한 반복이었다. 영달은 15분쯤 지켜보다가 간수실로 가기 위해 돌아섰다. 굵은 음성이 뒤통수를 흔들었다.

"시호(時乎)!"

김창수가 벌떡 일어나선 양손을 모아 장검을 쥔 자세를 취했다. 구호실에서 발작이 심했던 탓에 손을 묶어 둔 것이다. 깜짝 놀란 조경신이 엉덩방아를 찧으며 물그릇을 뒤집었다. 바닥에 물이 흥건했다. 영달은 급히 병감으로 뛰어 들어갔다. 김창수부터 제압하기 위해 박달을 높이 들었다. 조경신이 겨우 일어서선 영달의 팔꿈치를 당겼다. 영달은 달려드는 대신 고개를 돌려 그녀를 쳐다봤다.

"잠시만요!"

조경신이 더 힘껏 팔꿈치를 당겼다. 두 사람의 시선이 동시에 김창수에게 향했다. 눈은 감겼고 두 다리는 비틀거렸다. 깨어나서 제정신으로 하는 짓이 아닌 것이다. 꿈이라도 꾸는가. 장검을 들고 적진을 향해 달리는가. 김창수가 손목을 꺾어 휘저었다. 달빛을 가르듯 날렵하고 주저함이 없었다. 저 손에 장검이 쥐어져 있었다면 조경신과 영달의 목은 벌써 달아났을 것이다. 김창수는 동작 하나하나에 힘을 실었다. 날카로운 기운이 어두운 방을 휘감았다. 그 위로 비장한 노래를 부르기 시작했다.

"시호(時乎) 시호 이내 시호
부재래지(不再來之) 시호로다
만세일지(萬世一之) 장부로서
오만년지(五萬年之) 시호로다
용천검(龍泉劍) 드는 칼을
아니 쓰고 무엇하리."

영달은 이틀 후 자정을 넘겨 다시 병감으로 갔다. 몽유(夢遊)라도 하듯 칼노래를 부르며 두 손으로 검을 휘젓는 시늉을 하는 것을 보곤 마음이 놓이지 않았다. 조경신은 병든 죄수를 돌보다 보면 흔히 있는 일이라며 대수롭지 않게 넘겼다. 김창수의 자리는 창 쪽 구석이었다. 죄수는 모두 넷이었는데, 모서리에 한 명씩 붙어 누운 꼴이다. 조경신은 병감에 없었다. 영달은 그녀가 앉았던 자리에 엉덩이를 붙였다. 아침에 올라온 보고에 따르자면, 김창수는 열이 내렸지만 아직 정신이 맑지는 않았다. 해주 감영, 치하포 객사, 해주성 등에서 겪은 일들을 뒤섞어 지껄이다가 주먹을 휘두르기도 하고 굵은 눈물 흘리며 울기도 하고 호탕하게 웃기도 했다. 열병 탓에 미치광이나 바보가 된 죄수도 적지 않았다. 조경신은 앞으로 이틀이 고비라고 했다. 그때까지 제정신을 차리지 않으면, 따로 마음을 다스리는 기간이 오래 걸릴지 모른다는 것이다. 지금이라도 한양의 신식 병원으로 죄수를 옮기자는 의견을 냈지만 간수장이 묵살했다. 감옥소 안에서 벌어진 일은 감옥소 안에서 처결하는 것이 원칙이었다. 박동구가 이 원칙을 깬 적은 한 번도 없었다. 달빛이 어린 김창수의 얼굴을 내려다봤다. 박달에 찢긴 오른뺨 피딱지가 유난히 검붉었다. 사일삼, 영달은 이 새끼가 미웠다. 짜증이 났다. 화가 치솟았다. 원망스러웠다. 사일삼이 정신을 차리지 않으면 간수 자리도 위태로웠다. 작은 방에서 내 앞에 서라고 영달이 명령한 적은 없었다. 감옥소장에게 질문을 던지라고 한 적도 없었다. 모두 김창수가 자초한 일이다. 그 따위 짓을 일삼는 죄수를 두고 볼 간수가 어디 있는가. 박동구가 말했듯이, 영달은 사일삼에게 합당한 벌을 내렸다. 지금 떠오른 생각이지만, 김창수가 혹시 잘못되더라도 그것은 영달의 책임이 아니라 김상노가 휘두른 최후의 일격 탓이다. 영달은 결코 죄수의 뒤통수를 갈긴 적이 없었다. 김상노가 영달을 거든답시고 김창수의 뒤통수를 때렸고, 그 후로 병감까지 뜻밖의 일들이 이어진 것이다. 김상노는 게거품을 물며 오리발을 내밀 것이다. 동갑이라 말을 놓고 지내지만, 영달은 아편쟁이인 그를 단 한 번도 친구로 여긴 적이 없었다. 영달이 김상노를 물고 늘어지면, 박동구는 두 사람을 전부 감옥소에서 내쫓을지 모른다. 작은 방에서 김창수가 기절하는 것을 처음부터 끝까지 본 박동구는 책임을 영달에게 돌렸다. 간수는 제 앞에 선 죄수를 맡는다! 박동구가 정한 내규다. 그래도 이건 억울하다. 박달에 몇 대 맞았다고 열병을 앓고 설사를 하며 환영과 환청에 시달리진 않는다. 조경신도 김창수가 해주에서부터 병에 걸려 왔을 가능성이 크다고 하지 않았는가. 열병으로 정신이 혼미해진 것이라면, 그것이 어찌 인천 감옥소 간수의 잘못일까. 생각할수록 악연이다. 최대한 멀리하며 무시했어야 옳았다. 이런저런 궁리를 해 보아도 어느 것 하나 마음에 차지 않았다. 가장 좋은 길은 김창수가 지금이라도 정신을 차리는 것이다. 조경신이 지극정성으로 사흘을 돌봤지만 녀석은 미동도 하지 않았다. 영달은 김창수의 이마에 손을 짚으려다가 거뒀다. 고열을 동반한 돌림병이 한두 가지가 아니었다. 전염을 막는 기본 원칙은 환자와의 접촉을 금하는 것이다. 환자가 사용한 수건이나 수저는 물론이고 옷과 이불까지 만져선 안 된다. 환자의 몸에 손을 대는 것은 병에 걸리기를 스스로 소망하는 짓이다. 허리를 숙이고 김창수의 가슴 가까이 귀를 내렸다. 거칠고 긴 날숨과 들숨이 일정하게 들렸다. 역시, 실망스러웠다. 엉덩이를 떼고 일어서려는데, 갑자기 김창수의 손이 쓰윽 나와선 영달의 손을 쥐었다. 구렁이에게 팔을 감긴 듯 징그러웠다. 영달은 팔꿈치를 급히 굽히며 팔을 당겼다. 손이 빠져나오기는커녕 점점 더 옴짝달싹 못했다.

"아!"

손가락뼈들이 동시에 부러지듯 아팠다. 그 순간 김창수가 눈을 번쩍 떴다. 영달을 쏘아보았다. 허리를 세우며 일어나 앉은 김창수는 팔을 더 바짝 당겼다. 둘의 얼굴은 입김과 입김이 섞일 만큼 가까웠다. 영달은 맞잡은 손이 너무 아파 비명을 지르기 직전이었다. 그 순간 김창수가 꾸짖었다.

"네 놈 짓이로구나."

그 밤에 병감에서 죄수 셋이 죽어 나갔다. 김창수만 살아남았다.

미치도록 복수하고 싶건만

1895년 겨울.

스무 살 김창수는 얼어붙은 압록강을 걸었다. 국모의 원수를 갚겠다며 일어난 의병에 합류한 것이다. 의병장은 김이언이고, 그들은 지금 평안도 강계성을 점령하러 가는 중이었다. 1895년 봄과 가을 김창수는 두 차례 청나라로 들어갔다. 척양척왜를 위해서였다. 전라도 남원 출신의 진사 김형진이 동행했다. 그 역시 척양척왜를 위해 청나라 군사를 끌어들이는 것이 목표였다. 청나라를 오가는 동안 두 사람은 그때그때 이름을 바꿔 썼다. 갑오년(1894년) 해주성 공격의 선봉장 김창수가 병사를 모은다는 풍문을 막기 위해서였다. 고을을 옮겨 다닐 때마다 두 사람은 서로를 다른 이름으로 불렀다. 나중에 혹시 그들의 행적을 쫓더라도, 청나라까지 들어간 경로는 물론이고 그 길을 김창수와 김형진이 동행한 사실도 파악하기 어려울 것이다.

청나라에 처음으로 갔다가 돌아온 직후인 10월 8일 왕비가 시해되었다. 김창수는 병사를 일으켜 일본에 복수하기 위해 다시 청나라로 들어갔다. 심양을 거쳐 서금주에서 청나라 장수 서경장을 만났다. 그에게서 의병좌통령(義兵左統領)이라는 직첩을 받고 귀국하는 길에 김이언의 의병에 합류한 것이다. 개마고원과 압록강 그리고 두만강에서 산전수전 다 겪은 산포수만도 300명이 넘었다. 김창수는 고향과 이름을 다시 바꿨다. 김이언에게 물었다.

"성으로 들어갈 계책이 있소?"

김이언이 총을 닦다가 퉁명스럽게 답했다.

"성을 지키는 장교들과 내응을 했소. 걱정 마시오."

"쉽게 뜻을 모았습니까?"

"청군을 원병으로 데려오겠다고 하였소. 성문을 열고 들어가는 건 누워서 떡먹기라오."

김창수가 계책을 냈다.

"산포수 중엔 청나라 말에 능한 이가 많소. 그중 풍채 좋은 이를 골라 청나라 장수로 꾸며 장검을 든 채 선두에 세우고, 나머지도 청나라 군복을 입혀 뒤따르도록 합시다. 강계성의 장교들은 청군이 오면 내응하겠다는 것이지, 시해당한 국모의 원수를 갚기 위해 내응하겠단 건 아닙니다."

여기저기서 찬성하는 목소리가 들렸다. 김이언이 좌중을 살

핀 뒤 단칼에 반대했다.

"그리는 못하오. 국모 죽인 원수를 갚기로 했으니 당연히 흰 옷을 입고 전투에 임해야 할 것이오."

강계성에서 10리 쯤 떨어진 강의 남쪽에 도착했다. 솔숲에서 화승총 불빛이 반짝거렸다. 내응을 약속한 장교들이 의병들의 지친 몰골을 살피곤 물었다.

"청군은 어디 있소?"

김이언이 둘러댔다.

"강계성을 점령한 후 알리면 곧 청군이 올 게요."

장교들은 잠시 의논할 것이 있다며 돌아갔다. 솔숲에서 포성이 울렸고 탄환이 쏟아졌다. 천여 명의 의병과 말들이 빙판 위에 쓰러져 한꺼번에 뒹굴었다. 김창수는 김형진과 돌아서서 달렸다. 새끼줄을 미리 감아 둔 신발 덕분에 미끄러지진 않았다. 함께 뛰다가 쓰러지는 의병이 문제였다. 어깨로 밀고 옆구리를 때리고 무릎을 쳤다. 결국 두 사람도 다른 이들처럼 쓰러졌고 개처럼 네 발로 기었다. 두 손과 두 발이 얼어 터졌지만 아픈 줄도 몰랐다. 히이잉! 말 두 마리가 울음을 토하며 달려왔다. 김창수는 발굽에 밟히지 않으려고 몸을 굴려 피했다. 그런데 말들이 그가 피한 쪽으로 방향을 틀었다. 달아날 틈이 없었다. 달려들던 말들이 목과 배에서 피를 뿜으며 동시에 쓰러졌다. 총을 맞은 말들이 쓰러지며 얼어붙은 강을 깼다. 겨울 강으로 말들이 빠지는 것과 동시에 의병 서넛도 함께 휩쓸려 들어갔다. 얼음을 붙잡으려 들자 깨진 가장자리가 점점 더 넓어졌다. 의병들은 단 한 명도 올라오지 못했다. 김창수 역시 강에 빠졌다. 처음엔 그도 얼음을 붙잡고 나오려 했다. 그러나 얼음이 계속 깨지면서 의병들을 빨아들이는 것을 보곤 몸을 돌려 말의 목을 감쌌다. 말들은 무게 때문에 얼음 밑으로 곧장 빠지진 않았다. 김창수는 원숭이처럼 말의 어깨로 기어 올라갔다. 말의 피가 김창수의 바지는 물론이고 목과 얼굴까지 시뻘겋게 물들였다. 김창수는 더운 피를 뿜는 말의 왼쪽 어깨를 두 발로 힘껏 밀며 개구리처럼 튀어 올랐다. 두 팔을 쭉 뻗었다. 다행히 가슴은 물론이고 배까지 얼음 위에 닿았다. 지네처럼 두 손 두 발을 흔들었다. 김형진이 마침 와서 김창수를 끌어냈다. 두 사람은 얼음에 등을 대고 잠시 누웠다. 목숨을 건졌다는 안도감이 피로로 바뀌었다. 강물과 피로 뒤범벅이 된 몸이 빠르게 얼어붙었다. 움직이지 않으면 고드름처럼 언 채로 목숨이 끊길 것이다. 김창수는 이미 숨진 의병의 옷을 벗겨 젖은 몸을 감쌌다. 그리고 돌아서선 달렸다. 죽음의 땅을 겨우 빠져나오며 혼잣말을 했다. 미치도록 복수하고 싶건만!

다시, 미치도록 복수하고 싶건만

1896년 1월 25일.

해주 묵방 청룡사에 사내 넷이 모였다. 김창수와 김형진은 청나라에 함께 다녀왔고, 김재희와 백낙희는 장연 산포수의 우두머리였다. 김창수와 김재희는 인척이기도 했다. 김창수가 강계성 전투에서 패퇴하여 해주로 돌아오자, 김재희와 백낙희가 찾아와서 함께 봉기할 뜻이 없는지 물었다. 두 사람은 1894년에 이미 김창수와 나란히 해주성 전투에 참여한 적이 있는 것이다. 김창수는 그들을 데리고 청룡사에 은거 중인 김형진을 만나러 갔다. 백낙희가 물었다.

"일본과의 전쟁에서 패한 청나라가 조선을 도울 힘이 남아 있소?"

김형진이 막힘없이 답했다.

"이빨이 하나 빠졌다 해도 범은 범이오. 심양의 마 대인이 우리에게 진동창의(鎭東倡義)의 인신과 직첩을 내렸소. 그대가 장연 선봉장이 되어 거병하여 해주부를 장악하면 청군이 신속히 올 것이오. 그때 청군과 합세하여 한양으로 가서 양이와 왜국에 빌붙어 먹던 조정 대신을 척살하고 왕을 폐위시킨 뒤 정(鄭)씨를 왕으로 삼으면 큰 뜻을 이룰 수 있소."

김재희가 물었다.

"우리끼리 해주성을 함락시킬 수 있겠소? 갑오년에 3만 명이 일어났으나 결국 실패했다오."

김형진이 답했다.

"그땐 왜병이 몰래 성에 들어온 것을 몰랐다 들었소. 지금 해주성엔 왜병이 없으니 장연 산포수로 급습하면 충분히 승산이 있소. 장연 산포수는 조선 제일의 명사수라고 들었소만, 맞소?"

백낙희가 답했다.

"맞는 말이오. 나는 명사반수(明査班首)이고, 김형은 산포도반수(山砲都班首)라오. 우리를 비롯한 장연의 산포수들은 갈범과 표범을 사냥하오. 다른 동네 산포수들보단 서너 급수는 위일 게요."

김형진이 말했다.

"그러하리라 짐작했소. 그럼 먼저 장연 관아를 급습하여 무기를 탈취하도록 합시다. 언제가 좋겠소?"

백낙희가 답했다.

"음력 정월 초하루가 좋겠소. 김형은 대곡, 나는 내동과 사랑

동에서 산포수를 더 모아 오겠소. 각각 100명은 너끈하오."

넷은 뜻을 확인한 후 헤어졌다. 사찰 입구까지 내려갔던 김창수가 되돌아와선 김형진에게 물었다.

"한 가지만 묻겠소. 청군과 힘을 합쳐 해주성을 함락시키고 한양으로 진격하는 것은 나도 바라는 바요. 한데 이씨 대신 정씨를 왕으로 삼는다는 건 무슨 뜻이오? 생각해 둔 인물이라도 있소?"

김형진이 되물었다.

"강계성에서 장교들이 왜 김이언을 배신했는지 잊었소?"

"청군이 들어와야 승산이 확실하고, 그래야 자기들 몫을 챙길 수 있어서가 아니겠소?"

"맞소. 장연 산포수도 마찬가지요. 저들이 중화를 높이기 위해 봉기하는 거겠소? 조선 왕실을 위해 목숨을 거는 거겠소? 아니오. 저들은 오로지 자기 자신들을 위해 움직일 뿐이라오. 이건 눠두고 저건 바꾸고 이렇게 상황을 세세히 나누면 설명이 복잡할 뿐만 아니라 우릴 의심할 수도 있소. 처음부터 끝까지 전부를 다 바꾼다고 하는 게 낫소. 그래야 제 몫이 느는 법이라오. 장연 산포수만으로 해주성을 함락하기 위해선 저들의 사기가 하늘을 찔러야 하오. 한 치의 의심도 생겨선 아니 되오."

"산포수만으로 해주성을 차지할 수 있다 믿소?"

"무장이 가능한 이들은 산포수뿐이오. 저들이 패한다면 그건 참 난감한 일이오. 설령 패퇴한다 해도 우리가 절망할 필욘 없소."

"패퇴해도 절망하진 마라?"

"다행히 조선엔 험준한 산이 많고 산골짜기마다 산포수들 또한 적지 않소."

김창수가 잠시 침묵했다가 물었다.

"본명이 김형진 맞소?"

웃으며 답했다.

"김 대장도 곧 나처럼 될 게요. 이름이 사라지면 그 이름을 쓰던 날들과 그 이름으로 만났던 사람들 그리고 그 이름으로 치른 일들까지 지워진다오. 그다음엔 새 이름으로 다른 삶을 사는 거요. 내 여러 번 이름을 쓰다 버렸지만 단 한 번도 새 이름을 허투루 짓진 않았소. 그 안에 새로 살고 싶은 삶을 담고 각오를 세웠소. 그러니 지금의 나는 김형진이 맞소."

1896년 음력 정월 초하루(양력 2월 13일)에 백낙희는 내동과 사랑동에서 산포수를 규합하다가 마을 장정들에게 붙잡혔다. 백낙희는 청군이 조선을 구하러 온다고 주장했지만, 황해도 백성들은 왜군만큼이나 청군도 싫어했다. 1894년 청일전쟁을 치르는 동안 황해도를 비롯한 북삼도에서 청군이 몰려다니며 재물을 빼앗고 사람을 죽이며 횡포를 부렸던 것이다. 백낙희가 잡혔다는 급보를 들은 김창수는 해주에서 달아났다. 부모에게 작별을 고할 겨를도 없었다. 청룡사의 김형진도, 안악의 최창조와 김재

희도, 해주의 유학선도 문화의 이 씨도 본거지를 떠났다. 관군이
발 빠르게 들이닥쳤지만 장연 산포수로 봉기를 꿈꾼 이들은 사
라지고 없었다. 김창수는 평안도로 향하며 되뇌었다. 미치도록
복수하고 싶건만!

재판소 가는 길

김창수는 하루를 꼬박 더 자곤 깨어났다. 인천 감옥소에 열병을 앓는 죄수는 더 이상 없었다.

영달은 사일삼과의 악연이 여기까지라고 여겼다. 그러나 숨 돌릴 틈도 없이 새로운 일로 다시 엮였다. 박동구가 간수들을 모두 불러 모을 때부터 불길했다. 당직 후 퇴근하여 휴식하는 간수까지 예외 없이 간수실로 집합시킨 것은 중요한 문제가 생겼다는 뜻이다. 사형수를 처형하거나 신입 죄수가 들어올 때도 이렇게 전부 모으진 않았다. 박동구가 그답게 간단히 이유를 설명했다.

"1896년 8월 31일 경무청 앞마당에서 사일삼의 재판이 열린다. 호송부터 재판정에서 죄수를 지키는 일까지 도맡을 간수가 필요해. 담당 간수는 재판이 열리는 날엔 감옥소 근무에서 빠진다. 자원을 받겠다. 누가 맡겠나?"

선뜻 나서는 이가 없었다. 왜인을 죽여 온 나라를 벌집으로 만들고, 해주 감영에서 인천 감옥소로 이송되자마자 감옥소장에게 겁 없이 질문을 던져 기절할 때까지 얻어맞고, 자살 소동을 벌이고, 열병에 걸려 병감에서 거의 죽었다가 살아 돌아온 죄수였다. 사람을 죽이고 또 스스로 죽기를 결심한 놈이니 재판정에서 무슨 해괴한 짓을 벌일지 모른다. 잘 해 봤자 본전인 일이었다. 긴수들은 매에게 쫓기는 병아리마냥 박동구의 눈을 피해 머리를 처박았다. 내리깐 눈으로 서로의 발등만 쳐다보며 숨을 죽였다. 무거운 침묵이 흘렀다. 영달은 감옥소장 앞에서 당한 수모를 만회하고 싶었다. 혹시라도 김창수가 난동을 부린다면 더 좋다. 조선 팔도의 이목이 집중된 자리에서 인천 감옥소 간수 이영달의 엄격함을 보여주리라.

"제가 맡겠습니다."

간수들이 처박았던 고개를 일제히 들었다. 안도의 한숨 소리가 여기저기서 들렸다.

"자네가?"

"세상 무서운 줄 모르는 하룻강아집니다. 제가 아니면 누가 하겠습니까?"

박동구의 입술에 비릿한 웃음이 걸렸다.

"하긴. 지난 번 우스운 꼴을 만회할 기회이긴 하지."

다른 간수들도 따라 웃었다.

"좋아. 이번엔 실수 없도록!"

간수들을 내보낸 뒤 둘만 남았을 때 박동구가 덧붙였다.

"사일삼을 데리고 감옥소를 나와 곧장 경무청으로 가진 마. 흉악범의 처참한 몰골을 백성들에게 두루두루 보여야지. 안 그래?"

감옥소에서 경무청까진 엎어지면 코 닿을 정도로 가까웠다. 다른 죄수라면 곧장 경무청까지 데려가겠지만, 김창수에겐 모멸감을 안기기 위해 호송 거리를 특별히 길게 잡으라는 것이다. 영달의 바람이기도 했다. 박동구가 대답을 기다리지 않고 탁자에 보고서 하나를 올려 둔 채 간수실을 나갔다. 영달은 보고서를 당겨 넘겼다. 작성자가 조경신이다. 호송과 재판 과정에서 김창수에게 조처하길 바라는 사항들이 빼곡했다.

조경신이 간수실로 영달을 찾아온 것은 퇴근 무렵이었다. 오로지 김창수를 위해 이런다고 생각하니 더욱더 화가 났다. 병감 과장의 의견은 이미 보고서로 내지 않았는가.

"읽어 보셨는지요?"

탁자 위 보고서에 눈을 맞추곤 곧장 물었다. 사사로움은 없고 오로지 일 때문에 찾아왔다는 뜻이 질문에 담겼다.

"내가 알아서 하겠소."

말을 섞기 싫었다. 영달의 짧은 답에 그녀의 표정이 굳었다.

"사일삼은 재판을 받기 어려울 만큼 부상이 심각해요. 두 달 아니 석 달은 치료를 받아야 겨우 두 발로 거동을 할 정돕니다.

무릎과 발목이 지나치게 부어올랐어요. 그래도 꼭 재판을 받아야 한다면, 소달구지에 실어 나르든가 아니면 죄수 하나를 딸려 업든가 해야 합니다."

조경신을 똑바로 쳐다보며 따졌다.

"까막눈 취급하는 거요?"

그녀는 눈을 빠르게 깜빡거렸다. 영달의 날 선 물음에 놀란 것이다.

"보고서에 적힌 그대로, 토씨 하나 다르지 않군. 내가 글을 읽을 줄 아는지 모르는지 확인하러 왔소?"

"병감 과장으로서 의견을 드리는 겁니다."

"의견은 이미 보고서로 읽었소. 보고서를 낸 후 직접 간수실로 찾아와서 덧붙여 설명하는 게 조 과장 방식이오? 다른 죄수에게도 이렇게 해 왔소?"

"요구 사항을 받아들이실 테죠?"

영달이 일어서며 답했다.

"간수장께 받은 명령은 이것 하나요. 재판정에 세우기 전에 죄수가 죽으면 안 된다는 것. 난 이 명령을 충실히 따를 것이오."

스스로 무릎을 꿇는다면! 이것이 영달이 김창수에게 제시한 조건이었다. 소달구지든 김천동의 등이든, 선택할 자유도 줄 것이다. 그러나 김창수는 답할 가치조차 없다는 듯 무표정이었다. 영달은 뒷마당으로 김창수를 불러내 세웠다. 발에 차꼬를 걸고 손에 수갑을 채운 뒤 포승줄로 그 둘을 이어 결박했다. 조경신의 지적대로 발목과 무릎과 손이 통통 부어올랐다. 열병의 후유증이었다. 포승줄을 쥐고 가볍게 당기자, 김창수가 쉽게 고꾸라졌다. 몸의 균형을 잡기 힘들 만큼 뼈마디가 제각각 노는 것이다. 영달은 포승줄을 하나 더 꺼내 어깨와 팔꿈치를 칭칭 감았다.

"멈추지 마. 고개 돌리지 마. 말하지 마. 쓰러지지 마. 재판소에 닿기 전에 이 중 하나라도 어기면, 개처럼 기어서 감옥소로 돌아와야 할 게다."

서쪽 협문으로 나왔다. 김창수가 앞서고 포승줄을 쥔 영달이 뒤따랐다. 네 명의 관원이 좌우로 둘씩 서선 죄수가 지나갈 공간을 만들었다. 왼쪽으로 꺾으면 바로 경무청이지만 영달은 오른쪽으로 길을 내도록 했다. 짧은 박수에 뒤이어 긴 한숨이 흘렀다. 비명을 지르는 여인들도 있었다. 아이들은 재빨리 뒷걸음질을 쳤다. 감옥소를 나와 경무청까지 가는 살인범 김창수를 보기 위해 몰려든 구경꾼이었다. 땀을 쏟으면서도 죄수를 가까이에서 볼 길목을 포기하진 않았다. 김창수는 다치고 병들어 포박된 한 마리 짐승, 그 이상도 이하도 아니었다. 걸음을 디딜 때마다 온몸이 휘청거렸다. 곧 쓰러져 마지막 숨을 토할 듯 호흡까지 거칠었다. 침과 피와 고름이 뒤섞여 떨어졌다. 영달은 조용히 갔다가 조용히 오려 했다. 경무청에 이르면 번잡하겠다고 예상했지만, 감옥소 문 앞에서부터 사람들이 몰릴 줄은 몰랐다. 영달은 박달을 높이 들곤 주위를 쨰렸다. 누구든 다가서면 단매에 쓰러뜨릴 기세였다. 김창수는 묵묵히 걸음을 옮겼다. 구경꾼들이 불러도 시선을 돌리거나 대꾸하지 않았다. 경무청까지 무릎 꿇지 않고 두 발로 도착하는 것만이 목표였다. 김창수가 안간힘을 쓰며 걷는 꼴을 등 뒤에서 보며 영달은 더욱 화가 났다. 무엇이 그리 잘났는가. 그래봤자 살인범일 뿐이다. 오르막이 시작되자 김창수의 움직임이 눈에 띄게 굼떴다. 구경꾼은 그 사이 곱절이나 늘었다. 지옥문이나 동쪽 협문에서 기다리던 사람들까지 황급히 감옥소 담벼락을 끼고 돌아 김창수를 보기 위해 온 것이다. 김창수의 걸음이 느려지는 만큼 구경꾼의 야유와 응원도 많아졌다. 어떤 이는 극악무도한 죄인이라 했고 어떤 이는 짐승만도 못한 왜놈을 죽인 의인이라 했다. 야유하는 사람들과 응원하는 사람들 사이에 적의와 살기가 감돌았다. 조선말과 일본말, 청나라말과 러시아말, 듣도 보도 못한 꼬부랑말이 뒤섞였다. 비 온 뒤 계곡처럼 형언할 수 없는 소리가 사람들의 목구멍에서 터져 나와 엉켰다. 김창수 때문에 인천 개항장을 가로지르는 대로가 언제 터질지 모르는 폭탄이 되었다. 영달은 구경꾼을 제압하기엔 네 명의 관원으론 턱없이 부족하다는 것을 그제야 알아차렸다. 관원들이 고함을 지르며 밀쳐내도 구경꾼들은 점점 더 다가와서 길을 좁혔다. 영달의 등에 식은땀이 흘렀다. 오로지 김창수만 묵묵했다. 시끄러운 고성이 들리지 않는 듯, 사태를 이렇게 만든 장본인 김창수는 고개를 숙인 채 다시 걸음을 뗐다. 차꼬에 두 발이 묶인 탓에 발을 들어 무릎을 굽히고 걸음을 내디딜 수 없었다. 겨우 발바닥을 땅바닥에서 뗀 다음 한 족장 남짓 내딛는 것이 전부였다. 그럴 때마다 발목이 쓸리면서 피부가 벗겨졌고, 피가 흘러 발등과 발가락을 적셨다. 피딱지는 앉았다 떨어지기를 반복했다. 악착같이 걸음을 옮기던 김창수가 멈춰 섰다. 야유와 욕설과 박수가 터져 나왔다. 영달은 김창수의 어깨에 박달을 댄 채 빙글 돌아 마주봤다. 경무청에 닿을 때까지 멈추지 말라고 제일 먼저 경고했었다. 명령을 어긴 죄수는 벌을 받아야 한다. 그때 영달의 발등에 후드득 무언가가 떨어졌다. 내려다보니 붉디붉은 피. 김창수의 코피였다. 갑자기 터진 코피를 어찌지 못해 나무처럼 서 버린 것이다.

"꿇어. 편히 가자."

무릎을 꿇고 쓰러지기라도 하면, 소달구지는 준비하지 못했으나 관원의 등을 빌려 재판소에 닿을 것이다. 그편이 김창수도 좋고 영달도 좋고 격앙된 구경꾼에게도 좋았다. 그러나 김창수는 고개를 흔들어 거절의 뜻을 분명히 했다. 그 바람에 코피가 간수복에 튀어 버렸다. 영달은 박달을 치켜들었다. 사방이 순식간에 고요해졌다. 영달은 직감했다. 박달로 김창수의 콧잔등을 후려치는 순간 구경꾼들이 한꺼번에 달려들 것임을. 영달까지 포함하여 다섯 명으론 200명이 훌쩍 넘는 구경꾼들을 감당하기 어렵다. 그래도 후려쳐 응징할 것인가 아니면…… 머릿속이 복잡했다. 지난 6년은 생각이 많지 않았다. 때리고 싶으면 때리고 밟고 싶으면 밟고 찌르고 싶으면 찔렀다. 아니면…… 또 다른 방향은 쳐다보질 않았다. 그것이 간수의 삶이라고 믿었다. 김창수가 오고 나서부터 경우의 수가 늘었다. 귀찮은 일이었다.

"야, 닭아!"

영달이 박달을 내리자마자 관원 하나가 재빨리 다가와선 수건을 내밀었다. 영달이 간수복을 닦는 동안 관원은 수건을 한 장 더 꺼내 김창수의 코를 훔쳤다. 훔쳐도 훔쳐도 피가 계속 흘렀다. 영달은 허리춤에 넣어 둔 시계를 꺼내 확인했다. 넉넉히 여유를 두고 떠나서 아직 늦진 않았다. 그러나 여기서 더 시간을 끌면 재판 개시 시간에 닿기가 아슬아슬했다. 1분이라도 늦는다면 강형식 소장으로부터 집요한 추궁을 당할 것이다. 최소한 15분 먼저 도착해서 준비를 마칠 것! 소장의 요구에 부합하려면 서둘러야 했다. 영달은 쟁기를 매단 황소를 끌 듯 포승줄을 당겼다.

"사일삼. 뛰어, 이 새꺄!"

경무청 앞마당은 이미 만원이었다. 방청 공간이 찼다고 알렸음에도 100여 명의 사람들이 돌아가지 않고 문 밖에 서서 기다렸다. 멀리 해주나 개성이나 한양에서 온 이도 있었다. 노인도 있었고 아이도 있었으며 양반도 있었고 천것도 있었다. 남자도 있었고 여자도 있었으며 부자도 있었고 가난뱅이도 있었다. 김창수가 도착하여 경무청으로 들어설 때 작은 소동이 벌어졌다. 그를 따라 마당으로 들어가려는 사람들이 한꺼번에 몰리면서 겹겹이 쓰러진 것이다. 제일 앞에 섰던 노승이 쓰러지며 차꼬를 잡았다. 김창수가 걸음을 멈추곤 허리를 돌렸다. 영달 역시 고개를 돌려 쓰러진 이들을 봤다.

"들어가, 어서!"

대문 가까이에서 기다리던 강형식이 차꼬를 잡은 노승의 손을 걷어차며 명령했다. 재판 개시 5분 전이었다. 개시 시각보다 늦진 않았으나 강형식이 정한 한계에서 10분을 넘긴 것이다.

경무청 앞마당은 재판정과 방청 공간으로 크게 양분되었다. 재판정에 마련된 좌석은 열 개에 불과했다. 100여 명의 방청객은 숨도 쉬기 힘들 정도로 다닥다닥 붙어 섰다. 각 관청의 관리와 항구의 유력자들이 대부분이었다. 입장한 것만도 행운으로 여기는 듯, 불만을 드러내는 이는 없었다. 그들 중 대부분이 경무청에 처음 왔으며, 신식 재판을 받을 땐 공간이 이렇게 나뉘어 배치된다는 것도 처음 알았다. 외국인을 살해한 죄인이 인천으로 끌려와서 재판을 받는 것은 더더욱 희귀한 경우였다.

재판정 중앙엔 인천 감리서 감리 겸 인천항 재판소 소장을 겸직하고 있는 이호정이 앉았다. 감리서는 개항장 업무를 총괄하는 관청으로, 인천과 원산과 부산에 설치되었다. 이호정보다 한 단 아래에 마주보는 좌석이 마련되었다. 왼쪽에는 일본 영사 대리 겐조와 영사관 직원 둘이 배석했다. 오른쪽에는 목격자인 치하포 객사 주인 이화보와 해주에서 김창수를 체포한 일본 순사 와타나베 그리고 오늘 재판을 주재하는 경무관 박장곤이 자리를 잡았다. 김창수는 단을 하나 더 낮춰 이호정과 마주 보는 중앙 의자를 배정받았다. 김창수로부터 왼쪽으로 5보 떨어진 곳에 영달이 가서 섰다. 김창수가 문제를 일으킬 경우 가장 먼저 닿을 거리였다. 영달 옆엔 감옥소장 강형식이 앉았다. 김창수는 눈을 감고 고개를 숙인 채 꼼짝도 하지 않았다. 의자에 앉은 죄인을 내려다보며 이호정이 명령했다.

"포승줄은 푸시오."

영달은 강형식과 눈을 맞췄다. 강형식이 눈짓을 하자, 영달은 포승줄을 익숙하게 풀었다. 김창수가 갑자기 고개를 들었다. 작은 고갯짓에도 방청객이 술렁거렸다.

"물…… 한 모금만……."

얕은 기침을 연이어 뱉었다. 감옥소를 출발하여 재판소에 닿을 때까지 영달은 아무것도 주지 않았다. 간수의 제안을 거절한 죄수에게 돌아갈 냉수는 없었다. 목이 말라 뒈진 죄수가 있었던가. 영달은 김창수가 원하는 것이라면 사소한 것 하나도 들어주기 싫었다. 결핍과 고통 속에서 자신의 처지를 깨닫고 무릎 꿇을 날까지.

"갖다 주시오."

재판소 관원이 냉수 한 잔을 가져왔다. 김창수는 수갑 찬 손으로 잔을 받아 단숨에 들이켰다. 너무 급히 마신 탓일까. 기침과 함께 입 안 가득 머금었던 물을 뱉었다. 영달은 반사적으로 박달을 들고 나섰다.

"가만있어."

강형식이 작지만 또렷하게 명령했다. 바닥에 흥건하게 고인 물은 핏빛이었다.

"이름."

경무관 박장곤이 물었다. 김창수는 눈을 감은 채 턱을 살짝 들며 떨었다. 영달은 그가 힘을 모으는 중이라고 생각했다. 피와 물이 뒤섞인 바닥을 닦고, 다시 물을 두 잔 연이어 마시는 것을 이호정이 허락했다. 감옥소에서 걸어오느라 소진한 기력을 회복할 시간을 번 것이다. 박장곤이 다시 물었다.

"이름."

눈을 뜨고 허리를 세운 채 또박또박 끊어 답했다.

"김 창 수."

"생년월일."

"1876년 8월 29일."

박장곤은 해주 감영에서 넘겨온 서류를 검지로 일일이 짚으며 말했다.

"죄인 김창수는 1896년 3월 9일 황해도 안악군 치하포에서 일본 상인 가토 히데키를 죽였다. 인정하는가?"

"장사꾼이 아니라 일본 간자(間者: 간첩)를 죽였소."

방청객들이 동시에 한숨을 내쉬었다. 살인을 저지르고도 당당한 태도가 눈길을 끌었다. 제아무리 담력이 센 죄수라도, 재판정에선 범행을 축소하거나 부인하고 선처를 바라며 읍소하거나 자책하는 경우가 대부분이었다. 박장곤은 서류를 저만치 밀어놓곤 물었다.

"전부 털어놓겠느냐?"

"숨길 이유가 없소. 나는 사람을 죽였소. 하지만 죄를 짓진 않았소."

"칙쇼, 칙쇼."

일본 영사대리 겐조가 자리를 박차고 일어섰다.

"김창수! 똑바로 말해. 사람을 죽이고도 죄를 짓진 않았다고? 너는 인천항 재판소가 만들어진 후 외국인 살인죄로 재판을 받는 최초의 중죄인이다."

겐조의 시선이 이호정에게 옮겨 갔다가 방청객을 향했다.

"3월 9일 김창수는 치하포 객사에서 일본 상인 가토 히데키를 장검으로 죽인 뒤 그 배를 갈라 피를 들이켰다 하오. 저자는 미쳤소. 극형에 처해 마땅한 살인마!"

김창수도 벌떡 일어나선 겐조를 노려보며 잡아먹을 듯 외쳤다.

"나 김창수는 국모의 원수를 갚았을 뿐이다!"

우렁찬 소리가 경무청 담벼락을 넘어갔다. 문 밖에서 귀 기울이던 백성들이 한꺼번에 박수를 쳤다. 김창수가 금방이라도 달려들 기세를 보이자 방청객의 탄성이 터졌다. 겐조는 냉정한 낯

빛을 애써 유지한 채 김창수를 노려보았다.

"네 이놈! 이곳은 지엄한 법정이니라!"

이호정이 꾸짖었다. 기회를 노리던 영달이 먹이를 앞에 둔 표범처럼 뛰쳐나갔다. 김창수의 종아리를 박달로 후려치고 어깨를 눌러 앉혔다. 땀에 젖은 죄수복이 후끈 달아올랐다. 방청객이 조용해질 때까지 기다렸다가, 이호정이 김창수에게 요구했다.

"말해 보라, 1896년 3월 9일 치하포에서 무슨 일이 있었는가?"

김창수가 깊게 숨을 들이마셨다. 그때까지도 꽉 쥐었던 두 주먹을 서서히 풀었다. 손가락 사이사이로 바람이 스며들었다. 그의 목소리는 굵직하면서도 경쾌했다. 스물한 살에 어울리는 패기와 스물한 살과는 맞지 않는 성숙함이 동시에 묻어났다. 박진감까지 더하니 김창수 또한 이야기꾼이었다.

치하포란 전쟁터

김 창 수 라고 하오.

　손발과 온몸을 겹박하여 죄인의 몰골로 섰으나, 나는 죄인이
아니오. 죄를 지은 적이 없소. 김창수, 내 이름 석 자와 함께 치
하포에서 내가 결행한 일을 똑똑히 듣고 기억하시오. 나는 죄인
김창수가 아니라 의병장 김창수요. 치하포에서 나는 조선의 왕
비를 시해했을 뿐만 아니라, 그 만행에 항의하여 궐기한 의병들
을 잔혹하게 진압하려 혈안이 된 왜군의 간자를 발견하였소. 그
잘못을 꾸짖고 정정당당하게 싸워 죽였을 뿐이오. 왜놈들이 구
중궁궐까지 침탈하여 내 나라 왕비를 시해하는 세상이니 조선
팔도 어느 곳도 안전하지 않으며, 또한 의병이 들불처럼 일어났으
니 조선 팔도에 전쟁터가 아닌 곳이 없소. 1896년 3월 9일엔 치
하포가 전쟁터였소. 나는 승장(勝將)이오. 그 이상도 그 이하도

아니오. 자고로 전쟁터에선 서로 겨루다가 죽고 죽이는 일이 잦소만, 적병을 죽였다고 살인자로 처벌받은 군인은 단 한 명도 없소.

그대들은 대동강 빙산의 무서움을 아시오? 봄꽃이 몽실몽실 피는 양력 3월에도 북풍이 불면 대동강 여기저기에 빙산이 떠다니오. 3월 8일에도 그러했소. 용강에서 안악으로 오기 위해 대동강에서 일행 세 명과 함께 배를 탔소. 정일명, 김장손, 김치형. 길에서 우연히 만난 사람들이오. 용강을 떠난 배는 평소라면 곧장 대동강을 건너 치하포에 닿았을 테지만, 둥둥 떠다니는 빙산이 문제였소. 크고 작은 빙산들이 너무 많아 노련한 뱃사공도 치하포에 배를 대지 못했소. 배는 강물을 따라 서해로 떠내려가다가 어느새 진남포를 지났다오. 우왕좌왕하다 배가 뒤집혀 죽거나 빙산 더미에 갇혀 굶어 죽는 이가 해마다 열 명이 넘소. 대동강 빙산의 악명은 여러 번 들었으나 내가 그 빙산에 갇혀 이리저리 휩쓸릴 줄은 몰랐소. 부처님 예수님 공자님 맹자님 삼신할미까지 빌 만한 신들에겐 다 빌었으나 빙산의 수는 줄지 않았소. 나는 우선 배에 탄 나귀를 가리키며 승객들을 안심시켰소. 나귀가 있으니 당장 굶어 죽을 일은 없다고 말이오. 이대로 빙산에 갇혀 떠다니다가 해가 지면 참으로 큰 낭패였소. 밤엔 강물의 흐름과 빙산의 움직임을 살피기가 더욱 어렵기 때문이오. 요동치는 뱃전에 서서 강바람을 맞으니 손과 발은 물론이고 온몸이 얼어붙는 듯했소. 기침하는 이도 점점 늘었다오. 나는 제안했소. 서서 구경만 하지 말고 빙산을 밀어내 보자고. 뱃사공과 승객 중에서 힘깨나 쓰는 사내들이 열 명쯤 나섰소. 나는 우선 큰 빙산으로 껑충 뛰어 넘어갔소. 손에는 깃대나 창이나 봉이 들렸다오. 그것으로 작은 빙산들을 힘껏 밀었소. 처음에는 꿈쩍도 않았지만 강물의 흐름을 읽고 거기에 맞춰 빙산들을 미니 그래도 꽤 움직였소. 해가 지고 달이 떠올랐을 즈음에야 겨우 빙산 사이로 물길을 찾아 안악 쪽 강변에 닿을 수 있었소. 목적지로 삼았던 치하포까진 밤길로 5리를 더 걸어야 했지만 빙산들이 춤추듯 떠다니는 대동강을 무사히 건넜다는 사실만으로도 기뻤소. 겨울은 물론이고 늦가을인 11월이나 초봄인 3월에도 대동강을 건널 땐 빙산을 주의해야 하오. 가볍게 여기고 건너다간 그 길로 황천행이오.

치하포 객사에 닿자마자 쓰러져 잠들었소. 빙산과 사투를 벌였으니 업어 가도 모를 정도로 피곤했소. 다음 날 그러니까 3월 9일 아침을 먹으며 어제 함께 잔 길손들을 살필 수 있었소. 방이 모두 세 칸인데, 그중 가운뎃방의 단발한 사내가 자꾸 거슬렸소. 분명히 왜인인데 흰 두루마기를 입었고 두루마기 밑으로는 칼집이 언뜻 보였소. 진남포에서 치하포까지는 평소에도 왜인들이 많이 드나들었지만 그들은 모두 왜인의 옷을 입었소. 왜국에 간 조선인이 변복하여 왜인의 옷을 입고 다닌다면 의심스럽지 않겠소? 더군다나 칼까지 차고 말이오. 그자가 변복을 하고 칼을 차지 않았다면 나는 결코 그를 해하지 않았을 것이오. 하지만 그는 변복을 했고 조선인이라고 나를 속였소. 국모를 시해한 미우라 공사거나 그날 밤 우리 국모의 몸에 수십 번의 칼질을 한 패당이거나, 아니면 적어도 그들을 도운 왜인이 신분을 속이고 달아나는 길이라 여겼소. 그렇지 않다면, 왜 이름도 고향도 복색까지 바꾼단 말이오. 발각되면 장사꾼이라고 둘러대겠지만, 칼을 차고 변복한 채 방방곡곡을 돌아다니는 왜인은 백이면 백 간자라오. 저런 간자들 때문에 동학도 당하고 의병도 당하고 국모까지 당한 게요. 내버려 둘 수 없었소.

내가 아무리 대식가지만 밥을 일곱 그릇이나 한꺼번에 먹진 못하오. 그래도 한 그릇을 급히 먹고 나서 객사 주인 이화보에게 일곱 그릇을 청한 것은 나를 업신여기지 못하게 하려는 것이었소. 방 세 칸에 길손은 마흔 명쯤인데, 변복한 왜인의 일행이 몇이나 되는지는 가늠하기 어려웠소. 밥 일곱 그릇을 시키자, 나를 미친 놈 취급하는 패와 이인(異人)으로 보는 패로 나뉘었소. 그때 왜인은 아침 식사를 마치고 중문 밖 문기둥에 서서 방안을 들여다보고 있었고, 일행인 총각 아이가 밥값을 계산하는 중이었소. 나는 크게 호령하며 왜인을 걷어차 계단 밑으로 떨어뜨렸소. 그리고 길손들에게 위협했소. 이 왜놈을 편드는 자는 죽이겠다고. 그 사이에 왜인은 두루마기 아래에서 칼을 뽑아 들고 내게 달려들었소. 달빛에 번쩍이는 칼날을 피하며 왜인의 옆구리를 걷어차 거꾸러뜨렸소. 왜인은 다시 일어나 칼을 휘둘렀고 우리는 각자의 목숨을 걸고 싸웠소. 왜인의 칼에는 검술을 오래 연마한 자의 기예와 살기가 서려 있었소. 나는 한 번 더 확신했소. 이놈은 국모를 죽인 자객이다. 죽이지 못하면 내가 죽는다. 나는 공중제비를 돌며 왜인의 턱을 걷어찬 뒤 주먹을 내질렀소. 왜인은 칼을 휘두르지도 못한 채 넘어졌소. 나는 그의 손목을 힘껏 밟고는 칼을 빼앗아 들었소. 변복한 왜인을 머리끝부터 발끝까지 점점이 난도질했소. 꽁꽁 언 마당 웅덩이 얼음 위로 왜인의 피가 넘쳐흘렀소. 나는 왜인의 피를 얼굴에 바르고 그 피를 또 한 움켜 마셨소. 그리고 피가 뚝뚝 떨어지는 칼을 든 채 다시 외쳤소. 왜인을 위해 달려들 놈이 누구냐고. 아무도 나서지 않았소. 눈치 빠른 이화보가 얼굴 씻을 물과 함께 밥 일곱 그릇을 내왔다오. 내 말을 거역하면 안 되겠단 생각이 들었던가 보오. 그리하여 내가 밥 일곱 그릇을 먹었겠소 아니 먹었겠소? 앞에서도 밝혔듯이 나는 죽었다 깨어나도 밥 일곱 그릇을 먹진 못하오. 그렇다고 처음부터 숟가락을 들지 않으면 구경꾼들의 실망이 무척 클 것이 아니겠소. 숟가락 둘을 포개 밥 한 덩이를 듬뿍 떠 두 그릇만 우선 먹었다오. 그리고 숟가락을 내던지며 호통을 쳤소.

"원수의 피를 양껏 마셨더니 밥이 들어가지 않는구나."

왜인을 배에 태우고 온 뱃사공은 일곱 명이었소. 그들은 왜인을 진남포까지 데려갈 계획이었소. 나는 왜인의 소지품을 가져오도록 하여 열어봤소. 왜인의 이름은 가토 히데키였소. 가토는 엽전 열 섬을 지녔으니 천 냥쯤 되오. 그중 가토가 뱃사공들에게 약속한 뱃삯을 주고, 나와 동행한 이들의 노잣돈과 내가 타고 갈 나귀 한 필을 75냥에 샀소. 그 정도 돈은 왜국 간자를 처단하여 국모의 원수를 갚은 노력에 대한 보상이라 여겼소. 가토를 처치하느라, 나도 일행들도 여정이 늦춰진 것이오. 나머지 돈 800냥은 가난한 이들에게 나눠주라고 이화보에게 맡겼소. 따라서 내가 왜인의 돈을 노리고 살인을 했다는 주장은 터무니없소.

이화보에게 왜인의 시체를 대동강에 던지라 했소. 조선 사람의 원수일 뿐만 아니라 조선 팔도에서 자라는 모든 생물의 원수이기 때문이오. 내가 왜인의 살점을 뜯고 피를 마셨듯, 물고기와 자라도 그리 했으면 싶었소. 그리고 이화보에게 지필묵을 가져오게 하여 포고문을 썼소.

국모보수(國母報讐)의 목적으로 이 왜인을 죽이노라.
해주 백운방 텃골 김창수.

이화보에겐 서경장에게 받은 '의병좌통령' 첩지를 보여줬소. 또한 의병 수백 명이 곧 당도할 테니 짚신 등을 준비하라 시켰소. 왜인들이 많이 다니는 포구이니 혹시 나를 추격하지 않을까 하여 그리 말한 것이오. 나귀를 타고 집으로 돌아왔소. 다시 한 번 말할 테니, 똑똑히 들으시오. 나 김창수는 사사로운 이익을 위해 왜인을 죽인 것이 아니오. 조선의 수치를 씻기 위해 왜인을 죽였소. 국모의 원수를 갚기 위해 방방곡곡에서 일어난 의병을 떠올려 보시오. 나는 옳은 일을 했고 죄가 없으니 달아나지 않고 내 집에서 기다린 것이오. 나 때문에 혹시 다른 이들이 피해를 입을까 염려하긴 했소. 인천까지 끌려온 이화보는 죄가 없으니 당장 방면하시오.

지금 이 시간에도 왜군은 조선 의병을 공격하여 죽이거나 잡아들이고 있소. 왜인들이 의병의 동태를 파악하기 위해 조선 팔도를 돌아다니고 있소. 치하포뿐만 아니라 조선 팔도의 포구에서 변복한 왜인을 본다면 적으로 간주해야 하오. 나는 치하포란 전쟁터에서 왜군과 맞서 싸웠소. 치하포가 아닌 다른 포구에서 변복한 왜인을 다시 만난다면 나는 또 맞서 싸울 것이오. 나 김창수가 특별한 일을 한 것이 아니오. 조선의 의로운 병사라면 누군들 나와 같이 하지 않겠소. 내가 할 말은 이것이 전부요.

속전속결

속전속결. 일본 영사대리 겐조는 첫날부터 극형을 선고하라고 인천 감리 이호정에게 요구했다. 극형이란 곧 사형이다. 눈에는 눈 이에는 이. 일본인이 살해당했으니 그를 죽인 조선인 김창수의 목숨도 거둬들이는 것이 옳다는 논리였다. 인천 조계에 들어온 여러 나라가 재판 결과를 예의주시한다고도 했다. 이호정은 겐조의 요구대로 심문을 서두르진 않았다. 8월 31일 첫 심문을 한 후에도, 9월 5일과 9월 10일 두 차례 더 심문을 진행한 것이다. 김창수의 주장과 일본의 주장 그리고 치하포 사건 현장의 증언들을 하나하나 따지고 확인해 나갔다. 김창수는 집요하게 날아드는 질문을 회피하거나 기억나지 않는다며 발뺌하지 않고 전력을 다해 답했다.

눈에는 눈 이에는 이. 이 문장은 이호정에게 상반된 압력을 가했다. 일본과 친분이 두터운 대신들이 한양에서 인천으로 서찰을 보내왔다. 정당한 이유 없이 판결을 미룬다면 심각한 외교 문제가 된다는 주장이었다. 눈에는 눈 이에는 이. 감리서를 메운 백성들의 입장은 또 달랐다. 김창수를 벌하려거든, 궁궐에 난입하여 국모를 죽인 왜인들을 먼저 색출하여 엄벌해야 한다는 것이다. 죽은 조선 여자는 있으나 죽인 일본 남자들은 사라진 꼴이었다. 김창수 역시 이 부분을 힘주어 강조했다. 그때마다 대문 밖에선 박수가 쏟아졌고, 방청객은 눈물과 웃음으로 김창수의 주장에 공감했다. 판결이 늦춰지는 것을 일본이 원치 않는 이유가 바로 이것 때문인 듯했다. 재판을 할수록 개항 이후 일본이 저지른 만행이 더 길고 자세하게 드러났던 것이다.

영달은 배려하지 않았다. 김창수는 감옥소 서쪽 협문에서 감리서까지 차꼬와 수갑을 차고 걸어갔다가 걸어왔다. 폭우가 쏟아진 날에도 우산이나 우비를 허락하지 않았다. 10시간이 넘도록 심문을 이어 간 밤, 김창수는 더욱 기진맥진했다. 심문에 집중하느라, 점심과 저녁에 나온 식은 밥 한 덩이도 먹지 못한 탓이다. 그때도 영달은 냉정하게 포승줄을 당겼다. 재판을 마치면 감옥소로 즉시 복귀하란 명령을 간수장 박동구에게서 받았던 것이다. 도와주십시오! 이 한마디만 했다면, 차꼬 정도는 풀어 주지 않았을까. 먹구름 짙어 달도 별도 없는 밤길에선 김천동이라도 데려와서 업도록 하지 않았을까. 그러나 김창수는 끝까지 무릎을 꿇지도 도움을 청하지도 않았다.

영달은 감옥소로 돌아오자마자 박동구에게 즉시 보고했다. 그는 아무리 늦은 시각이라도 퇴근하지 않고 기다렸다. 재판을 참관한 적은 없었다. 경무청이나 감리서에는 강형식이 자주 나타났고, 박동구는 감옥소를 벗어나지 않았다. 강형식은 방청 공간 앞줄을 차지한 외국인들과 반갑게 인사를 나눌 뿐만 아니라, 일본 영사대리 겐조와도 종종 밀담을 주고받았다. 둘이서만 일본 조계에 인력거를 타고 가서 점심을 먹고 오기도 했다. 한번은 강형식이 영달에게 낮은 목소리로 이렇게 묻기도 했다.

"사일삼에게 특별히 배려하는 게 있나?"

"없습니다."

"확실한가?"

"확실합니다."

영달은 이 짧은 대화까지 망루로 가서 박동구에게 곧이곧대로 알렸다. 보고를 받은 그는 말없이 밤바다를 쳐다보기만 했다. 다음 날 아침 일찍 죄수 네 명이 사형수 대기실을 청소했다. 박동구의 명령 없인 간수들도 함부로 그 방에 들어갈 수 없었다. 영달은 김창수의 재판이 곧 끝나겠구나 하는 생각이 들었다. 그리고 그 재판 결과는 의병장이라 주장하는 스물한 살 해주 청년에게 무척 불리할 듯했다.

헛소문이 돌기도 했다. 김창수를 호송하는 간수가 일본인이라는 것이다. 인천 감옥소는 간수도 죄수도 모두 조선인이었다. 그런데 감옥소를 나서면 영달을 일본인으로 단정하고 숱한 비난이 쏟아졌다. 쪽발이 새끼! 왜놈! 아예 대놓고 일본말로 욕을 퍼붓는 이도 있었다. 크고 작은 돌들이 날아들었다. 새총을 날리는 아이부터 쥐불을 돌리듯 돌멩이를 던지는 어른까지. 돌에 맞아 이마가 찢긴 적이 두 번, 목에 생채기가 난 적이 한 번이었다. 눈을 부라리고 돌이 날아온 방향을 쏘아봤다. 이미 목적을 달성한 이는 구경꾼에 파묻혔다. 돌에 맞아 아프고 일본인으로 오해받아 억울하고 던진 놈을 잡지 못해 화가 났지만, 피 흘리는 영달을 쳐다보는 김창수의 시선이 더 불쾌했다. 가까이 다가서지도 않고 멀리 물러나지도 않은 채 멍한 눈빛이었다. 간수가 조선인이며 자신의 본분을 다할 뿐이라고 한마디만 했더라면, 더 이상 돌이 날아들진 않았을 것이다. 강형식과 박동구의 명령이 바뀌지 않는 한, 영달은 김창수를 도보로 이동시켜야 하는 책임자였다.

1896년 9월 10일, 비가 비를 부르고 또 그 비가 더 큰 비를 끌어당겼다. 갈매기들조차 그 비에 날개가 젖는 것이 싫은지, 사이사이 비가 멎는 아침이나 저녁에도 조계의 하늘을 날지 않았다. 감리서가 가까워지자 구경꾼들의 웅성거림이 커졌다. 재판 첫날부터 100여 명 정도는 죄수의 얼굴을 구경도 못하고 돌아가야 했지만, 오늘은 그 숫자가 훨씬 많았다. 줄잡아 천 명은 넘어

보였다. 그들도 재판이 막바지에 이르렀음을 아는 것이다. 국모를 죽인 왜인들이 붙잡혔다는 소식은 전혀 없었다. 벌써 일본으로 달아났으며, 일본 정부가 끝까지 그들을 보호할 것이라는 이야기들이 흘러나왔다. 겐조는 조선 왕비의 사망에 일본인이 개입된 증거가 없다며 오리발을 내밀었고, 김창수가 가토 히데키를 죽인 증거는 명명백백하다고 주장했다. 증거와 함께 증인이 있고 김창수의 자백까지 있다는 것이다. 영달이 김창수를 데리고 감리서 앞까지 닿는 데는 시간이 세 배는 더 걸렸다. 길을 내라고 관원들이 외쳤지만, 뒷걸음질 치는 구경꾼은 열 명 내외였고, 나머지는 한 걸음이라도 가까이에서 김창수를 보기 위해 다가섰다. 관원들이 몽둥이를 휘둘러 몇 명을 쓰러뜨렸지만, 다가오는 숫자는 줄지 않았다. 사흘 내리 쏟아진 비로 땅까지 질퍽거렸다. 뒤엉켜 밟고 밟힌다면 큰 사고로 이어질 수도 있었다. 감리서를 지키는 관원들을 밀어붙여 재판정에 난입하고도 남을 숫자였다. 김상노가 영달을 발견하고 총을 어깨 위로 들어 보였다. 간수들까지 감리서를 지키기 위해 차출된 것이다. 그들은 감리서를 한 바퀴 삥 둘러 경계 근무를 섰다. 위급 상황에 대처하기 위해 실탄까지 지급되었다. 겨우 열렸던 길이 구경꾼들에 의해 다시 막혔다. 재판 개시 시간이 20분밖에 남지 않았다. 그래도 두 번째 재판일엔 30분 전에 넉넉하게 재판정으로 들어갔는데 오늘은 강형식이 정한 15분 전 도착이란 내규를 어길 판이었다. 영달은 박달을 고쳐 쥐고 나아가려 했다. 열 명 아니 스무 명 정도를 두들기면 그래도 길이 열릴 것이다. 손목을 가볍게 탁탁 흔들어 목덜미나 귓불을 찢을 작정이었다. 영달보다 먼저 김창수가 움직였다. 나아가거나 물러선 것이 아니었다. 그는 다만 느릿느릿 제자리에서 시계 방향으로 몸을 돌렸다. 그리고 정면을 응시했다. 시선이 닿자마자 구경꾼들이 움찔 떨며 멈췄다. 웅성거림도 사라졌다. 침묵 속에서 한 바퀴를 돌고 다시 처음으로 돌아온 다음 김창수가 걸음을 뗐다. 파죽지세. 말 그대로 대나무가 갈라지듯 길이 열렸다. 다가오는 이도 없고 물러서는 이도 없었다. 그들은 서서 머물고 김창수는 걸어 움직였다.

감리서 입구에서 수건으로 얼굴을 거듭 훔쳤는데도 빗물이 바닥으로 떨어졌다. 다행히 재판 개시 15분 전에 재판정으로 들어왔다. 시계를 확인한 강형식은 고개를 돌려 일본 영사대리 겐조와 눈인사를 나눴다. 김창수는 허리를 꼿꼿하게 세운 채 눈을 감고 기다렸다. 한결같은 자세였다. 영달 역시 언제나처럼 김창수의 뒷자리에 섰다. 오늘은 다른 날처럼 긴 시간이 걸리지 않을 것이다. 증인 심문도 거의 끝났다. 김창수의 어깨와 머리에서 김이 모락모락 올랐다. 그 사이로 바라본 재판정은 묘하게 축축하면서도 어질어질 흐릿했고 사람과 기물이 모두 휘어 보였다. 그리고 흐느낌이 들렸다. 재판 내내 감리서 대문 밖에선 많은 이들이 울었다. 억울해서 울고 아파서 울고 슬퍼서 울고 괴로워서 울고 가여워서 울고 화가 나서 울었다. 재판장 이호정은 웬만한 울음은 못 들은 체하며 지나갔다. 김창수 역시 울음소리가 들린다고 고개를 돌리거나 몸을 움직인 적은 없었다. 그런데 이 울음은 달랐다. 바윗돌로 꾹꾹 눌러놓은 마음이 막막한 어둠을 비집고 겨우겨우 돋아나 싹을 틔우는 듯한 울음이었다. 울면 울수록 고통과 슬픔이 더욱더 속으로 말려들어 가는 울음이었다. 김창수의 고개가 서서히 울음이 들려온 쪽으로 돌아갔다. 영달은 김창수의 찢긴 흉터가 뚜렷한 왼뺨을 보곤, 그의 시선을 따라 고개를 돌렸다. 문에 기대앉은 늙은 여인이 하얀 수건으로 입을 막은 채 울고 있었다. 오늘 이호정이 어떤 말을 하더라도 그녀의 몸과 마음을 휘감은 슬픔을 지우진 못할 듯했다. 수건에 입과 코와 눈을 묻고 가쁜 숨과 함께 울음을 토하는 그녀의 얼굴을 제대로 확인하긴 어려웠다. 재판 첫날부터 지금까지, 그녀는 계속 재판을 보기 위해 찾아왔다. 저렇듯 작고 늙고 야윈 몸으로 감당하긴 힘든 시간이었으리라. 그녀의 어깨가 떨릴 때마다 김창수의 손도 떨렸다. 수갑을 찬 채로 김창수가 양손을 들어 올렸다. 그녀의 어깨를 감싸 다독이려는 듯이. 그리고 김창수의 피멍이 든 입술이 벌어졌다. 소리를 내진 않았지만, 그의 입술이 그녀를 불렀다. 어머니!

이호정이 감리서 안 재판정으로 들어왔다. 관련 문건을 품에 가득 안고 나왔던 그였지만, 오늘은 아무 것도 들지 않았다.

"김창수!"

이호정이 이름을 불렀다. 김창수가 자리에서 일어서다가 왼쪽으로 기우뚱거렸다. 이호정이 영달에게 시선을 돌렸다.

"곁에 와 서시오."

영달이 김창수 옆으로 가서 나란히 섰다. 팔을 붙들어 부축하진 않았다. 김창수의 젖은 몸에서 흘러나온 냄새가 코로 밀려들었다. 악하고 추하고 더러운 짐승들이 만들어내는 인천 감옥소의 악취였다. 수십 번을 씻고 석 달 열흘을 햇볕에 말려도 사라지지 않을 시궁창의 흔적이었다. 아무리 새롭고 건강한 이도 단숨에 낡고 병들게 만들어 버리는 시간의 늪이기도 했다. 보통 사람이라면 진작 고개를 돌리거나 코를 막았겠지만, 영달은 부동자세를 흐트러뜨리지 않았다. 이호정이 물었다.

"김창수는 아직도 무죄를 주장하는가?"

"그렇소. 의병장으로서 적의 간자를 처단한 것이 어찌 죄가 되겠는가?"

문밖에서 박수와 환호가 동시에 터졌다. 김창수는 단 한 걸음도 물러서지 않았다. 죄인이 유죄를 인정하고 반성한다면 그나마 정상참작을 고려할 수 있다. 이렇듯 무죄로 버틴다면 이호정으로서도 의견을 보탤 여지가 없었다. 방청석을 향해 엄중히 경고했다.

"조용! 다시 재판정을 소란케 하면 즉시 체포하여 옥에 가두겠다."

침묵이 깔렸다. 이호정이 방청객을 옥에 가두겠다고 말한 것은 처음이었다. 그만큼 그도 오늘의 심문을 특별하게 여기는 것이다. 일본 영사대리 겐조와 순사 와타나베 그리고 이화보를 비롯한 증인들을 훑었다. 그리고 다시 김창수를 쳐다보았다. 김창수도 그 시선을 피하지 않고 턱을 조금 들고 검은 눈동자를 올려 떴다. 영달의 귀는 이호정을 향하고 눈은 김창수에게 머물렀다. 어떤 상황에서도 김창수에게 눈을 떼지 않고 있다가 대처하는 것이 영달의 임무였다. 김창수가 쓰러지면 붙잡아야 하고, 재판장을 향해 달려 나가면 앞을 막아야 하며, 혀를 깨물거나 자해를 하면 끌어안고 제압해야 하고, 돌아서서 고함이라도 지르면 양손으로 그의 입을 덮어야 했다. 무슨 짓이라도 벌일 살인범이었다. 아무 짓도 하지 않고 지나간다면 다행이었다. 김창수는 아직 신식 재판을 받은 적이 없었다. 영달 역시 처음으로 재판정에서 죄수를 지키는 것이다. 이럴 때일수록 원칙에 충실하자는 것이 영달의 결론이었다. 재판정에 모인 사람들이 모두 재판장을 볼 때도 김창수만 볼 것! 그것이 간수의 특별함이기도 했다. 이호정의 문풍지처럼 떨리는 목소리가 귀를 파고들었다.

"나라를 위하는 김창수의 마음은 높이 사겠다. 하지만 치하포에서 살해된 일본인 가토 히데키가 국모 시해에 개입했다는 명백한 증거가 없다. 본 법정은 세 차례 심문 내용을 상세히 법부에 올리도록 하겠다. 법부의 조율재처(照律裁處)를 기다려 최종 판결을 내리겠다."

조율재처. 법률에 의거해 처결을 결정한다. 이호정은 자신의 판단을 단 한 문장도 얹지 않았다. 겐조의 얼굴은 불만으로 가득 찼다. 당장이라도 화를 내며 따질 기세였다. 이호정은 겐조에 겐 시선을 주지 않고 돌아서서 집무실로 곧장 들어갔다. 나중에 겐조의 항의를 받을 땐 받더라도 오늘은 김창수에 관해 다투고 싶지 않단 뜻이었다.

질문 하나

이호정이 법부의 조율재처를 기다리겠다고 했을 때, 김창수는 두 주먹을 쥐었다. 손톱이 손바닥을 파고들었다. 이호정은 서둘러 재판정을 나갔지만, 자리를 떠나지 못한 이들은 방청 공간과 대문 밖 백성들이었다. 일본 영사대리 겐조와 순사 와타나베의 얼굴은 흙빛으로 일그러졌다. 이호정이 김창수의 목을 매달아야 한다고 확실히 밝히리라 여겼는데, 애매하게 마무리를 하고 나가 버린 것이다. 실망은 분노로 재빨리 탈바꿈했다. 눈물을 훔치면서 낡은 의자를 주먹으로 내리치기도 하고, 이미 나가 버린 재판장을 향해 고함을 지르기도 했다. 부글부글 끓어올라 터지기 직전이었다. 강형식이 짧게 명령했다.

"뒷문!"

왔던 길로 돌아가는 것은 위험천만이었다. 천여 명의 구경꾼들이 아직도 감리서를 에워쌌다. 감옥소 서쪽 협문에서 감리서까지 김창수와 영달이 오간 길을 훤히 아는 이도 적지 않았다. 그들은 벌써 김창수에게 가까이 다가갈 길목을 골라 기다렸다. 선고가 나지 않았다는 소문이 삽시간에 돌았다. 오늘이 아니고는 감옥소 밖에서 김창수를 볼 기회도 없었다. 간수는 항상 최악을 대비해야 한다. 저들이 구경만 하는 것이 아니라 감옥소에 못 사도록 김창수를 막는다면? 간수들을 덮쳐 폭행하고 김창수를 빼돌리려 든다면? 불가능한 상상도 아니었다. 인천 감옥소는 완벽한 요새지만, 감옥소에서 감리서에 이르는 길은 허점투성이였다. 감리서 뒷문을 나서자 대기하던 인력거가 와서 섰다. 따라온 김상노가 급히 말했다.

"타, 어서!"

김창수를 먼저 올리고 영달도 뒤따랐다. 2인용 인력거였다. 김창수가 워낙 거구인 데다가 차꼬와 수갑에 포승줄까지 치렁치렁해서 좁았지만, 팔뚝과 허벅지를 딱 붙여 앉았다. 김상노가 천을 풀어 앞을 가리곤 알려줬다.

"간수장이 해 지면 들어오란다."

인력거꾼은 감리서에서 감옥소로 향하는 길과는 정반대로 방향을 잡았다. 감리서에서 멀어질 땐 꽁지 빠지게 달리더니 시야에서 구경꾼들이 사라지자 걷기 시작했다. 인적이 드문 외곽 골목으로만 움직였다. 최대한 빨리 손님을 목적지에 내려놓는 것이 인력거꾼의 영업 방침이다. 거리와 무관하게 두둑한 일당을

챙겼는지, 인력거꾼은 오르막 내리막 구별하지 않고 최대한 느릿
느릿 걸음을 뗐다.

불편했다. 죄수와 인력거를 함께 타고 인천 거리를 돌아다니
리라곤 상상도 못했다. 선고가 내리면 최대한 빨리 김창수를 감
옥소로 호송한 뒤, 일찍 퇴근하여 편히 쉴 생각이었다. 박동구도
어제 아침부터 오늘 정오까지 근무를 몰아서 하고, 내일 아침까
지 쉬겠다는 요청에 이의를 달지 않았다. 그런데 김상노는 해가
지면 감옥소로 들어오라는 명령을 전했다. 박동구는 영달이 정
오부터 비번인 것을 알면서도 그와 같은 명령을 내린 것이다. 대
낮에 감옥소로 들어가긴 어려워졌다. 김창수가 교묘하게 빠져나
간 사실이 알려지면, 분노한 구경꾼들은 감옥소로 몰려갈 것이
다. 감리서에서 했듯이 감옥소를 둘러싸고 문이란 문은 모두 막
은 채 김창수를 기다릴 것이다. 고함도 지르고 박수도 쳐대는 그
들이 제 풀에 지칠 때까지, 영달은 김창수를 데리고 감옥소에
서 가장 먼 곳에 있어야 했다. 박동구는 김창수가 특정한 건물
에 은신하길 바라지 않았다. 은신처가 발각되는 순간 위기가 닥
친다. 계속 움직이는 것이 바로 인력거다. 김창수가 인력거에 탔
다는 것도 상상하기 힘든 일이며, 인천 조계를 돌아다니는 수십
대의 인력거 중 김창수가 탄 인력거가 어떤 것인지 가리기도 어
려웠다. 박동구의 고려 사항엔 좁고 덜컹이는 인력거에 김창수와
단 둘이 탄 간수 영달의 불편함 따윈 들어 있지 않았다. 김창수

는 등을 인력거 등받이에 대긴 했지만 무게중심을 옮기진 않았다. 꽉 쥔 주먹도 풀지 않았다. 그 주먹을 내려다보며 거친 숨을 들이마셨다가 내쉬고 또 마셨다. 그는 여전히 미결수였다. 생각이 엄청나게 많은 듯도 했고 생각이 전혀 없는 듯도 했다. 스물한 살. 죽음을 받아들이기엔 이른 나이였다. 인력거가 갑자기 왼쪽으로 반원을 그리며 돌았다. 골목이 갑자기 꺾였기 때문이다. 그 바람에 엉덩이가 살짝 들릴 정도로 김창수의 몸이 영달에게 쏠렸다. 차꼬가 밀리다가 영달의 발목을 때렸고, 수갑이 흔들리며 영달의 명치를 긁었으며, 코와 입이 영달의 뺨에 딱 붙어 버렸다. 온몸에 힘을 쥐 버티지 않았다면 인력거 밖으로 영달은 튕겨 나갔을 것이다. 처음엔 짜증이 그다음엔 훨씬 강력한 두려움이 찾아들었다. 김창수 하나 때문에 영달의 일상이 얼마나 뒤엉켜 버렸는가. 감옥소와 재판정을 오가며 영달이 겪은 온갖 수모에 대해선 어떤 보상도 없었다. 오히려 이렇게 좁은 인력거에서 죄수와 몸을 비벼대는 신세였다. 간수와 죄수는 절대로 신체 접촉을 하지 않는 것이 감옥소 내규였다. 죄수의 악취는 죄수의 것이고 죄수의 때와 피딱지와 고름도 죄수의 것이다. 뒤이어 밀어닥친 두려움은 해일과도 같았다. 인력거가 반원을 그리며 돌긴 했지만, 김창수가 일부러 몸으로 밀어내고 있다면? 영달의 반응을 떠보는 짓이라면? 영달을 제압하고도 남겠다는 확신이 든다면, 놈은 영달의 목을 조르거나 비틀어 꺾으려 들지도 모른다. 맨땅에서라면 안전하게 거리를 유지하며 놈을 제압하겠지만, 지금은 좁아터진 인력거 안이다. 여기선 김창수가 차꼬와 수갑을 찼다고 해도, 간수의 목을 조르고 비트는 데 큰 어려움은 없는 것이다. 가장 먼저 떠오른 생각은 인력거꾼에게 인력거를 세우라고 명령하는 것이다. 물론 인력거꾼은 영달의 명령을 따를 것이다. 하지만 아직 밤이 되려면 멀었고 그때까지 인력거는 움직여야 했다. 한 곳에 오래 서 있는 인력거만큼 의심을 사는 물건은 없다. 인천 지리에 밝은 인력거꾼이라고 하더라도 골목의 폭과 꺾임을 모조리 꿰뚫긴 어렵다. 인력거가 한두 번 더 크게 반원을 그릴 가능성은 충분한 것이다. 김창수에게 영달을 공격할 기회가 남은 셈이다. 두 번째 생각은 영달이 날렵하게 인력거 밖으로 몸을 날리는 것이다. 그리하면 영달에게 기대던 김창수도 제 몸무게를 견디지 못해 인력거 밖으로 나뒹굴 것이다. 하지만 그랬다가 김창수가 중상을 입기라도 하면, 또 영달이 인력거 밖으로 피하려다가 다치기라도 하면, 두 가지 경우 모두 큰 문제였다. 영달이 택한 마지막 방법은 결국 박달이었다. 영달답게 응징하는 것이다. 그는 박달로 힘껏 김창수의 옆구리를 찌른 뒤 놈의 이마를 후려쳤다. 찢긴 이마에서 솟은 피가 인력거 좌석을 가린 천에 흩뿌려졌다.

피비린내가 났다. 김창수는 양손을 들어 이마에서 흐르는 피를 닦으려 했다. 그러나 수갑 때문에 손놀림이 무뎠다. 피가 뺨과 목덜미를 지나 허벅지와 발등에도 떨어졌다. 팔뚝과 엉덩이를 대고 앉은 영달의 손과 발과 옷도 곧 피범벅이 되었다. 박달을 쓰기 전에 고려했어야 할 상황이다. 악취와 땀처럼 피도 뒤섞인다는 것을. 인력거가 덜컹대자, 그 피가 영달의 뺨과 눈두덩까지 튀었다. 일직선으로 뻗은 은행거리나 창고거리를 제외하면 대부분의 인천 골목은 꼬불꼬불 휘었다. 김창수가 영달에게 기울든지 영달이 김창수에게 기울었다. 김창수가 흘린 피인지 영달이 흘린 피인지 구별하기 힘들 지경에 이르렀을 때, 영달은 간수복을 벗어 소매를 찢었다. 김창수를 위해서가 아니라 자기 자신을 위한 조처였다. 흐르는 피를 그의 몸에 더 이상 묻히고 싶지 않았던 것이다. 김창수는 눈에 핏물이 들어갔는지 자꾸 고개를 흔들며 두 눈을 꿈적거렸다.

"가만있어."

소매를 찢은 천으로 이마를 감싸 묶었다. 김창수의 눈이 더욱 깊어 보였다. 그 눈은 영달에게 이렇게 따져 묻는 듯했다. 병 주고 약 주는 게요?

긴 하루였다. 감옥소에선 아침에 출근하여 업무를 하다 보면 어느새 저녁이었다. 짐승들을 부리기 위해선 의외로 잔손질이 필요한 일이 많았다. 죄수들은 법을 어기는 데 이골이 났다. 간수가 조금만 방심해도, 내규에 어긋난 짓을 저지른다. 죄수들이 수집 목록에 올린 연장들은 다양했다. 단검이나 송곳부터 바늘에 이르기까지, 감옥소에서 금지하는 것들을 죄수 중 누군가는 지니고 다녔다. 현장에서 바로 적발하지 않으면, 금지품들은 마술처럼 사라졌다. 죄수들은 그런 품목을 지닌 적이 없었다며 오리발을 내밀었다. 간수만 헛것을 본 미친놈 취급을 받기도 했다. 놀림감이 되지 않으려면 죄수들의 일거수일투족을 빠짐없이 살펴야 한다. 그런데 감시받는 중이라는 걸 죄수가 알면 금지품을 꺼내 불법을 저지를 리 없다. 간수는 감시하면서도 감시하지 않는 척 무심하게 딴전을 피워야 했다. 인력거에선 그 따위 연기를 할 필요가 없었다. 영달은 김창수만 보고 듣고 냄새 맡았다. 때론 살갗까지 거칠게 눌렀다. 감옥소에서 영달이 맡았던 일상 업무가 여기선 대부분 사라졌다. 김창수와 인력거에 머물다가 해가 지면 감옥소로 돌아가는 것. 그것이 전부다. 그러니 시간이 더디게 흐른다. 김창수는 먼저 말을 시작할 놈이 아니었다. 경무청을 오가는 동안 또 재판 과정에서 그는 최대한 말을 아꼈다. 한껏 오므렸다가 단숨에 튀어 오르는 개구리처럼. 해주 감영에서 그는 줄곧 독방에 갇혔다고 했다. 하루나 이틀쯤 말을 하지 않는 것이 그에겐 이상한 일이 아니었다. 그렇다고 영달이 입을 열긴 싫었다. 간수는 죄수와 대화하지 않는다. 간수는 죄수에게 명령할 뿐이다. 가만있어! 영달은 이미 김창수의 이마를 천으로 감싸며 첫 명령을 했고, 김창수는 명령대로 따랐다. 더 이상무슨 명령을 더 한단 말인가. 명령한다 해도, 그걸 김창수가 지키기까진 1분도 채 걸리지 않을 것이다. 이어 갈 명령이 없다면 명령하지 않는 편이 낫다. 그렇지만 오늘 하루가 너무 길었다. 지

금쯤이면 감옥소에도 김창수에 대한 선고가 확정되지 않았다는
사실이 알려졌을 것이다. 김상노를 비롯한 간수들이 돌아가고도
남을 시간이니까. 간수들이 알면 죄수들도 귀신같이 냄새를 맡
는다. 죄수들도 김창수를 기다리고 있을 것이다. 미결수 김창수
의 몰골을 보고 싶을 것이다. 그런데 김창수는 물론이고 그를 호
송하고 재판소를 오가던 간수마저 돌아오지 않고 있다. 죄수들
은 이 잠적을 두고 희횡된 이야기를 만들어내고 있을 것이다. 누
구보다도 초조한 사람은 조경신이리라. 김상노를 비롯한 간수들
에게 혹은 간수장 박동구에게까지 가서 김창수의 행방을 따져
물었을 수도 있다. 그러나 간수장과 간수들이 그녀에게 인력거
의 비밀을 귀띔할 까닭이 없다. 영달도 끝까지 함구할 것이다.

해가 뉘엿뉘엿 지기 시작했다. 인력거꾼은 재판소를 떠난 후
처음으로 인력거를 세웠다.
"급한 볼일만 보고, 곧바로 출발하겠습니다."
외국인 공동묘지였다. 어둠이 깔리기 시작한 묘지를 찾는 이
는 없었다. 인력거를 나온 김창수와 영달은 묘지 입구 소나무로
가서 참았던 오줌을 눴다. 둘은 잠시 공동묘지를 바라보며 섰다.
조선인 공동묘지에 비하면 봉분도 크고 비석이나 장식물도 호화
로웠다. 이국의 공원이라고 해도 믿을 정도였다. 까악 까아악. 까
마귀들이 군데군데 비석 위나 봉분 위에 앉아서 밤을 기다렸다.
이 넓은 언덕에서 죽은 자는 100여 명이 넘고 산 자는 인력거꾼

을 포함하여 세 명에 불과했다. 그중에 김창수도 곧 죽어 땅에
묻힐 것이다. 크고 반들거리는 비석은 죽은 자의 이름과 생몰일
을 품은 채 서 있었다. 온통 죽음으로 휘감긴 공동묘지를 쳐다보
며, 영달은 오랫동안 참았던 질문 하나를 꺼냈다. 감옥소에 이르
렀을 때 던질까. 오늘보다는 다른 날이 나을까. 또 생각들이 엉
켰다. 공동묘지를 향해 서고 보니, 질문을 던질 곳이 바로 여기
란 확신이 들었다. 영달의 머리로는 도저히 이해하기 힘든, 재판
과정 내내 떠올랐던 질문이었다.

"하나만 묻자. 왜놈을 죽인 뒤 왜 벽에 주소를 적어 두고 돌
아와 기다렸지?"

김창수가 담담히 답했다.

"의병장으로서······."

말허리를 잘랐다.

"그렇게 죽고 싶어?"

고개를 돌려 김창수의 두 눈에 깃든 어둠을 뚫어져라 쳐다보
았다. 김창수도 영달의 시선을 피하지 않았다. 까마귀 한 마리가
머리카락을 스칠 정도로 아주 낮게 날아 숲으로 들어갔다. 영달
은 허리를 숙였지만 김창수는 그대로 선 채 고개를 다시 돌려 이
미 이승을 떠난 외국인들의 무덤을 살폈다. 어둠이 밀려들었다.
비석에 새겨진 글자와 숫자들이 어둠에 잠겨 사라졌다.

"미치도록 복수하고 싶은 적 있소?"

"복수?"

"복수하고 싶은데, 번번이 실패한 적은?"

영달은 자신에게 낡은 목선을 속여 판 선주를 떠올렸다. 강화도 투전판에서 그를 붙잡았고 손등을 박살냈을 뿐만 아니라 인천 감옥소에서도 여러 차례 두들겨 팼었다. 선주는 옥사했고 영달은 살아남았다.

"복수를 하려고 절벽 끝까지 갔었소. 거기까지만 간 것도 용감했다고 이제 그만 돌아오라더군. 나는 절벽에서 허공을 향해 횡으로 뻗은 나무줄기를 타고 올라섰다오. 그 나무에서 가장 마지막 가지에 매달렸소. 두 팔은 물론이고 허리까지 팽팽하게 당겨졌소. 그리고 그 손을 놓았지. 되돌아올 기회가 남은 데까지만 가는 건 비겁한 것이오. 살고 죽고는 내 문제가 아니오. 나는 복수하고 싶었소. 그리고 마침내 내 식대로 성공한 게요. 개항 이후 우린 늘 양이와 왜국에게 당하기만 했소. 조선에도 복수를 꿈꾸고 복수에 성공하는 사내가 하나쯤은 있어야 하지 않겠소? 그래서 해치워 버린 게요. 내가 달아나면, 왜인의 돈을 노리고 저지른 강도짓이 되고 만다오. 붙잡힌다면, 재판을 받을 테고, 그 자리에서 난 왜국과 양이가 조선에 저지른 범죄 행각을 낱낱이 밝히고 싶었소. 해주 감영에서 고문을 받으면서도 나는 한마디도 불지 않았소. 적어도 인천항 재판소 정도는 되는 곳에서, 왜국과 양이의 외교관과 장사꾼이 모인 자리에서 주장하고 싶었소. 너희들이 저지른 악행을 하나도 잊지 않고 있다고. 계속 우리를 능멸한다면, 눈에는 눈 이에는 이, 전부 갚아 주겠다고. 복수하겠다고."

　확신범이었다.

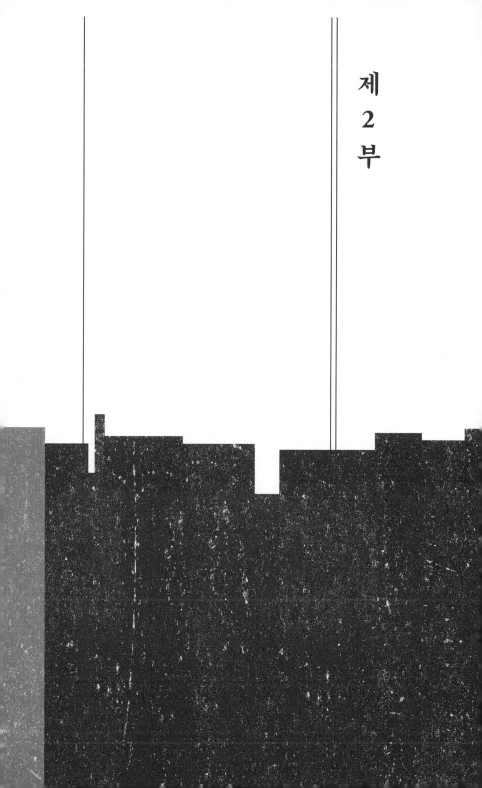

제 2 부

먹이 피라미드

태초에 감옥소가 있었다.

법 앞에 만인이 평등하지 않듯, 감옥소에서 모든 죄인이 평등하진 않았다. 짐승! 이렇게 묶어 말할 때도 있지만, 호랑이가 어찌 하룻강아지와 평등하며, 독수리가 어찌 제비와 날개를 나란히 하랴. 죄수들에겐 낙인처럼 통하는 숫자가 있다. 그것은 바로 형량이다. 반년도 채 살지 않는 단기수와 10년이 넘어가는 장기수 그리고 감옥소에서 평생을 썩어야 하는 무기수가 어찌 평등할까. 숫자로 측량하기 힘든 형량도 있으니, 곧 사형이다. 그러나 오직 형량에 따라 죄수들의 층이 나뉜다고 믿는 것은 어리석다. 감옥소는 그렇게 단순하지 않다.

죄수들을 짐승이라고 부르는 것은 비유가 아니다. 그들은 정말 짐승 그 이상도 그 이하도 아니다. 그들이 짐승이란 걸 단적으로 드러내는 물증이 있다. 먹이 피라미드다. 약자부터 강자까지 층을 이룬다. 약자로 내려갈수록 그 수가 많고 강자로 올라갈수록 그 수는 적다. 최강자는 오직 혼자일 경우가 대부분이다. 숲의 왕 호랑이가 그러하듯이. 죄수들을 구별하는 기준은 오직 하나다. 약한가 강한가. 그런데 여기서 새로운 질문이 생긴다. 강하다는 것은 무엇이고 약하나는 것은 무엇인가. 흔히 상상하듯이, 일대일로 겨뤄 이기는 쪽은 강하고 지는 쪽은 약할까. 그렇다면 폭행이나 강도짓을 일삼다가 들어오는 죄수가 가장 강할 것이다. 그러나 감옥소엔 키가 작고 몸이 왜소한데도 흉악한 범죄를 저지른 이들이 적지 않다. 가족을 독살하거나 감쪽같이 사기를 쳐 피해자들을 죽음의 구렁텅이로 몰아넣거나 넉넉한 양반 자제들만 골라 유괴하여 큰돈을 벌기도 한다. 저마다의 장기를 무시한 채 힘만 겨뤄 강약을 정할 순 없다. 6년 동안 영달은 단 한 번도 정정당당하게 일대일로 혈투가 벌어지는 광경을 목격하지 못했다. 간수들이 눈치 채지 못하는 사이에 누구는 약자에 들고 누구는 강자에 속했다.

따지고 보면 세상살이가 다 그렇겠지만, 감옥소의 먹이 피라미드에선 두 가지 습성이 도드라진다. 먼저 죄수들은 무리를 짓는다. 각 호실 별로 많게는 여덟 명에서 적게는 네 명 정도 죄수들이 배정된다. 그러나 호실이 같다고 같은 무리도 아니고 호실이 다르다고 다른 무리도 아니다. 무리를 이룰 때 자기보다 못한 죄수들과 엮이기를 바라는 죄수는 없다. 감옥소에서 살아남으려면 자기보다 강한 죄수와 손을 잡아야 한다. 여기서 제일 중요한 것은 최강자의 선택이다. 최강자가 가까이 두는 죄수는 최약체라 해도 바닥을 기진 않는다. 최강자의 보호를 받는 이상, 그를 건드릴 죄수는 감옥소엔 없다. 신입 죄수의 입장에서 보자면, 그들이 들어오기 전 벌써 무리는 만들어져 있다. 스스로 무리를 만들기란 하늘의 별 따기다. 최강자와 일대일로 맞서기도 벅찬데, 이미 꾸려 놓은 무리와 대적하는 것은 불가능에 가깝다. 신입에겐 그러므로 기존 무리의 선택을 받아 강자로 들어가든가 아니면 외톨이 약자로 남든가 둘 중 하나의 선택밖에 없다. 최강자와 정정당당하게 겨루는 것은 영원히 만들어지지 않는 망상이다. 또 다른 습성은 강자와 약자를 가르는 또 하나의 기준과 연관이 있다. 그것은 간수와 얼마나 가까운가 하는 것이다. 인천 감옥소는 간수장 박동구가 절대적인 권한을 갖고 간수 전체를 통솔한다. 즉 인천 감옥소에서 최강자가 되려는 죄수는 간수장 박동구의 신임을 받아야 한다. 박동구의 눈 밖에 나면 먹이 피라미드 최상층에 군림하던 죄수도 하루아침에 추락하고 만다. 아직 그와 같은 몰락은 일어난 적이 없다. 강자일수록 박동구에게 맹종하기 때문이다.

김창수의 재판이 끝날 때까지, 박동구는 김창수를 무릎 꿇려 고분고분하게 길들이는 일을 영달에게 맡겼다. 감옥소와 경무청 그리고 감리서를 오가며, 영달이 조경신의 제안을 무시하고 김창수를 혹독하게 다룬 것도 그의 묵인 덕분이다. 그 밤 외국인 공원묘지를 떠나 감옥소로 돌아왔을 때, 영달은 박동구에게 보고하기 위해 서둘러 간수실로 갔다. 혼자 따로 방을 써도 되지만, 박동구는 간수실 구석에 칸막이만 하고 업무를 봤다. 간수 한 녕 한 녕을 사연스럽게 살피고 평가하기 위해서였나. 영달이 손잡이를 쥐자마자 저절로 문이 열렸다. 안에서 두꺼비 마상구가 먼저 문을 민 것이다. 하마터면 영달은 문에 이마를 부딪힐 뻔했다. 두꺼비가 영달의 손에 들린 박달을 내려다보며 피식 웃었다. 비웃음이었다. 두꺼비 이 새끼가……. 박달을 쥔 영달의 손에 힘이 들어갔다. 제아무리 인천 감옥소의 최강자 두꺼비라고 해도 간수를 비웃을 순 없다. 응징하려는 순간, 간수실에서 박동구의 굵은 음성이 들렸다.

"이리 와 앉아!"

두꺼비가 피하지도 않고 영달의 어깨를 밀며 지나쳤다. 영달은 박달을 휘돌려 허공의 한 점을 갈긴 뒤 문을 닫고 간수실로 들어갔다. 영달이 맞은편 의자에 앉자마자 박동구가 노려봤다. 할 말이 있으면 해 보라는, 박동구만의 기다림이었다. 영달은 호락호락 입을 열지 않고 버텼다. 박동구는 인력거를 준비해 뒀단 이야길 영달에게 미리 귀띔할 수도 있었지만 하지 않았다. 그 이유를 영달은 직접 듣고 싶었다.

"내가 왜 널 간수로 데려온 줄 알아?"

영달의 예상을 훨씬 벗어난 물음이었다. 궁금하긴 했지만 질문할 기회가 없었고, 1년이 지난 뒤론 그걸 따져 답을 듣기엔 늦었단 생각도 했다. 박동구가 답을 줬다.

"넌 정말 냉정했어. 보통 사람 같으면 머리부터 후려쳐서 치명타를 안겼을 텐데, 넌 손과 발부터 정확히 때려 부러뜨렸지. 달아날 수 없게 만든 다음 치명타를 안기려고 작정한 거야. 간수도 그렇게 주도면밀해야 해. 죄수가 아프네 슬프네 죽겠네 별짓을 다 하더라도 마음이 흔들려선 안 돼. 간수로서 할 일만 딱 하는 거지. 넌 그랬어, 그날! 그런데 말이야…… 결국 김창수를 꿇리는 덴 실패했군. 이영달도 감당하기 힘들 정도로 독종이다 이건가! 당분간은 두꺼비 뒤만 봐줘."

"아닙니다. 제게 기회를……."

박동구가 돌아앉았다. 영달은 말을 멈췄다. 간수장이 등을 보인다는 것은 의논할 구석이 전혀 없다는 뜻이다. 그런데도 변명을 계속하는 것은 항명이었다. 영달에겐 오늘 하루 더 기회가 있었다. 이마를 찢는 것이 아니라 두 다리를 부러뜨려 반병신으로 만들었더라면? 박동구는 영달이 6년 전 투전판에서처럼 신입 죄수 김창수를 몰아붙이지 않았다고 예리하게 짚었다. 김창수가 죽든 영달이 죽든, 결판을 낼 마음까진 아니었던 것이다. 박동구는 인간의 냉정함 대신 짐승의 무자비함을 택했다. 김창수가 기결수냐 미결수냐 하는 것은 중요하지 않았다. 감옥소에서 감히 질문하고 고민하는 것을 멈추지 않는다는 것이 박동구에겐 더 큰 문제였다. 단 한 명의 죄수도, 짐승이 아닌 인간으로 감옥소에서 살아가는 꼴을 보고 싶지 않았던 것이다. 사람의 마음을 지닌 영달은 주저했지만, 짐승의 욕심만 넘치는 두꺼비라면 김창수를 끝까지 밀어붙여 인간의 탈을 벗기리라.

먹이 피라미드는 죄수에게만 있는 것이 아니다. 감옥소장에서 간수까지도 피라미드가 존재한다. 죄수의 피라미드와 다른 점은 직책에 따라 그 층이 대략 나뉜다는 점이다. 최상층에 감옥소장 강형식이 있고, 그 아래 간수장 박동구가 있으며, 또 그 아래 간수들이 있다. 그런데 감옥소장 강형식과 간수장 박동구의 관계는 맡은 직책에 따른 층으로 구별되지 않았다. 비유하자면 감옥소장은 뜨내기고 간수장은 붙박이다. 강형식이 부임하기 전까진, 직책이 높다 하여 감옥소장이 간수장 박동구를 함부로 못했다. 감옥소장이 부임하기 오래 전부터 간수들은 박동구를 중심으로 똘똘 뭉쳤던 것이다. 박동구는 감옥소장이 간수장인 자신 앞에서 비굴하게 꼬리를 내리는 장면을 만들어 왔다. 강형식만은 달랐다. 박동구가 쳐놓은 덫에 걸려들지 않았다. 강형식은 박동구의 전문성을 인정하면서도, 늘 그보다 더 큰 숲을 암시했다. 그 숲을 본 간수는 없었다. 강형식은 박동구가 반대할 명령은 아예 내리지 않았다. 갈등을 일으킬 상황을 만들지 않는 것이다. 의견이 일치하는 일엔 함께 목소리를 냈지만, 조금이라도 의견이나 취향이 다를 때는 서로 침묵하며 지나쳤다. 김창수에 대해선 두 사람의 입장이 같았다. 차라리 죽는 게 낫겠다는 생각이 들 정도로 괴롭힐 것! 그러나 죽이지는 말 것!

강형식에겐 강형식만의 목적이 있었다. 영달이 김창수와 인력거를 타고 인천 골목을 돌아다니고 있을 때, 강형식은 일본 영사관에서 겐조 영사대리와 독대했다. 겐조는 화를 삭이지 못했다.

"재판정에서 김창수가 보인 언행은 대일본제국에 대한 도전이오. 일본 국민을 살해하고 어찌 무죄를 주장할 수 있소이까? 나는 놈이 단 한 순간도 편히 지내기를 원치 않소. 법부에 압력을 넣어 조속히 사형이 집행되도록 할 것이오. 사형이 집행되는 날까지, 순간순간 손톱 발톱을 뽑고 무릎뼈와 어깨뼈를 잘게 부수고 싶다오. 사형은 놈에게 너무 가벼운 징벌이오. 목숨을 앗는 것은 기본 중의 기본. 김창수가 살아서 지옥을 맛보게 해 주시오. 그리만 해 준다면, 대일본제국은 강 소장의 후의를 영원히 잊지 않을 것이오. 조선 조정에서 요직을 맡도록 힘써 보리다."

"맡겨 주십시오."

강형식은 길게 답하지 않았다. 3년 전 인천 감옥소장으로 부임한 후 조계에서 외국인들을 사귀고 그들의 뛰어난 문물을 접하며 확신했다. 결국 조선은 강대국들의 각축장이 될 것이다. 거기서 이긴 나라가 조선을 좌지우지하며 속국으로 둘 것이다. 지금으로선 일본이 마지막 승자가 될 가능성이 컸다. 죄수 하나를 감옥소에서 괴롭히는 것은 강형식에겐 너무나도 손쉬웠다. 재판정에서 김창수는 당당했으나 감옥소엔 감옥소만의 룰이 있다. 그리고 강형식은 그 일마저도 제 손에 피를 묻힐 마음이 전혀 없었다. 더러운 일은 박동구에게 시키고, 감옥소장인 자신은 영광만 누리면 되는 것이다.

　강형식은 박동구를 소장실로 불렀다. 취임 3년 만에 처음이었다. 간수장이나 간수들에게 지시할 말이 있으면 강형식이 직접 간수실로 내려왔다. 갑작스런 방문은 간수들을 긴장시키고 불편하게 만들었다. 소장실에 대해선 갖가지 억측이 따라다녔다. 권총 수집이 취미인 강형식답게 세계의 희귀한 권총들이 벽에 가득 붙어 있다고도 했고, 외국인들에게서 선물 받은 서양화로 방을 도배했다고도 했다. 하루 종일 양이 음악이 흘러나온다고도 했고, 아무 소리도 들리지 않는다고도 했다. 박동구는 소장실에 무엇이 있는지 전하진 않았다. 먼저 입을 연 것은 강형식이었다.
　"겁박이 뭔지 제대로 가르쳐야 하지 않겠나?"
　나이는 박동구가 훨씬 위지만, 강형식은 간수든 죄수든 무조건 하대했다. 인천 감옥소 피라미드 최상층을 차지한 이가 누리는 권리였다.
　"알겠습니다."
　박동구는 단답으로 받았다. 말을 할수록 손해인 분위기였다.

"살인범들은 종종 사고를 치지. 이왕 죽을 목숨, 이러면서 말이야. 김창수가 재판정에서 너무 떠드는 바람에 조계의 외국인들은 물론이고 한양까지 소문이 쫙 퍼졌어. 놈의 감옥소 생활을 알려고 들지도 몰라. 겁박당했다고, 첫날처럼 지껄인다면……."

"그런 일 없을 겁니다."

"나야 간수장을 믿지. 하지만 영사대리 겐조 씨는 질문할 게 많더군. 김창수가 초죽음 상태로 지낸다고 했더니 사실이냐고 따졌어. 겐조 영사대리 입장에선 그렇게 물을 만해. 김창수가 재판정에서 끈질기게 할 말 다 했으니까. 담당 간수가 누구지?"

"이영달입니다."

강형식의 검은 눈동자가 잠시 위로 올라갔다가 내려왔다. 그 사이 박동구가 의견을 덧붙였다.

"제가 직접 챙기겠습니다."

강형식이 박동구를 노리며, 광대에 웃음기까지 살짝 묻혀 말했다.

"그 말, 싫진 않군."

조율재처

1896년 9월 12일은 새벽부터 안개가 짙었다. 그 안개를 뚫고 나타난 인력거 두 대가 대불호텔에 손님을 연이어 내려놓았다. 손님들은 호텔 뒷문으로 들어섰고 인력거는 창고거리로 사라졌다. 3층 연회실에 먼저 도착한 사람은 일본 영사대리 겐조였고, 뒤이어 들어선 이는 인천 감리 이호정이었다. 미리 준비한 빵과 함께 아침 가비가 나왔다. 겐조가 가비를 한 모금 마신 뒤 이호정을 몰아세웠다.

"사형을 시켜야 마땅하다고 왜 말씀하지 않았소이까?"

"충분히 심문하였으니, 법부에 조율재처(照律裁處)하는 것이 낫다고 판단하였습니다."

겐조가 밀어붙였다.

"조율? 법률에 비춘다. 대명률(大明律) 인명모살인조(人命謀殺人條)에 따라 김창수를 당장 참(斬)하는 것이 옳지 않겠소?

살인을 하였다고 자복을 하였소이다. 의병좌통령 운운은 핑계일
뿐이오. 오늘이라도 당장 보고서를 법부에 올리도록 하세요."

"언제 올릴 것인가는 내가 판단하겠소. 영사대리께서 오늘 하
라 내일 하라 정할 일이 아닙니다."

이호정이 침착하게 받았다. 겐조가 빵을 집어 입에 넣고 오물
거렸다. 짧은 침묵이 흐르는 동안, 겐조는 도끼눈으로 이호정을
노려봤다.

"잊지 마세요. 대일본제국은 자국민이 무참히 살해당한 것을
좌시하지 않소이다. 귀국에서 판결을 지연하거나 합당한 판결을
내리지 않을 때는 가만 있지 않을 것이오. 이 감리의 잘못부터
따져 묻겠소."

"잘못이라니요? 내가 무슨 잘못을 했단 겁니까?"

이호정이 정색을 하고 묻자 겐조가 말머리를 돌렸다.

"입장을 바꿔 놓고 생각해 보시오. 조선 상인이 일본의 작은
포구에서 일본인에 의해 난자당해 죽었다면, 귀국은 어떤 입장
을 내었을 것 같소이까?"

"그와 같은 불행을 가정하고 싶지 않소. 심문 과정에서 귀국
의 뜻은 충분히 들었소. 하지만 재판은 우리가 하는 것이오. 잘
들으시오. 우선 판결을 지연할 이유가 없음을 분명히 밝혀 둡니
다. 또한 판결이 어떻게 나더라도 그 판결에 대해 귀국이 왈가왈
부할 순 없소. 그와 같은 짓은 명백한 내정간섭이다 이 말입니
다. 법부에는 곧 심문 내용과 함께 보고서를 올리도록 하겠소."

인천항 재판소 판사 겸 인천 감리 이호정은 외부대신에게 9월 12일, 법부대신에게 9월 13일 보고서를 띄웠다. 외부대신에 겐 인천항 감리, 법부대신에겐 인천항 재판소 판사 자격이었다. 두 보고서에 치하포 객사 주인 이화보는 석방하고 김창수는 조율재처하라고 똑같이 적었다. 공은 이제 조정으로 넘어간 것이다. 이때 왕은 리시아 공사관에 있있다. 1895년 10월 왕비가 시해된 후 1896년 2월 몸을 피한 것이 가을까지 이어졌다. 조정은 친러파 대신들이 장악했으며 친일파 대신들은 입지가 좁았다. 인천에서 일본 영사대리 겐조가 아무리 화를 내더라도, 일본의 요구를 곧이곧대로 받아들여 신속하게 응할 대신이 조정엔 없었다. 1896년 9월은 그렇게 아무런 답도 없이 흘러갔다.

죄수들

인천 감옥소의 기상 시간은 새벽 6시였다. 지옥문으로 들어선 후 지금까지 단 하루도 빠지지 않고 기상 시간보다 30분 일찍 일어나는 죄수가 있었다. 기상 태평소를 부는 사형수 고 진사였다. 그는 6시부터 15초 동안 태평소로 세상에서 가장 시끄러운 소리를 낸 뒤 온종일 침묵했다. 제 할 일을 알아서 미리미리 챙기는 강물 같고 바람 같은 사람이었다. 김창수가 오기 전까진 감옥소에 수감 중인 유일한 사형수인 탓에 말 붙이는 죄수도 드물었다. 김창수도 구호실에서 같이 지냈지만 입소 후 한동안 고 진사의 목소리조차 듣지 못했다.

두꺼비가 김창수를 찍었으며 간수장 허락까지 받았다는 풍문이 삽시간에 퍼졌다. 두꺼비로선 말이 나는 쪽이 유리했다. 간수장의 비호 아래 김창수를 두들긴다는 걸 확실히 하는 셈이니까. 감옥소에서 간수장의 비호는 명분 그 자체였다. 손끝 하나 건드리지 않았는데도, 풍문만 듣고 겁에 질려 무릎을 꿇은 죄수도 여럿이었다. 김창수에게 싸우려 들지 말고 무조건 항복할 것을 권한 죄수는 전과 3범으로 징역 12년형을 살고 있는 조덕팔이다. 죄수들은 하루 30분 점심 식사 후 앞마당에서 휴식 겸 운동을 했다. 운동이라고 해 봤자 가벼운 걷기가 고작이었다. 대부분은 삼삼오오 모여 쑥덕거렸다. 김창수는 담 가까이 가장 크게 원을 그리며 혼자 천천히 돌았다. 누구와도 말을 섞지 않겠다는 뜻이 꽉 다문 입술과 내리깐 시선에 담겼다. 조덕팔이 등 뒤에서 어깨동무를 하듯 김창수를 안았다. 김창수가 도끼눈으로 쨌렸지만 못 본 척 입을 열었다.

"소식 들었다. 갈 때 가더라도 감옥소에 있는 동안엔 맘 편히 지내야지? 이 형님이 시키는 대로만 하면 걱정도 오늘로 끝이야."

김창수가 걸음을 멈추곤 조덕팔을 노려보며 어깨를 흔들었다. 당장 어깨에 걸친 손을 내리지 않으면 주먹이라도 날릴 기세였다. 조덕팔은 그 시선도 피하며 엄지를 치켜들었다.

"우선 우리 감옥소에서 이거, 제일 센 이거부터 알아야겠지? 저기 다른 놈들보다 머리 하나는 더 큰 인간 보이지? 별명이 두꺼비야. 다른 신입들은 전부 와서 인사를 했는데 너만 안 했다며? 그러다 쥐도 새도 모르게 당해. 지금이라도 가서 인사드려. 빈손으로 가면 안 되는 건 알지?"

"죄수들끼리 무슨 인사를 합니까? 그리고 해주 감영에 갇힐 때부터 난 빈손이었수."

"정말 모르는 거냐? 알면서도 이딴 식으로 개기겠단 거냐?"

"신경 끄쇼."

김창수가 세게 나오자, 조덕팔은 고개를 저으면서도 더 권하진 않았다. 턱짓을 하며 말머리를 돌렸다.

"저 고자질쟁이 황가 앞에선 입구멍이랑 똥구멍 조심해."

김창수가 조덕팔이 가리키는 쪽으로 시선을 돌렸다. 간수 김상노를 따라 키가 작고 어깨가 좁은 중늙은이가 썩은 앞니를 몽땅 드러낸 채 비굴하게 웃으며 지나갔다.

황기배는 사기범이다. 대불호텔 주인 행세를 하며 대구의 만석꾼에게 호텔을 팔아넘긴 후 같은 수법으로 스튜어트 호텔을 송도 거상에게 팔려다가 덜미가 잡혔다. 돈 한 푼 없이도 세상의 값비싼 건물들을 제 것인 양 파는 재주가 남달랐다. 대동강 강물을 판 봉이 김선달을 능가한다 하여 '황선달'이란 별명이 따랐다. 자기에게 이로우면 거짓말과 배신을 서슴지 않았다. 징역 6년을 선고받고 1898년 봄에 출옥 예정인 그는 인천 감옥소 죄수 중 가장 자유로웠다. 2년 전 삼(三)호실 죄수들의 탈옥 모의를 밀고하여 박동구의 신임을 얻었다. 탈옥 모의범 중 둘은 목이 달아나고 나머지 둘은 발목과 무릎이 부러져 앉은뱅이가 되었다. 두 손으로 바닥을 기어 다니는 죄수를 보고도 황기배는 미안한 기색이 전혀 없었다. 밀고한 죄수는 응징하는 것이 죄수들의 불문율이지만, 박동구는 죄수들을 전원 집합시켜 놓고 경고했다. 황기배를 건드리는 놈은 두 손 두 발 모두 잘린 채 땅바닥을 배로 쓸며 다니게 될 것이라고. 힘든 업무는 무조건 열외였고, 해가 진 뒤에도 박동구가 명령한 일을 한다는 핑계로 식당이든 창고든 마음대로 오갔다. 죄수들은 밀고자 황기배에게 이를 갈면시도 도움을 청했다. 황기배를 거치면 필요한 물품을 손쉽게 구했고, 감옥소에서 겪는 크고 작은 불편도 신속하게 해결했다. 평범한 죄수들에겐 불가능에 가까운 일도 황기배에겐 누워서 떡 먹기보다 쉬웠다. 조덕팔도 기생들 도움으로 담배를 비롯한 물품 몇 가지를 은밀히 들여왔지만, 종류나 양에 있어서 황기배에 견줄 바가 아니었다. 간수들 앞에선 비굴하지만 죄수들 앞에선 뒷짐을 지고 배를 한껏 내민 채 양반처럼 걸었다. 돈이든 재물이든 미리 수고비를 찔러 주지 않으면 황기배는 결코 움직이지 않았다. 외상을 주진 않지만, 보상 없이 누군가를 돕는 경우가 가끔 있긴 했다. 조덕팔이 입구멍과 함께 조심하라는 똥구멍과 직결된 문제다. 황기배는 남자, 그중에서도 어리고 예쁜 남자를 벽쟁이(동성애 파트너)로 좋아했다. 미소년을 보면 새색시처럼 뺨부터 붉게 물들었다. 열여섯 살 절도범에게 공을 들여 1년 동안 다정하게 지냈다. 절도범이 석방된 후, 황기배는 보름 넘게 감옥소를 울면서 돌아다녔다. 그러다가 지옥문이 다시 열렸고 그의 가슴을 쿵쾅거리게 하는 새로운 미소년을 발견했다.

열여덟 살 김천동의 죄명은 살인이다. 강화도 천석꾼의 하인
으로 나고 자랐다. 천석꾼은 맡은 일에 성실한 그가 마음에 들
었다. 그래서 농사뿐만이 아니라, 한양이나 개성에 사는 지인들
과 연락을 주고받거나 서책이나 그림을 사오는 일을 맡겼다. 열
두 살부터 심부름을 했는데 시간 약속에 철저하고 돈 계산도 틀
림없었다. 사건이 나던 저녁에도 평양에 서찰을 전하고 신선도
두루마리 족자를 등에 메고 돌아오던 길이었다. 황해도 해주를
지나고 얼마 지나지 않아 산적 떼를 만났다. 돈과 그림을 빼앗기
고 몸만 빠져나왔다. 하루를 꼬박 낯선 산길을 걸은 후 겨우 주
막을 발견하고 들어갔다. 너무 배가 고파서 국밥부터 한 그릇을
시켰다. 허겁지겁 먹고 몰래 빠져나오다가 주모에게 들켰다. 주모
는 그의 손목을 쥐고 고함을 질러댔다. 그동안 주막에서 사라진
고기와 쌀을 훔쳐간 도둑으로 몰았다. 손님들이 수저를 놓고 모
여들었다. 당황한 김천동이 주모의 어깨를 밀었다. 그녀는 엉덩
방아를 찧으면서 감나무에 뒤통수를 부딪혔다. 그 길로 황천길
이었다. 살해 의도가 없었던 점이 참작되어 극형은 면하고 12년
형을 받은 후 인천 감옥소로 들어왔다. 신입 시절 김천동은 고참
들에게 몹시 시달렸다. 감옥소에서 죄수로 살기엔 지나치게 순진
하고 착했다. 감옥소에서 착하다는 건 약하다는 뜻이다. 언제부
턴가 황기배가 김천동을 챙겼다. 그때까지 김천동은 누구에게도
연정을 품은 적이 없었다. 의지하고 따르다 보니, 황기배의 새 애

인이 되고 말았다.

붙임성 좋은 김천동은 구호실에서 김창수 옆에 늘 붙어 있었다. 황기배가 감시 구멍으로 보곤 질투할 정도였다. 다른 죄수들과는 말을 섞지 않던 김창수도 김천동에겐 대답을 곧잘 해 줬다.

"혹시 남동생 없어?"

"있었다곤 하는데, 태어나자마자 해주로 보내졌대요. 이름도 사는 곳도 모릅니다."

"김지동이라고 혹시 들어봤나?"

갑오년 해주성 서문 밖에서 죽은 동학군 소년을 떠올린 것이다.

"처음 듣습니다."

창수가 갑자기 김천동의 배를 툭 치며 물었다.

"아픈 곳은 없지? 밥은 잘 먹고?"

"네."

"몸 잘 챙겨서 오래오래 살아. 알겠지?"

"왜요?"

김천동이 고개를 갸웃거리며 되물었다.

"왜긴! 감옥소에서 이 고생을 하는데 석방되면 오래 행복해야 하지 않겠어? 초년 운은 글렀지만 노년 운은 좋을 거다, 넌."

"그렇습니까? 끝이 좋으면 다 좋은 것 아니겠어요? 명심하겠습니다. 벽에 똥칠할 때까지 살게요. 오래오래!"

그러다가 갑자기 김창수에게 꾸벅 고개를 숙였다.

"왜 그래?"

"고맙습니다. 처음 들어요, 석방되고 오래 행복하게 살란 말!"

황기배와 김천동이 붙어 다닐 땐 죄수들은 슬슬 자리를 피했다. 돌아서서 침을 뱉는 이도 있었고 둘의 뒤통수를 향해 입술로만 욕을 해대는 이도 있었다. 간수장 박동구가 두려워, 차마 그들 앞에서 불쾌감을 드러내진 못했다. 황기배와 김천동이 다정하게 서로를 어루만지는 자리에도 곧잘 함께 어울리는 늙은 죄수가 양원종이다. 올해 환갑인 양원종은 낄 데 안 낄 데를 구별하지 않고 무조건 꼈다. 각국 조계 경계에서 제법 큰 어물전을 하던 장사꾼이었다. 해산물이라면 무엇이든 내다 팔았다. 사시사철 싱싱한 어패류를 사러 오는 손님도 많았지만 양원종과 이야기를 나누러 오는 이가 더 많았다. 그는 멸치 한 마리 사지 않는 손님과도 한 나절 마주 서서 대화를 나눴다. 이야기의 9할은 손님 몫이고 그는 1할도 채 입을 열지 않았다. 집중해서 들으며 맞장구만 쳤다. 아무리 심각한 고민을 지닌 사람도 양원종과 이야길 나누다 보면 저절로 해결책을 찾았다. 그런데 그 드넓은 오지랖이 문제였다. 양원종이 어물전으로 찾아오는 많은 이들의 고민에 참견하고 간섭하는 사이, 그의 아내가 가게를 담보로 일본 제1은행에서 거금을 빌려 야반도주를 해 버린 것이다. 양원종이 하루아침에 알거지가 되자, 형님아우 하며 고민을 털어놓던 이

들이 모두 등을 돌렸다. 양원종은 빚을 갚지 못해 가게도 은행에 빼앗기고 징역 8년을 선고받은 후 인천 감옥소로 들어왔다. 감옥소에서도 개 버릇 남 못 준다고, 죄수들의 걱정을 내 걱정처럼 받아들여 고민하며 시간을 보냈다. 이 패 저 패 가리지 않고 어울렸으며, 때론 따돌림을 당한 죄수에게 호의를 베풀다가 곤란한 지경에 몰린 적도 있었다. 죄수들은 그를 '양오 할배'라고 불렀다. 오지랖 넓은 할배란 뜻이기도 하고, 오지 않아도 될 곳까지 오는 사람이란 뜻이기도 했다. 점심때 김창수 맞은편에 앉은 이도 양원종이었다. 그는 들을 준비를 마쳤지만, 김창수는 나무 숟가락으로 배추김치가 얹힌 보리밥만 퍼먹었다.

"카아악, 퉤."

김창수의 나무 그릇에 침을 뱉은 이는 메뚜기 나춘배였다. 죄수들의 시선이 두 사람에게 쏠렸다. 찾아가서 인사부터 하라는 조덕팔의 권유를 김창수가 거절하자, 두꺼비가 메뚜기를 보낸 것이다. 메뚜기가 누군가의 밥에 침을 뱉는다는 것은 곧 그 죄수가 두꺼비에게 찍혔다는 뜻이다. 그 더러운 표시를 모르는 죄수나 간수는 없었다. 양원종은 인상을 찌푸리며 엉덩이를 뺐지만 김창수는 꿈쩍도 하지 않았다.

"퉤퉤!"

메뚜기가 침을 모아 다시 나무 그릇에 침을 뱉었다. 천애 고아 메뚜기는 인천 조계에서 잔뼈가 굵었다. 혀를 꼬부리며 아침 점심 저녁 인사를 건넬 줄 아는 유일한 죄수였다. 청국 조계 스튜어트 호텔에서 보이로 일할 때 영어를 배웠다. 청국 손님이 대부분이었지만, 가끔 미국이나 영국 손님이 투숙하면 호텔 현관문을 열며 우렁차게 영어로 인사를 했던 것이다. 호텔 보이 시절부터 그의 별명은 메뚜기였다. 손님 시중은 물론이고 객실 청소와 잔심부름까지 온갖 허드렛일을 도맡았다. 잠시도 멈춰 쉬지 못하고 호텔 곳곳을 메뚜기처럼 돌아다녔다. 결혼해서 자식 볼 나이가 훌쩍 넘었지만, 호텔에서 그는 언제나 '보이'였고 그보다 더 월급이 적은 직원은 없었다. 2년 전 가을, 호텔 2층에 불이 났다. 손님이 투숙하지 않은 빈 방이었다. 메뚜기가 방화범으로 몰렸다. 가끔 빈 방에서 문을 걸어 잠그고 담배를 피웠던 것이 의심을 샀다. 메뚜기는 그날 그 방에서 담배를 피운 적이 없다고 주장했지만, 호텔 보이의 말에 귀 기울이는 관원은 없었다. 방화범으로 징역 10년을 선고받고 감옥소로 왔다. 척하면 척, 눈치 백 단 메뚜기가 김창수의 나무 그릇에 침을 뱉은 것이다. 두꺼비가 시킨 일이니 눈치 따윈 더 이상 볼 필요도 없었다. 식당엔 간수가 영달과 김상노와 최윤석을 포함하여 다섯 명이나 있었지만 메뚜기를 제지하지 않았다. 오히려 그들도 김창수의 반응을 기다렸다. 메뚜기가 식당의 죄수와 간수 모두 들으라는 듯 목청을 높였다.

"감옥소에 처음 들어왔으면, 인사를 와야 할 거 아냐?"

물론 메뚜기에 대한 인사가 아니라 두꺼비에 대한 인사였다.

김창수는 메뚜기를 무시하고 숟가락을 나무 그릇에 꽂았다. 보리밥을 가득 퍼 입에 넣었다.

　그 숟가락을 발로 차 떨어뜨린 죄수는 작두 최태식이다. 두 뺨은 물론이고 손등과 목덜미에 화상 때문에 얽은 흉터가 가득했다. 작두는 대장장이였다. 작두의 아버지도 그 아버지의 아버지도 농기구를 만들며 평생을 보냈다. 쇠를 들어 옮기고 불 앞에서 두드리느라 가슴은 두꺼워지고 어깨는 넓어졌다. 두꺼비와 싸워도 힘으론 밀리지 않을 정도였다. 작두의 죄명은 살인미수다. 3년 전 가을, 신내림을 받는다며 작두를 만들어 달란 주문을 당집에서 받았다. 매일 새벽 목욕재계하며 정성껏 작두를 만들어 줬는데도 무당이 물건 값을 주지 않았다. 약속한 날로부터 보름을 기다렸다가 당집으로 찾아갔다. 눈귀가 올라간 무당이 작두를 돌려주며 화를 냈다. 형편없는 작두 때문에 새끼 무당에게 신이 내리지 않았다는 것이다. 억울했지만 신이 내리지 않았다는 말에 작두를 챙겨 오는 정도에서 끝내려 했다. 반 년 뒤부터 이상한 소문이 들렸다. 그가 만든 작두를 탄 열세 살 새끼 무당에게 관운장 장군신(神)이 제대로 내려 백발백중 효험이 대단하다는 것이다. 내림굿을 베푼 무당은 새끼 무당으로부터 엄청난 사례비를 받았다고도 했다. 그는 곧장 당집으로 찾아갔다. 당집 마당에선 마침 큰 굿판이 벌어지고 있었다. 그는 신에게 바치는 돼지를 들어 내팽개친 뒤, 작두를 휘두르며 무당을 내놓으라고래고래 소리를 질러댔다. 당집을 뒤졌지만 끝내 무당을 찾진 못했다. 난동을 피우고 말술을 마신 후 대장간에서 쓰러져 자다가 포졸들에게 붙잡혔다. 무당은 그에게 얻어맞아 두 귀가 멀었다고 주장했다. 박수와 그날 굿판을 망친 양반이 무당을 두둔하며 증인을 섰다. 대장간을 통째로 무당에게 넘긴 덕분에 중형은 면했지만 5년형을 선고받고 감옥소로 왔다. 작두는 곧 두꺼비의 심복이 되었다.

작두의 발차기로 숟가락이 저만치 날아간 뒤 식당은 정적에 휩싸였다. 모두들 김창수가 작두에게 덤벼들기만을 기다렸다. 죄수들은 물론이고 간수들도 두꺼비가 직접 다른 죄수와 싸우는 것을 보진 못했다. 두꺼비는 항상 물러나 앉았고 맞장을 뜨는 이는 작두였다. 작두를 꺾은 죄수는 아직까지 없었다. 작두가 김창수를 향해 발차기를 선보였다는 것은 맞붙어 끝장을 보겠단 신호였다. 김창수의 시선이 천천히 올라가서 작두의 이마에 닿았다. 작두의 우람한 어깨가 번갈아 실룩댔다. 쇠와 쇠가 부딪쳐 불꽃이 일기 직전이었다. 그렇지만 김창수는 작두에게 달려들지 않고 메뚜기의 나무 그릇에서 숟가락을 재빨리 뽑아 밥을 퍼먹었다.

"이 새끼가 죽으려고 환장을 했구나."

메뚜기가 주먹을 뻗었다. 김창수는 숟가락을 입에 넣은 채 날아오는 주먹을 오른손으로 잡았다. 그리고 손목이 돌아갈 만큼 힘껏 비틀며 밀었다. 메뚜기는 엉덩방아를 찧은 뒤 제 손을 붙잡고 비명을 질러댔다. 신입의 깔끔한 동작에 죄수들의 탄성이 터졌다. 김창수는 숟가락을 쑥 뽑아 계속 밥을 퍼먹었다. 작두의 두 눈에 당황하는 빛이 가득했다. 주먹이라도 내지르면 맞붙어 싸웠겠지만, 김창수는 작두를 투명인간 취급했다. 게다가 밥을 먹느라 바쁘지 않은가. 이런 상황에서 김창수를 공격하면 두고 두고 죄수들의 놀림삼이 될 것이다. 식당 출입문 옆에 앉아서 이 광경을 지켜만 보던 두꺼비가 양손을 비비며 걸어 나왔다. 죄수들과 간수들의 시선이 두꺼비에게 쏠렸다. 숨소리가 들릴 만큼 두꺼비가 가까이 다가왔지만 김창수는 여전히 고개를 들지 않았다. 두꺼비의 오른 다리가 천천히 올라갔다. 그대로 돌려차면 김창수의 턱이나 관자놀이를 때릴 것이다. 그 딴딴한 다리는 김창수 대신 쓰러진 채 뒹구는 메뚜기를 향했다. 밟고 또 밟았다.

"아가리 닥쳐! 발정 난 똥개처럼 어디서 낑낑거려."

두꺼비가 작두와 함께 식당을 나갔다. 김창수와 두꺼비의 대결은 이뤄지지 않았다. 김창수의 배짱에 대한 풍문이 감옥소를 휘감았다. 김창수가 죽인 일본인의 숫자가 한 명에서 열 명으로 열 명에서 백 명으로 백 명에서 오백 명으로 늘어났다. 치하포에서 우연히 만난 일본인을 죽인 철부지 살인범은 평안도와 함경도와 황해도를 오가며 왜군들을 급습하여 척살한 의병장으로 격상되었다. 죄수들은 김창수가 용맹한 의병장이라고 해도 두꺼비를 이기긴 어렵다는 결론에 도달했다. 영달 역시 죄수들과 같은 생각이었다. 이곳은 의병장도 순식간에 바보 병신으로 만드는, 두꺼비에게 절대적으로 유리한 인천 감옥소였다.

오랫동안 버텨 주라

두꺼비의 반격은 다음 날 곧바로 시작되었다. 식당이나 앞마당에서 김창수와 작두가 일대일로 싸우진 않았다. 김창수가 메뚜기를 단숨에 쓰러뜨리는 솜씨를 보곤, 작두의 압승을 예상하기 어렵게 된 것이다. 공개된 장소에서 김창수가 작두를 제압한다면 그다음엔 두꺼비가 나설 수밖에 없었다. 두꺼비에겐 정정당당함이 어울리지 않는다.

응봉산에서 베어 온 나무들을 다듬는 날이었다. 낫이나 톱을 쓰면 쉽게 끝날 일이지만, 죄수들에겐 쇠로 만든 연장이 지급되지 않았다. 잔가지들을 하나하나 손으로 부러뜨리고 꺾어야 했다. 혹시 나무를 통째로 휘둘러 다치거나 죽는 불상사가 생길 것을 대비하여, 작업은 감시가 쉬운 앞마당에서 실시되었다. 하루 종일 당직 간수들이 망루에서 죄수들을 향해 총구를 겨눴다. 나무를 땅에 내려놓고 작업하는 것이 중요한 철칙이었다. 손질이 끝난 나무는 손수레 담당 죄수들이 오가며 담았다. 손수레 담당이 아닌 죄수가 나무를 들어 올리기라도 하면 폭행 예비 동작으로 간주되었다. 간수가 총을 쏴도 무방했다. 간수장은 이 철칙을 작업 전 죄수들에게 숙지시켰다. 죄수들은 햇볕이 쨍쨍 내리쬐는 앞마당에서 매미처럼 나무에 붙어 잔가지를 떼어내느라 바빴다. 영달은 망루에 서서 총을 겨누고 있는 간수장 박동구를 올려다보았다. 그의 총구는 계속 김창수를 따라다니며 조금씩 각도를 바꿨다. 영달은 다시 김창수를 살폈다. 허리를 90도 가까이 숙인 채 땀을 뻘뻘 흘리며 가지를 꺾느라 분주했다. 작업 수칙에 충실한 자세였다. 영달은 알았다. 박동구가 지금 방아쇠를 당긴다 해도 그 잘못은 고스란히 김창수에게 돌아갈 것이다. 총에 맞아 김창수가 절명한다면, 이미 죽은 죄수의 침묵보단 살아 군림하는 간수장의 증언이 백 배는 더 힘이 셌다. 김창수가 나무를 들고 허리를 펴는 걸 봤다고 박동구가 우기면 반박할 이는 감옥소에 없었다. 그러나 강형식은 김창수를 괴롭히긴 하되 사형 집행일까지 살려 두란 엄명을 내렸다. 박동구는 김창수를 쏠 수 없었다.

"사일삼!"

김상노가 수인 번호를 불렀다.

"사일삼!"

김창수가 허리를 펴며 복창했다. 영달은 김상노에게 눈으로 물었다. '왜 그래?' 김상노가 그 물음을 무시하곤 김창수에게 명령했다.

"사일삼은 창고 청소를 한다. 지금 당장."

김창수는 빠른 걸음으로 창고로 향했다. 영달은 멀어지는 그의 뒷모습을 쳐다보며 김상노에게 귓속말로 물었다.

"무슨 일이야? 청소는 일과를 마친 후에 하는 거잖아? 아직 세 시간이나 남았어."

"간수장 명령이야."

고개를 들어 망루를 올려다봤다. 총을 겨누던 박동구가 사라지고 없었다. 영달은 창고로 가야겠다는 생각이 들었다. 청소를 시키려고 김창수를 부른 것 같지 않았다. 김상노가 막아섰다.

"왜 이래? 비켜."

김상노가 영달의 손목을 끌고 담벼락 아래까지 갔다. 멀리 떨어진 죄수들을 노려보며 목소리를 낮췄다.

"창고 출입을 막으라 했어. 죄수는 물론이고 간수도."

"간수까지?"

"괜히 끼어들지 마. 간수장이 김창수와 할 말이라도 있나 보지. 간수장이 어떤 인간인지 알지? 명령을 어기면 간수든 죄수든 용서하지 않아. 최소한 중상이라고."

창고로 들어선 김창수는 싸리비부터 챙겨 쥐었다. 좁은 창으로 햇빛이 쏟아져 들어왔다. 바닥을 쓸기도 전에 먼지가 풀풀 날렸다. 어둡고 건조하고 젖은 나무 냄새가 났다. 창고엔 마른 볏단이 출입문 좌우로 수북하게 쌓여 있었다. 식당에서 아궁이에 불을 피울 때 이 볏짚을 밑불로 썼다. 김창수는 볏단 외엔 아무 것도 없는 창고를 노리며 고개를 갸웃거렸다. 손질이 끝난 나무들을 채워 넣곤 청소를 시작하는 것이 상식이었다. 지금 깨끗하게 청소를 해도, 나무들을 옮기는 와중에 나뭇가지와 잎 그리고 죄수들 신발에 묻은 흙으로 바닥이 금방 더러워질 것이다. 청소는 핑계인 건가, 그렇다면?

"뒈질 때 뒈지더라도…… 계산은 깔끔하게 마쳐야지?"

김창수는 돌아섰다. 메뚜기와 작두 그리고 네 명의 죄수가 문을 병풍처럼 막고 섰다. 두꺼비는 거기서 두어 걸음 뒤처져 발끝으로 바닥을 긁었다. 두꺼비까지 일곱 명의 죄수가 김창수 하나를 두들기기 위해 숨어 기다린 것이다. 두꺼비로선 가장 안전한 방법이었다. 김창수의 입장에선 싸우지 않고 무릎을 꿇든지 아니면 7 대 1로 싸워야 했다.

"개소리!"

등 뒤로 감췄던 작두의 몽둥이가 어깨를 내리쳤다. 메뚜기가 쓰러진 신입의 얼굴을 밟으려고 껑충 뛰었다. 김창수는 겨우 몸을 굴려 피했다. 죄수들의 발길질을 견디며 일어선 그는 두꺼비를 향해 소리쳤다.

"와라! 피라미들 말고 네가 직접 오라고!"

두꺼비가 양손을 비비며 피식 웃었다. 작두와 다른 죄수들의 몽둥이가 한꺼번에 김창수에게 날아들었다. 김창수는 허리를 숙이며 팽이처럼 돌면서 급소를 걷어찼다. 갑작스럽게 반격을 당한 죄수들이 사타구니를 쥐고 쓰러졌다. 메뚜기가 껑충 날아 머리를 노린 채 몽둥이를 휘둘렀다. 김창수는 그 몽둥이를 두 팔로 잡고 당기며 역시 메뚜기의 급소를 올려 찼다. 메뚜기가 땅에 떨어지는 것과 동시에 김창수의 머리에서 둔탁한 소리가 들렸다. 어느새 다가온 두꺼비가 몽둥이로 뒤통수를 갈겨 버린 것이다. 죄수들이 쓰러진 김창수를 자근자근 밟아댔다. 팔다리를 휘저으며 고함을 지르면서 저항하던 김창수도 차츰 지쳐 갔다. 고함이 신음으로 바뀌더니 팔다리의 버둥거림마저 사라졌다.

"그만!"

죄수들이 일제히 발길질을 멈췄다. 갑작스럽게 찾아든 고요가 이상했다. 처참하게 얻어터진 김창수가 그들의 발아래 있었다. 두꺼비는 킬킬킬 승자의 웃음을 흘리며 돌아서서 문을 향해 걸었다. 나머지 죄수들도 그를 따랐다. 두꺼비가 문을 열려는 순간, 피비린내 나는 목소리가 날아와서 등에 꽂혔다.

"벌써…… 지쳤나?"

두꺼비와 죄수들이 걸음을 멈추고 돌아섰다. 어느 틈에 일어선 김창수가 입에 고인 피부터 뱉었다. 열꽃이 핀 듯 두꺼비의 볼이 점점 붉어졌다. 이마와 목까지 붉은 기운이 번졌다. 약이 바짝 오른 것이다.

"꼴에 사내라 이건가."

두꺼비가 김창수에게 걸어갔다. 단숨에 명치를 걷어찼다. 덩치와는 어울리지 않는 날렵한 몸놀림이었다. 가슴을 깔고 앉은 두꺼비가 주먹으로 김창수의 뺨을 갈겼다. 김창수의 입과 코에서 피가 뿜어 나왔다. 두꺼비는 때리고 때리고 또 때렸다. 김창수는 두 눈이 부어올라 사물을 분간하기도 힘들 정도였다. 두꺼비가 멱살을 쥐곤 바짝 당겨 올렸다. 피를 줄줄 흘리는 김창수의 얼굴을 향해 마지막 결정타를 안기려는 순간 창고 문이 열렸다. 죄수들의 시선이 일제히 문을 향했다. 깡마른 사내 하나가 햇살을 등에 지고 섰다. 고 진사였다.

"뭐야?"

작두가 날을 세웠다. 고 진사는 작두의 위협에도 아랑곳하지 않고, 곧장 김창수를 향해 걸어갔다. 작두가 돌려차기로 고 진사의 옆구리를 걷어찼다. 고 진사가 저만치 나뒹굴었다. 곧 다시 일어나선 김창수만 보고 걸었다. 두꺼비가 눈짓으로 작두를 말렸다. 고 진사가 김창수를 안아 일으켰다. 덩치가 김창수의 반밖에 안 되는 사내였지만, 고 진사는 중심을 잃지 않고 김창수를 부축했다.

"같은 팔자라 이건가?"

두꺼비가 고 진사를 가로막았다. 다 가진 자의 여유로운 목소리였다.

"맞네."

고 진사가 짧게 답했다. 아무 것도 가지지 않은 자의 텅 빈 목소리였다. 다 가진 자와 아무 것도 가지지 않은 자가 마주 섰다. 두꺼비의 기름진 눈빛과 고 진사의 메마른 눈빛이 부딪쳤다. 두 사내의 침묵 사이로 가벼운 목소리 하나가 끼어들었다. 메뚜기가 고 진사의 목덜미를 잡아챘다.

"아주 정분이 났구만."

"언제 죽을지 모르는 불쌍한 놈이니 좀 봐주시게."

고 진사에게 기댄 김창수의 눈두덩에서 다시 피가 흘렀다. 김창수는 손등으로 눈을 비비곤, 핏물 사이로 고 진사의 희미한 옆얼굴을 봤다. 바위처럼 차가워 보이기도 하고 샘물처럼 맑아 보이기도 했다. 어떤 사람인지 도무지 알 길이 없는 사내였다. 창고 문을 열고 나가는 고 진사와 김창수를 향해 두꺼비가 말했다.

"오랫동안 버텨 주라…… 안 심심하게."

일방적인 싸움이었다. 두꺼비 패거리가 백 대를 때리면 김창수는 한 대를 때릴까 말까였다. 그런데도 김창수는 항복하지 않고 버텼다. 얻어맞아 쓰러진 그를 고 진사가 번번이 챙겨 업어 왔다. 그렇게 몇 번 반복되자 고 진사가 나타나면 작두나 메뚜기도 주먹질을 멈췄다. '아직'이라는 보고를 받은 밤, 간수장 박동구는 두꺼비를 세워 둔 채 총을 분해해서 깨끗이 닦은 후 조립했다. 한 시간 남짓 박동구는 한마디도 묻지 않았다. 그 침묵이 두꺼비를 더욱 초조하게 만들었다. 처음엔 창고에서 은밀히 김창수를 두들겼지만, 이제 죄수들이 보든 말든 몰매를 때렸다. 두꺼비는 점점 미쳐 갔고, 죄수들은 그 광기에 행여 피해라도 입을까 조심조심 피해 다녔다. 영달은 얻어맞아 쓰러진 김창수를 곳곳에서 발견했다. 어느 날은 담벼락에 기댄 채 쏟아지는 폭우를 맞았다. 비를 피해 기어서라도 옥사에 들어갈 여력이 없었던 것이다. 어느 날은 옥사에서 나오지도 못했다. 구호실에 두꺼비 패거리가 들어와 밤새도록 김창수를 두들긴 것이다. 죄수들은 길어야 일주일이라고 예측했다. 김창수가 무릎을 꿇든지 아니면 송장이 될 것이므로.

영달은 간수실로 고 진사를 불렀다. 맞은편에 앉은 그는 호수처럼 고요했다. 김창수를 업고 나올 때 외엔 온몸에 힘을 빼고 지냈다. 곧바로 물었다.

"왜 설득하지 않는 건가?"

"뭘 설득하란 말입니까?"

"사일삼이 이길 수 없는 싸움이야. 송장 치는 건 시간문제라고."

"싸움이라면 제가 낄 자린 없습니다. 아무리 서둘러도 늦은 게고요."

"헛소리 말고. 쉽게 얘기해."

박달 앞에서도 고 진사의 목소린 흔들리지 않았다.

"이기려고 들면 승부를 봐야 합니다. 그게 간수들 바람 아닌가요?"

"건방지군."

"싸움판은 단순합니다. 이기려는 두 패가 맞붙습니다. 땀을 쏟고 피를 흘리는 투견들은 오직 상대를 제압할 생각뿐입죠. 운이 좋아 한두 판을 이기더라도, 싸움판이 사라지지 않는 한 언젠간 지고 맙니다. 투견을 싸움판에 계속 올리는 건 사람이죠. 싸움판 주변엔 내기를 거는 자들이 항상 있습니다. 그들의 바람과 간수들의 바람이 같을 겁니다. 사일삼에게 지라고도 이기라고도 설득할 맘이 없습니다. 결국 둘은 같은 결과를 낳으니까요."

"그럼 왜 계속 업고 나오나? 두꺼비 패에게 찍히면서까지."

"옛 생각이 나서라고 해 두죠."

"옛 생각이라니? 언제?"

"투견으로 하루하루를 버틸 땝니다."

그 밤 영달은 망루에서 박동구와 함께 근무를 섰다. 정확히 말하자면 영달이 근무하는 시간에 박동구가 퇴근도 않고 망루까지 올라온 것이다. 박동구는 망원경을 들고 밤 항구를 훑었다. 오늘따라 바닷가에 불을 밝힌 집이 적었다. 언제나처럼 영달이 먼저 의견을 냈다.

"일단 멈추시지요."

박동구는 망원경을 내리지 않았다. 그러나 영달의 말에 귀를 기울이곤 있었다.

"죽었으면 죽었지 꿇을 놈이 아닙니다. 아시잖습니까?"

"그놈을 두둔하는 건가?"

"두둔이라뇨? 전혀 아닙니다. 꼭 한 번은 제게 기회를 다시 주십시오. 놈을 응징하고 싶습니다."

그제야 망원경을 내리곤 영달을 쳐다봤다.

"꿇지 않은 놈이 있었던가?"

"없었습니다. 하지만 사일삼은 다릅니다."

"다르다? 뭐가 다르단 거지?"

"그, 그게…… 놈은 잔혹한 살인범입니다."

말을 더듬었다. 영달은 이쯤에서 대화를 마치고 싶었다. 김창수가 다른 죄수와 비교했을 때 무엇이 다른지, 영달도 명쾌하게 설명하기 어려웠다. 박동구를 납득시킬 자신이 없었다.

"여길 거쳐 간 살인범이 어디 한둘인가? 왜놈을 죽였다고 뭐가 달라져?"

박동구는 영달의 눈을 찌를 듯 쳐다보았다.

"짐승으로 사느니 차라리 사람으로 죽을 놈입니다."

"짐승으로 사느니 사람으로 죽겠다?"

설명을 덧붙였다.

"절벽에 매달려서도 스스로 손을 놓고 떨어질 놈입니다."

박동구가 물었다.

"사일삼이 그러던가?"

"그냥…… 제 생각입니다."

박농구는 천천히 망원경을 들어 눈에 댔다. 항구를 살피지도 않고 감옥소 앞마당을 내려다보지도 않았다. 툭 튀어나온 두 개의 원통은 오직 영달을 향했다. 망원경으로 관찰할 만한 빛나는 별이라도 되는 듯이. 아니면 별빛을 가린 먹구름이라도 되는 듯이.

기어이 사고가 터진 것은 그로부터 일주일 뒤였다. 그날도 나무 손질에 죄수들이 동원되었다. 김창수는 또다시 창고에 들어가선 나오지 않았다. 반복은 불길했다. 30분이 흘렀다. 함흥차사였다. 영달은 오늘만은 창고로 가서 상황을 살피고 싶었다. 망루를 올려다보니 박동구도 보이지 않았다. 걸음을 떼려는데, 김상노가 일주일 전처럼 막아섰다.

"두꺼비가 오늘 끝장을 본댔어. 가지 마. 이럴 땐 떡이나 먹고 굿이나 보면 돼."

"비켜."

영달이 그를 밀치고 걸음을 옮겼다. 창고로 들어가기 전 문이 열렸다. 김창수가 비틀거리며 밖으로 나왔다. 치켜 뜬 두 눈엔 초점이 없었다. 앞이마를 타고 턱까지 피가 주르륵 흘렀다. 영달은 부축하기 위해 다가섰다. 그때 열린 창고 문에서 두꺼비가 걸어 나왔다. 손에는 묵직한 철퇴가 들려 있었다. 죄수가 지닐 수 없는 흉기였다. 두꺼비는 화가 머리끝까지 났는지 얼굴이 온통 시뻘겠다. 걸음이 점점 빨라졌다. 철퇴를 쥔 오른손이 정수리까지 올라갔다. 그대로 달려들어 갈겨 버리면, 김창수는 목숨까지 위태로운 치명상을 입을 것이다. 지금까진 몰매를 때리더라도 머리나 가슴은 가급적 피했다. 박동구의 요구이기도 했다. 그런데 오늘은 뒷일을 걱정할 틈도 없을 만큼 분노가 솟구친 것이다. 영달은 김창수를 지나쳐 두꺼비의 앞을 막아섰다. 박달을 들어 두꺼비의 이마를 가리키곤 명령했다.

"멈춰!"

두꺼비는 복명복창하며 걸음을 멈추는 대신 더 힘껏 달려들었다. 자신의 앞길을 막는다면 바위라도 부수고 나갈 기세였다. 영달은 허리를 숙이면서 오른쪽으로 돌아 두꺼비의 철퇴를 피하곤, 몸을 날려 그를 안고 뒹굴었다. 두꺼비가 영달의 가슴에 올라탔다. 목을 누르고 있는 힘껏 철퇴를 내리치려 했다. 그 철퇴에 맞는다면 머리가 터져 즉사할 상황이었다.

픽!

둔탁한 소리와 함께 두꺼비의 이마에서 피가 터졌다. 찰나의 순간 지옥으로 건너가던 영달에게 김상노의 오른손에 들린 쇠좆매가 보였다.

"개새끼가 간수를 쳐? 죽으려고 환장을 했구나, 쌍!"

김상노의 쌍욕이 아득하게 들려왔다. 두꺼비의 관자놀이를 타고 흐른 피가 영달의 얼굴로 떨어졌다. 김상노를 쳐다보던 두꺼비의 눈이 허옇게 뒤집혔다. 지독한 살기였다. 쇠좆매를 맞고도 두꺼비는 아직 철퇴를 쥐고 있었다. 부들부들 떨리는 철퇴가 어디로 향할지는 미지수였다. 김상노의 가슴, 영달의 머리통, 창수의 얼굴, 어디든 가능했다. 철퇴를 맞은 자는 그 자리에서 죽을 것이며 두꺼비에겐 살인죄가 추가될 것이다. 그것이 간수의 편에 섰으나 간수가 아닌 두꺼비의 운명이었다. 떨리던 철퇴가 영달의 머리를 향해 떨어졌다. 영달은 꼼짝달싹 못한 채 눈을 감았다. 심장이 요동치며 온몸이 뻣뻣하게 굳었다. 힘을 써서 피하기엔 이미 늦은 것이다. 쿵! 소리가 났다. 왼쪽 귀가 바늘로 찔린 듯 아팠다. 너무 가까이에서 큰 소리를 들은 것이다. 영달은 가만히 눈을 떴다. 철퇴가 왼쪽 귓불을 찢으며 땅에 박혀 있었다. 마지막에 두꺼비가 마음을 바꾼 것이다. 쿵! 다시 굉음이 들렸다. 눈에 초점이 없던 김창수가 기어이 쓰러져 실신했다. 고 진사가 달려와서 김창수를 업은 것이 그날의 마지막 기억이었다. 영달 역시 정신을 잃었고 만 하루를 꼬박 병감에서 보냈다.

영달은 하루 만에 병감을 나왔지만 김창수는 이틀을 더 묵었다. 첫 밤, 영달의 이마를 짚는 손바닥의 온기 때문에 비몽사몽간에 눈을 떴다. 그의 눈에 커다랗게 들어온 것은 조경신의 근심 가득한 눈동자였다.

"괜찮아요? 나 누군지 알겠어요?"

"여긴……?"

"잠시 정신을 잃었다가 깬 거예요. 귓불은 일곱 바늘 꿰맸습니다. 한숨 더 자요. 그게 좋겠어요."

"사일삼은……?"

그녀가 고개를 돌려 영달의 옆 자리를 턱짓으로 가리켰다. 김창수와 병감에 나란히 누운 것이다.

"이, 이게 어찌 된 거냐 하면……."

영달은 자초지종을 설명해야 한다는 의무감이 들었다. 김창수와 치고받고 싸웠다는 오해를 그녀에게만은 받고 싶지 않았다. 그러나 박동구가 함구령을 내렸으니, 김창수가 처한 상황을 속 시원하게 털어놓을 수도 없었다. 그녀가 깨끗한 수건으로 뺨과 입 주위를 훔치며 말허리를 잘랐다.

"지금은 쉬어요. 이야긴 나중에 천천히! 눈부터 감아요."

시키는 대로 눈을 감았다. 몸 전체가 바닷속 깊이 잠기는 듯했다. 점점 어두워져 완전한 암흑으로 들어가기 직전, 영달은 눈을 떴다. 바늘로 찌르듯 귓불이 따끔거렸다. 조경신을 부르려다가 입술을 닫았다. 걱정하는 눈동자 대신 야윈 등이 그의 눈에 들어왔기 때문이다. 팔을 뻗어 그 등을 만지고 싶었지만 팔꿈치를 펴지도 못한 채 다시 거둬들였다. 등을 지고 돌아앉은 그녀는 김창수의 얼굴에 흐르는 땀을 수건으로 훔치는 중이었다. 영달은 갑자기 쓸쓸해졌다. 좁고 어두운 독방에 홀로 갇힌 기분이었다.

의연함에 대하여

김창수가 병감을 나오기 전날 어머니 곽 씨가 면회를 왔다. 공교
롭게도 영달이 면회실 담당 간수였다. 면회실로 사용할 식당을
열기 전 곽 씨는 벌써 감옥소 서쪽 문 밖 대기실에 와 있었다. 감
리서에서 김창수의 재판이 열릴 때마다 그녀는 대문 밖에 서 있
었다. 호송 담당 간수였던 자신을 혹시 알아볼까 싶어, 영달은
모자를 더 깊이 눌러썼다. 이마와 눈썹은 물론이고 눈까지 가릴
정도였다. 대기실에 도착한 순서대로 면회를 시키는 것이 감옥소
관례였다. 곽 씨보다 늦게 온 면회객이 다섯 명이나 들어갔지만,
영달은 그녀의 이름을 부르지 않았다. 대기실로 가서 다른 면회
객을 찾을 때마다 곽 씨의 표정을 살폈다. 이마가 넓고 코가 뭉
툭하며 눈에서 뺨까지 주름이 깊었다. 긴 의자의 끝자리에 앉아
양손을 무릎에 가지런히 포갰다. 시선을 내린 채 꼼짝도 하지 않
았다. 감옥소가 아니라 깊은 산 토굴에 참선하러 온 학승 같았

다. 자세는 단정하고 고요했지만 손등은 거칠고 투박했다. 손톱엔 새까만 멍이 들었고 손가락 마디마디가 대나무처럼 굵었다. 안살림은 물론이고 길쌈과 농사를 쉼 없이 해 온 여인의 손이었다. 영달은 성이 최씨인 면회객을 불렀다. 최 씨를 먼저 서문으로 넣고 따라 들어가려는 영달을 곽 씨가 뒤에서 불렀다.

"간수님!"

돌아섰다. 그녀의 이마가 영달의 가슴에도 미치지 못했다. 그녀는 턱을 들어 눈을 맞추곤 물었다.

"제가 오늘 제일 일찍 처음으로 면회 신청을 했습니다. 언제까지 기다려야 하는가요?"

퉁명스럽게 되물었다.

"죄수 이름이 뭐요?"

"김창수입니다."

손에 쥔 서류를 넘기는 척하다가 답했다.

"김창수는 오늘 면회가 어렵수다."

"왜요?"

병감에 있다고 사실대로 밝힐 순 없었다. 감옥소에서 벌어지는 일은 먼지처럼 사소하더라도 비밀에 부쳐야 한다. 답을 하려는데 갑자기 왼쪽 귀에서 바위들이 구르는 소리가 들렸다. 왼손으로 귀를 막곤 몸을 반쯤 돌렸다. 짜증이 밀려들었다. 두꺼비의 철퇴가 귓불을 찢은 뒤부터 하루에도 두세 번씩 이명이 들렸다. 조경신이 약을 줬지만 차도가 없었다. 증상이 계속되면 한양에 가서 진찰을 받아 보라고 그녀가 권했다. 영달은 며칠 쉬면 나을 거라며 간단히 받아넘겼다. 귀에서 바위 구르는 소리가 잦으면 간수 자리를 지키기도 위태롭다. 간수란 감옥소 구석구석을 유심히 살피고 작은 소음도 놓치지 않아야 한다. 작은 차이로도 짐승들의 음흉한 수작을 간파해야 하는 것이다. 병세를 최대한 숨기고 해결책을 찾아야 했다.

"감옥소 내규를 어겨 낭분간 면회 금지요."

죄수끼리 치고받고 싸우는 것도 엄격히 금하는 짓이다.

"내규를 어기다니요? 내 아들은 그럴 사람이 아닙니다."

곽 씨를 째렸다. 그리고 대기실에 모여 있는 열 명 정도의 면회객들이 모두 들을 수 있도록 목소리를 높였다.

"사람 죽이고 잡혀온 죄수…… 아뇨? 돌아가슈. 부끄러운 줄 알아야지."

마지막 말은 할 필요가 없었다. 그러나 곽 씨가 단호하게 아들을 두둔하자, 영달 앞에서도 두꺼비 앞에서도 무릎을 꿇지 않고 버티는 김창수의 무뚝뚝한 얼굴이 떠올랐다. 혼자 떳떳하려고 고집을 부리는 바람에 여럿이 힘들어진 상황이 짜증났다. 김창수가 고분고분 꿇었다면 곽 씨는 오늘 아들과 면회실에서 얼굴을 마주할 수 있었으리라. 김창수가 자초한 일이다. 영달은 슬쩍 곽 씨의 표정을 살폈다. 아들은 고집불통이지만 어머니는 혹시……? 눈물을 쏟으며 엎드려 빌면서 영달에게 매달릴 수도 있는 것이다. 그럴까, 그렇게 할까? 영달은 최대한 느릿느릿 돌아섰다. 그와 같은 일은 벌어지지 않았다. 영달이 서문으로 들어서기 전, 곽 씨가 먼저 돌아섰다. 대기실 문을 열곤 나가 버렸다.

오후 4시, 면회를 마칠 시간이었다. 일찍 귀가하여 쉬고 싶었다. 혼자 조용히 저녁과 밤을 보내고 아침까지 편히 자리라. 영달은 마지막 확인을 위해 서문을 열고 대기실로 갔다. 더 이상 면회객은 없었다. 그런데 귀에서 다시 굉음이 들리기 시작했다. 대기실 문 열리는 소리까지 섞였다. 곽 씨였다. 영달은 미간을 잔뜩 좁혀 주름을 잡은 채 그녀를 쳐다보았다. 헛것인가. 면회가 불가하다고 알려줬는데도 돌아온 것이다. 무슨 꿍꿍이인가. 곽 씨는 곧장 나아왔다. 영달의 눈을 들여다보며 당당하게 말했다.

"하나도 안 부끄럽습니다. 사람 죽인 건 맞는데요. 중전마마를 죽인 원수를 갚은 겁니다. 상 받을 공이지 벌 받을 죄는 아니다 이 말입니다. 조선 사람이라면 누구라도 해야 할 일입니다. 간수 선생님은 조선 사람 아닙니까?"

사형수

김창수와 두꺼비의 다툼은 평행선을 유지했다. 불꽃이 일진 않
는 소강 국면이었다. 병감 과장 조경신이 간수장 박동구에게 강
력하게 문제 제기를 한 것이다. 김창수가 또다시 피투성이가 되
어 병감으로 들어오면 공식적으로 문제를 삼겠다고 했다. 여기서
공식적이라는 것은 감옥소장 강형식은 물론이고 그 선에서도 해
결이 안 되면 인천 감리 이호정에게 찾아가겠다는 뜻이었다. 박
동구는 가타부타 대답하지 않고 김창수의 부상이 어느 정도인
가만 물었다. 조경신이 쏘아붙였다.

"이렇게 맞고도 병신이 안 된 게 이상할 정돕니다."

영달은 병감에서 조경신과 마주 앉았다. 이명 치료를 의논하
자는 연락을 계속 받았지만 무시했다. 간수실 앞까지 찾아온 그
녀를 되돌려 병감으로 함께 갔다. 앉자마자 이제 이명이 사라졌

다고 거짓말을 했다. 여전히 바위들이 굴러다녔지만, 사실대로 말하면 한양으로 같이 가자며 나설 사람이었다. 그녀는 영달의 왼쪽 귓불을 정성껏 소독한 뒤, 따지고 싶은 문제를 꺼냈다.

"사일삼이 무얼 그렇게 큰 잘못을 저질렀나요?"

"치하포에서 일본인을 죽여……."

"그것 말고요. 살인범이라고 모두 사일삼처럼 괴롭히진 않죠. 오히려 사형을 당할 죄수들을 알게 모르게 배려하여, 탈 없이 지내다 떠나도록 하지 않았나요? 저렇듯 괴롭힘을 당해 병감에 입원하는 경우는 제가 감옥소에 온 이후로 처음입니다. 이유가 뭔가요?"

조경신에게 따끔한 충고를 해 둬야겠다는 생각이 들었다. 그녀를 위해서였다.

"여긴 감옥숩니다. 죄수들을 다루는 우리만의 방법이 있어요. 조 과장도 지나친 관심은 금물입니다. 병든 죄수를 지극정성으로 간병하는 건 모두들 고마워하고 있어요. 하지만 이건 죄수들끼리의 일이고, 또 간수들이 그런 일이라면 오랫동안 다뤄 왔습니다."

조경신이 지지 않고 받아쳤다.

"맞아요. 여긴 감옥소죠. 죄인을 벌하는 곳입니다. 죗값을 치르고 나가는 곳. 근데 그 죗값을 정하는 이는 감옥소 죄수도 아니고 간수도 아니고 감옥소장도 아닙니다. 죗값은 오직 재판소에서만 정해요. 확정된 죗값보다 벌을 더 받는 것도 위법이고 덜

받는 것도 위법입니다. 사일삼에게 퍼부어진 구타와 폭행이 적정한 죗값인가요? 재판소에서 그처럼 다루란 판결을 내렸습니까? 이중 삼중 무거운 벌을 사일삼에게 내리고 있다고, 저만 느끼는 건가요?"

병감에서 돌아온 김창수가 고 진사와 마주 앉았다. 구호실 좁은 감방에서 서로의 땀 냄새를 맡으며 지냈지만, 고 진사와 김창수는 거의 말을 섞지 않았다. 고 진사가 두꺼비 패에게 얻어터진 김창수를 업고 온 날에도 그랬다. 김천동과 양원종이 부축하여 누이고 조덕팔이 쓴소리를 길게 한 후 죄수들이 번갈아 가며 김창수의 상처를 논할 때도, 고 진사는 한 귀로 듣고 한 귀로 흘리듯 말이 없었다. 김창수가 새벽에 모처럼 눈을 떴다. 사각대는 소리가 귀를 파고들었던 것이다. 볕이 드는 작은 창을 향해 등을 보이고 돌아앉은 사내가 눈에 띄었다. 고 진사였다. 깨진 돌로 나무를 깎는 것이 고 진사의 유일한 취미였다. 돌도 나무도 감방에서 지니는 것은 위법이지만, 간수들은 사형수인 그가 누리는 그 정도 즐거움은 묵인했다. 고 진사는 일과 시간엔 목각을 하지 않았다. 죄수들이 깊이 잠든 새벽, 기상 태평소를 불기 한 시간쯤 전에 홀로 일어나 돌과 나무를 잡았다. 김창수가 무릎걸음으로 기어 고 진사를 바라보곤 앉았다. 병감에서 퇴원했지만 여전히 어깨와 무릎뼈 마디마디가 쑤시고 아렸다. 김창수의 눈이 커졌다. 참매였다. 한 손에 쏙 들어오는 참매는 오른쪽 날개만 폈다. 왼 날개를 마저 펼 정도로 나무가 두껍지 않았다.

"왼쪽 날갠 왜 없습니까?"

고 진사가 즉답 없이 작업에만 몰두했다. 김창수가 곁에 앉은 것도 불편한 표정이었다.

"이 꼴로는 못 날 텐데요."

고 진사가 돌을 멈추곤 참매에만 시선을 둔 채 물었다.

"네가 동학당을 이끌고 해주성을 공격하다가 실패한 뒤 도망다닌 그 망나니냐?"

갑작스런 비난에 김창수의 얼굴이 굳었다.

"뭐요? 망나니?"

"그래. 망나니 중에서도 개망나니지."

"뭘 안다고 함부로 떠드는 겁니까?"

고 진사가 동문서답을 했다.

"힘자랑하지 마. 쥐도 새도 모르게 죽어 나갈 수도 있어."

"난 당신과 달라."

고개를 돌려 김창수를 노렸다.

"건방진 놈! 감옥소에 갇힌 자들 중에서 정말로 죄 지은 이가 몇이나 될 것 같으냐?"

잠든 조덕팔과 양원종과 김천동을 참매의 오른 날개로 가리켰다.

"이들과 네놈이 다른 게 뭐야? 더러운 세상 잘못 만나 죄 안 짓고는 못 사는 바람에 여기까지 온 거야. 진짜 죄인이 누군 줄이나 알아? 바로 너다."

"개소리!"

독 오른 살모사처럼 김창수의 목소리가 부들부들 떨렸다. 새벽부터 치받을 기세였다.

"너 같은 놈들을 잘 알아. 세상을 단숨에 바꾸겠다며 큰소리를 쳐대지. 허나 바꾼 건 하나도 없고, 괜히 사람들을 들쑤셔 아까운 목숨만 잃게 만들어. 가족들 눈에 피눈물 쏟게 하고, 그것도 모자라 이 고을 저 고을 떠돌며 공짜 밥이나 축내는 벌레. 그 꼴로도 나만 잘났네 하며 힘없고 못 배운 사람 차별하고 무시하는……."

고 진사의 말이 더 이어지지 못했다. 김창수의 손이 고 진사의 목을 틀어쥔 것이다.

"나에 대해 뭘 안다고 함부로 지껄여! 죽고 싶어?"

고 진사가 즉답을 않고 김창수를 쳐다봤다. 이마에서부터 목덜미를 지나 가슴과 배를 거쳐 두 발까지 훑어 내린 뒤, 다시 발가락에서부터 이마까지 시선이 올라갔다. 너 같은 놈들을 잘 안다는 고 진사의 말이 김창수의 가슴을 파고들었다. 고 진사에 대한 죄수들의 평가를 김창수도 귀동냥으로 들어 알고 있었다. 벙어리처럼 말을 아끼는 사람이라고 했다. 건네는 말이 모두 피가 되고 살이 된다 했다. 두꺼비 패에게 몰매를 맞고 돌아온 날엔 조언이라도 해 줄까 기다린 적도 있었다. 그러나 고 진사는 앓는 소리를 듣고도 김창수에게 다가앉지 않았다. 계절이 바뀐 뒤 첫마디가 망나니냐는 비난이었다.

"해월 선생님을 뵌 적 있지?"

김창수의 두 눈에 놀라움이 차올랐다. 1894년 가을, 해월 최시형 선생을 충청도 보은에서 만났다. 선생은 김창수가 어린 나이에 접주에 올라 교세를 확장한 공을 칭찬했었다. 해월이란 이름에 김창수는 맥이 탁 풀렸다. 고 진사의 목을 쥔 손을 놓고 말았다.

"그걸 어찌……?"

고 진사가 비밀을 끄집어냈다.

"나도 거기 있었으니까. 어린놈이 접주라 하니 기특했지만 걱정도 적지 않았어. 빨리 피는 꽃은 또 그만큼 빨리 지는 법! 아니나 달라? 세상 무서운 줄 모르고 덤비다가 해주성 공격도 실패하고, 2년이나 도망 다니며 의병입네 뭐네 떠들다가, 그깟 왜놈 하나 죽이고 여기로 끌려와? 목숨 값도 못하는 놈이 망나니가 아니고 뭔가?"

김창수가 받아쳤다.

"나는 동학 접주로서, 의병장으로서 할 일을 했소. 그러는 당신은 뭘 해서 여기 이러고 있는 거요?"

고 진사가 담담하게 답했다.

"자랑처럼 말하는군. 갑오년엔 동학을 하다가 을미년에 의병을 한 게 김창수 너 하나뿐이라고 생각하는가? 아니야. 갑오년에 뜻을 세워 일어났던 많은 동학도가 의병으로 들어갔어. 방방곡곡 지방 수령들이 동학도를 잡아들이기 위해 혈안이 되었으니, 고향으로 못 가고 떠돌았지. 그러다가 왕비가 죽고 단발령까지 이어지니, 전국에서 의병이 일어났던 거야. 의병에 들어간 이들 중 상당수가 동학도라네. 이름을 감추고 나이를 속인 채 도망자로 사느니, 의병에 들어가서 왜군과 맞서 싸우려 한 게야. 나 역시 동학도로서 또한 의병에 잠시 몸을 담았다네. 우린 이 거대한 역사의 강을 함께 흘러가고 있는 것뿐이야. 그러다가 나는 동학도를 밀고한 배신자를 청주에서 하나, 군산에서 둘 그리고 인천에서 하나 찾아내어 죽였지."

김창수는 더 이상 몰아붙이지 못했다. 동학에서 의병으로 흘러들어 간 이들이 적지 않다는 것은 처음 듣는 이야기였다.

"참매의 왼쪽 날개를 왜 만들지 않았느냐고 물었나? 오른쪽 날개처럼 스스로를 던져 나라에 헌신한 이를 만났다네. 녹두장군 전봉준, 그분이시지. 하지만 아직 왼쪽 날개를 맡을 사람을 못 만났네. 일찍 세상을 버리는 건 억울하지 않으나, 왼쪽 날개의 임자를 찾지 못한 것이 안타까워."

"녹두장군께서는 작년에 돌아가지 않으셨소?"

"사람은 살고 죽겠지만, 담대한 마음은 영원한 법이야. 저들이 우리의 목숨을 앗을 순 있으나 우리의 기개를 부술 순 없어."

김창수의 시선이 펼쳐지지 않은 왼쪽 날개에 몰렸다. 담대한 마음. 다섯 글자가 가슴을 울렸다. 고 진사가 물었다.

"누가 너를 아낄 땐 그 사람 입장에 서 보고, 누가 너를 괴롭힐 때도 그 사람 입장에서 생각해."

고 진사의 눈매가 날카로워졌다.

"두꺼비, 그놈이 왜 널 여름부터 지금까지 괴롭히는 걸까? 간수장이 시켜서 하는 짓이란 멍청한 답 말고……."

김창수는 말문이 막혔다. 숱하게 맞는 동안 단 한 번도 그 생각을 하지 않았다.

"절망 때문이야."

"절망?"

절망, 두꺼비에겐 어울리지 않는 단어였다.

"창수, 너도 마찬가지고."

"난 절망한 적 없소. 해주성에서도 치하포에서도 또 인천항 재판소에서도 난 오직 싸워 이기고만 싶었을 뿐이오."

김창수는 울분이 가득 담긴 눈으로 고 진사를 노려보았다. 고 진사는 그 눈빛을 피하지 않고 씁쓸한 듯 아랫입술을 깨물었다. 대화는 거기까지였다. 고 진사는 태평소를 꺼내 수건으로 닦은 후 기상 태평소를 불기 시작했다. 가을 들어 가장 낮고 어두운 곡이었다. 죄수들이 부스럭거리며 몸을 뒤쳤다. 이제 다시 지옥 같은 하루를 시작할 시간이었다.

도망자

그 밤에 김창수는 악몽을 꾸었다. 새벽에 고 진사와 격하게 논쟁을 한 탓일까. 목숨이 위태롭던 순간이 연이어 찾아들었는데, 김창수가 맞닥뜨린 고비 고비의 결말이 실제 현실과 달랐다. 해주성 서문 앞에서 총에 맞아 창자가 터진 동학도가 김창수였고, 강계성 근처 얼어붙은 압록강에서 얼음 밑으로 가라앉은 의병도 김창수였다. 청룡사 법당에서 봉기를 모의한 네 사람 중에서, 김재희와 김형진과 백낙희는 치하포로 달아났고, 관아에 붙들려 목이 달아난 사람도 김창수였다. 거기서 꿈을 깼다.

두 번째 꿈은 악몽은 아니지만, 악몽만큼이나 김창수의 마음을 불편하게 만들었다. 김창수는 빙산이 둥둥 떠다니는 대동강을 건너 강기슭에 내렸다. 장연 산포수 봉기를 모의했던 김형진과 최창조도 함께였다. 한 사람이 더 뒤따라 내린 듯한데 얼굴이 보이지 않았다. 김창수가 강변을 따라 걷다 말고 세 명과 둘러서서 말했다.

"치하포엔 황해도와 평안도를 오가는 장사꾼들의 내왕이 잦으니, 황해도에서 쓰던 이름은 버립시다."

김형진은 정일명, 최창조는 김장손, 그리고 나머지 한 사람은 김치형으로 이름을 바꿨다. 네 사람은 치하포 객사에 도착하자마자 길손으로 가득 찬 세 개의 방에 흩어져 잠을 청했다. 다음 날 아침, 김창수는 김형진과 최창조를 강가로 데리고 나갔다. 김창수의 설명을 듣고 김형진이 따져 물었다.

"확실하오?"

"왜놈이 아니면 내 성을 갈겠소."

최창조가 끼어들었다.

"왜놈이라 치고, 어찌 할 작정이오?"

"죽이겠소."

김형진이 만류했다.

"아니 되오. 보는 눈이 얼마나 많은 줄 아오? 여기서 왜놈을 죽이면 추격병이 배로 늘 게요. 우리들 얼굴을 세밀하게 그려 방으로 붙일 테고. 섶을 지고 불로 뛰어드는 것과 같소."

김창수가 버텼다.

"우리가 왜 청나라에 두 번이나 갔었소? 척양척왜를 위해서가 아니오? 김이언이 이끄는 의병에 합류한 이유도 같소. 하지만 우린 강계성을 차지하지도 못했고, 장연 산포수들과 힘을 합쳐 해주성을 함락하려는 계획도 수포로 돌아갔소. 장연 산포수들을 이끌고 한양에 가면, 가장 먼저 할 일이 무엇이었소? 바로 이 나라를 어지럽힌 왜놈들을 도륙하려는 것 아니었소? 내 눈앞에 변복한 왜놈이 있소. 내가 한양에 가면 죽였을 자를 치하포에서 만난 셈이오. 난 왜놈을 죽이겠소."

"진정하시오."

"진정 못 하겠소. 의병을 도모만 한 게 벌써 몇 달이오? 장연 산포수 봉기도 실패했으니, 얼마나 또 오래 고향을 떠나 도망 다녀야 할지 모르오. 듣자하니 팔도의 사정이 크게 다르지 않소. 목소리는 높고 방책은 각양각색이지만, 왜놈을 척살했단 소식은 매우 드물다 이 말이오. 내가 처치하겠소. 처치하고 나는 혼자 고향으로 돌아가겠소. 의병을 일으켜 왜놈들에게 복수하려 한 까닭을 만천하에 알리겠소. 도모만 하고 도망만 다녀선 복수할 길이 없소."

김형진이 한풀 꺾인 듯 낮은 목소리로 말했다.

"치하포, 여기가 갈림길일 줄은 몰랐소. 이승에서 두 번 다신 못 만날 수도 있소."

"만날 때가 있으면 헤어질 때도 있는 법. 내 걱정은 마오. 오히려 때늦은 감도 있소. 진작 이렇게 혼자서라도 복수를 했더라면, 더 많은 의병이 일어났을 게요. 그대들이 내 몫까지 해 주시오."

최창조의 목소리가 젖어 있었다.

"왜국이 가만있지 않을 게요. 살인범으로 몰아 처형시키라고 요구할 게 분명하오."

김창수가 덤덤하게 받았다.

"바라는 바요. 누가 살인범인지 법정에서 가릴 수만 있다면, 기회요."

김형진이 물었다.

"다시 한 번만 더 생각해 보시오. 갑오년부터 계속 실패하고 도망을 다녀 심신이 지쳤다는 건 아오. 해주성, 강계성 그리고 장연까지, 기회가 올 듯하다 가 버렸기에 더 낙담하고 더 예민해질 수밖에 없겠지만, 그래도 이건 너무 갑작스럽소. 후회하지 않겠소?"

"전혀! 이제 객사로 돌아가면 내게서 최대한 멀리 떨어져 있으시오. 내게 불상사가 생겨도 끼어들면 아니 되오. 또한 여러분이 장연에서부터 치하포까지 나와 동행한 건 영원히 비밀에 부쳐야 하오. 아시겠소?"

김형진과 최창조가 답했다.

"그리 하겠소."

김형진이 말했다.

"왜인을 죽이고 나면 국모의 원수를 갚기 위해서라고 일관되게 주장해야 할 것이오. 정 도령 운운했던 내 말은 잊으시오."

김창수가 엷은 미소로 받았다.

"농담 아니었소? 들은 적도 없소."

김창수와 김형진과 최창조는 누가 먼저랄 것도 없이 어깨동무를 하며 끌어안았다. 김형진과 최창조가 흘린 눈물이 김창수의 발등에 떨어졌다. 그런데 다시 보니 그것은 눈물이 아니라 붉디붉은 핏방울이었다. 거기서 김창수는 꿈을 깼다.

기상 태평소를 들으려면 두 시간 정도 더 기다려야 했다. 녹슨 무쇠 창살 사이로 달빛이 쏟아졌다. 감옥소 북문 앞 작은 마당에서 인기척이 들렸다. 김창수는 창에 바짝 붙어 발뒤꿈치를 들어올렸다. 동문과 서문을 향해 감방이 배치되었기 때문에 밤에 북문 마당을 보는 건 처음이었다. 황기배가 수레를 끌었고 김상노가 뒤따랐다. 거적으로 덮은 수레엔 검푸른 발이 장작처럼 삐져나왔다. 시신이었다. 높은 담장 아래에 수레가 멈췄다. 북문 옆에 작고 둥근 철문이 하나 더 있었다. 김상노가 허리를 숙여 자물쇠를 풀고 철문을 당겨 열었다. 황기배가 수레를 기울여 거적에 싼 시체를 문으로 밀어 넣었다. 김상노가 문을 닫고 자물쇠로 잠갔다. 두 사람의 동작이 물 흐르듯 자연스럽고 빨랐다. 한두 번 해 본 솜씨가 아니었다.

"시구문일세."

고 진사가 일어나선 태평소부터 찾아 줘었다.

"시구문? 그게 뭐요?"

"소리 소문 없이 시체를 내다 버리는 문이지."

"그딴 문이 왜 필요하오?"

"합법적인 죽음이면 그 시신은 연고자에게 인계돼. 자네도 이젠 알겠지만 감옥소에서 벌어지는 일들 자체가 불법이 많고, 그 와중에 숨진 죄수들은 은밀히 처리할 필요가 있지. 맞아 죽은 죄수, 아파 죽은 죄수 그리고 연고자 없는 사형수들까지."

"맞아 죽고 아파 죽은 것도 서러운데, 그리 처리하면 안 되는 거 아니오? 사람을 쓰레기 취급하다니."

김창수의 목소리가 높아졌다. 고 진사가 아직 단잠에 취한 죄수들에게 시선을 돌렸다. 목소리를 낮췄다.

"감옥소엔 죄수들을 위한 문이 둘 있어. 하나는 네가 걸어 들어왔던 지옥문. 그 문을 열고 나가는 자는 살지. 그리고 또 하나는 시구문. 그 문으로 나가는 자는 죽은 걸세. 그 둘 외엔 없어."

"그래도 이건 아닌 거 같소. 방법이 없소?"

"시구문을 정녕 없애고 싶은가?"

김창수가 고개를 끄덕였다.

"지옥문을 두면 신입 죄수들이 계속 들어올 게고, 그럼 또 감옥소에서 대대로 이어진 악행이 벌어질 테니, 시구문도 그 자릴 지킬 걸세. 그러니 지옥문과 시구문을 동시에 없애야 해."

"두 개의 문을 함께 없애란 건……?"

"맞아. 감옥소를 폐쇄시켜야 한단 뜻일세. 감옥소가 스스로 죄를 만들고 사람을 죽이는 꼴이야. 죄란 죄가 모두 뭉쳐 거대한 집이 된 곳이 바로 인천 감옥소지. 그렇지 않은가?"

때 이른 불행

불행은 예측한 날 일어나는 법이 없다. 인연이 쌓이고 감정이 무르익기 한참 전, 한여름 고드름처럼 온다.

사람은 쉽게 변하지 않는다. 변했다고 다가오면 의심부터 할 일이다. 그러나 드물게 정말 변하는 사람도 있다. 그때는 변화의 결과보다 원인에 눈을 돌려야 한다. 변화의 시작 아니 변화가 시작되기도 전의 어둠을 들여다보아야 한다. 그믐 같은 어둠.

균열은 전혀 예상하지 못한 곳에서 실금처럼 왔다. 실금을 보고서도, 이것이 무너뜨릴 담의 높이와 두께와 길이를 가늠하기 어려웠다. 혹자는 그 전부를 우연으로 치부했다. 영달 역시 한때는, 적어도 그 가을 어디까지는 우연한 행운이 김창수를 따라다니는 게 아닌가 여겼다. 그러나 우연한 행운만은 아니었다. 물론 김창수가 그 모두를 세세하게 예견한 것은 아니다. 투박하지만 정성을 다하는 그의 고집이 감옥소 간수와 죄수를 흔들고 있었다. 몇몇은 조용히 지켜보았고 몇몇은 격려의 눈짓이나 손짓을 보냈으며 또 그보다 훨씬 적은 몇몇은 김창수가 전혀 기대하지 않은 충고나 제안을 해 왔다. 고 진사에게서 죽비 같은 충고를 받지 않았다면 균열은 시작되지 않았을 것이다. 그리고 또 김창수에게 새로운 제안을 하는 이가 나타났다. 누군가의 눈엔 혹은 김창수에게조차 이것들이 모두 우연으로 간주될 수도 있겠으나, 누군가의 눈엔 필연이다. 필연을 만든 이는 단 한 사람 김창수다.

출근하자마자 박동구가 영달을 불렀다. 한양에서 내려온 공문을 내밀었다. '絞'(교)란 글자만 눈에 들어왔다. 김창수에 대한 판결은 유보되고 있었으므로, 인천 감옥소에서 목매어 죽일 사형수는 고 진사뿐이었다. 사형을 집행하라는 명령은 언제나 느닷없었다. 법부에서 이 사형수를 잊은 것은 아닐까 의심될 만큼 고요한 날들이 이어지다가, 밀려드는 해일처럼 어느 날 갑자기 집행 명령이 도착했다. 정해진 날 정해진 시간에 죄수의 목숨을 앗지 않으면, 그것은 고스란히 감옥소장 책임이다. 사형수가 삶을 정리할 시간은 길어야 하루였다. 고 진사는 운이 더 나빴다. 공문이 도착한 시간은 오늘 아침 9시였고 사형 집행일도 같았다. 즉 감옥소장 책임 하에 저녁 6시 해가 지기 전까진 고 진사의 목숨을 끊어야 한다. 고 진사는 형이 집행되기 전 기껏해야 반나절 사형수만을 위한 독방에서 대기하다가 사라질 운명이었다.

"일팔육!"
"일팔육!"

고 진사가 복창을 하며 일어섰다. 아직 오늘 노역이 할당되기 전이었다. 죄수들은 감방에서 잠깐 동안의 휴식을 즐기는 중이었다. 영달은 긴 말을 하기 싫었다.

"챙겨 나와."

고 진사의 눈동자가 흔들렸다. 감옥소에 들어온 뒤 단 한 번도 감정을 드러내지 않던 그에게도 갑작스런 결별이 당황스러웠던 것이다. 태평소와 날개가 하나뿐인 참매를 집어 들었다. 눈치 빠른 조덕팔이 눈물 바람을 시작했다.

"아이고, 진사 어른! 이게 무슨 날벼락입니까."

사형이 확정된 지도 반년이 흘렀다. 이 정도면 오히려 집행이 늦은 편이다. 김천동도 눈물을 쏟으며 고 진사의 품에 안겼다. 양원종은 고개를 들었다가 내렸다가 하며 한숨을 몰아쉬었다. 영달은 두 걸음 물러났다. 고 진사가 감방 동료들과 작별할 시간을 벌어 주기 위해서가 결코 아니었다. 죄수는 끝까지 죄수였고, 그들에겐 인간적인 대우 따윈 불필요했다. 영달이 물러나서 감방을 훑은 이유는 하나였다. 고 진사처럼 '絞', 즉 목매달려 죽을 가능성이 높은 김창수의 반응이 궁금했던 것이다. 비보를 듣고도 김창수는 고 진사에게 다가가지 않았다. 고 진사가 먼저 태평소를 양원종에게 내밀었다.

"늦잠 잤다고 죄수들이 두들겨 맞으며 하루를 시작하는 것만
은 막아야 합니다. 틈틈이 연습하면 될 겁니다."

양원종이 두 손으로 극진하게 태평소를 받았다. 고 진사의 시
선이 참매에 머물다가 창 쪽에 물러나 있던 김창수로 옮겨 갔다.

"이리 오게."

김창수가 고개를 저었다.

"오래두."

마지못해 김창수가 걸어 나왔다. 고 진사가 그의 손에 참매를
쥐어 주었다. 김창수가 고개를 들어 눈을 맞췄다. 입술이 움직였
지만 말을 하진 않았다. 고 진사도 눈으로만 웃어 보였다. 김창
수가 다시 시선을 내려 참매를 쳐다보았다. 손끝으로 만졌다. 날
개가 하나뿐인, 날지 못하는 새.

고 진사를 앞세우고 복도를 걸어 나왔다. 죄수들이 문 앞에
바짝 붙었다. 고참들은 감시 구멍으로 고 진사의 마지막 얼굴을
봤고, 신입들은 문에 귀를 대곤 고 진사의 발소리를 들었다. 감
옥소의 모든 죄수가 오늘 목숨이 끊기는 사형수에게 마음을 쏟
는 순간이었다. 복도를 지나는 고 진사의 손짓 하나 소리 하나도
그때만큼은 특별했다. 담당 간수 역시 긴장하기는 마찬가지였다.
영달의 경험에 따른다면, 단 한 번도 평온하게 사형수를 데리고
이 복도를 나온 적이 없었다. 고함을 지르는 죄수도 있었고 욕

을 하는 죄수도 있었고 흐느끼는 죄수도 있었다. 박달로 벽을 긁고 문을 두드려도 멈추지 않았다. 때론 사형수가 주저앉거나 뒤돌아섰다가 자신이 나온 감방으로 돌아가려고도 했다. 입으로 손발로 몸으로 처절한 울부짖음을 만들어냈다. 거기에 죄수들의 고함까지 더해지면, 옥사 전체가 불협화음으로 가득 찼다. 오늘 목숨이 달아나는 자를 위한 마지막 굿판이었다. 그런데 고 진사는 달랐다. 한가롭게 복도를 지나가는 실바람처럼 가만히 걸음을 뗐다. 너무 빠르지도 않고 너무 느리지도 않게, 나들이를 나서는 사람처럼 가벼웠다. 벌써 소란을 피웠어야 할 죄수들도 조용했다. 고 진사의 가만한 태도에 언제 고함을 지르고 벽을 두드려야 할지 몰랐던 것이다. 영달의 발소리만 복도를 채운 느낌이었다. 이제 영영 돌아오지 못할 복도이건만, 고 진사는 한 톨의 미련이나 집착도 없는 듯했다. 복도를 빠져나왔다. 가을 햇살마저 고왔다.

고 진사를 사형수 대기방에 넣고 간수실로 돌아온 영달은 찝찝한 기분을 떨치질 못했다. 집행을 코앞에 둔 사형수는 사형수다워야 하지 않는가. 죽음에 대한 두려움과 삶에 대한 미련을 드러내야 하지 않는가. 이렇게 차분하다니, 이렇게 당당하다니! 고 진사에 대한 개운하지 못한 감정은 김창수에 대한 짜증으로 옮겨 갔다. 두꺼비에게 만신창이가 되면서도 버티는 것은 김창수가 죽음을 체감하지 못해서가 아닐까. 사형수 대기방을 미리 보여

준다면, 김창수도 자신의 처지를 깨닫지 않을까.

"이삼삼!"

"이삼삼!"

김천동이 나무 그릇을 올린 정사각형 식판을 들고 식당을 나서다가 멈춰 섰다. 고 진사에게 가는 마지막 점심이었다. 황기배가 오랫동안 병동이나 사형수 대기방의 식사를 담당해 왔다. 식사 시간에 잠깐 식판을 나르는 것으로 그날 노역에서 열외를 했던 것이다. 박동구의 또 다른 배려였다. 황기배의 짝이 된 후론 김천동이 그 일을 대신 맡았다.

"사일삼에게 넘겨."

"네?"

김천동이 믿기지 않는 듯 눈을 동그랗게 떴다. 대답 대신 박달이 그의 이마를 때렸다. 죄수는 간수가 묻는 말에만 답하며, 간수에게 먼저 질문할 수 없다. 김천동은 식판을 내려놓고 김창수를 찾아 바삐 뛰었다. 잠시 후 김창수가 김천동과 함께 왔다. 얼굴 전체가 딱딱하게 굳었다.

"배식구로 그릇만 넣으면 된다."

"왜 제게 이걸 시킵니까?"

넙죽 좋다고 받진 않았다. 곁에 선 김천동이 눈을 질끈 감았다. 허락도 없이 질문부터 한 김창수가 박달 세례를 받으리라 여긴 것이다. 영달은 이 잘못을 응징하기 위해 줄잡아 열 대는 때려도 문제 될 것이 없었다. 그러나 지금은 김창수를 두들기는 것이 목적이 아니다.

"왜? 하기 싫어?"

영달은 이유를 설명하지 않고 싫으면 그만두라는 식으로 거듭 물었다. 고 진사와 마지막 인사를 나누고 싶지 않은가. 아침에도 구호실 죄수 중에서 가장 멀리 물러나선 감정을 드러내지 않았다.

"아닙니다…… 하겠습니다."

대답이 반 박자 빨리 나왔다.

죄수들은 불운이 들러붙을까 두려워 사형수 대기방 쪽으론 침도 뱉지 않는다. 김창수의 걸음이 점점 더 느려졌다. 초행길 나그네처럼, 아예 멈춰 서서 주변을 두리번거렸다. 까마귀가 한 마리 응봉산으로 날아오르고, 갈매기가 두 마리 감옥소를 맴돌다 해안으로 사라졌다. 나무 그릇이 놓인 사각 판을 고쳐 잡았다. 뜨겁지도 않고 무겁지도 않았지만 손바닥엔 이미 잔뜩 땀이 찼다. 새들이 사라진 하늘 길을 눈대중으로 훑으며 긴 숨을 내쉬었다가 들이마셨다. 그리고 앞마당을 가로질러 대기방으로 향했다. 언제 걸음을 늦추다가 멈췄느냐는 듯이, 세상으로 처음 나온 망아지처럼 활기찼다. 그러나 그 활기는 대기방 앞에서 다시 수그러들었다. 문을 노려보며 한참을 서 있었다. 고 진사가 오늘은 대기방에 들어갔지만 다음은 김창수 차례였다. 아침에 갑자기 통보를 받고 대기방으로 끌려갔다가 해가 지기도 전에 목숨이 달아날지도 모른다. 오늘의 고 진사는 내일의 김창수였다. 왼무릎만 꿇고 문에 붙은 미닫이 배식구를 연 뒤 식판을 밀어 넣었다. 배식구를 닫고 돌아 나오면 끝이었다. 그러나 김창수는 배식구를 닫지 않았다. 오히려 배식구에 양손을 넣고 가만히 있었다. 고 진사가 김창수의 손을 쥐지도 않았고 김창수가 고 진사의 손을 쥐지도 않았다. 말도 없었다. 김창수의 얼굴이 점점 더 붉어졌다. 던지고 싶은 질문이 많았다. 확인하고 싶은 사실도 주렁주렁이었다. 이야기하고 싶은 감정도 넘쳐났다. 적어도 이것만은 말하리라 줄이고 줄인 것이 열 가지가 넘었다. 하늘을 처다보며 잠시 멈췄던 것도 할 말을 고르기 위해서였다. 열 가지 중에서 어느 것을 먼저 꺼낼지는 배식구에 손을 넣는 순간까지도 정하지 못했다. 하나같이 중요하고, 하나같이 고 진사가 떠나고 나면 아쉬울 것들이었다. 문 하나를 사이에 두고 고 진사와 마주 앉고 보니, 단어 하나 점 하나도 떠오르지 않았다. 담담한 음성이 담쟁이넝쿨처럼 배식구로 기어 나왔다.

"투견처럼 살지 마라. 사람이 사람을 무는 법은 없어."

차갑고 분명했다. 지난 새벽의 논쟁이 이어지는 듯했다.

"문 적 없소."

김창수도 버티는 수밖에 없었다. 따듯한 위로나 격려 혹은 석별의 정을 나누는 것은 두 사람에게 어울리지 않았다. 감옥소에 들어오기 전에 그들은 너무 많은 사람들을 잃었다. 새 세상을 함께 꿈꾸던 동지들이 관군에 의해, 일본군에 의해 다치고 죽어갔던 것이다.

"사람대접을 해 줘라. 네가 그들을 간수의 개로 취급하면 너도 똑같이 개 취급을 받을 뿐이야."

"몰매를 맞은 건 나요! 왜 내가 그리해야 하오?"

다시 버텼다. 고 진사의 마지막 질문이 비수처럼 날아들었다.

"아기 접주 김창수가 어떻게 교세를 넓혔는지 잊지 마. 황해도에서 한 일을 삼옥소에선 왜 못할까?"

"동학으로 돌아가란 말이오?"

고 진사가 힘주어 답했다.

"난 동학도로 살다 가네. 하지만 자넨 더 나아가 보도록 해. 아기 접주 때를 떠올리라는 건 동학으로 돌아가란 뜻이 아니야. 동학이든 의병이든 혹은 또 다른 무엇이든, 아름답게 사는 데 보탬이 된다면 배우고 익히도록 해. 자네가 일신우일신하는 걸 지켜보지 못하는 게 조금 아쉽긴 하군. 명심해. 한 사람 한 사람을 돌아보고 위하지 않는 사상이나 제도나 종교는 다 헛것일세. 정진하시게나."

2년이 20년처럼 아득했다. 사형수 대기방에서 식당에 닿는 길이 천 리 만 리 까마득하듯! 1894년 가을 김창수는 충청도 보은에서 2대 교주 최시형을 만났다. 황해도를 대표하는 동학 지도자 15명에 낀 것이다. 열아홉 살 김창수가 가장 어렸다. 전국에서 그보다 어린 접주는 찾아보기 힘들었다. 1893년 정월 동학에 들어갔으니, 교리 공부를 하기에도 부족한 시간이었다. 김창수는 눈부시게 교세를 확장하여 따르는 신도가 천여 명이 넘었다. 황해도를 돌며 수많은 이들을 만났다. 양반과 어울린 날은 손에 꼽을 정도이고 대부분은 미천하고 가난하고 병든 자들을 찾아갔다. 사람 취급 못 받는 천민들 마을에선 더 오래 머물렀다. 백정과 갓바치로부터 명화적(明火賊)에 이르기까지, 그가 만나지 못할 이는 없었다. 김창수는 그들 곁에서 억울한 사연을 처음부터 끝까지 모두 들었다. 사람을 하늘같이 섬겨야 한다면 그들이야말로 김창수의 하늘이었다. 사람대접을 받고 눈물 쏟는 천민들을 부둥켜안고 함께 울었다. 김창수의 활약상이 고스란히 보은의 최시형에게 보고되었고, 그 글과 말을 고 진사도 접했던 것이다. 지난 새벽엔 어린 그를 보은 먼발치에서 보고 든 걱정을 주로 말했지만 기대 또한 컸던 것이 사실이다.

김창수 스스로도 잊고 있었다. 동학도를 규합하여 선봉에서 해주성을 공략하고, 수배범이 되어 떠돌고, 치하포에서 왜인을 죽이고, 해주 감영에서 혹독한 고문을 받고, 인천 감옥소로 오는 동안, 짐승만도 못한 천민에게 먼저 가서 하늘처럼 그들을 받들던 날들이 발아래 묻혔던 것이다. 황해도에서 아기 접주로 한 일을 감옥소에선 왜 못할까. 별별 죄를 짓고 감옥소를 숱하게 들락날락거린 망종들과도 호형호제하며 어울리지 않았던가. 동학의 가르침을 전하기 전에 먼저 그들을 사람으로 존중하지 않았던가.

몸은 고단했지만 마음은 생생했다. 새로운 고을에서 새로운 사람을 만나는 것은 지금까지 몰랐던 또 하나의 하늘을 보고 듣고 만지고 느끼는 일이었다. 그 기쁨을 잊고 두 해를 보냈다. 김창수는 전쟁 중이었고 전쟁터를 옮겨 가며 전투를 치렀다. 해주에서도 싸웠고 강계에서도 싸웠고 장연을 거쳐 치하포에서도 싸웠다. 전투란 오로지 이기거나 오로지 졌다. 사람의 마음을 얻어 함께 사는 길이 아니라, 적을 제압해서 나만 사는 길이었다. 새 세상을 열고 나라와 민족을 위한다는 명분은 내가 아닌 우리를 지향했지만, 전쟁터에서 처절하게 싸우는 것도 나였고, 도망 다니는 것도 나였고, 전쟁터로 돌아오는 것도 나였다. 누군가를 만난다는 기쁨보다 누군가와 싸워 이겨야 한다는 강박이 자리 잡았다. 인천 감옥소도 김창수에겐 또 하나의 전쟁터였다. 해주나 강계나 장연에서처럼 맥없이 질 순 없었다. 그렇게 패하여 목숨을 잃거나 치명상을 입은 이들이 얼마나 많은가. 패잔의 무리에 끼고 싶지 않았다. 이번엔 이기고 싶었다. 상대가 다시 덤빌 수 없을 정도의 완승이어야 했다. 패배자의 살점을 난도질하고 그 피를 들이키고 싶었다. 술 익는 마을에선 상상하기 힘든 일이지만 전쟁터에선 흔하디흔한 풍경이었다. 내가 살기 위해 너를 죽이는 나날. 인천 감옥소로 들어와선 처음엔 간수 이영달이었고 그다음엔 죄수 두꺼비와 그 졸개들이었다. 고 진사는 전투를 멈추고 적(敵)이었던 죄수들을 하늘처럼 받들라고 마지막으로 충고한 것이다. 황해도를 휘젓고 다닐 때처럼.

하늘같이 받들다

고 진사가 떠난 후에도 인천 감옥소는 달라진 것이 없었다. 겉으로는 그랬다. 두꺼비 패는 계속 김창수를 괴롭혔고 김창수는 꿇지 않았다. 간수들은 두꺼비가 하루라도 빨리 김창수를 굴복시키기를 바라며 눈뜬장님 흉내를 냈다. 영달은 두꺼비도 김창수도 마음에 들지 않았다. 짜증만 늘었다. 그 사이 지옥문이 열리고 신입 죄수들이 두 번 들어왔다. 눈치 빠른 그들은 곧 김창수가 간수 이영달에게 꿇지 않았으며 두꺼비에게도 굴복하지 않고 있음을 알아차렸다. 두꺼비가 시간을 끌수록 영달의 체면도 함께 깎였다. 병감 과장 조경신까지 영달의 인사를 받지 않고 눈을 흘기며 지나갔다. 그녀는 김창수를 보호하지 않는 간수들을 용납할 수 없었다.

김창수가 식당 바닥에 배를 깔고 헉헉댔다. 두꺼비도 이제 김창수가 실신할 정도로 패진 않았다. 절대로 죽여선 안 된다는 엄명을 간수장 박동구에게서 다시 들었던 것이다.

"사일삼이 뒈지면 너도 뒈져!"

박동구의 경고가 김창수에게 유리한 것만은 아니었다. 그 후로 두꺼비 패는 멍이 들거나 살갗이 찢기지 않으면서도 몇 배 더 고통스런 방법을 궁리했다. 메뚜기가 호텔 보이를 하며 각국 손님에게서 들은 고문 방법을 두꺼비에게 설명했다. 방금 전에도 김창수의 사지를 묶은 뒤 얼굴에 젖은 천을 씌우곤 물을 들이부었다. 코와 입으로 계속 물이 흘러들어가 숨을 쉴 틈이 없었다. 김창수는 기침을 쏟으며 먹은 것을 모두 토했다. 눈물과 콧물로 뒤범벅인 얼굴에 다시 천을 얹고 물을 들이부었다. 몽둥이로 수십 대를 맞는 것보다도 두려웠다. 얼굴에 젖은 천을 얹은 후 두꺼비가 호물호물 말했다.

"특별한 기분이 들지? 사지가 묶여 인천 앞바다에 빠질 때와 비슷할까. 숨 참지 마. 어차피 얼굴에 난 구멍이란 구멍으론 물이 다 들어갈 테니까. 내가 말했지. 오랫동안 버텨 주라고. 이것까지 버티는가 어디 볼까?"

지독한 밤이었다. 김창수는 물을 한 말도 넘게 들이켰고 또 한 말도 넘게 토했다. 그러고도 굻지 않았다. 두꺼비가 담뱃대에 불을 붙이곤 쭈그리고 앉아 김창수의 턱을 엄지로 밀어 올렸다. 매운 연기를 얼굴에 뿜었다. 김창수가 기침과 함께 구역질을 해댔다. 두꺼비가 급히 한 걸음 물러섰다.

"독한 새끼! 감옥소 밖에서 일찍 만났더라면 내가 잘 키워 줬을 수도 있는데. 아까워."

"한 번 더…… 할까요?"

메뚜기가 천을 들어 보이며 물었다. 두 눈이 반짝거렸다. 준비한 천이 아직 남은 것이다. 몽둥이찜질을 할 땐 작두가 앞장을 섰지만, 물고문에선 메뚜기가 적극적으로 나섰다. 두꺼비가 이마에 주름을 잡을 정도로 김창수를 괴롭힌 뒤에도 메뚜기는 한 번더!를 원했다. 두꺼비가 연기를 메뚜기에게 뿜었다. 메뚜기가 입을 한껏 벌리고 연기를 들이마시는 시늉을 했다.

"오늘은 여기까지."

두꺼비는 다시 김창수를 내려다보았다. 옆구리를 힘껏 차며 탁탁 끊어 말했다.

"너나 나나, 참 더러운 팔자다. 나 같은 놈 만나, 개 맞듯이 얻어터지는 너나, 누명 쓰고 들어와서, 너 같은 놈 두드려 패는 나나, 참, 쓰레기, 같은, 인생이고, 지랄, 맞은, 인연이야."

여름부터 줄곧 김창수를 두들겼지만 신세타령은 처음이었다. 메뚜기가 허리를 숙이곤 살살거렸다.

"형님, 다 지난 일 말해 뭣합니까요? 이제 그만 잊으시고……."

"그 사기꾼 잡년을 어찌 잊어? 씹어먹어도 시원찮을 년! 제물포 불곰은 내가 죽인 게 아냐. 그년이 독을 타서 없앤 거라고. 그걸 몽땅 내게 덮어씌우곤 있는 돈 없는 돈 죄다 챙겨 줄행랑을

났어. 이보다 더 억울한……."

"천벌 받았네."

두꺼비의 고개가 천천히 내려갔다. 그리고 멈췄다. 발아래엔 김창수밖에 없었다. 감히 두꺼비에게 천벌 운운한 놈이 김창수인 것이다. 귀를 의심한 듯 눈을 부라렸다.

"다시 말해 봐."

김창수는 대답 대신 엉거주춤 몸을 일으켰다. 몽둥이를 들고 달려들려는 작두를 두꺼비가 눈짓으로 막았다. 탁자 다리에 기대 앉은 김창수가 거친 숨을 연거푸 몰아쉬었다.

"죄 없는 사람들 패고 다니니…… 사기꾼 잡년한테 당하지. 당하고도 모자라…… 감옥소에서 행패나 부리고. 등신 새끼!"

두꺼비가 싸늘하게 어금니를 앙다물었다. 심장이라도 터뜨릴 기세였다.

"다시."

김창수가 그 시선을 피하지 않고 말했다.

"바보 새끼!"

"이 호로 잡놈 씨발 새끼가 어디서 함부로!"

메뚜기가 먼저 김창수의 멱살을 잡아 쥐곤 주먹을 뻗으려 했다. 두꺼비가 뒤에서 메뚜기를 걷어찼다. 메뚜기가 옆구리를 감싸며 나뒹굴었다. 두꺼비는 가죽으로 감은 날카로운 송곳을 소매에서 꺼내 김창수 목에 들이댔다.

"날을 잡은 게냐? 제삿밥 먹여 줘?"

김창수가 지지 않고 받아쳤다.

"사기꾼 잡년한테 당한 게…… 등신 아니고 뭐야?"

"죽엿!"

두꺼비가 김창수를 바닥에 처박았다. 송곳을 쥔 손이 부들부들 떨렸다. 송곳 끝이 살갗을 파고들었다. 피가 주르륵 흘렀다. 김창수가 굴하지 않고 말했다.

"……억울하면 바로잡아야지."

바로잡는다? 두꺼비로선 상상하기 힘든 말이었다. 감옥소에 들어온 후 휘하에 들어온 죄수들에게 수십 번 억울함을 토로했지만, 그 누구도, 단 한 번도 바로잡자는 말을 꺼내진 않았다. 억울하지만 어쩔 수 없다고, 그만 잊으라고 전부 말했다. 싸움꾼은 싸움꾼을 안다. 김창수는 목에 송곳이 박히더라도 거짓말이나 허튼소리를 할 인간이 아니다. 바로잡자. 두꺼비를 노려보는 김창수의 눈이 그렇게 말하고 있었다. 두꺼비가 송곳을 천천히 내렸다. 승자의 길도 아니고 패자의 길도 아닌 제3의 길이 찾아드는 순간이었다.

김창수가 제안한 제3의 길을 방해한 사람은 간수 이영달이었다. 점호를 끝낸 늦은 밤 두꺼비는 당직 간수 영달에게 긴히 의논할 일이 있다고 했다. 날이 밝으면 하라고 답했지만 오늘 밤 꼭 의논을 해야 한다며 고집을 부렸다. 박동구는 자신이 감옥소를 비울 때 두꺼비가 뭔가를 요청하면 우선 들어주라는 지시를 간수 전원에게 내렸다. 영달은 두꺼비를 데리고 간수실로 갔다.

"뭐야?"

"종이와 먹과 벼루 그리고 붓을 주쇼."

지필묵을 달라는 것이다. 두꺼비에게 가장 어울리지 않는 물건들이다. 더구나 야심한 시각이었다.

"뭐? 이 새끼가 미쳤나."

"세상 어떤 미진놈이 붓하고 벼루를 달랍니까?"

평소 같았으면 벌써 박달이 두꺼비의 머리통을 두드렸겠지만, 박동구의 날 선 얼굴이 불쑥 떠올랐다. 영달이 꾹 참고 말했다.

"네놈한테 그딴 것들이 왜 필요해?"

"삶아 먹겠소, 구워 먹겠소? 뭘 좀 쓸 게 있으니 그러지."

꼬치꼬치 캐묻는 영달이 못마땅한 듯 두꺼비가 째렸다.

"안 돼!"

단호하게 잘랐다. 두꺼비가 엉덩이를 들며 허리를 숙였다. 씩씩거리는 콧김이 영달의 볼에 닿을 정도였다. 천장을 올려다보며 가까스로 욕을 삼킨 뒤 따져 물었다.

"간수장 말 못 들었소? 내 부탁 들어주라고?"

두꺼비가 주먹을 코앞까지 들이대자 영달도 두 눈에 독이 올랐다. 이건 부탁이 아니었다. 간수장의 권세를 업고 들이대는 겁박이었다. 아무리 두꺼비라도, 아무리 박동구의 명령이라도 참을 수 없었다. 영달이 두꺼비의 목에 박달을 쑤셨다.

"이 새끼! 오냐오냐 해 줬더니 어디서 감히 이래라저래라야.

천하에 불쌍놈 주제에 뭐? 지필묵? 간수장 아니라 감옥소장이 와도 안 돼, 꺼져!"

"후회하게 될 거요."

두꺼비가 일어나서 간수실을 나갔다. 곧이어 주먹으로 벽을 때리는 소리가 크게 울렸다.

다음 날 영달은 오전을 집에서 쉬고 혼자 점심을 먹은 뒤 감옥소로 출근했다. 간수실로 들어서자마자 막내 간수 최윤석이 간수장의 명령을 전했다. 망루로 곧장 올라오라는 것이다.

"오늘 하늘은 어때?"

간수장의 기분이 어떠냐는 질문이다. 붙임성 좋은 최윤석이 고개를 갸웃거렸다.

"안개가 자욱해서 말입니다."

기분을 파악하기 어렵다는 뜻이다. 영달은 서둘러 망루로 향했다. 박동구는 망원경을 들지도 장총을 닦지도 않은 채 바다를 향해 서 있었다. 망루로 들어서는 영달을 향해 주먹부터 날렸다. 턱을 맞고 쓰러진 영달의 가슴과 배를 발로 네댓 번 밟기까지 했다. 속수무책 당한 영달이 일어설 때까지 기다렸다가 다시 뺨을 후려쳤다. 영달도 이번에는 넘어지지 않고 버텼다.

"이영달! 왜 내 말 안 듣는 거지?"

"무슨 말씀이십니까?"

되물으며 버텼다. 맞을 때 맞더라도 이대로 무너지긴 싫었다.

"두꺼비가 원하는 건 다 들어주라고 했잖아?"

역시 그 일 때문이다.

"감방에 지필묵을 들이는 건 소장님 허락을 받아야 할 사항
이라서……."

그 순간 박동구가 뻗은 발이 정확하게 명치를 때렸다. 영달이
배를 움켜쥐고 허리를 숙이자 발뒤꿈치가 등을 찍었다. 무릎과 이
마가 동시에 바닥을 쳤다. 숨이 가빠 곧장 일어서기도 힘들었다.

"소장 말은 말이고 내 말은 똥이다 이거냐? 어디서 소장 핑계
를 대? 강 소장이 감옥소에 대해 아는 게 뭐가 있어? 늘 밖으로
만 돈다는 걸 너도 알 거 아냐? 일어나! 빨리 안 일어나?"

영달은 비틀거리며 겨우 몸을 일으켰다. 박동구가 아주 느리
게 팔을 수평으로 젓다가 손바닥이 뺨에 닿을 때만 손목을 안으
로 꺾으며 힘을 실었다.

"이영달! 잘 들어. 넌 명령하지 마. 명령은 내가 해. 넌 생각하
지 마. 생각은 내가 해. 명령하고 생각하고 싶다면, 오늘 당장이
라도 때려치워!"

"아닙니다."

외쳤다. 억울했다. 지난 6년 박동구를 위해 일했다. 명령을 어
긴 적은 단 한 번도 없었다. 기라면 기고 죽으라면 죽는 시늉까지
했다. 명령하지도 말고 생각하지도 말라! 영달을 사람으로 인정
하지 않겠다는, 죄수들과 똑같은 개돼지로 취급하겠다는 뜻이다.

"당장 지필묵을 두꺼비에게 갖다 줘! 또 한 번 내 명령을 어

기면 그날로 끝인 줄 알아! 실망시키지 마라. 이영달!"

"예, 알겠습니다!"

시원시원하게 대답하며 영달은 생각했다. 두꺼비와 지필묵. 돼지 목에 진주 목걸이만큼이나 어울리지 않는 조합이다.

그날 이후 영달은 이상한 풍경을 목도했다. 가을에 개나리와 진달래가 핀다든지, 개구리가 뱀을 삼키는 것보다도 낯설었다. 영달뿐만 아니라 간수들 모두 갑작스레 찾아든 두꺼비와 김창수의 평화가 어디서부터 비롯되었는지 궁금했다. 궁금하기는 죄수들도 마찬가지였다. 간수도, 죄수도, 그 누구도, 두꺼비와 김창수에게 묻지 못했다. 전쟁이라면 이유를 따지고 시시비비를 가리거나 승패를 구분하는 것이 당연하지만, 어떤 평화는 이유도 없고 시비도 없고 승패도 없었다. 간수 입장에서도 안 싸우겠다는 놈들을 데려다가 억지로 싸움을 붙일 수도 없는 노릇이었다. 감옥소의 제재나 징벌은 싸우는 놈들을 위한 것뿐이었다. 영달도 김상노도 박동구도 싸우지 않는 죄수들을 벌방에 보낼 순 없었다. 어느 날은 두꺼비가 식당에서 나무 그릇은 밀어 두고 이야기에 열을 올렸다. 김창수가 앞자리에 붙어 앉아 열심히 받아 적고 있었다. 그 옆에 선 작두와 메뚜기도 밥을 먹는 대신 주먹을 쥐거나 한숨을 내쉬며 이야기판에 끼어들었다. 무슨 이야기를 하나 싶어 간수들이 다가가면 입을 닫고 딴전을 피웠다. 두꺼비와 김창수가 단풍 물든 나무 아래로 연인처럼 걷기도 했다. 김창수는 종이 묶음을 들고 이것저것 질문하고 두꺼비는 보폭을 맞추며 요목조목 답했다. 때론 기억이 나지 않는 듯 찡그리기도 하고 때론 기억이 너무 잘 나는 듯 걸음을 멈춘 채 하늘을 향해 종주먹을 대기도 했다. 그리고 놀랍게도 김창수가 두꺼비의 등을 친형제처럼 두드렸다. 메뚜기와 작두에게 망을 보게 하고 두꺼비와 김창수가 창고 구석에 마주 앉는 시간도 점점 늘었다. 이마까지 빌겋게 달아오를 정도로 화를 내다가 눈물을 글썽이는 두꺼비를 김창수가 당겨 안고 등을 쓰다듬기도 했다. 여름부터 가을까지, 피를 쏟으며 맞섰던 사이라는 것이 믿기지 않을 정도로 다정했다.

그러던 어느 날이었다. 두꺼비가 텅 빈 창고로 영달을 몰래 불러냈다. 땡그랑! 영달의 손에 엽전 열 냥이 올려졌다. 간수가 죄수의 뒷배를 봐주고 돈푼이나 챙기는 건 세상 모든 감옥의 법칙이라고 쳐도, 열 냥은 지나치게 많은 돈이다. 영달의 눈이 휘둥그레졌다.

"뭔 일이기에……."

두꺼비가 품에서 꺼낸 누런 종이봉투를 내밀었다.

"감리서에 좀 넣어 주쇼."

"뭐야 이게?"

"진정서요."

"뭐? 진정서?"

영달이 재빨리 봉투에서 종이를 꺼내 펼쳤다. 격식에 맞게 정갈한 글씨로 또박또박 적어 내려간 글이 한눈에 들어왔다. 돼지 목에 진주 목걸이, 두꺼비와 문방사우.

"이걸 어떻게……? 너 까막눈이잖아."

"쪽팔리게 꼭 그리 말할 것까진 없잖소? 누가 대신 써 줬수다."

"대서(代書)를 해 줬다고? 어디서?"

한 사내의 얼굴이 떠올랐다.

"어디겠소?"

"누구냐니까?"

"사일삼이오."

다시 확인했다.

"누구라고?"

"사일삼 김창수. 이 감옥소에 사일삼이 또 있소?"

두꺼비와 문방사우의 조합에 김창수가 끼어들었다. 박동구도 이걸 알고 묵인한 건가? 영달의 미간에 주름이 졌다.

"간수님만 믿소. 일이 제대로 끝나면 열 배 아니 백 배 더 드릴 테니 잘 좀 부탁합시다. 이게 내 마지막…… 희망이오."

낯설었다. 어둡고 탁한 응달의 죄수 두꺼비의 입에서 양달에 어울리는 단어가 튀어나온 것이다. 이것도 역시 김창수의 영향일까.

"희망?"

영달은 자신도 모르게 실소를 했다.

"왜? 나 같은 놈은 희망을 좀 가지면 안 됩니까?"

두꺼비의 눈이 날카로워졌다.

"안 될 거야 없지. 알았어. 검토한 후 문제없으면 바로 보내도
록 하지."

"문제 같은 건 없수다."

두꺼비가 돌아섰다.

"하나만!"

두꺼비를 불러 세웠다. 그의 얼굴에 짜증이 몰려들었다.

"뭡니까? 왜 이리 오늘따라 꼬리가 긴 게요?"

영달은 꼭 던지고 싶던 질문을 꺼냈다.

"사일삼 일은 어쩔 거야?"

두꺼비가 입을 반쯤 벌리다가 멈췄다. 짧은 침묵이 흘렀다. 얼
굴에 묘한 웃음이 맴돌았다. 두꺼비 특유의 기분 나쁜 비웃음이
었다.

"사일삼과 나 사이에 뭔 일 있었소?"

종잡을 수 없는 말만 남긴 채 두꺼비는 돌아섰다. 휴전일까
종전일까. 박동구는 두꺼비와 김창수 사이에 벌어지고 있는 이
불길한 변화를 알기나 할까. 아니면 박동구도 이 이상한 조합에
이미 낀 걸까. 질문이 엿가락처럼 늘어졌다.

두꺼비가 돌아간 후, 영달은 김창수가 대서한 진정서를 꼼꼼

히 읽었다. 놀라웠다. 김창수가 인천항 재판소에서 치하포 사건에 대한 자신의 입장을 조목조목 설명하는 것을 들으며 무식쟁이가 아님은 알고 있었다. 해주에서 아기 접주로 동학도를 이끌었고, 일본인을 죽인 뒤 벽에 제 이름과 주소를 적어 놓고 왔다니 언문은 익혔겠구나 여겼다. 진정서를 보니 언문 정도가 아니었다. 사서오경의 관용구와 일화들이 맛깔스럽게 적재적소에 박힌 문장이었다. 김창수도 등용문에 오르기 위해 숱한 밤을 새웠던 걸까. 혈기만 앞세우는 하룻강아지와는 거리가 멀었다. 김창수! 인천 감옥소에 오기 전에 어딜 돌아다녔고 누굴 만났으며 어떤 이야기를 나눴고 무슨 꿈을 꿨는가. 쏟은 눈물은 얼마며 터뜨린 분노는 얼마인가. 김창수! 너는 누구냐.

인천 감옥소에서 억울한 이는 두꺼비만이 아니었다. 감옥소에 들어온 죄수치고 법을 알고 보호를 받은 이는 드물었다. 대부분은 자신이 지은 죄보다 대여섯 배 무거운 벌을 받았고, 변론할 기회조차 얻지 못하여 죄명도 형량도 심지어는 유죄인지 무죄인지도 모른 채 옥살이를 시작하는 이들도 허다했다. 그들 모두 냉가슴만 앓을 뿐 글로 탄원하는 방법을 몰랐다. 턱 밑에 큼지막한 혹이 셋이나 달린 일흔 살을 훌쩍 넘긴 죄수가 있었다. 감옥소에선 혹부리 할아범으로 통했다. 평범한 농부인 그가 사람을 죽인 건 외동딸 때문이었다. 아내와 사별하고 소작을 부치며 딸을 길렀다. 그런데 그 땅을 관리하던 마름이 딸을 넘본 것이다. 딸이 아기를 가졌다는 걸 알고 마름을 찾아가 담판을 지으려 했다. 마름은 그 아기가 자기 씨란 걸 어찌 증명하느냐며 비웃었다. 혹부리 할아범은 낫을 들고 그 밤에 다시 가서 마름을 죽였다. 그리고 평생 이 감옥소를 나갈 수 없는 벌을 받았다. 이호실 혹부리 할아범이 김창수를 찾아왔다.

"나도 글이, 그 진정서가 필요하네."

김창수가 난처한 표정을 지었다.

"20년 전에 사람을 죽였지. 죽이지 않았다면 좋았겠지만……."

"진정서로 다툴 사건이 있고 글을 써서 올려 봤자 소용없는 사건이 있습니다. 20년이나 지났어요. 살인 혐의를 벗을 결정적인 증거나 증인이 나오지 않는 이상 글을 쓰는 건 헛일입니다."

할아범의 두 눈이 젖어들기 시작했다.

"숙희가, 하나뿐인 내 딸 숙희가 면회를 안 온 지 석 달째야. 그 아이가 1년 전부터 가슴병을 앓기 시작했지. 지난 20년 동안 매달 한 번씩 반드시 이 못난 애빌 보러 왔다네. 근데 세 번이나 빠졌어. 병이 악화된 게 분명하다네. 무죄를 주장하는 게 아냐. 내 죄는 내가 잘 아네. 하지만 지금이 아니면 숙희를 영영 못 볼 수도 있단 생각이 들어. 꼭 한 번 숙희를 보고 싶으이. 하루만, 아니 반나절만이라도 그 애와 만나게 해달라고 글을 써 주게나. 수갑과 차꼬는 물론이고 온몸에 쇠사슬을 두르고서라도 내 딸이 있는 곳으로 가야겠네."

"특별외출을 청원해 달란 뜻이로군요. 인천 감옥소에선 허락된 적이 단 한 번도 없습니다."

"자네가 글을 써서 올려도 안 되겠나?"

"힘들 겁니다."

할아범의 세 혹이 힘없이 흔들렸다.

"알겠네. 시간 뺏어서 미안하이."

할아범이 돌아서서 휘적휘적 걸었다. 김창수는 말라비틀어진 뒷모습을 쳐다보다가 할아범을 불러 세웠다.

"써 보겠소."

할아범이 되돌아섰다. 뺨으로 눈물이 줄줄 흘렀다. 김창수가 약속했다.

"되든 안 되든 하는 데까진 하겠습니다. 쓰겠소. 써 드리겠소."

그때부터 김창수는 죄수들의 진정서를 쓰기 시작했다. 자신을 괴롭혔던 작두와 메뚜기도 쭈뼛거리며 와선 부탁했다. 어깨가 떨어져 나갈 듯 아팠지만 한 자 한 자 정성을 쏟았다. 점호 후 잠을 줄여 가며 그들의 억울함을 문장으로 옮겼다. 죄수들은 수고비라며 음식과 담배 그리고 갖가지 생필품을 몰래몰래 가져왔다. 김창수는 받지 않았다.

"사일삼은 어찌 하고 있어?"

박동구가 망루에서 내려오다가 순찰을 도는 영달과 마주쳤다. 영달은 사실만 간단히 밝혔다.

"두꺼비에 그치지 않고, 다른 죄수들 부탁도 받아 진정서를 계속 쓰고 있습니다. 잠을 줄여도 모자랄 정돕니다."

"어떤 것 같나?"

"예?"

질문의 맥락을 정확히 짚지 못해 되물었다.

"글은 제법 쓰더냐고?"

박동구는 영달이 언문은 물론이고 한문에도 밝다는 사실을 알고 있었다. 죄수들에게도 소문이 난 듯했다. 두꺼비를 시작으로 진정서를 넘겨받은 죄수들은 간수 중에서도 꼭 영달에게 그걸 건넸다. 김상노나 최윤석 그리고 박동구는 언문으로 이름만 겨우 쓰는 정도였다. 진정서는 밥풀로 단단히 봉했지만, 영달은 그것들을 모두 뜯어 읽었다. 감옥소를 나고 드는 편지를 검열하는 것은 간수의 책무였다. 지금까지 이 책무를 도맡은 간수가 바로 영달이었다.

"화려하진 않지만 힘이 넘치고 정확합니다."

김창수는 쓰기 전에 죄수와 오래 이야기를 나눴다. 억울해하는 부분을 충분히 숙지한 뒤에야 붓을 들었다.

"좋단 얘기군."

웬만해선 죄수를 칭찬하지 않는 간수가 또한 영달이었다.

"아직 감리서로 발송하진 않았습니다."

"왜?"

"진정서가 한 장도 아니고 이렇게 뭉치로 한꺼번에 나가면 틀림없이 소문이 날 겁니다. 사일삼이 진정서를 대서한 걸 소장님이 아시면, 간수장님이 곤란해지시지 않겠습니까?"

"내가 곤란해진다?"

"사형 집행일까지 사일삼을 편히 두지 말라고 소장님이 명하셨지 않습니까? 그런데 사일삼이 지필묵을 감방에 들여 진정서를 대신 써 준 게 들통이 나면, 그 책임은 고스란히……."

"언제부터 나를 그리 걱정했나?"

박동구가 말허리를 자르고 물었다. 영달은 즉답을 못했다. 감옥소에서 죄수가 다른 죄수를 대가 없이 돕는 것이 이상하듯, 간수가 다른 간수를 걱정하는 것 역시 어울리지 않았다. 굴복하지도 않은 채 김창수가 이대로 편안해지는 것이 싫었다. 그게 솔직한 영달의 마음이었다.

"뭉치로 한꺼번에 보내진 마. 간격을 두고 하나하나 천천히! 그리고 감리서에서 진정서 담당자가 누군지 알아봐 줘."

알아보라는 것은 박동구가 직접 담당자를 만나겠다는 뜻이다. 진정서를 대서하는 김창수를 막을 생각은 없는 것이다.

"알겠습니다."

영달은 묻고 싶었다. 당신은 왜 김창수를 괴롭히라는 감옥소장의 명령을 따르지 않습니까. 두꺼비가 김창수를 괴롭히지 않는데도, 오히려 김창수를 보호하며 지켜 주는데도 당신은 왜 가만히 있습니까. 무릎 꿇지 않는 김창수를 왜 그냥 둡니까. 왜?

"할 말이 남았나?"

낚싯밥이었다. 영달이 떠오르는 질문들을 곧이곧대로 던진다면, 박동구는 다시 영달을 두들겨 팰 것이다.

"아닙니다."

아직은 따질 때가 아니었다. 답답하지만 참기로 했다. 좀 더 이 돌변을 고민할 필요가 있었다. 따져 물어야 한다면 그 상대는 박동구보다 김창수가 먼저였다.

영달은 당직이 돌아왔을 때 김창수를 간수실로 불렀다. 진정서를 쓰다 왔는지, 손등과 바지에 먹물이 묻어 거무튀튀했다. 눈엔 핏발이 섰고 어깨도 편치 않은지 자꾸 들어 올렸다가 내렸다. 얼굴에 덕지덕지 붙었던 피딱지와 울긋불긋하던 피멍은 이제 사라졌다. 치고받던 시절은 지나간 것이다. 영달은 말을 돌리지 않고 곧바로 물었다.

"대체 왜 이러는 거야?"

"뭘 말입니까?"

"진정서! 다른 죄수들은 그렇다 쳐도, 메뚜기나 작두 것까지 써 줬다며? 그 새끼들 밉지도 않아?"

김창수는 영달의 눈을 쳐다보며 허리를 약간 젖혔다. 당신이 그 질문을 왜 던졌는지 알겠다는 여유로운 표정이었다. 영달은 그런 표정을 짓는다는 이유만으로 죄수에게 박달 세례를 안겼었다. 그러나 지금은 박달에 의지할 때가 아니다. 김창수가 짧게 답했다.

"그들도 사람이오."

"사……람?"

뜻밖이었다. 박동구는 죄수를 짐승에 비겼다. 영달도 늘 그들을 짐승으로 간주하고 다뤘다. 그런데 김창수는 자신을 괴롭힌 죄수들까지 사람이라는 것이다.

"두꺼비, 메뚜기, 작두, 그것들 사람 아냐. 사람이면 널 그렇게 패진 않지. 혹시 그놈들이 먼저 사과했어?"

"아니오."

"사과도 안 받았는데, 왜 그 새끼들을 위해 진정서를 써 줘? 그딴 알량한 글로 죄수들을 네 편 삼으려고?"

하찮은 짓이라고 낮췄지만 죄수들의 동요는 눈에 띌 정도였다. 두꺼비부터 김창수에게 갑작스런 호의를 드러내자, 다른 이들도 편하게 접근했다. 그들의 맺힌 한을 글로 풀어 주고 있지 않은가. 마음이 기우는 것은 당연하다. 김창수가 답했다.

"내 편 네 편 상관없소. 내가 진정서를 쓰는 이유는 그들이 사람이기 때문이오."

"그 얘긴 이미 했잖아?"

김창수가 속 깊이 품었던 문장을 힘주어 말했다.

"이제부턴 사람을 하늘같이 받들 거요."

하늘같이!

제 3 부

틈

태초에 감옥소가 있었다.

탈옥은 죄수에게 최고의 기쁨이지만 간수에겐 최악의 수모다. 죄수는 눈에 보이지 않는 틈조차 본능적으로 알아차린다. 간수 역시 틈을 없애고자 쉼 없이 점검하고 궁리한다. 감옥소에 해박한 이들은, 죄수든 간수든 한 목소리로 말한다. '감옥소가 법에 따라 차질 없이 운영된다면, 탈옥은 불가능하다.'

차질은 계획이나 의도에서 벗어나 어그러지는 상태를 가리킨다. 법의 테두리에서 벗어나는 것은 지극히 사소한 틈에서부터 비롯된다. 탈옥으로 이어지는 틈은 눈에 보이는 담벼락이나 지붕의 틈이 아니라, 마음의 틈일 때가 대부분이다. 죄수의 눈에 띄는 틈이라면 노련한 간수의 눈을 피해 가긴 힘들다. 열 길 물속보다 알기 힘든 것이 한 길 사람 속이라고 하지 않던가.

　인천 감옥소에서 죄수가 다른 죄수를 위해 글을 쓴 것은 김창수가 처음이다. 죄수에겐 지필묵을 허락하지 않는 것이 원칙이다. 그런데 김창수에겐 이 원칙이 허물어졌다. 감방에 가둔 채 글 몇 자 적는 것이 그렇게 심각한 일이냐고 반문할 수도 있다. 김창수가 감옥에서 글을 쓴 것이 곧바로 탈옥에 닿진 않는다. 그러나 이로 인해 김창수는 물론이고 감옥소의 죄수와 간수들 마음에 작은 틈이 두 개나 생겼다. 첫째는 김창수에게 말 그대로 지필묵이 무한대로 허락되었다는 사실이고, 둘째는 김창수가 자신이 아니라 다른 죄수를 위해 대서(代書)했다는 사실이다. 첫째만으로도 주목할 사건이지만 둘째까지 덧붙자 김창수는 인천 감옥소에서 죄수와 간수가 함부로 다루기 힘든 인물이 되었다. 문맹인 죄수들 입장에서 보자면 김창수는 그들의 억울함을 글로 옮길 유일한 동료였다. 간수들 입장에서 보자면, 무슨 이유인지는 모르겠지만, 죄수들의 억울한 사연이 김창수의 글을 통해 감옥소 바깥으로 나가는 것이 허락된 셈이다. 글은 권력이었다.

　틈은 틈을 낳는다. 하나의 틈은 수많은 틈들의 시작이다. 김창수는 대서를 통해 틈을 만들었다. 그는 이것이 틈이란 것을 곧 알아차렸다. 그리고 그다음 틈을 스스로에게 물었다. 틈이 아예 없었다면 시작하지 않았을 궁리였다. 틈이 한번 만들어지자, 이

틈과는 다른 틈을 꿈꾸지 않을 수 없었다.

감옥소이므로 절대로 할 수 없는 것들이 있다. 그것까지 한다면, 그게 어디 감옥소냐고 반문이 나올 정도까지 김창수의 고민은 뻗어 갔다. 감옥소이면서 감옥소가 아닌 곳. 양립 불가능한 모순이 한 공간에 집중된다면? 김창수는 그 끝을 보고 싶었는지도 모른다. 그리고 스스로에게 물었을 것이다.

그날까지 내가 과연 살까?

꼬리에 꼬리를 물고

밤을 꼬박 새워 글을 쓰곤 낮에 꾸벅꾸벅 조는 날이 늘었다. 대서를 원하는 죄수들이 계속 밀려든 탓이다. 김창수는 그들의 사연을 처음부터 끝까지 들은 후 정성을 다해 진정서를 쓴다는 원칙을 바꾸지 않았다. 간수장 박동구는 납득하기 힘든 명령을 하나 더 간수들에게 내렸다. 김창수가 원하면 2층 독방을 내어 주라는 것이다. 구호실 옆 독방은 옥사에서 간수들이 휴식을 취할 때 이용했다. 보통 감방의 절반 크기인 독방에 죄수를 홀로 둔 적은 없었다. 격리 후 징벌이 필요할 경우엔 독방 대신 벌방을 사용했다. 김창수가 북적대는 감방 대신 독방에 머무는 것은 대단한 특혜였다. 박동구는 김창수의 집필을 돕기 위해 앉은뱅이 책상까지 들여놓았다. 김창수는 구호실에서 주로 글을 쓰다가도 집중해서 작업하고 싶을 땐 독방으로 옮겼다.

김창수가 대서하여 올린 진정서의 첫 번째 답이 왔다. 혹부리 할아범의 특별외출이 허락된 것이다. 겨우 1박 2일이지만 죄수들에겐 낭보였다. 1896년 10월 2일 아침, 영달은 감리서로부터 연락을 받자마자 망루로 올라가서 간수장 박동구에게 보고했다. 청국 조계 쪽 항구를 살피다가 망원경을 내린 박동구의 두 눈에 힘이 실렸다.

"사일삼의 글이 결정적이라고 보는가?"

"진정서를 올리지 않았다면 오늘과 같은 통보를 받진 못했겠지요."

영달의 하나마나한 답에 박동구가 고쳐 물었다.

"대서한 글을 읽어 보고 감리서로 보냈지?"

"그렇습니다."

"잘 썼던가? 높은 분들 마음을 돌릴 만해?"

박동구로부터 이런 질문을 다시 받는 것 자체가 영달에겐 뜻밖이었다. 그만큼 마음에 품고 있단 것이다. 영달은 지난번보다 자세하게 풀어 설명했다.

"세련되진 않습니다. 투박하지만 힘이 넘치고 주장이 분명합니다. 호화롭고 값비싼 비단 같은 글이 아니라, 세상 풍파에 시달릴 대로 시달려 얼키설키 이어 붙인 조각보와 같다고나 할까요. 소박하고 단순한 만큼 그 진심이 통하면 울림이 클 때도 있습니다."

"힘이 넘친다…… 주장이 분명하다…… 비단이 아니라 조각보다……."

박동구가 영달의 설명을 곱씹다가 명령했다.

"데려와."

그리고 바다 쪽으로 돌아서려 했다. 영달이 급히 물었다.

"망루로 말입니까?"

박동구가 망원경을 반만 내린 채 째렸다.

"따로 생각해 둔 곳이라도 있나?"

"어, 없습니다."

영달은 구호실로 가며 계속 고개를 갸웃거렸다. 박동구는 지금까지 단 한 번도 죄수를 망루로 불러올린 적이 없었다. 망루에 가려면 철 계단을 통해야 했다. 나선으로 돌아가는 계단은 가파르고 좁아 두 사람이 나란히 이용하긴 어려웠다. 죄수보다 앞서 올라가든지 늦게 올라갈 수밖에 없는 것이다. 간수 입장에선 대단한 부담이었다. 앞서거나 뒤따르면 죄수의 움직임을 완전히 파악하기 어렵다. 계단에서 굴러 떨어지면 최소한 중상을 각오해야 한다. 4년 전 겨울엔 망루에서 내려오던 김상노가 계단에서 굴러 발목을 부러뜨리기도 했다. 마약에 취했던 것 아니냐고 추궁했지만, 김상노는 억울한 표정으로 고개를 저었다. 밤새 내린 눈이 얼어 미끄러웠다는 것이다. 위험부담을 안고서도 망루로 데려오라는 것은 김창수와 은밀히 나눌 이야기가 있다는 뜻이다. 둘만의 비밀 대화겠지만, 영달은 오늘만큼은 꼭 망루에 남고 싶었다. 구호실 옆 독방 앞에 서서 감시 구멍으로 들여다봤다. 문을 등지고 웅크린 채 글을 쓰느라, 김창수의 오른손에 쥔 붓이 바빴다.

"사일삼!"

"사일삼!"

김창수가 붓을 놓고 복창하며 일어섰다. 영달은 철 계단을 먼저 올라가는 쪽을 택했다. 뒤따라가다가 김창수가 다리라도 뻗으면 그대로 떨어져 목뼈가 부러질지도 몰랐다. 김창수가 그런 짓을 하고도 남을 만큼, 영달은 줄곧 그를 괴롭혀 왔다.

"망루엔 왜……?"

당황한 것은 김창수도 마찬가지였다. 간수들이 망루에서 내려다보거나 총을 겨누는 것은 많이 봤지만, 죄수인 자신이 망루에 오르리라곤 상상도 못했다. 영달은 계단을 오르려다가 말고 고개만 돌린 채 말했다.

"이오, 결과가 나왔어."

"……."

김창수는 시선을 내린 채 기다렸다. 이오(二五) 혹부리 할아범의 커다란 혹들을 떠올리는지도 몰랐다.

"1박 2일 특별외출이다."

두 눈에 기쁨의 빛이 스쳤다. 소리치며 즐거워해도 좋을 일이었지만 속으로 삼켰다.

"고맙소."

"내게 고맙단 개소린 마. 죄수들에게 헛된 희망을 불어넣는 이 짓 난 동의하지 않으니까. 간수장 명령에 따랐을 뿐이야. 운이 좋아 특별외출을 하거나 복역 기간이 단축된다 해서, 죄수들이 새사람이 될까? 석방된 죄수들도 열에 아홉은 다시 감옥소로 기어들어 와. 게다가 답신이 오지 않는 죄수들은 더욱 악에 받힐 거고. 자, 조심조심!"

영달은 계단을 딛고 올라섰다. 철의 서늘한 기운이 발목을 타고 무릎까지 올라왔다. 끼이익끽, 발을 바꿔 체중을 옮겨 실을 때마다 소음이 거슬렸다. 걸음을 멈추고 고개만 돌렸다. 그때까지도 김창수는 계단에 첫발을 올리지 않고 허리를 젖힌 채 하늘을 쳐다봤다. 깊고 푸른 가을 하늘이 크게 뜬 눈에 어렸다.

"뭐하는 거야?"

영달이 불러도 김창수는 자세를 바꾸지 않았다. 입을 활짝 벌리고 숨을 한껏 들이마셨다.

"사일삼!"

영달이 당장이라도 박달을 집어던질 자세를 취했다. 김창수가 턱을 당긴 후 눈을 맞췄다.

"가을 하늘이 참 좋소."

"뭐?"

혼잣말까지 했다.

"아까워. 참 아깝네."

김창수가 망루로 들어와서 섰다. 박동구는 등을 보인 채 인천 앞바다를 내려다보다가 각을 재듯 10도씩 끊으며 돌아섰다. 영달은 김창수보다 반걸음 뒤 왼쪽에 자리를 잡았다. 김창수를 훑은 박동구의 시선이 영달에게 향했다. 나가라는 명령이 당장 내릴 것 같았다. 그런데 박동구는 다시 시선을 김창수에게 돌렸다.

"진정서, 그게 필요해."

모든 의문이 풀리는 순간이었다. 박동구와 두꺼비와 지필묵, 그리고 김창수의 진정서. 박동구는 혼자 해결할 수 없는 큰 벽에 부딪혔고, 김창수가 그 벽을 뚫어 주길 바라는 것이다.

"자초지종을 말해 주시오."

박동구의 표정이 일그러졌다. 김창수는 말없이 기다렸다. 영달은 박동구가 자신을 내보내지 않고 세워 둔 이유를 깨달았다. 어차피 김창수가 진정서를 쓰면 발송은 영달의 몫이다. 박동구가 사진 한 장을 책상에 올렸다. 조계에 들어선 양이식 저택이었다.

"완전히 당했어. 나가야란 놈이야. 어려서부터 가라데를 배워 몸에 군살이 하나도 없고, 코가 유난히 커서 별명이 왕코로 통했지. 한창 흥이 오르면 술을 코로 들이부어 마실 정도였어. 앞니 위아래 두 개씩이 금니여서 살짝 웃기만 해도 번쩍거렸지. 건달 열 명과 혼자서 맞장을 떴다가 얻은 훈장이라고 그랬어. 크고 걸걸한 목소리는 오십 보 밖에서 알아차릴 정도로 특이했고. 왕코 나가야는 일본 조계 은행거리에서 전당포를 했지. 다른 전당포와는 달리 조선 그림들을 유난히 많이 취급했어. 다른 전당포보다 곱절로 그림 값을 쳐준다는 풍문이 돌아, 너도나도 그림을 챙겨 나가야 전당포로 갔지. 2년 전에 두어 번 어울려 저녁을 먹었는데, 밥값 술값 전부 내며 무척 화끈하게 굴더군. 그리고 내게 아주 멋진 양이식 저택이 매물로 나왔다고 귀띔했어. 스미스 저택! 인천 조계에서 가장 아름다운 집으로 손꼽히는 저택이야. 나가야를 따라 집 구경을 갔어. 높다란 대문 앞을 지나친 적은 있지만 지하부터 3층까지 샅샅이 살핀 건 그날이 처음이었지. 정말 보식 같은 집이너군. 이런 식으로 이야기하면 되나?"

박동구가 이야기를 멈추고 물었다. 김창수가 짧게 답했다.

"그만두라고 할 때까지 계속 하시오."

"집이 무척 비쌌어. 간수 짓하며 모은 전 재산을 쏟아부어도 부족했지. 나가야는 무이자로 돈을 빌려주겠다고 했어. 이럴 때 지인들에게 도움을 주고자 전당포를 시작했다면서 말이야. 나가야의 호의를 고맙게 받아들였지. 집들이 땐 따로 나가야에게 고마움을 표시하기도 했어. 2년 동안 스미스 저택에서 편히 지냈지. 한데 갑자기 저택에서 나가라는 통보가 일본제1은행 인천지점장으로부터 날아들었어. 2년 반 전에 일본제1은행이 스미스 저택을 매입했으며, 나가야가 그 집에 2년 동안 월세로 들어갔다는 얘기였지. 나가야, 그 후레자식은 일본제1은행으로부터 통보가 날아들기 보름 전 쥐도 새도 모르게 일본으로 돌아가 버렸어. 2년 동안 나가야가 낸 월세라고 해봤자 전부 합쳐도 내가 집값으로 건넨 돈의 1할도 안 돼. 나머지를 그 새끼가 꿀꺽 삼킨 게야. 나는 스미스랑 맺은 매매계약서를 지점장에게 보여줬지.

지점장이 제시한 일본제1은행과 스미스의 정식 계약서가 내 것보다 반년이 더 빠르더라고. 나가야가 일본제1은행과 맺은 월세 계약서까지 제시하더군. 나는 결국 저택에서 쫓겨났고, 각국 조계 밖 움막에 단칸방을 얻었어."

감옥소에선 독사처럼 모르는 것이 없는 박동구도 양이식 매매 계약에선 허점을 보인 것이다. 매사에 철저한 그의 성격을 감안한다면, 돈을 잃었다는 사실보다 나가야란 일본인에게 사기를 당했다는 점이 더 괴로울 것이다. 사연을 들은 김창수는 즉답을 않고 턱을 들어 망루 천장을 올려다봤다. 푸른 하늘은 보이지 않고 거무죽죽한 나무판만 칙칙했다. 박동구와 영달의 시선도 천장으로 향했다. 작심하고 사기를 친 후 일본으로 달아난 나가야를 찾는 것은 모래밭에서 바늘 줍기보다 힘든 일이다. 이윽고 김창수가 말했다.

"이건, 어렵겠소."

"어렵다?"

"나가야란 일본인은 이미 조선을 떠났소. 계약 시점도 스미스와 일본제1은행의 매매계약이 6개월이나 더 빠르다면, 계약 자체를 뒤집는 건 가능하지 않다 이 말이오."

박동구의 얼굴이 딱딱하게 굳었다. 김창수에게 건 마지막 기대가 무너진 것이다. 실력이 어느 정도인지 알기 위해, 두꺼비부터 시작해서 죄수들의 진정서를 대신 쓰는 것까지 묵인했다. 아직 혹부리 할아범만 좋은 결과를 얻었지만, 대서하는 동안 김창수에 대한 죄수들의 평가는 나쁜 부분이 단 하나도 없었다.

"다만……."

김창수가 말끝을 흐렸다.

"다만?"

"감리서에 진정서를 제출할 수는 있겠소. 나가야는 일본제1
은행과도 계약을 했고 또 간수장님과도 계약을 했소. 나가야 단
독 범행인지, 아니면 나가야와 일본제1은행이 담합하여 간수장
님을 속인 것인지 따져볼 여지는 있단 것이오. 나가야와 일본제
1은행이 계약을 했다면, 일본제1은행은 최소한 나가야의 주소와
재정 상태 등에 대한 기초 조사를 했을 거요. 이런 것들을 조사
해 달라는 진정서를 감리서에 내고, 감리서에서 타당하다는 판
단이 들면 일본 영사관에 협조 요청을 할 게요. 지금으로선 이게
최선이오."

박동구가 받아쳤다.

"법률에 밝은 인천의 몇몇 관원들에게 문의했지만 포기하란
답만 돌아왔어."

"당연하오. 일본과 척을 지는 일이니까. 나는 감옥소에 있으
니 상관없지만, 감옥소 밖에서 할 일 많은 분들이야 제 손에 똥
묻힐 일을 맡을 리 없소."

박동구가 김창수의 어깨너머로 영달과 눈을 맞췄다. 의견을
묻는 것이다. 영달은 고개를 끄덕이지도 젓지도 않았다. 박동구
의 결단은 박동구의 것이다.

"오늘부터 당장 시작해."

"조건이 있소."

김창수가 단서를 달았다. 박동구가 째리며 물었다.

"조건? 얼마를 원하는데?"

박동구에게 답례는 곧 돈이었다.

"그깟 돈 수만 냥을 줘도 필요 없소."

"그럼?"

김창수가 말을 하려다가 주워 담았다.

"들어주지도 않을 소릴 괜히 지껄이고 싶지 않소."

박동구가 말꼬리를 잡아챘다.

"들어줄지 말지는 내가 결정해. 뭐야?"

"아니오."

"뭐냐니까?"

김창수는 물러나고 박동구는 나아왔다. 박동구의 태도는 전혀 그답지 않았다. 느긋하게 기다리며 상대의 약점을 노리지 않았는가. 박동구의 조급함을 이용할 만큼 김창수가 노련하단 뜻이기도 했다. 한껏 물러나며 궁금증을 키운 후 김창수가 답했다.

"죄수들에게 글을 가르치고 싶소."

박동구의 두 눈이 번뜩였다. 상상도 못한 조건이었다. 뾰족한 턱으로 심장을 찍듯이 답했다.

"여긴 학교가 아니다. 감옥소야."

"알고 있소."

"그럼 왜 그 따위 얼토당토않은 개소릴 지껄여?"

"대서하느라 팔이 떨어져 나갈 지경이오. 팔이야 떨어져 나가
도 상관없지만, 내가 떠난 후에도 죄수들은 계속 감옥소에 남소.
신입들도 들어올 게고. 그때 그들은 누구의 손을 빌려 억울함을
진정하겠소? 스스로 글을 배우고 익혀 쓰는 게 답이라오. 내가
언제 떠날지 모르겠으나 갈 때까진 글을 가르치고 싶소. 매일 저
녁 두 시간만 허락하시오."

김창수는 또박또박 논리를 세워 말했다. 망루에 오른 뒤 즉
흥적으로 떠오른 생각이 아니라, 다지고 다져 정리한 주장이었
다. 박동구가 요구나 부탁을 해 오는 상황을 예측한 것이다.

"그 조건을 받지 않으면 내 진정서를 쓰지 않겠다?"

"그렇소."

김창수는 단호하게 버텼다. 영달은 박달을 쥔 손에 힘을 실
었다. 박동구가 헛소리 말라며 화를 내면 김창수의 목덜미를 후
려칠 작정이었다. 하룻강아지 범 무서운 줄 모른다더니, 인천 감
옥소에서 죄수들에게 글을 가르치겠단 소릴 어찌 감히 지껄이
는가. 박동구가 받아들일 리 없다. 김창수의 요구를 받아들였다
가 강형식 소장이 알아차리기라도 하면? 그땐 제아무리 인천 감
옥소 터줏대감 박동구라도 옷을 벗어야 한다. 감옥소를 영영 떠
나야 하는 것이다. 박동구가 단칼에 자르지 않고 검은 눈동자를
굴리며 시간을 끌었다. 영달은 불안했다. 주저한다는 것은 김창
수의 요구를 단숨에 내치진 않는 것이다. 받을까 말까 망설이는

것이다. 침묵이 길어질수록 박달을 든 영달의 손이 무거워졌다. 이윽고 박동구의 세모 턱이 다시 아래로 까닥거렸다.

"나도 조건이 있다."

"말씀하시오."

"글을 가르치든 말을 가르치든 맘대로 해. 단, 우린 모르는 일이야."

박동구다웠다. 허락이나 동의를 해 줄 순 없으나 묵인은 해 주겠다는 말이었다. 챙길 건 챙기고 책임은 지지 않겠다는 뜻이기도 했다. 조건과 조건이 오간 뒤 김창수가 입을 열었다.

"좋습니다."

영달은 망루를 내려갈 땐 김창수를 앞세웠다. 발만 뻗으면 김창수의 어깨를 밀어 떨어뜨릴 수 있었다. 영달은 자꾸 자신의 발끝을 쳐다봤다. 설명하기 힘든 분노가 끓어올랐다. 대서(代書)로도 모자라 학교(學校)로까지 나아가다니! 인천 감옥소의 근간을 스물한 살 살인범이 뒤흔들고 있는 것이다. 게다가 김창수는 철벽 중의 철벽이라 믿었던 박동구를 등에 업었다. 본능적인 감각이든 노련한 관찰이든 음흉한 잔꾀든, 김창수는 감옥소에 들어온 지 겨우 두세 달 만에 인천 감옥소를 거쳐 간 어떤 죄수도 못한 일들을 벌였다. 감옥소 바깥의 도움 없이 오로지 자신의 힘으로 거둔 성과였다. 영달은 죄수 한 명으로 인해 감옥소의 일상이 바뀌는 것을 인정할 수 없었다. 이것은 그가 알고 믿었던 인천 감옥소가 아니었다. 망루를 내려선 후 김창수를 불러 세웠다.

"사일삼!"

"사일삼!"

박달을 김창수의 가슴에 비스듬히 대곤 물었다.

"무슨 꿍꿍이짓인가?"

"꿍꿍이짓은 내가 아니라 간수장이 시작한 게요."

"조건을 내밀 기회를 기다렸잖아?"

"기회를 기다린 것 역시 간수장이고."

"이딴 짓을 벌이고도 무사하길 바라는가?"

"옳은 일이니 하는 게요. 무사하고 말고는 내 알 바 아니오."

"시건방진 새끼!"

죄수들을 가르쳐도 좋다는 박동구의 허락이 떨어지지 않았다면, 영달은 벌써 김창수를 두들겼을 것이다. 인정하기 싫었지만, 김창수는 이미 영달이나 두꺼비보다 한 계단 위로 올라서 있었다.

영달은 김창수를 구호실에 넣곤 다시 망루로 갔다. 박동구로부터 자세한 설명을 들어야만 했다. 박동구가 방금 김창수에게 허락한 일로 문제가 생긴다면, 영달도 무사하지 못할 것이다.

"지나치십니다."

박동구가 검지를 들어 접었다가 폈다. 영달이 두 걸음 다가섰다. 주먹이 턱으로 날아들었다. 쓰러졌다가 일어섰다. 주먹이 다시 명치를 쳤다. 허리를 숙이자 박동구의 무릎이 콧잔등에 얹혔다. 코피가 터졌다. 영달은 비명을 삼키며 곧장 일어섰다. 피가 흘러 입술을 적시고 턱을 따라 바닥에 떨어졌다. 영달은 더 맞을 각오를 하고 말했다.

"소장님이 아시면 그땐……."

박동구의 오른팔이 머리 위로 올라갔다. 내리치는 주먹에 관자놀이나 뺨을 난타당하면 정신을 잃을 수도 있었다. 영달은 어금니를 꽉 물었다. 그런데 박동구의 손이 허공에서 멈췄다. 나비가 춤을 추듯 천천히 내려온 팔이 영달의 뒷목에 닿았다. 힘을 실어 당겼다.

"불안해?"

"……."

영달은 답을 못하고 박동구의 눈을 올려다만 봤다. 입에서 찐득찐득한 군내가 났다. 박동구가 영달의 뒷목을 감은 팔에 힘을 더 줬다. 목이 꺾일 정도였다.

"날 못 믿어?"

"미, 믿습니다."

"사일삼의 사형이 곧 집행될 거야."

영달이 놀란 눈으로 박동구를 올려다봤다.

"일본 영사관에서 감리 영감에게 계속 압력을 넣는 건 알지?"

"네."

영사대리 겐조가 부지런히 한양을 오갔지만 사형을 집행하란 명령은 내려오지 않았다. 세 차례 심문을 마치고도 벌써 22일이 지났다.

"오늘은 감리서에서 한양 법부로 직접 전보를 친댔어."

"법부로 말입니까?"

"김창수에 대한 선고를 조속히 해달란 내용이지. 오전 10시에 전보를 친다고 했으니 벌써 법부에 닿았겠군. 전보란 게 정말 무지무지 빨라. 말을 타고 질주하는 것보다 천 배쯤! 법부에서 회의를 할 게고 빠르면 오늘 당장 답신이 올 수도 있어. 어쩌면 내일 어쩌면 열흘 넉넉잡고 한 달 안엔 사일삼은 이승을 떠나. 난 그 전에 진정서를 사일삼에게서 받아낼 테고."

박동구의 계책이 그려졌다. 인천 감리 이호정이 일본의 압박에 못 이겨 오늘 전보를 친다는 소식을 은밀히 들은 것이다. 어차피 김창수에게 허락된 날이 많지 않으므로, 죄수들에게 글을 가르쳐도 큰 문제가 아니라고 여긴 것이다.

"대답해 봐. 강 소장이 밤에 감옥소에 머문 적이 있었나?"

"없었습니다."

"감옥소에서 밤에 죄수들이 글을 배우는지 아니면 발가벗고 마당을 기는지 소장이 알 턱이 없지. 만약에 강 소장이 눈치를 챈다면, 내가 누굴 의심할 것 같아?"

김창수와 박동구의 거래 자리에 동석한 이는 영달뿐이다.

"저는 그딴 고자질 안 합니다."

박동구가 총을 닦던 수건으로 영달의 코피를 훔쳤다. 영달이 허리를 젖히며 고개를 돌리려 하자, 박동구는 왼손 엄지와 검지로 영달의 뺨을 집어 눌러 고정시켰다. 수건이 순식간에 붉어졌다.

"사일삼을 도와주도록 해."

"그걸, 왜 제가 해야 합니까?"

"몰라서 물어? 우리 중에 글을 제대로 아는 간수가 너밖에 더 있어? 사일삼이 진정서를 마치면 검토할 사람도 바로 너고. 똑바로 해. 나도 사일삼이 좋아서 이러는 게 아니야. 평생 모은 재산 날리고 무일푼 거지꼴로 움막에서 살 순 없어. 명심해."

"알겠습니다."

"간수들 전부 집합시켜."

파격적인 조치에 간수들 대부분이 충격을 받을 것이다. 그러나 박동구에게 반기를 들 간수는 없었다.

전보는 역시 빨랐다. 10월 2일 아침 10시에 법부로 보낸 전보의 답전(答電)이 오후에 바로 왔다. 회의를 하고도 당일 전보를 칠 시간이 났던 것이다. 전신(電信)을 도입하기 전에는 상상도 못할 속도였다. 인천 감리서에서 법부로 보낸 전보의 요구 사항은 두 가지였다. 김창수에 대한 선고를 속히 해 달라는 것과 치하포 객사 주인 이화보는 죄가 없으니 석방하자는 것이다. 답전엔 김창수에 대한 언급은 전혀 없이 이화보만 무죄방송(無罪放送)하라고 적혀 있었다. 일본 영사대리 겐조나 간수장 박동구의 예상을 이번에도 깬 것이다.

이화보는 전보가 도착한 당일 석방되어 치하포로 돌아갔다. 옥문을 나서기 전, 구호실로 와서 김창수에게 작별 인사를 했다.

"의병장님! 무사히 출소하셔서, 치하포에 꼭 다시 들러 주십시오."

이화보에게 김창수는 왜인을 척살한 의병장이었다. 김창수도 따듯하게 인사했다.

"잘 가시오. 나로 인해 고초가 심했으니 달포쯤은 푹 쉬도록 하오. 빙산이 떼로 흘러 고약했지만 치하포 앞 대동강 물빛은 참으로 고왔소. 그 물빛을 우리가 즐길 날이 정녕 또 있을까?"

봉우리들

대서(代書)에서 학교(學校)로! 누군가 대신 글을 써 주는 것이 아니라 죄수들 스스로 글을 익혀 쓸 수 있게 만들겠다는 것이다. 김창수는 이것을 이승의 마지막 걸음으로 여겼다. 시간이 없는 만큼 조급했고 조급한 만큼 간절했다. 고 진사의 경우처럼 평화롭게 서너 달이 흐를 수도 있었고 내일 당장 사형 집행 명령이 떨어질 수도 있었다. 한시라도 빨리, 실수하지 않고 정확하게 걸음걸음을 딛고 싶었다. 감옥소에서 서책을 읽고 깨달음을 얻은 죄수도 있긴 했다. 그러나 김창수처럼 죄수들을 직접 가르칠 궁리를 한 이는 없었다. 그 누구도 시도하지 않은 낯설고 귀중한 걸음이었다.

죄수들 동의를 받는 것도 중요하다. 김창수가 아무리 열성적이어도, 그들이 거부하면 가르치기 어렵다. 글을 아예 배운 적이 없거나, 배울 기회가 있더라도 포기한 경우가 대부분이었다. 글을 아는 양반이나 아전에게 당해 왔기 때문에 글 자체에 반감이 컸다. 죄 짓고 감옥소에 갇힌 마당에 글공부는 무슨 글공부냐며 역정을 내거나 거절할 가능성은 얼마든지 있었다. 간수장 박동구가 첫 번째 봉우리라면, 죄수들은 박동구보다도 더 높고 험난한 두 번째 봉우리였다.

점심 식사를 간단히 마친 죄수들이 식당에 모였다. 허락된 시간은 30분이 고작이었다. 웅성거림이 점점 커졌다. 김상노가 채찍을 휘저으며 목소리를 높이려는 순간 김창수가 의자에 올라섰다. 단숨에 이목이 집중되었다.

"나 김창수, 여러분에게 할 말이 있소. 오늘은 중요한 날입니다. 조선이 개국하고 감옥소가 생긴 이래 가장 중요한 날인지도 모르겠소이다. 똑똑히 들으시오. 오늘 밤부터 인천 감옥소에 학교를 엽니다. 글을 가르쳐 드리겠소이다. 나 김창수가 선생이고 여러분은 학생입니다. 억울한 일 안 당하려면 글을 알아야 합니다. 강제로 시키진 않겠소. 배우겠다고 자원하는 사람들만 가르칩니다. 하지만 나는 인천 감옥소에서 동고동락하는 여러분이 모두 배웠으면 합니다. 지금까진 내가 대신 글을 써 드렸소만, 이제부턴 스스로 배워 스스로 쓰시오. 여러분도 충분히 할 수 있소이다."

여기저기서 불만이 터져 나왔다. 공부와는 담을 쌓았으며, 해가 떠 있는 동안 각종 노역에 시달리기 때문에 밤에라도 쉬겠단 주장이 대부분이었다. 그깟 글자 쪼가리 몇 개 배워 어디다 써먹을 거냐는 비난도 있었다. 짐승 취급을 받더라도, 태어난 대로, 지금껏 살아온 대로 사는 것이 편한 것이다. 감옥소는 더 나아지기를 갈망하고 그 방법을 모색하는 장소로는 가장 어울리지 않았다. 김창수의 얼굴이 차갑게 굳었다. 죄수들의 반발이 예상보다 훨씬 거셌던 것이다. 차라리 사람들을 선동하여 전쟁터로 데려가는 편이 쉬웠다. 저 관군만 없으면 저 왜군만 없으면 저 아전만 없으면 저 고을 수령만 없으면, 우리 삶이 더 나아질 것이라고 연설할 때는 큰 박수를 받기도 했다. 하지만 오늘은 달랐다. 적을 없애기 위해서가 아니라 글이라곤 몰랐던 나 자신과 결별하기 위해서, 꾸준히 공부해야 한다는 주장에 즉각 동조하는 죄수는 없었다. 분노보다 더 크고 무거운 것이 절망이었다. 어차피 이번 생은 글렀다는 자포자기. 뭘 해도 안 되겠고, 특히 글 따위 배워서 보탬이 될 리 없다는 체념. 그 절망이 죄수들에게 변명을 늘어놓게 했다. 제각각 들이대는 핑계거리는 달랐지만, 감옥소를 학교로 바꿀 기회가 생겼더라도 그냥 짐승으로 지내겠단 자세는 똑같았다. 의자에서 이만 내려와야 할까 고민스러운 순간, 손을 번쩍 든 죄수가 있었다. 첫줄에 앉은 두꺼비였다. 두꺼비는 글공부는 물론이고 배우고 익히는 것 자체를 싫어했다. 머리 쓰는 일은 부하들에게 미루고 군림하려고만 했다. 두꺼비가 천천히 일어나선 돌아섰다. 죄수들은 그가 김창수의 주장을 무너뜨릴 결정타를 날리리라 기대했다. 대서를 하며 친해졌다 해도, 교실에 얌전히 앉아 글을 배우는 두꺼비를 상상하긴 힘들었다. 두꺼비가 반대하면 학교에 관한 논의도 끝이다. 그는 볼에 잔뜩 바람을 넣어 불룩하게 만든 뒤 좌중을 훑었다. 그리고 답했다.

"배우겠소."

죄수들의 탄식이 식당에 길게 깔렸다. 그들이 기대한 말과는 정반대였다. 두꺼비 옆에 앉은 메뚜기와 작두가 동시에 손을 들며 따라했다.

"배우겠소."

"나도!"

김창수에게 대서를 받은 죄수들과 구호실 죄수들까지 합세했다. 분위기는 순식간에 배우겠다는 쪽으로 기울었다. 김창수가 오른팔을 들어 창고 쪽을 가리켰다. 죄수들 시선이 그 팔을 따라갔다.

"저녁 먹고 일곱 시부터 아홉 시까지 첫 수업을 시작하겠습니다."

죄수들은 박수를 친 뒤 감방으로 돌아갔다.

김창수가 영달에게 부탁했다.

"책을 구해 주시오. 오늘 밤부터 당장 수업을 시작해야 하오. 『대학』(大學)과 언문본 『사민필지』(士民必知)면 좋겠소."

글공부를 위한 교재까지 이미 정해 둔 것이다. 『사민필지』는 미국인 선교사 호머 헐버트가 한글로 쓴 세계 지리서였다. 한글도 익히면서 세계 지리도 가르치려는 것이다. 영달이 김창수의 코앞까지 박달을 들어 올렸다.

"개소리! 감히 간수에게 명령하는 게냐?"

"이게 명령으로 들립니까? 부탁이오, 부탁."

"그딴 부탁을 왜 나한테 해?"

"글을 아는 간수잖소?"

"너한테 책 사다 바치려고 배운 글이 아니다."

"간수장에게 부탁하길 원하오? 그럼 그리 하겠소."

김창수가 돌아서서 식당을 나가려 했다. 박동구에게 교재 부탁을 하면 불똥이 고스란히 영달에게 튄다.

"거기 서!"

영달은 종소리가 은은한 답동성당 건너편 세책방에서 『대학』과 『사민필지』를 구했다. 세책방에선 필사본과 방각본 소설을 빌려 줄 뿐만 아니라, 『천자문』과 사서(四書) 등을 팔기도 했다. 『대학』과 『사민필지』를 각각 다섯 권씩 샀다. 품에 안으니 꽤 묵직했다.

"이 간수님!"

감옥소 바로 앞에서 영달을 불러 세운 이는 조경신이었다. 영달 품엔 책이 넘쳤고 그녀 품엔 보자기에 담긴 약이 한가득이었다. 그녀가 영달이 품은 책들의 제목을 재빨리 훑었다. 영달은 보자기를 빼앗아 책 위에 얹었다.

"괜찮은데……."

무시하고 돌아서서 걸었다. 조경신이 옆으로 와선 걸음을 맞췄다.

"『사민필지』네요. 혹시 읽어 보셨어요?"

"아직입니다. 이 책 압니까?"

"제가 제일 좋아하는 책이에요. 세계 곳곳의 지리를 익히다 보면 언문도 저절로 알게 된답니다."

"혹시……?"

"맞아요. 언문을 가르치기에 적당한 교재를 찾기에 제가 추천했지요."

국모의 원수를 갚기 위해 살인을 저지른 죄수에겐 어울리지 않는 책이라고 여겼다. 내리교회에서 세례를 받았고 답동성당도 자주 오가는 조경신이라면, 『사민필지』를 애독하고도 남는다. 영달은 엉뚱한 방식으로 불편한 마음을 드러냈다.

"물품 운반은 약방 사원들 시켜요. 감옥소 문 앞까지만 가져오면 죄수들이 받아 나르면 됩니다. 조 과장님 몸 축낼 일이 아닙니다."

조경신은 영달이 바꾼 방향으로 끌려오지 않고 물었다.

"잠시, 여유 있으시죠?"

병감이 모처럼 텅 비었다. 다치거나 아픈 죄수가 없는 것이다. 1년에 하루 이틀 될까 말까 한, 조경신에겐 가장 마음이 놓이는 날이다. 직접 가비 두 잔을 내왔다. 무늬 없는 하얀 찻잔이 검은 가비와 썩 잘 어울렸다. 탁자를 가운데 두고 마주 앉았다. 영달은 구해 온 교재들을 왼발 옆에 놓았다. 그녀와 둘만 있을 땐 감옥소 이야기도 하기 싫었고, 감옥소 죄수 이야긴 더더욱 하기 싫었으며, 감옥소 죄수들 중에서 김창수에 관한 이야긴 가장 하기 싫었다. 오롯이 둘만의 시간이고 싶었다. 조경신은 번번이 영달의 바람을 깼다. 영달은 과묵한 편이었지만, 인천 감옥소에 관해서라면 열흘 밤낮을 꼬박 설명할 정도로 지식이 풍부했다. 감옥소에 속한 것이라면, 사람이든 짐승이든 혹은 무생물까지도 영달은 세심하게 살피고 기억했다. 영달만큼은 아니지만 조경신 역시 감옥소에 대하여, 특히 죄수 한 명 한 명에게 관심이 많았다. 죄수들은 병이 들어 병감으로 옮겨 올 가능성이 언제나 있었다. 그들을 조금이라도 잘 치료하기 위해선 죄수들의 지병은 물론이고 성격이나 특기 혹은 인간적인 장단점까지 파악해야 했다. 조경신은 영달을 만날 때마다 죄수들에 대해 긴 시간 진지하게 물었다. 그때마다 영달은 자신이 아는 것을, 비밀이 아니라면 얼마든지 알려줬다. 간수를 통하지 않고, 병감 과장이 스스로 죄수들을 파악하는 것은 불가능에 가까웠다. 영달은 기꺼이 조경신을 돕겠다고, 죄수들 이야길 나누더라도 둘만 마주보며 앉아 있는 이 시간 자체가 소중하다고 여기며 지내 왔다. 그런데 딱 한 죄수가 거슬렸다. 김창수였다.

"어찌 생각하세요?"

"뭘 말입니까?"

"사일삼이 오늘부터 여는 학교 말이에요."

"글만 몇 자 가르치는 시간입니다. 학교라 부르는 건 지나칩니다."

"어쨌든, 엄청난 일이에요. 다른 곳도 아니고 인천 감옥소가 죄수들에게 글을 가르치겠다고 나서다니."

"인천 감옥소가 가르치는 게 아니라 사일삼이 가르치는 겁니다. 착각하면 안 됩니다."

조경신이 찻잔을 들었다가 입술엔 대지 않은 채 다시 내리곤 영달과 눈을 맞췄다.

"제가 왜 이 간수님과 병감에서 이렇게 가비를 마시는지, 알죠?"

"모르겠습니다."

오늘도 조경신과 이영달, 두 사람에 관한 이야기만 나누긴 힘들어졌다. 그녀는 영달을 여기까지 이끈 의도가 있고, 영달은 그 의도를 알고 싶지 않았다. 그녀가 참지 못하고 물었다.

"간수장이 학교를 허락한 이유가 뭔가요?"

"허락한 적 없습니다."

"물론 그렇겠죠. 하지만 저도 알 건 압니다. 묵인하고 있죠. 이유가 뭔가요?"

조경신은 물론이고 간수들과 죄수들까지도 모두 궁금한 지점이었다. 사형이 임박한 김창수가 죄수들에게 글을 가르치겠단

의견을 낸 것도 놀랍지만, 그걸 받아들인 간수장 박동구의 결정
도 뜻밖이었다.

"모릅니다."

딱 잘랐다. 가비가 남았지만 자리에서 일어섰다. 조경신이 따
라 일어서며 오른팔을 뻗어 소매를 쥐었다. 그는 붙들린 소매를
내려다보곤 다시 고개를 들어 그녀를 봤다.

"우리에게 부탁을 했어요."

부탁? 김창수가 우리에게?

"부탁받고 저 책들을 사오는 겁니다."

"아니요. 그 부탁 말고 다른 부탁도 했어요. 이 간수님께 전
해 달라더군요."

처음엔 앞뒤 가리지 않고 거칠게 밀어붙이는 줄만 알았다. 김
창수는 은밀히 철저하게 준비하는 사내였다. 아기 접주 김창수
이야기가 과장이 아닌 것이다.

"우리 둘도 죄수들에게 글을 가르쳐 줬으면 한다고 했어요."

"뭐라고요?"

귀를 의심했다.

"글을 배우려는 죄수들을 스무 명까진 사일삼이 맡겠지만,
그보다 많으면 분반할 수밖에 없대요. 그땐 이 간수님과 제가 새
로 만든 반에서 수업을 해 달라는 부탁이었어요."

말도 안 되는 소리라며 단번에 거절하려 했다. 그런데 조경신
의 눈이 어느새 촉촉하게 젖었다.

"저는, 하겠다고 했어요. 『사민필지』를 교재로 한다면 따로 준비할 시간이 대폭 줄어들 거라는 의견도 냈고요."

이미 승낙했으며, 교재로 쓸 책까지 김창수와 의논을 마친 것이다. 뒤로 손을 다 쓰고선 시치미를 뚝 떼는 인간이 또한 김창수였다.

"무지막지한 놈들입니다. 글 따윈 관심도 없어요. 어떤 봉변을 당할지 모릅니다. 지금이라도 하지 않겠다고 하십시오. 사일삼이 벌인 일을 왜 조 과장과 내가 감당해야 합니까?"

조경신이 단정하게 물었다.

"제 앞가림은 제가 해요. 저는 할 겁니다. 이 간수님은 어려우신가요?"

영달은 거절했다.

"간수가 할 일이 아닙니다."

병감을 나온 뒤에도 오후 내내 마음이 편치 않았다. 떡 줄 사람은 생각도 하지 않는데 김칫국부터 마시는 김창수에게 짜증이 났다. 분반은 수업이 대성공을 거둬 죄수들의 참여가 급격하게 늘어야 가능한 것이다. 후속 조처까지 미리 해 둔 걸 확인하자, 김창수란 인간이 더욱 징글징글했다. 오후엔 죄수 열 명이 차출되어 창고를 청소하고 흑판을 나르고 걸상을 놓았다. 구호실 막내 김천동과 얼마 전까지만 해도 김창수를 괴롭히던 작두가 신이 나서 함께 가구를 옮겼다. 교실로 바뀌기 시작한 창고를 둘러

보던 김상노가 영달에게 한마디 했다.

"이렇게 꾸며 놓으니 그럴 듯하네. 그나저나 저 새끼들은 왜 저리 신바람을 내는 거야? 글공부라면 지금도 난 딱 질색인 데……."

첫 수업

6시가 가까워지자 황혼이 드리웠다. 옛날부터 인천은 해질 무렵이 사무치도록 아름다웠다. 양이식 저택들이 서향인 이유도 일몰을 조금이라도 오래 만끽하기 위함이었다. 죄수들은 식당에서 서둘러 밥을 먹고 감방으로 이동했다. 옥사에서는 황혼을 즐길 창이 없었다. 한낮의 노역에 지친 탓에 벽이든 바닥이든 등을 대고 졸기 바빴다. 감옥소의 일몰은 조계의 일몰보다 30분이 빨랐다. 높은 담벼락 탓에, 하늘은 여전히 붉었지만 땅엔 벌써 어둠이 깔렸다. 첫 수업이 있는 날 죄수들은 식당에서 저녁을 먹고 감방에서 인원 점검을 마친 후 지원자에 한하여 다시 창고로 이동했다. 6시를 갓 넘긴 시각이었다. 옥사를 나와 창고로 향하는 죄수들의 고개가 일제히 서쪽 하늘로 향했다. 걸음도 점점 느려졌다. 두꺼비는 아예 멈춰 서기까지 했다. 뒤따라 걷던 메뚜기가 두꺼비의 넓은 등에 코를 박았다. 콧잔등을 어루만지며 호들

갑을 떨려던 메뚜기의 시선이 자연스럽게 두꺼비와 포개졌다. 거기, 해가 내려간 서쪽 하늘이 온통 붉었다. 두꺼비가 어금니로 씹듯이 힘을 줘 첫 글자를 늘어뜨렸다.

"더어럽게 붉구만. 저게 원래 저렇게나 붉었나?"

메뚜기가 기다렸다는 듯 답했다.

"황혼으로 치자면 서해 포구 중에서도 여기 제물포가 최곱지요."

"이것도 창수 덕분인가!"

두꺼비가 혼잣말을 하곤 피식 웃었다. 그 웃음이 길게 줄을 선 죄수들의 얼굴로 파문처럼 번졌다.

6시 50분 입실이 완료되었다. 창고엔 죄수 서른 명이 빽빽하게 앉았다. 준비한 걸상이 모자라서, 땅바닥에 퍼질러 앉은 죄수도 다섯 명이었다. 이 정도면 분반을 하자는 이야기가 나올 법도 했다.

"작두에 메뚜기에 두꺼비까지, 얼씨구 저기 황기배와 김천동도 나란히 앉았고. 환술이라도 부린 거야? 공부 따윈 하지 않을 놈들만 죄 모였네."

김상노가 문 옆에 서서 눈대중으로 죄수들을 훑었다. 글을 모르긴 김상노도 마찬가지였다. 한문은 물론 언문도 제대로 배운 적이 없었다. 까막눈이 하기 힘든 보고서 작성은 영달의 몫이었다. 대신 김상노는 죄수들을 혹독하게 다루는 것으로 약점을

메웠다. 몽둥이와 철편이 박힌 채찍에 가끔 쇠좆매까지 번갈아
썼다. 몽둥이든 채찍이든 쇠좆매든 김상노에게 얻어맞은 죄수는
적어도 한 달은 거동조차 힘들었다.

"이제 선생을 데려올 시간인가?"

김창수는 수업 준비를 하겠다며 구호실에 남았다. 영달이 김
상노보다 먼저 돌아섰다.

"내가 다녀오지."

김창수는 따라 나오지 않고 버텼다. 차꼬를 차지 않겠다는 것
이다. 해가 진 뒤 감방을 나설 땐 탈옥 방지용으로 죄수에게 차
꼬를 채우는 것이 원칙이었다.

"죄수가 아닌 선생으로, 두 시간 동안 최선을 다하고 싶소.
학생들보다 먼저 쓰고 먼저 읽고 먼저 묻고 먼저 다가가기 위해
선, 두 발에 불편함이 없어야 하오."

차꼬가 무겁고 불편한 것은 사실이었다.

"역사를 보더라도 차꼬를 찬 채 수업을 한 선생은 없소."

영달은 김창수를 노려보았다. 차꼬를 채우겠다면 수업을 하
지 않을 기세였다. 박동구는 퇴근하지 않고 망루에서 기다리고
있었다. 보고하란 지시는 없었지만, 첫 강의를 마치고 나면, 영달
은 망루로 가야 했다. 차꼬 문제로 강의가 무산되면 박동구는 영
달을 질책할 것이다. 그걸 알기 때문에 김창수가 강하게 나오는
것이기도 했다.

"여기서 뭐해요? 5분밖에 안 남았어요."

조경신이 열린 옥문 밖에 서 있었다. 그녀의 손에는 흰 두루마기가 들렸다. 영달은 눈으로 그 옷의 용처를 물었다.

"오늘부터 선생님이니 이왕이면 옷도 어울리게 입으면 좋겠다 싶어 구해 왔어요."

그녀는 영달의 어깨너머로 김창수와 시선을 주고받았다. 옷도 김창수가 부탁한 것이 분명했다.

"서둘러요!"

조경신이 영달을 지나쳐 감창수에게 두루마기를 내밀었다. 김창수가 죄수복을 벗고 두루마기를 받았다. 그녀는 시선을 피하지 않고 김창수의 어깨와 가슴과 배에 난 상처와 흉터를 유심히 살폈다. 인천 감옥소에서 지내는 동안 온몸에 피멍이 들고 피딱지가 앉았다. 흉터만으로도 김창수의 고통이 느껴지는지, 조경신의 두 눈이 젖어들었다. 고개를 들고 눈물을 참았다. 두루마기 옷고름을 매어 본 적이 없는지, 아니면 감옥소에서 험한 일을 겪으며 잊었는지, 김창수의 손놀림이 서툴렀다.

"자, 여기, 똑바로 서요."

조경신이 김창수의 소매를 끌어당긴 후, 주저하지 않고 단정하게 옷고름을 맸다. 두루마기 입은 김창수를 서너 걸음 물러나서 살폈다. 그녀의 등이 영달의 가슴에 닿았다. 고개를 돌려 영달을 쳐다본 뒤 웃으며 물었다.

"어때요? 선생님 같죠?"

영달의 눈에 김창수는 전혀 선생님 같지 않았다. 수갑을 풀고 두루마기를 입었다고 살인범이 하루아침에 서당 훈장처럼 근엄해질까. 흰 옷을 걸치자 피부는 더 검고 흉터는 더 크고 눈은 더 날카로워졌다. 흉악범 외에는 다른 것을 떠올리기 어려웠다.

창고 문이 열렸다. 죄수들의 시선이 일제히 두루마기를 입고 들어선 김창수에게 향했다. 그는 교탁에 교재인 『대학』을 놓았다. 그리고 성큼성큼 교탁 앞으로 나와 섰다. 창고 안은 헛기침 소리 하나 없이 조용했다. 김창수의 첫마디를 듣기 위해 모두 귀를 쫑긋 세우고 기다렸다. 갑자기 김창수가 무릎을 꿇었다. 이영달에게도 두꺼비에게도 결코 꿇지 않던 무릎이었다. 목숨이 달아나는 한이 있더라도 꿇을 수 없다던 무릎이었다. 창고에 모인 죄수들 모두 그가 지켜 온 마지막 자존심을 알고 있었다. 김창수가 큰절을 했다. 엉겁결에 맞절을 하는 죄수도 있고, 고개만 숙이는 죄수도 있고, 일어서는 죄수도 있었다. 그는 양손을 앞으로 모은 채 큰절부터 한 이유를 밝혔다.

"사람이 귀하기는 아래와 위가 없고 부자와 빈자가 따로 없소이다. 오늘부터 저는 여러분을 하늘처럼 섬기겠다고 약속드립니다."

사인여천(事人如天). 김창수의 설명이 이어졌다.

"배움에는 귀하고 천함이 없고 때와 장소도 따로 없소이다.

비록 여기가 감옥소지만 배우고자 하는 사람에겐 학교가 될 겁니다. 그러니 힘써 배우십시오. 모두 감옥소에서 무사히 살아 나가…… 억울한 일 더 이상 당하지 말고, 좋은 일 많이 하면서 살면 좋겠소이다."

김창수가 칠판 앞으로 돌아가선 분필을 쥐고 '食口'라고 또박또박 썼다. 돌아서서 설명했다.

"식구입니다. 먹을 식 입 구! 우리는 모두 식굽니다. 함께 밥을 먹는 사람들이라는 뜻입니다. 밥도 같이 먹고 글도 같이 배우면서 서로 돕고 의지하면 좋겠소이다."

김창수가 마지막 당부를 했다.

"하나만 약속해 주시오. 어떤 어려움이 있더라도 중간에 포기하지 마십시오. 여러분 다 아시는 대로…… 나 김창수는 감옥소에 얼마나 더 있을지 모릅니다. 내가 없더라도 공부해야 합니다. 힘들다고 그만둘 사람은 지금 당장 나가시오."

창고를 나가는 죄수는 없었다.

"오늘부터 『대학』과 『사민필지』를 번갈아 배웁니다. 오늘은 『대학』을 공부하겠소이다. 내가 먼저 읽겠으니 따라하시오. 대학지도 재명명덕(大學之道 在明明德)!"

"대학지도 재명명덕!"

김창수가 흑판에 여덟 글자를 천천히 썼다.

"큰 배움의 길은 밝은 덕을 밝히는 데 있소이다. 밤이 밤으로만, 어둠이 어둠으로만 이어지는 세상은 없습니다. 이 세상에는 밝은 덕이 엄연히 있는데, 우리는 세상이 어둡고 더럽고 탁하고 죄만 가득하다 여기며 살아오지 않았소이까? 이제부터라도 어둠에만 머물려는 습관을 버리고 밝은 덕을 찾아 나갑시다. 그리하여 밝은 덕을 더 밝히기 위해 노력합시다."

김창수의 목소리는 우렁차고 주저함이 없었다. 죄수들은 고개를 끄덕이기도 하고 손가락으로 귀를 후비기도 하고 눈을 비비며 어깨를 흔들기도 했다. 죄수들이 김창수의 가르침을 모두 이해하고 받아들인 것은 아니다. 첫술에 배부르랴. 그러나 두 시간 동안 그들은 학생답게 앉아서 김창수의 이야기를 끝까지 들었다. 학교의 꼴을 갖춘 셈이다. 이것만으로도 기적이었다.

첫 수업이 끝나자마자, 영달은 김창수의 두 발에 차꼬부터 채웠다. 죄수들은 감방으로 돌아가고 창고엔 둘뿐이었다. 묶인 발을 내려다보며 김창수가 말했다.

"조 과장님께 들었겠지만……."

"주둥아리 닫아. 죄수가 먼저 간수에게 묻는 법은 없다."

"내일부터라도 분반을…… 윽!"

김창수가 허리를 숙였다. 영달이 박달로 배를 찌르고 턱을 치켜올렸다.

"착각하지 마. 감옥은 학교가 아니야."

잠시 눈을 맞추던 김창수의 무릎이 서서히 꺾였다. 영달의 시선이 점점 내려가는 무릎으로 쏠렸다. 박달로도 제압하지 못한 무릎이었다. 김창수의 무릎이 바닥에 닿았다. 허리를 굽히며 머리를 숙였다. 이마가 영달의 발등에 붙었다. 죄수들에 이어 영달에게도 무릎을 꿇은 것이다. 김창수는 학교를 위해 자신을 낮추고 또 낮추기로 작정한 듯했다.

"뭔 개수작이야?"

김창수가 고개를 들고 간절히 청했다.

"도와주시오. 이 간수님밖에 없소이다."

"내가 왜 너 같은 살인범을 도와? 도움을 요청하려면 간수장에게 직접 해. 네놈 잔머리가 이번에도 통하나 두고 보자고. 간수장이 뭐라 해도 난 짐승이 싼 똥 치울 생각 없다."

김창수가 이마를 차가운 바닥에 댄 채 매달렸다.

"맞소. 지금까지 죄수들은 짐승처럼 굴었소이다. 감옥소는 짐승인 죄수를 받아 가둬 두었다가 내보내는 일만 했습니다. 죄수들은 세상에 나가자마자 며칠 버티지 못하고 다시 죄를 지어 감옥소로 들어왔소. 나 김창수는 이런 악순환을 끊고 싶소. 짐승을 사람으로 만드는 일이오."

마지막 문장이 영달을 더욱 화나게 했다.

"착각하지 마. 글 몇 자 배운다고 네깟 놈들이 사람 될 줄 알아? 글 몇 자 아는 짐승일 뿐이야. 죄수면 죄수답게 굴어."

배우고 때로 익히니 즐겁지 아니한가

다음 날 김창수는 반을 나눴다. 『대학』을 가르치는 반은 자신이 맡고 『사민필지』를 익히는 반은 조경신에게 부탁했다. 정각 일곱 시부터 김창수는 창고에서 조경신은 식당에서 글공부를 시작했다. 영달은 수업이 끝날 때까지 식당 문밖에 서 있었다. 그녀를 지키기 위해서였다. 죄수는 짐승이다. 특히 여자에 굶주린 짐승! 짧은 면회 시간을 제외하곤 사내들끼리 감옥소에서 먹고 자고 싸고 일하며 지냈다. 여자를 만나는 것 자체가 그들에겐 사건이었다. 죄수들은 병감에 다녀온 죄수를 둘러싸고 오랫동안 조경신에 대해 캐묻곤 했다. 몸에선 어떤 냄새가 나는지, 걸음걸이는 어떤지, 목소리는 누굴 닮았는지. 이영달은 조경신이 하루도 버티지 못할 것이라 여겼다. 스무 명 가까운 죄수들의 더러운 시선을 견딜 여자는 없다. 거기다가 걸쭉한 욕설이라도 곁들인다면, 수업 분위기는 엉망이 될 것이다. 그땐 지체하지 않고 들어가서 박달을 휘두를 작정이었다. 식당 문에 귀를 바짝 댔지만, 죄수들의 거친 목소리나 조경신의 당황한 울먹임은 없었다. 그 대신 웃음소리가 간간이 터져 나왔다. 웃음! 희망만큼이나 감옥소에선 낯선 단어였다.

조경신은 『사민필지』에 담긴 지식을 전하기보다 한글을 가르치는 일에 주력했다. 처음 한글을 익히는 죄수들의 반응은 그녀의 예상을 넘어섰다. 열성적인 것은 기본이고 순간순간 웃지 않을 수 없었다. 자음과 모음을 가르치고 각자의 이름을 쓰게 한 날 김천동이 손을 들고 물었다.

"저는 이름이 왜 천동입니까?"

"마음에 안 들어요?"

"이렇게 적고 보니 천둥이 더 나은데요. 우르릉 꽝꽝, 천지를 진동시키는 천둥! 김천동은 너무 얌전해요. 전 오늘부터 김천둥 할래요."

조덕팔도 손을 들었다.

"나는 어려서부터 '덕파리 덕파리' 이렇게 불려서 이름이 '조덕파리'인 줄 알았습니다."

양원종이 끼어들었다.

"주색잡기에 제일 능한 파리구먼. 조덕파리!"

죄수들이 동시에 웃었다. 조덕팔이 양원종을 노려본 뒤 '조덕팔'이라고 쓴 종이를 들어 보였다.

"조덕팔! 이렇게 쓰고 보니 나도 이 이름이 맘에 안 듭니다."

이번엔 메뚜기 나춘배가 끼어들었다.

"덕칠이로 하쇼 그럼."

"입 다물고 있거라. 나춘배보단 낫다."

"내 이름이 어때서?"

"춘배? 차라리 춘감, 춘밤, 춘포도라고 해라."

"말 다했소?"

조경신이 그들의 다툼을 막으며 조덕팔에게 물었다.

"그럼 이름을 어떻게 바꾸고 싶은가요?"

"조덕팔에서 '팔'은 떼 버리고, 대신 '밝은 명'을 덕 앞에 넣어 조명덕으로 하고 싶습니다."

"재명명덕(在明明德)의 그 '명덕' 말이지요?"

"역시 조 과장님은 제 맘을 알아주십니다."

조경신이 설명했다.

"감옥소에 있는 동안엔 이름을 함부로 못 바꿉니다. 여러분 이름과 수인 번호가 연결되어 있는데, 이걸 변경하려면 절차가 복잡합니다. 석방될 때까지 참으세요. 출소한 후에도 이름이 마음에 들지 않으면, 원하는 이름을 지금처럼 종이에 적어 관아로 가면 됩니다. 아셨지요?"

"네!"

스튜어트호텔 보이 출신 나춘배가 이런 질문을 던진 날도 있었다.

"러시아는 노서아고, 프랑스는 법난서라고 쓰지요?"

"맞아요."

"러시아 노서아, 프랑스 법난서, 소리가 서로 엇비슷한 걸 골 랐나 봅니다."

조경신이 고개를 끄덕였다.

"그럼 유나이티드 스테이트 오브 아메리카는 왜 미국입니까? 하나도 비슷하지 않은데요."

조경신이 물었다.

"여러분 생각은 어떠세요?"

죄수들이 고개를 갸웃거렸다. 그녀가 칠판에 '미국'이라고 쓴 뒤 '미'와 '국' 사이에 화살표를 넣어 '합중'이란 단어를 그 위에 얹었다.

"미합중국! 이게 정식 국가명입니다. 여러분은 영어를 접하지 않아서 어렵겠지만, '유나이티드 스테이트 오브'가 '합중국'에 해당한다고 보시면 됩니다. 그렇다면 '미'는 어디에서 왔느냐? '아메리카'를 청국인들은 소리를 그대로 따서 '미리견'(美利堅)이라고 했습니다. 거기서 첫 글자인 '미'를 뽑아낸 것이지요. 이제 아셨죠?"

죄수들의 탄성이 동시에 터졌다. 최연장자인 양원종이 자못 심각하게 말했다.

"나라 이름 하나에도 이런 사연이 있군요. 배운다는 건 참으로 어마어마한 일이겠습니다."

조경신이 미합중국이란 나라 이름의 기원을 설명한 밤, 김창수는 밤 9시부터 독방에 머물렀다. 다음 날 아침 9시까지 열두 시간을 꼬박 글을 쓴 후 영달을 찾았다. 김창수가 내민 글은 박동구의 억울함을 담은 진정서였다. 수업 준비로 바쁜 와중에도 김창수는 망루에서 박동구를 세 번 더 만났다. 대부분은 박동구가 이야기를 했지만, 김창수도 간간이 질문을 던져 흐름을 조정했다. 다른 죄수들의 진정서는 많아야 열 장을 넘지 않았는데 이번엔 스물한 장이었다. 김창수가 실핏줄이 어지러운 눈을 손등으로 비빈 후 말했다.

"따져야 할 부분이 많았소. 어느 경우든 간수장이 억울할 수밖에 없다는 걸 강조하느라 분량도 늘었고. 읽어 보고 혹시 보탤 게 있으면 지적해 주시오."

영달이 검토한 후 박동구에게 가져가서 한 문장도 빼지 않고 소리 내어 읽었다. 망루에서 망원경을 만지작거리며 끝까지 들은 박동구가 물었다.

"어때?"

"다툴 부분은 전부 다뤘습니다."

박동구가 고개를 끄덕였다.

"그래, 나도 그렇게 생각해. 이대로 보내."

영달이 조심스럽게 물었다.

"괜찮으시면 사일삼을 사형시킨 후에 진정서를 보내는 것이 어떻겠습니까? 감리서로 진정서가 들어가면 소장님도 간수장님이 처한 어려움을 아시게 될지 모릅니다. 물론 사일삼이 대서한 것까진 모르겠지만, 간수장님이 지금 소장님 눈에 띄어 득 될 건 없을 듯합니다만."

박동구가 잠시 고민한 후 답했다.

"그게 낫겠군."

가비집에서 생긴 일

조경신이 비번인 오후에 일본 조계 은행거리의 '가비집'(Coffee House)에서 만나자고 했을 때, 영달은 올 게 왔다는 생각을 했다. 죄수들에게 글 가르치는 힘겨움을 털어놓으면, 당장 김창수에게 통보하고 선생 노릇을 그만두라고 충고할 작정이었다. 먼저 도착한 영달은 창을 등지고 앉았다. 쏟아지는 가을 햇살을 마주하기보단 어둠을 향하는 데 익숙했다. 청소를 말끔히 해도 햇볕이 비추는 감옥소는 더럽고 침침했다. 악취가 나고 곰팡이가 피었다. 그것들을 묵묵히 지켜보는 것이 간수의 일상이었다. 조경신은 약속 시간을 10분 넘겨 가비집으로 들어섰다.

"미, 미안해요."

종종걸음으로 오느라 숨이 가쁜 듯했다. 영달이 엉거주춤 일어나선 고개를 돌렸다. 책을 한아름 품에 안았다. 『사민필지』였다. 그의 표정이 딱딱하게 굳었다. 예상과는 다른 방향으로 오늘

의 만남이 흐를 것만 같았다. 가비가 나오기도 전에 그녀가 본론
을 꺼내 놓았다.

"반을 더 나눠야겠어요."

"······."

영달은 대꾸하지 않고 탁자의 책들만 내려다보았다. 조경신도
시선을 거기에 맞추곤 이어 말했다.

"스무 명이 늘었어요. 『대학』 반은 그대로인데, 『사민필지』 반
만 더 들어오겠대요. 저 혼잔 힘들어요. 자음과 모음부터 하나
하나 쓰는 걸 봐줘야 하니까요. 이 간수님이 도와주세요."

"사일삼이 시켰습니까?"

질문에 가시가 돋았다.

"왜 유독 창수 씨를 미워하죠?"

"창수 씨······!"

속마음을 들킨 사람처럼 조경신은 손바닥으로 제 입을 가렸
다. 어색한 침묵이 이어졌다. 감옥소 안이든 밖이든 죄수는 이름
대신 수인 번호로 부르는 것이 원칙이다. 조경신은 김창수와 둘
만 있을 땐 번호 대신 이름을 부를 것이다. 그래서 무의식중에
이름이 튀어나와 버린 것이다. 영달은 침착함을 잃지 않고 사막
처럼 건조하게 숫자를 더 강조했다.

"사일삼만 유독 미워하는 거 아닙니다. 수형 태도에 따라 적
절한 대처를 하는 것뿐입니다."

"스스로를 속이지 마세요. 신입 죄수 중 본보기로 한 명을 찍

어 괴롭혀 온 걸 모르는 줄 아세요? 이번엔 창수 씨죠. 보통은 한 달쯤 괴롭히다가 신입이 또 들어오면 넘어가는데, 이번엔 신입이 두 번이나 더 들어왔지만 계속 창수 씨만 괴롭혔어요. 처음엔 이 간수님이 나서서 괴롭혔고 나중엔 고참 죄수들이 맡았죠. 간수들은 구타를 방치했고요."

조경신은 병감 과장이다. 지난 두 달 동안 감옥소에서 벌어진 일들을 숨기긴 어려웠다.

"간수로서 위법한 언행을 한 적은 없소이다. 사일삼이 간수의 명령을 어기고 제멋대로 군 게 문젭니다. 자업자득이에요."

"간수장님까지 마음을 연 마당에 왜 이 간수님만 계속 이렇게 비협조적이세요?"

"간수는 죄수에게 협조하지 않습니다. 오직 명령합니다."

가비가 나왔다. 그는 입술이 델 정도로 뜨거웠지만 가비 한 모금을 입에 머금었다. 싸우고 싶지 않았다. 그러나 지금 그녀와 화해하는 길은 김창수의 부탁을 들어주는 것밖에 없었다. 그 부탁만은 목에 칼이 들어와도 받아들이기 싫었다.

"실망이에요."

"나는 교사가 아니라 인천 감옥소 간수입니다. 죄수를 지키고 벌하는 것이 내 일입니다."

"그쪽이 간수란 건 저도 잘 알아요. 하지만 간수니까 죄수들에게 글을 가르치지 못하겠다는 건 옹졸한 고집일 뿐이에요."

"옹졸한 고집? 말 다했습니까?"

"도와주세요. 죄수들이 원하잖아요. 감옥소에서 죄수들이 자진해서 무언가를 배우겠다고 한 적 있나요? 죄수들이 달라지면 감옥소도 달라지고, 나아가 인천과 조선도 달라지는 거랍니다."

"헛된 기대입니다. 인천 감옥소 죄수들은 누구보다도 내가 더 잘 압니다. 그놈들의 말과 행동을 결정하는 건 단 하납니다. 뭔 줄 압니까?"

"……."

그녀가 고개를 저었다.

"그건 바로 힘입니다. 간수장이 사일삼에게 글을 가르쳐도 좋다고 허락했기 때문에, 죄수들은 사일삼 가까이 붙으려는 겁니다. 사일삼에게 붙는 것이 곧 간수장의 그늘에 들어가는 길이니까. 간수장이 사일삼을 버리면, 그땐 죄수들 모두 언제 글을 배우려 했냐는 듯 돌아설 겁니다. 배신을 밥 먹듯 하는 짐승들입니다. 나는 물론 조 과장을 믿습니다. 하지만 사일삼을 비롯해서 이름 대신 수인 번호가 붙은 자들은 단 한 명도 믿지 않습니다."

영달은 가비를 반도 넘게 남기고 일어섰다. 조경신은 따라 나오지 않았다. 가을바람이 선선했지만, 그는 더운 입김을 푹푹 내쉬고 한여름처럼 땀을 흘리며 걸었다.

영달이 앉았던 가비집 바로 그 자리를 두 시간 뒤 감옥소장 강형식이 차지했다. 영달이 나가고 30분 뒤 조경신도 답동성당

으로 향했다. 가비집엔 손님이 없었다. 길 건너 대불호텔에서 겐
조 영사대리가 주최하는 만찬이 저녁 여섯 시부터 열릴 예정이
었다. 강형식은 대불호텔을 올려다보며 손목시계를 확인했다. 오
후 4시 30분, 만찬장으로 올라가긴 이른 시간이었다. 한 시간만
가비를 마시며 외부대신에게 보낼 편지 초고를 쓸 작정이었다.
연회를 마친 뒤 겐조와 초고를 검토할 예정이었다. 겐조는 인천
감리 이호정에게 김창수의 사형 집행을 서둘러 달라고 계속 압
력을 넣었다. 이호정은 대신들에게 일일이 사적인 편지를 보내고
10월 2일엔 법부에 전보까지 쳤다. 답신엔 이화보를 석방하란 통
지만 왔을 뿐 김창수에 대한 언급은 없었다. 초조해하는 겐조에
게 강형식이 새로운 제안을 했다. 김창수가 인천 감옥소에서 죄
를 전혀 뉘우치지 않고 경거망동한다는 글을 조정 대신들에게 보
내 알린다면, 사형 선고와 집행을 이끌어내는 데 도움이 되지 않
겠느냐는 것이다. 겐조는 강형식이 편지를 작성하면 대신들에게
은밀히 전하는 일은 자신이 맡겠다고 했다. 강형식으로서는 일석
이조였다. 겐조에게 마음의 빚을 지우는 것이자, 조정 대신들에
게 인천 감옥소장 강형식 이름 석 자를 각인시킬 기회였다. 가비
를 두 잔 연거푸 마셨지만 첫 문장부터 막혔다. 언문은 물론이고
사서삼경을 익혔지만 편지는 쓴 적도 받은 적도 없었다. 종이를
석 장이나 구긴 후 만년필을 들었다. 편지 쓸 때 사용하라며 겐
조가 특별히 선물한 덕국 만년필이다. 날짜부터 먼저 적었다.

　‘建陽元年十月(건양원년시월)……’

맞은편에 누군가 앉았다. 강형식은 반사적으로 왼손으론 종이를 구기며 만년필을 단검처럼 들었다.

"뭐야, 당신?"

와이셔츠 차림에 수첩을 든 사내가 허리를 젖히며 답했다.

"기, 기잡니다. 『독립신문』 최요한이라고 합니다. 강 소장님이시죠?"

기자라고 자신을 소개한 사내가 수첩 사이에서 명함을 꺼내 탁자에 놓았다. 신문사와 이름을 확인한 뒤 강형식이 만년필을 내려놓았다.

"『독립신문』 기자라면…… 한양에서 온 게요?"

"맞습니다. 어젯밤에 출발해서 오늘 정오쯤 도착했습니다. 청국 조계와 일본 조계를 둘러보았고, 감리서와 감옥소에도 갔었습니다. 소장님 면담을 요청했는데 외근 중이시란 답변을 들었습니다. 대불호텔에서 저녁에 연회가 있다기에 혹시나 하고 와 봤는데, 뵙게 되어 정말 다행입니다."

감옥소장을 찾아 인천 조계를 오후 내내 돌아다녔단 이야기다. 『독립신문』 기자가 인천까지 출장 온 까닭이 궁금했다.

"내게 무슨 볼일이 있소?"

"취재에 응해 주시는 겁니까?"

"응할 수 없소."

강형식이 단칼에 잘랐다. 최 기자가 수첩을 넘겼다. 기자의 손에도 만년필이 들렸다.

"이유가 무엇인가요?"

"나는 인천 감옥소 소장이오. 감옥소장은 나서서 떠드는 자리가 아니오."

"그렇군요. 감옥소의 미담(美談)을 싣는 게 소장님께도 유리할 텐데, 소장님이 싫다 하시면 취재는 접겠습니다. 대신 인천까지 왔으니, 제게 가비나 한잔 사 주십시오."

붙임성이 대단한 청년이다. 강형식이 가비 두 잔을 새로 시켰다.

"방금 미담이라 했소?"

최 기자는 강형식의 물음에 즉답을 않고 가비를 서너 모금 연이어 마셨다. 초행인 조계의 비탈길을 오르내리느라 목이 탔던 모양이다.

"미담이지요."

"감옥소에 무슨 미담이 있단 말이오?"

"모르고 계십니까?"

"묻는 말에 답이나 하시오."

강형식의 미간이 더욱 좁아졌다. 진한 눈썹이 한일자로 붙을 지경이었다. 최 기자의 얼굴엔 미소가 가득했다.

"소장님, 이거 겸손이 너무 지나치신 거 아닙니까? 이렇게 엄청난 일을 벌여 놓고 모른 체하시다니요. 너무하신데요."

"도대체 무슨 소릴 하는 거요? 빨리 말해!"

강형식이 더 이상 참지 못하고 소리를 질렀다. 그제야 분위기를 파악한 기자가 제안했다.

대장 김창수

"기브앤테이크. 주고받는 맛이라도 있어야죠. 제가 미담을 짚어 드리면, 소장님은 뭘 주실 건가요?"

강형식이 끌려 들어가지 않고 노련하게 제자리를 지켰다.

"취재엔 응하지 않겠다고 이미 밝혔소."

최 기자가 가비를 끝까지 마시곤 제안했다.

"말씀은 일단 나누시지요. 그리고 약속드리겠습니다. 소장님이 허락하지 않으시면 기사는 쓰지 않겠습니다."

강형식이 최 기자를 째렸다.

"당연한 소리! 내 허락 없이 인천 감옥소를 다뤘다간 지옥 끝까지라도 따라가 사지를 부러뜨리겠소. 미담이란 게 무슨 소리요?"

최 기자가 수첩을 가슴에 대곤 답했다.

"인천 감옥소에 새바람이 불고 있단 소문을 들었습니다."

"새바람?"

"그 바람을 일으키는 중심에 살인범이 한 사람 있다면서요?"

강형식의 눈귀가 점점 올라갔다. 자신이 전혀 파악하지 못한 일을 서울에서 내려온 기자가 지껄이고 있는 것이다.

"방금 그 바람의 중심에 살인범이 있다 했소?"

사람을 죽이고 복역 중인 중죄인 중에서 얼굴 하나가 송곳처럼 튀어나왔다. 불길했다. 아무래도 그일 것만 같았다. 최 기자가 강형식의 예감을 확인시켜 줬다.

"김창수라고 들었습니다. 감옥소에서 죄수들에게 글을 가르친다면서요? 학교가 된 감옥! 이보다 더 훈훈한 미담이 어디 있겠습니까? 소장님이 선생 김창수를 위해 배려한 것들은 무엇인가요? 김창수를 처형시키란 일본의 압박이 상당하다고 들었습니다. 만에 하나 김창수의 사형이 집행되면 이후 글공부는 누가 맡는 겁니까? 그리고……."

최 기자는 질문을 잇지 못했다. 강형식이 팔을 뻗어 목덜미를 움켜잡았던 것이다. 최 기자가 버둥거리며 양손으로 팔을 잡고 떼어내려 했지만 역부족이었다. 강형식은 그대로 일어선 후 주먹으로 최 기자의 옆구리를 한 대 두 대 세 대 때렸다. 가비집엔 여종업원이 있었지만 강형식의 기세에 눌려 감히 다가와서 말릴 엄두를 못 냈다. 강형식이 패대기치듯 최 기자를 넘어뜨렸다. 쓰러진 최 기자는 옆구리를 감싼 채 떼굴떼굴 굴렀다. 강형식이 발로 최 기자의 목을 힘껏 눌렀다.

"잘 들어. 방금 지껄인 헛소문이 단 한 줄이라도 신문에 나면 그땐 네놈 심장에 총알을 박아 주지."

최 기자가 컥컥대며 겨우 답했다.

"……예."

"조용히 이 길로 사라져. 인천에서 다시 내 눈에 띄면 바다에 처넣어 물고기 밥으로 삼겠다."

강형식이 천천히 발을 들었다. 최 기자가 목을 감싸곤 바닥을 기었다. 가비집 문을 열고 나간 다음엔 뒤도 돌아보지 않고 달아났다. 강형식은 벗어 둔 모자를 쓰곤 거리로 나섰다. 최 기자는 이미 은행거리에서 사라지고 없었다. 강형식은 대불호텔의 3층 연회장을 올려다보았다. 연회장에서 덕담이나 하며 즐길 기분이 아니었다. 감옥소로 돌아가서, 최 기자가 미담이라고 언급한 부분을 확인할 마음이 급했다. 대불호텔을 등지고 걸음을 뗐다. 김창수의 치켜뜬 두 눈이 먼저 떠올랐고, 뒤이어 박동구를 비롯한 간수들 얼굴이 또렷하게 그려졌다. 분노가 치밀어 이마와 목덜미에 핏줄이 섰다. 개새끼들! 도대체 감옥소에서 무슨 일을 벌이는 거지? 때려잡아야겠어. 죄수든 간수든, 모조리!

"이보시오. 강 소장!"

강형식을 스쳐 지나갔던 인력거가 일본제1은행 앞에서 멈춰 섰다. 귀에 익은 일본어였다. 강형식은 두 손을 앞으로 모은 채 돌아섰다. 예상대로 일본 영사대리 겐조였다. 강형식이 미소를 지으며 다가갔다. 겐조가 콧수염을 쓸며 물었다.

"어딜 그리 급히 가는 겝니까? 저녁 식사 약속을 잊은 게요? 또한 그 편지도……."

겐조의 관심사는 역시 외부대신에게 보낼 편지였다. 외부대신은 친러파로 분류되긴 하지만 일본 외교관과도 교류가 잦았다.

"감옥소에 급한 용무가 생겨 가는 길입니다. 저녁 약속을 지키지 못해 송구합니다."

최 기자와 옥신각신하느라 편지 초고를 쓰지 못했으니, 핑계를 대고 이 자리에선 물러나야 했다. 겐조가 강형식의 제복을 찬

찬히 뜯어봤다. 겐조의 시선을 따라 제 옷을 살피는 강형식의 표정이 순식간에 굳었다. 최 기자를 붙잡고 힘을 쓰느라 여기저기 구김살이 생긴 것이다. 먼지 하나 없이 깨끗하고 맵시 있게 옷을 입기로 조계에서 이름이 높은 강형식이었다. 겐조가 한 걸음 다가섰다. 속마음을 들킨 사람처럼 강형식이 움찔 반걸음 물러서려다가 멈췄다. 겐조의 두 손이 강형식의 가슴과 어깨를 지나 콧날을 스지고 이마를 덮은 모자에 닿았다. 왼쪽으로 기운 모자의 챙을 바로잡아 준 것이다. 겐조의 시선은 강형식의 이마에 맺힌 땀방울을 놓치지 않았다.

"고맙습니다."

"만년필은 쓸 만합디까?"

겐조는 편지 쪽으로 이야기를 몰려 했다. 강형식이 단정하게 답했다.

"아주 좋더군요. 고맙습니다."

"일본의 유명한 작가와 시인들이 즐겨 쓰는 제품이라오."

"정성을 다하겠습니다."

단답으로 받았다. 겐조도 더 이상 캐묻지 못하고 대화를 정리했다.

"연락 기다리겠소. 이번 주는 약속들이 잦긴 하지만, 강 소장이 만나자 하면 최우선으로 고려하리다."

김창수를 사형시키는 일이 겐조에게도 급선무였다. 조선에서 일본인을 죽인 자는 그 누구든 살려 둘 수 없다는 것이 일본 정부의 원칙이었다. 자비도 없고 관용도 없으며 정치적 고려도 없는 것이다.

"알겠습니다. 내일 오전 중에 찾아뵙겠습니다."

강형식이 돌아섰다.

"잠깐!"

오늘따라 겐조의 꼬리가 길었다. 강형식이 고개만 돌렸다.

"차보다는 밥이 좋겠소. 어제 시모노세키에서 남불의 포도주가 들어왔다오. 피보다 더 붉을 정도요. 따로 날을 잡아 반주로 곁들이며 이야기 나눕시다."

"고맙습니다."

"내 마음이오. 허허, 나이는 내가 훨씬 위지만, 강 소장과 난 친구 아니오? 성현들도 말씀하시길, 우정을 나누는 덴 나이도 국적도 관계없다 했소. 특히 강 소장은 조선에서 내가 믿는 유일한 조선인 친구라오. 혹시 고민이 있거나 내가 도울 일이 있으면 언제든 말해 주시오."

"그렇게 하겠습니다. 정말 고맙습니다."

강형식이 모자를 벗고 고개를 숙였다. 그가 은행거리를 벗어날 때까지, 겐조는 대불호텔로 들어가지 않고 서서 감옥소장의 뒷모습을 지켜보았다.

벌방

당직 간수 영달은 서둘러 앞마당까지 뛰어나갔다. 바바와 부부가 맹렬하게 짖었던 것이다. 망루를 올려다봤지만 박동구는 보이지 않았다. 김창수가 죄수들에게 글을 가르치는 동안, 박동구는 늘 망루에 머물렀다. 창고나 식당으로 와서 둘러보는 법은 없었다. 김상노와 최윤석이 옥사로 달려갔다. 6시 30분이었다. 강형식이 30분만 늦게 왔다면, 식당과 창고에서 열심히 글공부하는 죄수들 모습을 들킬 뻔했다. 강형식은 반기는 개들을 무시한 채 영달의 인사를 받지도 않고 옥사로 향했다. 건물 앞에서 갑자기 돌아서더니 영달의 손에서 박달을 빼앗아 들었다. 옥사로 들어간 강형식은 감방 문을 박달로 두들기며 외쳤다.

"이 개만도 못한 새끼들아!"

영달도 뛰다시피 강형식을 따랐다. 그가 직접 옥사에서 감방을 돌며 죄수들을 향해 고함을 지른 적은 없었다. 감옥소장으로 부임한 후 가장 화가 난 것이다. 1층 감방 문을 모두 두들기고 계단을 올라 2층 구호실까지 가더니 멈춰 섰다.

"사일삼!"

김창수가 복창했다.

"사일삼!"

"나와!"

영달이 서둘러 옥문을 열었다. 강형식은 감방에서 복도로 나서는 김창수의 옆구리를 걷어찼다. 김창수가 웅크리며 쓰러졌다. 강형식이 서너 번 구둣발로 짓밟았다. 김창수는 좌우로 몸을 뒤틀며 버텼다.

"일어나!"

벌떡 일어서서 차렷 자세를 취했다.

"묻겠다. 여기가 어디냐?"

"인천 감옥소입니다."

강형식이 멱살을 쥐곤 주먹으로 뺨을 쳤다.

"그래!"

퍽.

"감옥!"

퍽.

"감옥!"

퍽.

"감옥이라고!"

퍽.

"감옥!"

퍽.

뒤늦게 구호실로 올라온 박동구가 강형식의 팔을 붙들었다.

"소장님! 사일삼을 따로 간수실로 데리고 가서……."

강형식이 그 팔을 뿌리친 후 박동구의 무릎을 걷어찼다. 박
동구가 외발로 물러섰다가 다시 앞으로 나왔다.

"넌 뭐했어? 이 새끼야!"

옆에 선 영달의 뺨까지 후려갈겼다.

"너희 간수 새끼들도 다 각오해."

강형식이 다시 김창수의 배를 걷어차고 뺨을 때렸다. 김창수
는 얻어맞으며 계속 뒷걸음질 쳤다. 옥문에 붙어 귀를 댄 죄수들
은 얻어맞는 김창수의 몸에서 나는 둔탁한 소리를 들었다. 들으
며 그들도 온몸을 덜덜 떨었다. 분노와 억울함이 밀물처럼 차올
라 왔다. 김창수의 뺨에 시퍼렇게 피멍이 들었고 입술은 터져 피
가 흘렀다. 강형식의 주먹질은 멈추지 않았다.

"개새끼!"

퍽.

"살인범 주제에!"

퍽.

"어디서 감히!"

퍽.

강형식과 김창수가 육호실 감방 앞을 지날 때였다. 부서지는 소리가 요란하게 났다. 옥문 제일 아래에는 죄수들이 감방에서 식사할 때 사용하는, 가로 세로 15센티미터 정도인 미닫이 배식구가 있었다. 사용하지 않을 때는 자물쇠로 단단히 잠갔다. 그 배식구가 자물쇠가 달린 채 부서지면서 넓적한 손 하나가 나무덩굴처럼 뻗어 나온 것이다. 강형식의 오른 발목을 잡았다. 강형식이 놀란 눈으로 고개를 숙였다. 그 손의 주인은 두꺼비였다. 간수장 박동구도 만류하지 못한 강형식을 두꺼비가 막아선 꼴이다. 두꺼비가 목소리를 깔곤 느릿느릿 경고했다.

"그만해라!"

놀란 간수들이 한달음에 육호실로 달려왔다. 너나할 것 없이 우르르 강형식의 발목을 잡은 두꺼비의 손에 달라붙었지만 떼어내지 못했다. 독을 품은 두꺼비는 뱀도 물어 죽이는 법이다. 순간 강형식이 조롱 섞인 미소를 지으며, 어쩔 줄 몰라 하는 간수들의 등짝을 후려쳤다.

"비켜, 개새끼들아! 간수란 새끼들이 이 모양이니 죄수 놈들이 사람 흉내를 내잖아!"

등에 박달을 맞은 간수가 벌러덩 자빠지자 두꺼비의 손을 붙잡고 있던 다른 간수들이 동시에 넘어갔다. 박동구가 간수들을 향해 으르렁댔다.

"빨리 일어나!"

온몸에 흙이 묻은 간수들이 패잔병처럼 일어나 도열했다. 강형식이 왼발을 들어 자신의 발목을 쥔 두꺼비의 손목을 짓밟았다. 그리고 손등 위에 올라섰다. 우두둑. 고목이 부러지는 소리가 났다. 옥문이 꽝꽝 울렸다. 손등이 밟혀 부서지는 고통을 참지 못한 두꺼비가 왼 주먹으로 문을 쳐댄 것이다. 강형식이 얼음처럼 말했다.

"놔."

두꺼비가 손을 풀지 않고 더 힘껏 강형식의 발목을 움켜쥐었다. 밟힌 두꺼비의 손목과 붙들린 강형식의 발목. 그것들은 더 이상 손목과 발목이 아니었다. 죄수와 간수의 자존심이었고 약한 자와 강한 자의 명분이었다. 죄수들과 간수들이 두 사내의 손목과 발목에 집중했다. 두꺼비가 일부러 여유를 더 부리며 협박조로 말했다.

"그만해. 사일삼이 감옥소에서 사람을 죽였어, 쌈박질을 했어? 못 배우고 무식해서 억울하게 당하기만 한 죄수들 글공부 시킨 게 죄냐?"

"이 새끼 봐라. 쓸데없는 똥을 대가리에 잔뜩 쏟아부으니 뭣 좀 아는 거라도 생겼단 착각이 들어? 그래 봤자 너희들은 쓰레기야, 돈이나 빼앗고 계집이나 울리고 사람이나 죽이는."

"쓰레기! 내가 쓰레기란 건 인정할게. 하지만 나만 쓰레기일까? 복도를 시끄럽게 돌아다니며 악취를 풍겨대는, 상을 줘도 모자라는 사람을 개 패듯이 패는 놈은 그럼 뭘까? 글이든 똥이든 머리에 쏟아부은 게 쓸 데가 있는지 없는지 당신이 어찌 알아?"

"······내가 어찌 아는지, 그걸 알고 싶다 이거지?"

두꺼비의 손목을 밟고 선 강형식이 웃기 시작했다. 길길이 날뛸 때보다도 열 배는 더 섬뜩했다. 여유를 부리며 목청을 높여도 두꺼비는 죄수에 불과했고, 강형식은 감옥소장이었다. 감옥소장은 감옥소에서 신과 동급이다. 감옥소장이 원했으나 이루지 못한 일은 없었다. 죽이고 싶은 죄수는 죽였고 지옥처럼 괴롭히고 싶은 죄수에겐 끔찍한 고통을 안겼다. 감히 감옥소장에게 반말을 하며 쓰레기 운운한 자는 없었다. 두꺼비는 감옥소장의 까마득히 높은 권위를 단숨에 밟은 것이다. 강형식으로선 두꺼비의 도전이 얼마나 어리석은지 만천하에 알려야 했다. 그래야 두 번 다시 감옥소장을 능멸하는 죄수가 나타나지 않을 것이다. 단검을 휘두르듯 명령했다.

"이 새끼도 끌어내."

그 밤 몽둥이 타작이 끊이질 않았다. 강형식이 직접 몽둥이를 들고 두꺼비와 김창수를 두들겨 팼다. 두꺼비와 김창수는 맞고 맞고 또 맞았다. 맞다가 기절하면 얼음물을 덮어쓴 후 다시 맞았다. 지옥이 따로 없었다. 박동구가 영달에게 몰래 눈짓을 보냈다. 영달은 강형식의 등 뒤를 돌아 급히 옥사를 나와 창고로 달려갔다. 두꺼비와 김창수가 얻어맞는 동안, 영달은 창고의 흑판과 분필 그리고 교과서와 필기구를 버리거나 감췄다. 두꺼비의 돌발 행동이 현장을 감출 시간을 벌어 준 셈이었다. 시간을 끌려고 두꺼비가 일부러 벌인 짓일까. 구타당하는 김창수를 구하려고 즉흥적으로 저지른 짓일까. 예전의 두꺼비라면 기분 내키는 대로 하는 후자이겠지만, 그 밤엔 전자일지도 모른다는 생각이 들었다. 김창수를 위해서라면, 두꺼비조차 자신이 할 수 있는 일을 다 했다. 대단한 변화고 놀라운 정성이었다.

새벽에 김창수는 수갑을 차고 차꼬에 묶인 채 벌방으로 끌려갔다. 쇠사슬로 허벅지와 허리와 어깨를 감은 두꺼비가 똑같은 몰골로 따랐다. 김상노가 앞장을 서고 영달이 뒤를 맡았다. 김창수는 눈동자가 보이지 않을 만큼 눈두덩과 양볼이 부어올랐다. 매에는 장사 없다고, 강형식에게 뺨을 적어도 쉰 대는 연이어 맞았으니, 눈코입이 제자리에 붙어 있을 리 없었다. 두꺼비는 몸 상태가 더욱 나빴다. 비틀비틀 서너 걸음 걷고 앉았다가 다시 겨우 일어나 또 서너 걸음 걷다가 주저앉기를 반복했다. 몽둥이로 그토록 맞고도 걸음을 떼는 게 신기할 정도였다. 허리가 서로 묶인 탓에 두꺼비가 앉을 때마다 김창수도 휘청거리며 쓰러졌다. 김창수가 돌아서서 부축해 일으키려 했지만, 두꺼비의 몸이 자꾸 무너졌다. 정신도 혼미하여 발에 힘을 싣지 못했다. 김창수가 영달에게 요청했다.

"조 과장님을 불러 주시오. 치료해야 합니다. 이러다가 죽어요."

영달보다 먼저 김상노의 몽둥이가 김창수의 등을 내리쳤다.

"아가리 닥쳐 새끼야! 누굴 또 엮어서 병신 만들려고 주둥일 놀려! 당장 일어나! 걸어! 명령 불복종으로 더 맞아야 정신을 차리겠나?"

벌방은 관리사 1층 간수실에 붙어 있었다. 처음엔 간수들의 옷과 사무 집기를 넣어 두는 공간이었다. 감옥소에서 크고 작은 범법 행위가 잇따르자, 죄수들을 벌하기 위한 방으로 사용 목적이 바뀌었다. 벌방을 꾸민 이는 박동구였다. 박동구의 목표는 죄수들에게 최악의 고통을 안기는 것이었다. 우선 가운데에 벽을 넣어 방을 둘로 나눴다. 장정 한 명이 들어가서 서면 어깨가 꽉 낄 정도로 좁았다. 무릎을 굽히거나 허리를 접는 것은 불가능했다. 벌방을 나올 때까진 오로지 서 있을 수밖에 없었다. 따로 변기통이 없었기에, 오줌과 똥을 그대로 바닥에 쌌다. 오줌이 허벅지를 타고 흘러내려도, 똥이 사타구니에 덕지덕지 들러붙어도 치울 방법이 없었다. 방을 가득 채운 악취로 숨이 막히고 눈물이 흘렀다. 오줌과 똥이 닿은 살갗이 헐고 그 살에 고름이 고이고 구더기가 엉겨 붙어도 떼어내지 못했다. 가로세로 15센티미터의 배식구를 똑바로 선 죄수의 입에 맞춰 만들었다. 미닫이 배식구 밑엔 판이 하나 더 수평으로 붙어 있었다. 그 위에 하루 한 번 보리죽이 담긴 나무 접시를 올려놓았다. 숟가락이나 젓가락은 지급되지 않았다. 머리를 내밀어 보리죽을 개처럼 핥아 먹어야 했다. 미닫이문을 열었는데도 머리가 나오지 않으면 그 죄수는 죽은 것이다. 방은 벽으로 둘러싸였고 창은 없었다. 문을 닫으면 암흑이었다. 죄수는 차꼬와 수갑을 찬 채 벌방에 들어갔다. 쇠사슬로 온몸을 칭칭 감거나 쇠공을 허리에 채워 고통을 키우기도 했다. 죄수들은 벌방 가는 것을 무덤 간다며 치를 떨었다. 그 안에 갇히면 정말 이승과 영영 작별한 기분이 들었다. 살아 들어가 죽어 나오는 죄수도 적지 않았다.

벌방 두 개가 관 뚜껑처럼 나란히 문을 연 채 죄수들을 기다렸다. 김상노와 영달은 강형식의 명령에 따라 두 죄수의 몸에 쇠사슬을 칭칭 더 감았다. 쇠사슬로 옷을 입힌 꼴이었다. 몸무게보다 곱절은 무거운 쇠사슬이었다. 무게를 견디며 서 있기조차 힘들었다. 김창수의 몸이 왼편으로 기우뚱거렸다. 해주 감영에서 주리를 틀고 압슬을 당할 때 다친 왼 다리가 문제였다. 벌방으로 들어가기 전에 두꺼비가 김창수를 돌아보았다.

"……창수 대장!"

김창수가 시선을 올렸다. 두꺼비가 멍든 눈으로 웃었다.

"조금만 참아."

창수도 따라 웃으며 고개를 끄덕였다. 두 사람이 벌방에 나란히 들어가서 섰다. 김상노가 두꺼비의 문을, 영달이 김창수의 문을 잡고 밀었다. 김상노가 두꺼비에게 말했다.

"여기가 네 놈들 관이지 싶다."

두꺼비가 대꾸했다.

"어디서 쥐새끼가 찍찍거리나."

쾅!

문이 닫혔다. 빛 한줌 새어들지 않는, 완전히 차단된 방에 두 사람이 갇혔다. 말이 좋아 벌방이지, 그곳은 죽음에 이르는 방이었다. 그 방에서 보름을 지낸 죄수 중 살아 나온 이는 없었다.

    강형식은 박동구를 소장실로 불러 놓고 말이 없었다. 박동구 역시 부동자세로 침묵했다. 먼저 말하는 쪽이 내기에서 지는 것처럼, 어색한 고요가 방을 가득 채웠다. 강형식이 폭발하며 나아가고 박동구는 얻어맞으며 물러섰던 밤이 지나간 것이다. 3년 동안 두 사람은 서로에게 상처를 입히지 않을 적정 거리를 유지한 채 팽팽하게 평행선을 달렸다. 강형식은 감옥소를 대표하여 대외 업무를 맡으면서 내부 행정을 박동구에게 일임했다. 강형식이 감옥소에서 벌어진 일에 시시콜콜 간섭한 적도 없고, 박동구가 감옥소 밖에서 조계의 외국인들이나 인천 유지들과 어울린 적도 없었다. 무언의 합의로 만들어진 평화였다. 그런데 그 평화가 단숨에 무너졌다. 살인범 김창수가 감옥소에서 죄수들에게 글을 가르쳤다는 사실은 감옥소에서 일어난 사건 중 최악이었다. 박동구에게 감옥소 내부 행정을 일임한 것은 어디까지나 강형식 개인의 판단이었다. 감옥소장은 감옥소 모든 업무의 최종 책임자였다. 더군다나 김창수를 사형 집행일까지 혹독하게 다뤄

달라는 영사대리 겐조의 요청까지 수락하지 않았는가. 강형식은
이 기회에 박동구를 내쫓을 것인지 고민했다. 간수장 박동구 인
생에서 가장 심각한 실책이었다. 강형식이 면직을 통보해도 변명
할 여지가 없었다. 먼저 입을 연 쪽은 약점을 잡힌 박동구였다.

"곧 경위를 파악하여……"

강형식이 말허리를 잘랐다.

"짐작 가는 간수라도 있소?"

"네?"

박동구는 즉답을 못한 채 눈만 끔뻑거렸다. 강형식은 방금
마음을 정했고, 그 결정을 뒷받침할 이야기를 시작했다.

"물론 나는 박 간수장이 사일삼에게 죄수들을 가르쳐도 좋
다고 허락했으리라 보질 않아. 감옥소에 평생을 바친 간수장이
그랬을 리 없지. 사일삼에게 자백을 받아내. 누가 사일삼과 손을
잡았을 것 같나?"

박동구의 얼굴이 달아올랐다. 예상 못한 물음이었다.

"……모르겠습니다."

"모른다! 간수장까지 감쪽같이 속일 만큼 음흉한 놈이란 얘
기군."

"소장님! 이번 일은 제 불찰이……"

강형식이 다시 말허리를 잘랐다.

"내가 간수장에게 감옥소 내부 행정을 일임한 이유가 뭐라고
보나?"

"……."

"완벽했기 때문이지. 내가 감옥소장으로 부임하기 전에 간수장 박동구를 험담하는 얘길 얼마나 많이 들었는지 아는가? 간수장이 역대 감옥소장들을 모조리 잡아먹었다더군! 식인종 취급이었어. 간수장 성격이 지랄맞은지, 악인인지 선인인지, 죄수들을 뜯어먹는지 아닌지 그딴 건 난 몰라. 알고 싶지도 않고. 중요한 건 뭐냐? 당신이 간수장을 맡은 뒤 단 한 번도 감옥소에서 문제가 없었단 거야. 무슨 수완을 어떻게 발휘하는지는 모르지만, 인천 감옥소는 완벽했어. 더러 탈옥을 시도한 죄수는 있었지만 성공한 죄수는 단 한 명도 없었지. 감옥소를 그처럼 관리하는 게 쉽지 않아. 악인들로 득실대고, 그 악인들로부터 뭐든 주워들어 떠드는 놈들은 서너 배 더 많지. 그놈들 모두 간수장을 인정해. 감옥소장을 씹어 삼키든, 죄수들을 죽이든 말든, 인천 감옥소는 감옥소로서 흠이 전혀 없어. 그렇다면 간수장 박동구가 계속 하도록 두는 게 옳아. 한데 이제 보니 간수장도 사람이긴 한가 봐? 이딴 개소리들이 바깥으로 흘러 나가게 내버려 두다니. 내 한 번은 참고 지나가겠어. 간수장은 지금까지 해 오던 대로 감옥소 내부 행정을 총괄해. 허나 사일삼을 도운 간수는 꼭 잡아내. 그 새끼 박쥐니까 감옥소에 못 둬. 알겠나?"

김창수는 악착같이 배식구 밖으로 머리를 내밀었다. 열흘이 지난 뒤, 두꺼비는 겨우 머리를 내밀었지만 보리죽을 핥지 못했다. 그 다음 날엔 머리를 내밀지도 않았다. 입도 대지 않은 죽을 확인하고 간수실로 돌아온 김상노가 영달에게 말했다.

"두꺼비 녀석이 먼저 갈 것 같아. 난 사일삼 쪽이라 생각했는데 말씀이야. 지금이라도 내기를 걸까? 난 두꺼비!"

"닥쳐!"

영달이 화를 버럭 냈다. 옥사 앞마당으로 나왔다. 김창수를 굴복시키기 위해서라면 물불 가리지 않던 그였다. 벌방에 가둘 궁리를 한 적도 여러 번이었다. 죄수를 벌방에 가두는 건 간수의 고유 권한이다. 징벌 도중 목숨이 끊어진다고 해도, 간단한 경위서만 제출하면 그걸로 끝이었다. 막상 김창수가 벌방에서 사경을 헤매자, 통쾌함은 사라지고 불편함만 비탈길을 구르는 눈덩이처럼 커졌다.

닷새 뒤, 감옥소장 강형식이 간수장 박동구와 함께 벌방으로 직접 왔다. 당직 간수 영달은 미닫이 배식구를 열었다. 빛이 벌방 안 죄수의 얼굴로 내리비쳤다. 김창수는 한참 동안 눈을 감았다가 겨우 실눈을 떴다. 아직 살아 있다! 강형식이 영달의 어깨를 밀곤 벌방 가까이 다가섰다.

"사일삼! 자백하면 나가게 해 주지. 죄수들에게 글을 가르치는 걸 누구랑 모의했나? 누가 널 도와줬지?"

영달은 강형식의 어깨너머로 박동구를 흘끔 쳐다보았다. 일자 눈썹이 뻣뻣하게 굳어 잔뜩 긴장한 표정이었다. 시선을 내린 채 혹시 김창수가 자신의 이름을 말하지나 않는지 귀 기울였다.

"혼자…… 몰래…… 했소."

강형식이 손바닥으로 문을 힘껏 내리친 뒤 위협했다.

"여기서 그냥 죽여 버릴 수도 있어. 마지막 기회다. 누구와 이 망측한 짓을 짰어?"

두렵긴 영달도 마찬가지였다. 죄수들에게 글공부를 가르쳐달라는 제의는 거절했지만, 박동구와 김창수가 합의할 때 동석한 간수가 바로 영달이었다. 김창수가 실토하면, 박동구와 함께 그도 무사할 수 없었다. 김창수가 실토할 이유는 백 가지도 넘었고, 박동구와 영달의 이름을 감추며 버틸 이유는 단 하나도 없었다. 영달은 심장이 터질 것만 같았다. 김창수를 혹독하게 다룬 순간들이 빠르게 지나갔다. 거기에 박동구가 두꺼비를 시켜 저지른 폭행들까지 떠올랐다. 김창수의 입술이 부들부들 떨렸다. 검은 눈동자가 흔들리며 영달의 콧잔등에 머물렀다. 눈동자 속에 두려움 가득한 영달의 얼굴이 어렸다. 김창수의 눈이 거듭 따져 묻는 듯했다. 너도 거기 있었잖아? 교재도 사 오고 식당 밖에서 수업을 엿보기도 했잖아? 그런데 왜 아무 것도 몰랐던 사람처럼 서 있는 거야? 나 혼자만으론 감옥소를 학교로 바꾸지 못해. 박동구가 허락했고, 조경신과 네가 도왔어. 분반한 죄수들을 가르쳐달란 요청은 거절했지만, 그것만 빼곤 너도 깊숙이 관여한 거야. 이영달, 그게 너야. 넌 빠져나갈 수 없어. 같이 가야지, 나랑!

"……나 혼자…… 했소."

영달이 오른손으로 제 입을 틀어막았다. 비명도 아니고 헛기침도 아닌, 말로 만들어지기 전의 불덩어리가 혀와 이를 녹이며 튀어나올 것만 같았다. 박동구도 시선을 올려 속마음을 감추려 애썼다. 강형식이 한 걸음 물러나더니 영달에게 차갑게 명령했다.

"지금부턴 죽도 주지 마. 알겠나?"

"예!"

"네가 이기나 내가 이기나 어디 해 보자. 해 보자고."

강형식이 돌아서서 큰 걸음으로 걸어갔다. 박동구가 영달을 째린 후 뒤따라갔다. 영달이 배식구에 얼굴을 가까이 대고 김창수를 살폈다. 너만 손해인데도, 왜 날 지켜 줘? 네가 감옥에 온 첫날부터 지금까지 괴롭히기만 한 나를. 김창수의 입술이 희미하게 떨렸다. 말을 뱉을 기력이 없는지 입술을 떼지 못한 채 눈을 감았다. 영달은 그를 암흑 속에 가둬야만 했다. 김창수가 살아서 다시 빛을 볼까 확신하기 어려웠다. 당장 조경신을 불러 응급처치라도 하고 싶었다. 그러나 강형식은 이번에야말로 김창수를 완전히 굴복시킬 작정이었다. 버티다가 목숨이 다하는 한이 있더라도, 감옥소를 학교로 바꾸려고 한 벌을 내리려는 것이다. 강형식에게 이의를 제기할 사람은 없었다.

간수들이 모두 퇴근한 뒤 당직 간수 영달은 벌방 앞에 오래 서 있었다. 둥근 달이 감옥소는 물론이고 인천항 전체를 따스하게 감쌌다. 오직 이 벌방에만 온기가 스미지 않았다. 짐승으로 간주했던 김창수가 인간이었고, 인간이라 여긴 자기 자신이 짐 승이었다. 김창수는 용감하게 버텼고 영달은 두려움에 무너졌 다. 조경신이 복도 입구에서 지켜보는 줄도 모르고, 그는 가득 고인 눈물을 손바닥으로 훔쳤다.

세상에서 가장 긴 일주일이 더 흘러갔다. 벌방에 갇힌 두 죄 수를 도울 길은 없었다. 끝까지 견디기를 바라며, 벌방이 있는 관리사를 바라보고, 저마다의 신에게, 기적을 내려 주소서! 기도 하는 것밖에는.

도둑처럼 날아들다

강형식이 박동구를 소장실로 다시 불렀다. 아침 아홉 시였다. 간
수들은 잔뜩 긴장한 채 간수실에서 대기했다. 김창수가 죄수들
에게 글을 가르친 사실이 발각된 후부턴 강형식의 숨소리까지도
두려웠다. 박동구도 더 이상 그들의 방패막이가 아니었다. 강형
식이 오라면 오고 가라면 가는, 다른 간수들과 다름없는 모습을
보였다. 10분 만에 돌아온 박동구는 영달의 책상 위에 신문 한
장을 내려놓았다. 영달이 그 신문을 보기도 전에 김상노, 최윤석
등 다른 간수들이 모두 들을 수 있도록 명령했다.

  "벌방에서 끌어내. 우선 구호실과 육호실로 각각 옮긴다."

  "끝난 겁니까? 뒈질 때까지 내버려 둘 줄 알았는데, 소장님이
왜 마음을 바꾸셨을까요?"

  김상노가 물었다. 박동구가 즉답 대신 시선을 돌렸다. 영달이
1896년 11월 7일 발행한 『독립신문』을 들고 천천히 떨리는 목소

리로 읽었다.

"이번에 각 재판소에서 중한 죄인 여섯을 명백히 재판하여 교
(絞)에 처하기로 선고하였는데…… 인천 재판소에서 잡은 강도
김창수는 자칭 좌통령이라 하고…… 교에 처하기로 하고……."

최윤석이 박동구를 향해 물었다.

"사일삼을 교에 처한다고 신문에 났군요. 사형 집행일이 언젭
니까?"

영달도 박동구를 쳐다봤다. 박동구가 짧게 답했다.

"오후 여섯 시에 집행하란 명령이 감리서에서 내려왔어. 옥사
에 잠시 뒀다가 정오에 사형수 대기방으로 옮겨."

박동구는 망루로 올라가고 나머지 간수들은 벌방으로 향했
다. 영달은 생각했다. 김창수를 벌방에서 곧바로 사형수 대기방
으로 데려갈 수도 있었다. 그런데 구호실에 넣었다가 정오쯤 대기
방으로 옮기라는 것이다. 옥사에 머무르는 시간은 두 시간 남짓
이다. 영달은 박동구가 김창수에게 베푸는 마지막 배려라고 느
꼈다. 강형식에게 끝까지 자신의 이름을 밝히지 않은 고마움, 진
정서를 대필해 준 고마움.

벌방으로 다가서는 간수들의 걸음이 점점 느려졌다. 앞장을
섰던 김상노는 엄지와 검지로 코를 막으며 멈췄다. 악취 때문이
었다. 똥 냄새 오줌 냄새 몸 냄새까지, 숨을 쉴 수 없을 정도로,

옥사 감방보다 백 배는 더 지독했다.

"이거 혹시, 시체 썩는 냄새 아냐?"

영달도 그 생각을 하던 참이었다. 김상노에게 열쇠를 빼앗듯이 넘겨받아 문을 열었다. 덜컥 소리와 함께 복도의 빛이 어두운 벌방으로 내리비쳤다. 악취가 한꺼번에 영달의 얼굴을 감쌌다. 똥오줌으로 세수하는 기분이었다. 눈과 코에서 눈물과 콧물이 동시에 흘렀지만 고개를 돌리거나 물러서지 않았다. 생사를 확인하고 응급처치를 하는 일이 급했다. 김창수가 눈을 감은 채 미동도 하지 않았다. 혹시, 밤사이에 저승으로 건너가 버리진 않았겠지?

"사일삼!"

"……"

복창하지 않았다. 굳은 입술은 움직임이 없었다. 영달의 목소리가 더 커졌다.

"임마! 정신 차려!"

박달로 김창수의 어깨를 밀었다. 꿈쩍도 하지 않았다. 김창수! 가면 안 돼. 이렇겐 아냐. 할 말이 있다고. 눈 떠. 눈을 뜨라고! 영달의 입술과 두 눈이 동시에 떨렸다. 영달은 벌방이 쩌렁쩌렁 울릴 만큼 고함을 내질렀다.

"야!"

그 순간 김창수가 눈을 번쩍 뜨곤 헛구역질을 했다. 속에 든 음식물을 죄다 토할 듯 크게 출렁거렸지만 헛바람만 나왔다. 목구멍에서 똥구멍까지 보리쌀 한 톨도 들어 있지 않았던 것이다.

"뒈지진 않았군."

뒤에 섰던 김상노가 콧바람을 내쉬었다. 최윤석과 김상노가 바싹 마른 김창수를 부축하여 벌방에서 끌어냈다. 쇠사슬로 온몸을 칭칭 감은 김창수는 두 무릎에 전혀 힘을 싣지 못한 채 간수들이 이끄는 대로 휘청휘청 끌려왔다. 벌방 옆 벽에 기댄 채 고개를 숙이고 끊어질 듯 끊어질 듯 겨우 숨을 내쉬었다. 영달은 곧이어 두꺼비의 벌방 문을 열었다. 문이 열리자마자 통나무처럼 굳은 두꺼비의 몸이 앞으로 쏠렸다. 영달은 급히 두꺼비를 안았고, 김상노가 곁에서 두꺼비의 뺨을 손바닥으로 때리며 말했다.

"이 새끼! 이 더러운 새끼! 살았으면 눈을 떠! 갔구나. 너 이 새끼 정말 갔어!"

김상노가 점점 더 빠르고 강하게 따귀를 때렸다. 손바닥이 뺨에 부딪치는 소리가 점점 커졌다. 두꺼비는 쉽게 정신을 차리지 못했다. 끌어내 바닥에 뉘었다. 김창수가 쇠사슬을 끌며 기어왔다. 두꺼비의 얼굴과 가슴을 손바닥으로 쓸었다.

"형님! ……죽으면 안 됩니다. 형님!"

그래도 두꺼비는 눈을 뜨지 않았다. 김창수의 머리가 두꺼비의 왼쪽 가슴에 나비처럼 내려앉았다. 더운 눈물이 가슴에 번졌다. 두꺼비의 입술이 천천히 벌어졌다. 악취가 뿜어 나왔다.

"걱정 마……. 진정서 답이 올 때까진 난 안 죽어."

두 죄수의 몸에 감긴 쇠사슬부터 떼어냈다. 차꼬와 수갑도 마저 풀었다. 옥문을 활짝 열어 놔도 달아나지 못할 것이다. 제 발로 걸어 옥사에 들어가기도 힘들었다. 최윤석이 구해 온 젖은 수건으로 김창수와 두꺼비의 다리와 엉덩이부터 대충 훔쳐 말라붙은 똥과 오줌을 닦아냈다. 김상노와 최윤석이 좌우에서 두꺼비를 부축하여 육호실로 향했다. 영달은 김창수를 업었다. 간수가 된 후 죄수를 업긴 처음이었다. 무릎을 펴고 일어서는데, 김창수가 희미하게 한마디 했다.

"고……맙소."

영달이 나무라듯 받았다.

"입 닫고 가만있어."

잠시 후 김창수가 영달의 등에 뺨을 댄 채 푸른 하늘을 곁눈으로 보며 또 말했다.

"참 좋네…… 햇살!"

"입 닫으래도."

영달은 김창수의 엉덩이를 받힌 두 팔을 튕겨 자세를 고쳐 잡았다. 조금 힘을 실었을 뿐인데도 김창수의 몸이 심하게 요동쳤다. 메뚜기보다도 훨씬 가벼웠다. 벌방에 머무는 동안, 몸에 붙은 살이란 살이 모두 떨어져 나간 듯했다. 영달은 감방을 향해 뛰었다. 안타까움과 슬픔이 차올랐다. 한마디만 더 뱉으면 꾹꾹 눌렀던 감정이 터져 고스란히 김창수에게 갈 듯했다. 감방에 도착할 때까지라도, 영달은 김창수가 행복감에 젖기를 바랐다. 벌방의 고통을 이겨냈다는, 글공부를 허락해 준 간수들에게 의리를 지켰다는, 늦가을 햇살이 너무 좋다는.

구호실 문을 열자 죄수들이 몰려나왔다. 김천동과 양원종이 두 팔을 각각 잡았고 조덕팔이 등을 받쳤다. 영달은 김창수의 손에 꼬깃꼬깃 접은 종이를 쥐어 주었다. 『독립신문』이었다. 김창수도 벌방에서 풀려난 이유를 알고 마지막 준비를 해야 하는 것이다. 김창수의 시선이 종이를 쥔 오른손으로 향했다. 영달은 옥문을 잠그고 성큼성큼 복도를 걸어 나왔다. 김창수는 죄수들에게 둘러싸인 채, 영달이 쥐어 준 종이부터 펼칠 것이다. 그리고 땀으로 번진 신문에서 자신의 운명을 확인할 것이다.

"하루만 늦추면 안 되나요?"

조경신이 치료 가방을 챙기며 물었다. 병감에 근무하는 동안 흉측한 꼴을 수없이 본 그녀였다. 병감에서 죽어 나간 죄수만도 스무 명이 넘었다. 돌림병 때문에 한꺼번에 다섯 명이 세상을 버린 날도 있었다. 죄수들은 두려움에 떨며 무너졌지만 조경신은 끝까지 침착함을 잃지 않았다. 이승에서 저승으로 넘어가는 죄수의 손을 꼭 잡고, 인생의 마지막 여행을 최대한 따뜻하고 정중하게 배웅했다. 김창수의 사형 집행일이 바로 오늘 저녁 여섯 시라는 말을 듣자마자, 그녀는 비틀대며 뒷걸음질을 쳤다. 영달이 팔꿈치를 붙들지 않았다면 쓰러졌을 것이다. 사형 집행 시간을 하루 한 시간 일 분 일 초도 늦출 수 없다는 걸, 그녀가 누구보다도 잘 알고 있었다. 영달은 병감으로 자신이 달려온 이유를 밝히는 것으로 답을 대신했다.

"사일삼, 지금 온몸이 상처투성입니다. 걷기도 힘들 지경이에요."

간수는 죄수를 고통스럽게 만들 수는 있지만 죄수에게 닥친 고통을 줄이진 못했다. 구호실 앞 복도에 정오까지 서 있다고 영달을 탓하는 이는 없었다. 그러나 영달 스스로 그 자리에 아무 일도 하지 않고 서 있기란 힘이 들었다. 김창수의 고통을 고스란히 함께 느끼지는 못하겠지만, 백 분의 일, 천 분의 일의 고통이 영달에게도 전해졌다. 6년 전 간수를 시작한 후 처음으로 죄수의 고통이 자신의 고통으로 옮겨 온 것이다. 그 전까지는 박달에 맞은 죄수의 살갗이 찢어지고 피가 튀고 뼈가 부러지는 것을 보더라도, 죄수가 비명을 지르며 피눈물을 쏟더라도, 영달은 고통스럽지 않았다. 담벼락을 발로 차는 것이나 죄수를 두들겨 패는 것이나 그에겐 큰 차이가 없었다. 간수란 직업이 그를 그렇게 만들었는지, 그런 사람들만 간수가 되는지 영달은 몰랐다. 박동구는 주도면밀한 냉정함 때문에 영달을 간수로 뽑았다고 했다. 죄수로부터 어떤 영향도 받지 않던 6년 세월이 한순간에 무너진 것이다. 영달은 아팠다. 편히 숨을 쉬기도, 걸음을 떼기도 힘들 정도였다. 그러다 문득 지금 김창수는 자신보다 백 배 천 배 아프다는 생각이 들었다. 고통을 치료할 시간도 지극히 짧았다. 그래

서 영달은 구호실 앞 복도에 우두커니 서 있지 않고, 계단을 내
려와서 병감으로 뛰어갔던 것이다.

김창수는 벽에 기댄 채 앉아 있었다. 영달이 구호실 옥문을
열고 조경신과 함께 들어섰다.

"편히 누워요. 어서!"

조경신의 말에 김창수가 천천히 고개를 저었다.

"……괜찮소."

"진단은 내가 해요."

"내 몸은 내가 잘 압니다. 조 과장님! 그동안 고마웠소. 덕분
에 지난여름 목숨을 건졌소이다. 또 죄수들에게 글을 가르쳐 달
란 어려운 부탁도 들어주셨고. 잊지 않겠소."

치료 대신 작별 인사를 건네는 것이다. 가방에서 약들을 고
르던 그녀의 손이 떨렸다. 고개를 돌려 눈물을 감춘 뒤 명령조로
말했다.

"이쪽으로 돌아앉아 봐요."

"괜찮…… 윽!"

김창수가 고개를 끄덕이다가 이마를 찡그렸다. 통증이 밀려
든 것이다. 조경신이 치료 가방에서 수건을 꺼냈다. 그리고 영달
에게 부탁했다.

"찬물이 필요해요."

영달이 서둘러 식당까지 가서 냉수를 나무통에 담아 왔다.

조경신은 수건을 적셔 김창수의 손을 닦기 시작했다. 김창수는 손을 빼려 했지만, 그녀는 더 가까이 다가앉아 그의 두 손과 두 발 그리고 얼굴과 목까지 깨끗이 닦았다. 찢어지고 곪고 터진 부위마다 물약을 바르기 시작했다. 붉은 색이었다. 적어도 백 군데 이상 약을 바르고 나니, 열꽃이 핀 것처럼 온몸이 붉었다. 김창수는 눈을 감고 그녀가 하는 대로 내버려뒀다. 마지막으로 약을 적신 수건이 턱을 지나 목덜미에 닿자, 갑자기 김창수가 눈을 번쩍 떴다. 약을 바른 부위를 양손으로 틀어쥐었다. 絞(교), 목을 맨다고 했다. 목을 맨다면, 바로 이 부위를 밧줄이 죌 것이다. 죽음의 입김이 김창수의 뺨에 닿을 만큼 가까이 와 있었다.

조경신이 나간 뒤, 영달이 김창수에게 물었다.

"정오에 사형수 대기방으로 옮길 거야. 그때까지 쉬겠는가?"

김창수가 고개를 돌려 눈을 맞췄다.

"부탁이 있소……."

"뭔가?"

"하늘을 보게 해 주시오."

감옥소 죄수들이 그에겐 하늘이었다. 영달은 일호실에서 팔호실까지 죄수 중에서 김창수와 작별 인사를 하겠다는 죄수들을 순서대로 구호실에 넣었다. 김창수는 벽에서 등을 떼곤 정좌하여 앉았다. 그들의 고백을 사과를 후회를 울음을 끝까지 들었다. 그리고 간결하게 마지막 충고를 보탰다. 죄수들을 수인 번호나 별명으로 부르지 않았다.

"천동아! 넌 손재주가 좋으니 지금부터라도 만들기에 주력해. 직접 만들 기회가 없으면 머릿속으로 상상하는 거야. 재료부터 가지런히 놓고, 그걸 깎거나 베거나 보태 책상도 만들고, 칠보장도 만들고 그렇게 해. 벽에 똥칠할 때까지 오래오래 살아야 한다."

"원종 할배! 할배는 계속 기상 태평소 열심히 부시오. 매일 한 뼘이라도 길게 부는 연습을 하면 숨쉬기가 한결 편할 거요. 글공부하는 게 평생소원이라 하셨지요? 이제부터 하면 됩니다."

"덕팔이 형! 형은 목청이 좋으니 노래는 물론이고 판소리까지 해 봐도 좋겠소. 출소하면 아예 주막을 차리고, 형이 직접 판소리와 창을 하는 것도 멋질 것 같소. 이 여자 저 여자 너무 옮겨 다니지 말고, 여자들 등쳐 먹으며 살 궁리 말고, 스스로 돈을 벌도록 하시오."

구호실 죄수들에 대한 충고를 마지막으로 작별 인사가 끝났다. 김창수가 영달에게 물었다.

"두꺼비 형님은?"

"곯아떨어졌대. 깨울까?"

김창수가 고개를 저었다.

"아니오. 그냥 두시오."

"그래도…… 마지막 아닌가?"

"벌방에서 제가 어떻게 포기하지 않고 견딘 줄 아오? 두꺼비 형님의 숨소리! 처음 며칠은 형님도 나도 서로 이름을 부르며 독려했소. 하지만 먹지도 못하고 누워 쉬거나 잠들지도 못하는 날들이 이어지니, 급격하게 체력이 떨어졌다오. 혀도 잘 돌아가지 않고 입술을 벌릴 힘도 남아 있지 않았소. 온몸을 감고 있는 쇠사슬이 너무나도 무겁고, 발목과 손목을 옥죄는 차꼬와 수갑이 아파서, 벽을 두들기는 것도 힘들었소. 완전한 어둠 속에서, 낮인지 밤인지도 모른 채, 시간을 흘려보냈소. 이대로 죽는 게 아닐까 두렵기도 했고. 그때 적막 속에서 숨소리가 들렸소. 두꺼비 형님이 아직 살아 있단 증거였소. 형님이 비록 말은 못하지만, 손이나 발로 벽을 두드리기도 힘들지만, 바로 옆방에 살아 있는 거요. 나도 크게 숨을 쉬려 노력했소. 형님과 나는 서로에게 숨소리를 들려주며 확인한 거라오. 서로의 의지, 서로의 희망, 서로를 아끼는 마음까지 말이오. 그러니 그냥 두시오. 형님은 쉬셔야하오. 스스로 깨어날 때까지 그 누구도 건드려선 안 되오. 아셨소?"

죽음의 행진

간수장 박동구가 영달의 어깨를 짚은 뒤 간수실을 나갔다. 김창수를 사형수 대기방으로 이동시킬 간수로 그를 지목한 것이다. 구호실에 도착할 때까지 두 사람은 말이 없었다. 간수장은 정면만 보며 성큼 앞섰고 영달은 일호실부터 감방을 곁눈질하며 따랐다. 간수들이 등장하자 죄수들도 긴장했다. 사형 집행일엔 죄수들을 종일 감방에 가둬 두는 것이 원칙이었다. 노역을 시킨다고 마당이나 창고로 이동시켰다가 불상사라도 생길까 염려한 것이다. 간수들은 물론이고 잡범부터 무기수까지 죄수들도 잔뜩 긴장했다. 강제로 목숨을 앗는 벌은 강제로 옥에 갇혀 죗값을 치르는 죄수들에겐 미래에 닥칠 수도 있는 가장 끔찍한 불행이었다. 짐승보다 못한 삶을 사는 죄수와 그들을 짐승 취급조차 하지 않는 간수에게도 죽음은 무거웠다. 이승의 모든 것과 영영 이별을 하고 차가운 흙으로 돌아가는 슬픔, 타인의 손에 죽임을 당하는 억울함, 고단했던 이승길 편히 하직하고 부디 저승길은 행복하라는 염원이 뒤섞여 감옥소는 허허로웠다. 옥문의 감시 구멍에서 눈동자들이 반짝거렸다. 이런 날 사형수의 마지막을 감시 구멍으로나마 살필 힘을 지닌 이는 각 방에서 가장 힘 센 죄수였다. 육호실엔 아직 내다보는 죄수가 없었다. 두꺼비가 여전히 정신을 차리지 못한 걸까. 영달은 그 눈들을 쩌려보며 바삐 지나쳤다. 박동구가 구호실 앞에 멈춰 섰다. 영달은 주먹만 한 자물쇠에 열쇠를 끼워 돌렸다. 옥문을 열었다.

"사일삼!"

작은 창 아래 손바닥만 한 햇볕을 맞으며 앉았던 김창수가 천천히 일어섰다. 박동구를 복도에 둔 채, 영달은 감방까지 들어와선 수갑과 차꼬를 채웠다. 그리고 고개를 들어 김창수와 눈을 맞췄다.

"힘들면……."

김천동에게 업혀도 된다는 뜻이다. 김창수가 말허리를 잘랐다.

"덕분에 많이 쉬었소. 갑시다."

옥문을 향해 걸음을 뗐다. 왼 다리를 심하게 절뚝거렸다. 조덕팔과 양원종이 부축하려 했다. 김창수가 팔을 저어 막았다. 김천동이 눈물을 흘리며 뒤따랐다. 조덕팔도 눈물을 훔치며 괜히 김천동을 타박했다.

"왜 울어? 안 울기로 했잖아?"

"형님은 왜 우세요?"

"우는 거 아냐. 눈에 티끌이 들어가서 그래."

김천동이 참지 못하고 울음을 터뜨렸다. 조덕팔과 양원종도 따라 울며 김창수와 보조를 맞추기 위해 느리게 걸었다. 김창수가 걸음을 멈추고 돌아섰다. 몸이 기우뚱 왼편으로 기울었지만, 왼발을 재게 놀려 겨우 중심을 잡았다. 그 사이 손바닥만 하던 햇볕이 절반으로 줄었다. 가슴이 뜨거워지면서 목구멍이 꽉 막혀 왔다. 치하포에서 왜인을 척살하고 집으로 돌아와 기다릴 때는 바른 일을 했으므로 잡혀가 목숨을 잃더라도 상관없다고 여겼다. 해주 감영을 거쳐 인천 감옥소로 온 뒤론, 절반의 절반 그 절반의 절반이라도 살아날 구멍이 있지나 않을까 기대하지 않았다면 거짓말이다. 법부의 답신에 김창수에 대한 선고가 빠졌다는 풍문이 가느다란 기대를 이어 가게 했다. 그러나 오늘 모든 것이 명확해졌다. 저 햇볕이 절반의 절반의 절반으로 작아지다가 밤과 함께 완전히 사라지듯, 김창수의 일생도 오늘이 마지막이었다. 구멍은 없었다. 김창수가 옥문을 나오자, 복도에서 문을 등진 채 기다리던 박동구가 돌아섰다. 두 사람이 잠시 서로를 쳐다봤다. 할 말은 많았지만 이야길 나누진 않았다. 말을 섞는 것이 무의미했다. 이미 결론이 난 상황이었다. 박동구는 1896년 10월 2일, 김창수에게 진정서를 대서해달라 청하고 그 보상으로 죄수들이 글을 배우도록 허락했을 때부터 이런 종말을 예측했다. 사형 집행 명령이 달을 바꿔 내려오고, 그 사이 김창수가 죄수들에게 글을 가르친 사실을 강형식이 알아 버리는 바람에 박동구도 어려움을 겪었지만, 대단원은 마찬가지인 셈이다. 김창수를 사형시킨 뒤, 박동구는 진정서를 감리서에 낼 것이다. 빙빙 돌아왔지만 결국 이 길밖에 없었다. 김창수를 가운데 둔 채, 이영달이 앞장을 서고 박동구가 뒤를 맡았다.

김창수가 첫발을 뗐다. 차꼬에 달린 쇠사슬이 바닥을 끄는 소리가 옥사에 가득 찼다. 1층과 2층 죄수들이 옥분에 다닥다닥 달라붙었다. 고 진사가 복도를 걸을 때와는 완전히 달랐다. 그땐 사형수의 불운이 행여 옮겨 올까 싶어 알아도 모른 체 침묵했다. 그러나 오늘은 구호실에서부터 벌써 울부짖기 시작했다.

"선생님!"

"아이고, 억울해서 어쩌나. 우리 대장······."

"부디 잘 가시게."

차꼬를 따라 바닥을 끄는 쇠사슬 소리가 회오리처럼 복도를 돌아 울렸다. 해주 감영에서 모진 고문을 당하고 인천 감옥소 지옥문으로 들어설 때도 사지를 결박당했었다. 석 달 가까이 영달과 두꺼비에게 폭행을 당하고 벌방에 오래 머문 탓에 살이 쏙 빠졌다. 광대뼈를 비롯하여 다투듯 튀어나온 뼈들이 그동안의 고통을 드러냈다. 발목 역시 살갗이 벗겨져 발등과 뒤꿈치로 고름과 피가 흘렀다. 걸음을 디딜 때마다 붉은 발자국이 찍혔다. 발자국이 늘 때마다 죄수들의 흐느낌도 출렁출렁 커졌다. 김창수가 육호실 앞에서 멈춰 섰다. 귀를 찔러 대던 쇠사슬 소리가 사라지자 죄수들의 흐느낌도 한순간에 잦아들었다. 갑작스럽게 찾아든 고요가 불안하고 불길했다. 김창수는 몸을 돌려 옥문을 향했다. 어깨가 왼쪽으로 또 기우뚱했지만 곧 중심을 잡았다.

"……형님!"

육호실 옥문 감시 구멍에 댄 눈은 검은 동자가 유난히 크고 또렷했다. 두꺼비였다. 정신을 차리자마자 김창수가 떠나는 마지막 길을 배웅하기 위해 악착같이 옥문에 들러붙은 것이다. 김창수가 수갑 찬 두 팔을 천천히 들어올렸다. 팔꿈치까지 포승줄로 결박한 탓에, 팔은 심장 부근까지만 겨우 올라가다가 멈췄다. 김창수가 주먹을 힘껏 쥐며 아랫입술을 깨물었다. 그 순간 두꺼비의 걸걸한 목소리가 가락을 타고 터져 나왔다.

"길 비켜라! 의병좌통령 김창수 대장 나가신다! 휘이 휘어이!"

"휘이 휘어이!"

죄수들이 주먹으로 감방 벽과 바닥을 두드리며 추임새를 매겼다. 이번에는 구호실 조덕팔이 선창했다.

"길 비켜라! 천하무적 김창수 대장 나가신다! 휘이 휘어이!"

"휘이 휘어이!"

김천동도 선창했다.

"길 비켜라! 철혈남아 김창수 대장 나가신다! 휘이 휘어이!"

"휘이 휘어이!"

영달은 감옥소가 거대한 악기로 변신할 수도 있다는 걸 그날

처음 알았다. 김창수가 복도를 벗어날 때까지, 옥사는 거대한 징이자 울림이 큰 북이며 슬픔의 가락을 토하는 장구이자 마디마디 후회와 억울함과 안타까움이 쏟아지는 꽹과리였다.

사형 집행

김창수는 사형수 대기방에서 여섯 시간 가까이 머물렀다. 하루 전날 통보가 오면 대기방에서 밤을 보내기도 하지만, 김창수는 고 진사처럼 대기 시간이 짧았다. 영달은 김창수를 대기방에 넣고 나올 때 문득 깨달았다. 감옥소장 강형식은 오늘 오후 여섯 시 사형 집행 사실을 적어도 며칠 전엔 알았을 것이다. 1896년 11월 7일 『독립신문』 '잡보'에 기사가 날 정도라면, 김창수를 사형시키라는 국왕의 하명은 그보다 일찍 이뤄진 것이다. 감옥소장이 어제라도 소식을 전했다면, 김창수는 대기방에서 하룻밤이나마 편히 지냈을 것이다. 그러나 강형식은 그 사실을 숨겼고, 김창수와 두꺼비는 벌방에서 오늘 아침까지 고통을 받을 수밖에 없었다. 악은 꼼꼼하다. 강형식만큼 꼼꼼하기도 어렵다.

영달은 김창수의 마지막 점심을 직접 챙겼다. 식당에서 김천동에게 밥이 담긴 나무 그릇이 놓인 판을 넘겨받았다. 고 진사가 떠날 때는 김창수가 점심을 가져갔다. 그렇게 명령한 이가 바로 영달이었다. 이승에서 먹는 마지막 식사의 의미는 각별한 법이다. 하루하루 멈추지 않고 끼니를 잇는 것이 삶이라 했던가. 영달은 배식구로 밥그릇을 밀어 넣지 않고 옥문을 열고 들어갔다. 김창수는 인기척을 듣고도 벽을 향해 정좌한 채 꼼짝도 하지 않았다. 영달은 판을 내려놓고 나란히 앉았다. 사형수의 시선이 머무는 곳을 쳐다봤다. 고치다 남은 녹슨 철문들이 바닥에 겹겹이 깔렸고, 그 위 벽에 진하고 흐린, 깊고 얕은, 크고 작은, 한문과 언문이 군데군데 박혔다. 대부분은 흐릿해서 단어 하나도 똑똑히 뵈지 않았다. 김창수가 뚫어져라 응시하는 자리에 깊게 패인 문장만 선명했다. 고 진사가 대기방에 들어올 김창수와 이 세상에 남긴 유언이었다.

吾心則汝心(내 마음이 곧 네 마음이다.)

김창수는 점심을 먹었다. 오후에 힘든 노역을 앞둔 죄수처럼 밥과 배추김치를 남김없이 비웠다. 김창수가 마지막 식사를 마칠 때까지, 영달은 그림자처럼 머물렀다. 맛있게 밥을 먹는 사형수를 눈에 전부 담아 두기라도 할 것처럼.

"부탁이 있소."

숟가락을 내려놓은 김창수가 옥문을 슬쩍 살피곤 말을 이었다.

"내가 대서하여 보낸 진정서들의 회신이 오면 죄수들에게 꼭 알려 주시오. 대부분 까막눈이니 대신 읽어 줘야 합니다."

"알겠네."

"열에 아홉은 나쁜 소식일 게요. 세상이란 게, 가난하고 무식하고 한두 번 범죄를 저지른 이들에겐 더욱 가혹하니까. 열에 하나 아니 백에 하나라도 감형이 되거나 특별외출이 허락된다면 그것만으로도 놀라운 일이오. 내가 쓴 진정서로 인해 죄수 중 누군가가 석방된다면 그건 기적이라오, 기적! 큰 기대는 말라고 대서할 때부터 여러 차례 강조해 뒀소. 좋은 쪽이든 나쁜 쪽이든 다시 조사하여 결론을 내렸다는 점이 중요하오. 이 나라가 인천 감옥소에 복역 중인 죄수의 목소리에 귀를 기울인 것이니까. 답서를 읽어만 줘도 고마운 일이겠지만, 그들이 더 절망에 빠져 허튼짓 못하도록 따끔하게 질책도 하고 살펴도 주시오."

"약속하지. 딴 사람 걱정은 말고, 부탁할 것 없는가? 혹시 어머니에게 남길 말이라도 있으면 하게."

김창수는 잠시 시선을 내렸다가 올렸다. 고 진사가 벽에 남긴 유언을 자기 식대로 풀었다.

"제 마음이 곧 어머니 마음이오. 두려움 없이 당당하게 가겠소."

당당하게! 영달은 감옥소에서 그 단어를 숱하게 들었다. 용감한 척 으스대는 죄수들 대부분이 당당하게 굴었다. 그러나 죽음 앞에서 당당하기란 얼마나 어려운가.

"이 방에서 몇 시간이나 머무릅니까?"

"여섯 시간쯤이네."

"그럼 『대학』을 넣어 주시겠소. 이대로 흘려보내긴 아깝소이다. 성현의 말씀이라도 새기고 싶소."

지금까지 인천 감옥소는 감옥소 밖 쇠뿔고개〔牛角洞〕에서 주로 오후에 사형을 집행했다. 집행 시간이 늦은 오후로 잡힌 까닭은 사형수가 목 졸려 죽는 광경을 널리 공개하여 경각심을 불러일으키기 위해서였다. 아침에 소문을 내고, 오후 늦게까지 사형 집행 소식이 인천을 휘감은 다음, 저물 무렵 목숨을 거둬 왔다. 그러나 강형식은 고 진사에 이어 김창수도 쇠뿔고개가 아닌 감옥소 안에서 사형시키기로 정했다. 세 번의 재판에 몰려든 구경꾼들로 인해 심문 전후로 큰 소동이 났었다. 사형 집행은 재판보다 열 배는 더 중대한 일이다. 흥분한 군중 속을 힘겹게 뚫고 쇠뿔고개까지 갈 이유가 없었다. 사형수를 목매달 기둥과 줄이 있는, 뒷마당의 사형장이면 충분했다.

5시 50분, 영달은 다시 사형수 대기방으로 갔다. 김창수는 그때까지도 벽을 바라보며 앉아 있었다. 문을 열자 김창수가 천천히 일어섰다. 가야 할 때였다. 영달은 수인 번호를 부르지 않고 사형수가 대기방을 나올 때까지 기다렸다. 대기방을 나온 김창수가 멀리 지옥문을 쳐다보며 섰다. 영달이 텅 빈 대기방을 휘익 훑은 후 자물쇠를 끼워 문을 잠갔다.

"남기지 않았군."

고 진사의 유언 아래 아무 것도 적혀 있지 않았던 것이다. 김
창수가 답했다.

"죄수들의 억울한 사연들을 대서하며, 또 죄수들에게 글을
가르치며, 내가 하고픈 말은 충분히 했소. 남길 말도 후회될 일
도 없다오."

김창수가 앞장을 서고 영달이 뒤따랐다. 뒷마당을 가로지를
때 갈매기 한 마리가 응봉산에서 날아 내렸다. 잠시 멈춘 김창
수의 시선이 그 새를 따라 인천 앞바다로 향했다. 영달도 사라진
새의 궤적을 살폈다. 김창수가 혼잣말처럼 읊조렸다.

"오늘은 바다도 저렇듯 시퍼럴까?"

바다가 하늘인 듯 하늘이 바다인 듯 삶과 죽음도 닮았을까.
영달이 김창수에게 다가가선 수갑과 포승줄로 엮인 손을 쥐었
다. 거친 손등을 쓸었다. 김창수가 고개를 들고 영달을 봤다. 입
과 코로 뿜어 나오는 숨소리가 거칠었다. 영달이 말했다.

"곧, 끝날 거야."

"내일 새벽…… 나 대신 바다로 가 주겠소?"

"바다로 갈게."

"어둠이 걷히고 바다가 제 빛깔을 낼 때, 내 이름 김 창 수 세
번만 불러 주시오."

"그럴게."

"고맙소."

김창수의 시선이 사형장으로 향했다. 다짐하듯 되뇌었다.

"하늘처럼 받든다. 하늘처럼, 하늘처럼, 하늘처럼……."

영달이 두 걸음 물러서자, 김창수가 다시 발을 뗐다. 걸음걸음이 마지막이었다.

김창수가 사형장으로 들어섰다. 문을 여는 소리가 제법 크게 났는데도, 감옥소장 강형식은 의자에 앉은 채 낄낄 웃으며 다리를 바꿔 꼬았다. 승자의 여유를 보여주자고 작정한 듯했다. 박동구가 강형식 옆으로 가서 섰다.

"사일삼 도착했습니다."

강형식은 웃음을 멈추고 김창수를 쳐다봤다. 김창수는 버티고 서서 강형식의 시선을 맞받아쳤다. 김상노가 다가와서 영달과 함께 좌우에서 김창수의 팔을 잡고 교수대로 올라섰다. 손잡이를 당기면 반으로 갈라지는 나무판 위에 둥근 매듭을 지은 줄이 내려와 있었다. 영달이 그 줄을 잡고 김창수의 머리에 씌우려했다. 손이 자꾸 떨려 매듭 안으로 사형수의 머리가 들어가지 않았다.

"왜 그래? 이리 줘."

김상노가 급히 넘겨받아 김창수의 머리에 줄을 씌우곤 물러섰다. 강형식이 교수대에 선 김창수를 머리에서 발끝까지 훑어내렸다. 그리고 명령했다.

"차꼬를 풀어!"

박동구가 설명했다.

"흉악범인 경우 난동을 부릴 위험이 크니 사지를 결박한 채 교형에 처하라는……."

"차꼬!"

강형식이 단칼에 잘랐다. 박동구가 눈짓으로 영달에게 명령했다. 영달이 김창수 앞에 앉아선 차꼬를 풀어 떼어냈다. 강형식이 말했다.

"수갑도!"

박동구가 다시 막아서려 했지만, 영달이 한 발 앞서서 김창수의 양손을 묶은 수갑을 풀어 버렸다. 이제 포승줄만이 김창수의 두 팔목을 묶고 있을 뿐이었다. 강형식은 이제야 마음에 든다는 듯 비웃음 가득한 얼굴로 말했다.

"김창수! 네놈이 원숭이마냥 까불어 봐야 교수대 위지. 사람을 죽인 악한에게 합당한 최후다. 죽는다는 건 영원히 패배한다는 것. 네가 이길 기횐 이제 없다. 조금이라도 더, 1분 아니 10초 아니 1초라도 더 살고 싶으냐. 그러면 손과 발을 버둥거려 봐라."

강형식의 뒤에 선 박동구가 입을 열었다.

"사형수 김창수! 유언이 있으면 말하라."

김창수의 시선이 박동구에게 향했다가 천천히 강형식으로 내려갔다. 패배자의 눈빛이 아니었다. 곧 목숨이 끊길 사형수의 눈빛은 더더욱 아니었다. 삶에 대한 미련, 그 미련에서부터 비롯되는 폭풍과 해일은 이미 지나간 것일까. 김창수의 목소리가 잔물

결처럼 떨렸다.

"없다."

"준비하라."

박동구가 명령하자, 영달과 김상노가 다시 김창수에게 다가 갔다. 영달이 두건을 김창수의 얼굴에 씌우려 했다. 눈길이 마주 쳤다. 지난 세월을 모두 품고도 남을 만큼 깊고도 넓은, 죽음마 저도 삼켜 버릴 눈망울이었다. 김창수가 천천히 고개를 저었다.

"필요 없소."

영달이 두건을 거두며 작별을 고했다.

"잘 가게나."

김창수가 눈을 끔뻑 감았다가 떴다. 영달에게 보내는 마지막 인사였다. 눈 깜짝하는 사이에 한 인간의 생이 지나간 듯도 했 다. 별이 탄생했다가 폭발하여 사라지는 듯도 했다. 어느 쪽이든 이제 되돌아갈 순 없었다. 살아 숨쉬는 인간 김창수는 곧 사라 진다. 영달과 김상노는 교수대에서 내려와 박동구의 좌우에 강 형식을 호위하듯 병풍처럼 섰다. 박동구가 두 걸음 나서서 앞에 놓인 나무 손잡이를 쥐었다. 그 손잡이를 당기면 사형수가 딛고 선 바닥 나무판이 접히고, 사형수는 아래로 떨어지며 줄에 매달 린 채 목이 졸려 죽는 것이다. 조선 시대에는 줄을 당겨 사형수 의 몸을 끌어올리는 방법을 취했지만, 강형식은 일본 영사대리 겐조의 조언을 받아 사형수의 몸이 아래로 떨어지는 양이식 교 수법을 택했다. 끌어올리든 떨어뜨리든, 사형수의 목을 졸라 죽

이기만 하면 되는 것이다. 박동구가 강형식을 쳐다보며 명령을
기다렸다. 강형식이 오른손을 들었다. 그 손이 내려가는 것과 동
시에 손잡이를 당기면 끝이다. 손을 내리려던 강형식이 갑자기
일어섰다.

"내가 직접 하겠다."

스스로 종지부를 찍으려는 강형식의 욕심을 짐작하고 박동
구가 물러섰다. 강형식이 손잡이를 잡고 김창수를 노려봤다. 김
창수는 웃지도 울지도 떨지도 않는 평온한 얼굴이었다.

"건방진 새끼!"

김창수는 최후를 기다리며 눈을 감았다. 턱이 조금씩 올라갔
다. 해일처럼 일생의 풍경이 밀려들었다. 등용문에 오르겠노라고
호기롭게 과거 시험장에 들어서던 소년이여! 황주 해주 평산 서
흥 봉산 안악 재령 수안 곡산 신천 신계 우봉 문화 토산 장련 연
안 풍천 배천 옹진 송화 은율 강음 강령 장연 돌며 동학의 큰 가
르침 전하던 소년이여! 해주성을 함락시키기 위해 죽창 높이 들
고 질주하던 선봉장이여! 척양척왜를 위해 압록강을 건너고 심
양의 하늘 아래에서 청국 대인들과 뜻을 나누며 의병좌통령이
된 청년이여! 얼어붙은 압록강을 달려 강계성으로 향하던 또 다
른 의병이여! 청나라 대군이 오지 않는다 해도, 우리끼리 힘을
모아 한양으로 진군하자던 황해의 산포수여, 명사수여! 국모를
시해하고 팔도에서 동학과 의병을 핍박하는 왜군들과 맞서고자
다시 결의를 다지는 남아여! 치하포에서 단칼에 왜군을 척살한

의병장이여! 그 모든 인간이 모여 하나의 풍경이 되었다.

　김창수가 눈을 크게 떴다. 영달이 고개를 숙이고 있었다. 손
잡이를 쥔 강형식이 노려보았다. 박동구는 무표정하게 방금까지
자신이 쥐었던 손잡이에 눈을 맞췄다. 김상노는 흥미롭다는 듯
송곳니가 보일 만큼 미소 지었다. 그러나 지금 김창수에겐 사형
장에 모인 감옥소장과 세 간수가 보이지 않았다. 그의 눈엔 방금
까지 하나하나 떠오르던 풍경들이 거대한 벽화처럼 펼쳐져 동시
에 움직였다. 청룡이 몸을 뒤채듯, 풍경 하나가 요동치자 풍경들
이 만든 세상 전체가 흔들렸다. 김창수는 그 풍경들 속에서 걷고
말하고 먹고 자고 싸우고 도망치고 성내고 울고 읽고 쓰고 숨고
뒹굴고 묶이고 가르치고 배우는 한 사람을 봤다. 그 사람이 곧
김창수였다. 이토록 거대한 풍경을 김창수 바로 자신이 만들어
온 것이다. 여기에 이제 목이 매달려 죽는 풍경 하나가 얹히기 직
전이었다. 그 풍경이 얹힌다 해도, 이미 쌓고 펼치고 뒤섞여 움직
인 풍경은 변하지 않을 것이다. 찰나의 고통은 있을지라도 곧 풍
경들 속에 묻혀, 지금까지 그래 왔듯이, 김창수다운 모습으로 흐
를 것이다. 흐르다가 누군가의 가슴을 두드릴 것이고, 누군가의
가슴을 적실 것이고, 누군가의 가슴에 안길 것이다. 이윽고 그
누군가가 될 것이다. 누군 그것을 역사라 했고 누군 그것을 우주
라 했다. 김창수는 이제 역사가 되고 우주가 되는 길로 들어서고
있었다. 부릅뜬 두 눈이 차츰차츰 작아졌다. 이윽고 눈을 뜬 것

도 아니고 안 뜬 것도 아닌, 앞을 보는 것도 아니고 보지 않는 것도 아닌, 고요함이 깃들었다. 그 고요함 속으로 강형식의 저주가 들려왔다.

"지옥으로 보내 주마!"

여섯 시 정각이었다. 강형식이 손잡이를 당기려는 순간, 사형장 문이 벌컥 열렸다.

"멈춰라!"

감리 이호정이 땀을 뻘뻘 흘리며 뛰어들어 왔다. 감리서에서 감옥소 사형장까지 단숨에 내달린 듯했다. 강형식과 세 간수가 고개를 돌렸다. 이호정이 숨을 헐떡이며 명령을 이었다.

"어명이다. 사형 집행을 중지하라. 한양에서 전보가…… 왔다."

영달이 교수대로 뛰어올라가선, 김창수의 목에 씌운 줄부터 풀었다. 방금 들은 말을 요약하듯 반복했다.

"창수! 중지하란 어명이야. 살았어, 이제!"

김창수가 실눈을 떴다. 상황 파악이 안 된 듯 어리둥절한 얼굴이었다. 강형식이 강력하게 항의했다.

"집행 중지라니요? 저놈은 살인잡니다. 법부에서 선고를 했고 사형을 집행하라는 전하의 재가까지 났지 않습니까?"

이호정이 강형식의 코앞에 전보를 들이밀었다.

"어명을 거역할 텐가? 국모의 원수를 갚기 위해 범행을 저지른 김창수의 사형 집행을 중지하라는 하명이 계셨네. 재가를 하기 전으로 돌아가는 거야."

김창수가 기우뚱하며 영달의 팔을 잡았다. 긴장이 풀리면서 두 발이 잘려 나갈 듯 아팠던 것이다.

"업히게!"

재빨리 돌아앉은 영달의 등으로 김창수가 쓰러졌다. 영달은 김창수를 업은 채 사형장 밖으로 달렸다. 뒤처리를 위해 대기 중이던 황기배가 놀란 얼굴로 다가왔다. 등에 업힌 죄수가 김창수란 걸 확인하곤 눈이 더욱 커졌다. 영달이 말했다.

"어명이 내렸다. 사형 집행이 중지되었어."

황기배가 옥사로 뛰어 들어가다가 발을 헛디뎌 굴렀다. 곧 일어나 복도를 달리며 외쳤다.

"살았다! 창수 대장이 살았다! 전하께서 김 대장을 살리라 하셨다!"

죄수들이 일제히 만세를 불렀다. 죽음의 문지방을 건너갔던 이가 되돌아온 셈이다. 기적이었다.

사형을 중지하라는 어명이 전보로 내려왔고, 그 덕분에 김창수가 목숨을 건졌다는 소식을 들은 백성들은 인천 우체사로 몰려가기도 했다. 쇠통에 달린 쇠 작대기를 두드려 표시하는 것만으로도 한양 구중궁궐에 있는 임금님 뜻이 인천까지 전달된다는 것을 백성들은 쉽게 믿으려 하지 않았다. 마술 같은 일이었다.

마술처럼 목숨을 건졌지만 김창수는 감옥소에 있었다. 무죄 방면된 것이 아니라 사형 집행만 중지된 것이다. 이 엄청난 차이를, 스물한 살에 기약 없이 감옥에 갇혀 지낸다는 것이 무엇인지를, 감옥소 밖 사람들은 관심을 두지 않았다. 사형 집행 중지는 놀랍도록 극적이었지만 감옥소의 하루하루는 지루했다. 그 지루함이 죄수의 영혼을 갉아먹는다는 것과 희망을 접고 자포자기하게 만든다는 것은, 감옥소 밖 사람들에겐 중요하지 않았다. 김창수는 여전히 감옥소에 있었다. 석방일 없는 죄수, 사일삼!

제 4 부

감옥소

태초엔 감옥소가 없었다.

인간이 무리 지어 살기 시작하면서 크고 작은 다툼이 생겼
다. 사소한 언쟁은 대화로 풀리기도 했지만 병신이 되거나 목숨
이 끊길 만큼 폭력이 사용되기도 했다. 다툼을 중재하고 잘잘못
을 가리는 규율이 생겨났다. 무리의 규율을 어겼을 경우엔 상응
하는 징벌이 따랐다. 가장 혹독한 징벌은 추방이었다. 무리를 떠
나 홀로 산이나 들에 남겨진 이는 맹수의 공격에 며칠을 버티지
못했다. 죄인을 장기간 가두는 것은 무리에게 심각한 부담이었
다. 죄인을 가둘 감옥을 만들어야 하고, 그 감옥에 가둔 죄인을
지켜야 하며, 또 그 죄인을 굶겨 죽일 생각이 아니라면 힘들게
사냥하거나 채집한 식량을 나눠 줘야 했다. 무리로선 그와 같은
부담을 죄인과 나눠 질 생각이 전혀 없었다.

무리의 우두머리에게 권력이 집중되고, 또 그 무리가 죄인에게 식량을 나눠 줘도 자신들의 생존에 문제가 없을 때부터 감옥소가 하나둘 만들어졌다. 법을 어긴 자들은 재판에서 형량을 받고 감옥소에 갇혔다. 감옥소를 만든 권력자는 간수를 고용하여 죄인을 감시하였고, 질 낮은 음식이라 해도 죄수들의 끼니를 책임졌다. 권력자는 감옥소 유지를 위해 간수나 죄수에게 쓰는 비용보다 더 많은 이득을 얻었다. 감옥소에 갇히는 죄수는 소수지만, 그들이 감옥소에서 당하는 고통은 대다수가 보고 들었다.

감옥소에서 죄수와 함께 지내는 간수는 엄격하게 두 집단을 구별했다. 죄수는 짐승이고 간수는 인간이다. 죄수가 인간인가 짐승인가를 간수가 고민할 필요는 없었다. 법의 심판을 받고 감옥소에 들어오는 죄수를 모두 짐승으로 간주하면 그만이었다. 신이 인간에게 하듯, 간수는 죄수에게 막강한 권한을 행사했다. 인간이 신의 뜻을 묻고 따지는 것이 불경이듯, 죄수가 간수의 명령을 따르지 않고 반박하는 것 역시 불경이었다. 신이 불과 물로 인간을 벌하듯, 간수 역시 불과 물로 죄수를 벌했다. 다치거나 죽는 인간은 그들의 죄 때문에 그러한 것이다. 다치거나 죽는 죄수 역시 그들의 죄 때문에 그러한 것이다.

감옥소가 만들어진 초창기엔 중범죄를 저지른 흉악범을 예외 없이 사형시켰다. 광장에 사형수를 세운 후 목을 매달거나 베어 죽였다. 소문은 삽시간에 퍼졌고, 사형수가 저지른 죄목은 광장에 나가든 나가지 않든 사람들의 뇌리에 오랫동안 남았다. 그러다가 사형을 받기에 충분한 중범죄를 저지른 죄인이 감옥소에 갇혀 평생을 보내는 경우가 종종 생겨났다. 권력자가 각종 이유를 들어 사형을 중지시킨 예는 동서양을 막론하고 드물지 않다. 죄인을 살려 주는 아량을 베풀면서도 감옥소에서 석방하진 않았다. 사형 집행 중지와 석방이 동시에 이뤄진 경우는 손에 꼽을 정도다. 흉악범이 감옥소에서 늙어 죽을 때까지 갇혀 지내는 것이 때론 권력자에게 막대한 이익이다. 사형은 충격적이긴 해도 그여파가 오래 가진 않지만, 사형을 면한 죄인이 감옥소에서 50년을 더 산다면, 권력자는 반백년 동안 운 좋게 목숨을 건진 죄인의 이름과 죄목을 상기시킬 기회가 무수히 늘어나는 셈이다. 극악한 죄를 지은 자가 권력자의 은총을 입어 감옥소에서 목숨을이어 가는 것만큼, 권력자를 빛나게 하는 이야긴 드물다.

김창수의 사형을 중지시킨 고종은 위에서 언급한 종류의 권력자는 아니다. 오히려 고종은 자신의 권력을 온전히 행사하지 못한 것이 더 큰 문제였다. 김창수가 감옥소에 오래 갇혀 있다고 고종에게 돌아오는 이득은 없었다. 김창수의 무죄 방면을 일본이 나서서 막기 때문에, 고종은 선뜻 명령을 내리지 못할 뿐이다. 사형 집행 중지가 고종이 할 수 있는 최선이었다.

사형당할 것인가 평생을 감옥소에 살 것인가를 택할 권리가 죄수에게는 없다. 사형을 면했다는 사실만으로도 권력자에게 고마움을 느낄 수 있으리라. 그러나 사형 집행 중지가 석방으로 이어지지 않음을 확인하고 기약 없이 감옥소에 갇혀 지낸다면, 죄수는 고마워해야 할까. 김창수는 어땠을까.

사형이 중지된 다음 날

1896년 11월부터 1898년 3월까지, 1년 4개월에 관한 영달의 증
언은 단 두 가지 문제로 집중된다. 하나는 죄수들의 특별한 노
역, 또 하나는 김창수의 진지한 고민과 새로운 결심이다. 전자는
우락부락한 사내들이 치고받으며 승패를 겨누는 시끌벅적 모험
담이고, 후자는 한 인간의 영혼이 성숙해 가는 고요한 성장담이
다. 김창수는 명암, 흑백, 고저, 장단, 좌우, 전후가 너무나 다른
두 문제를, 차꼬를 찬 피투성이 두 발처럼 함께 품고 나아갔다.
둘 중 하나라도 없으면 사형 중지 이후의 김창수를 설명하기 어
렵다.

사형이 중지된 다음 날, 김창수는 하루 종일 병감에서 치료
를 받았다. 감옥소장 강형식은 상황을 설명하고 대책을 세우기
위해 아침부터 일본 영사관으로 갔다. 겐조는 종적을 감췄다. 열

흘 동안 인천에서 그를 봤다는 이가 없었다. 말을 타고 한양에 올라갔다고도 했고 배를 타고 일본으로 떠났다고도 했다. 확인 되지 않는 풍문이었다. 오전 내내 기다려도 겐조가 나타나지 않자, 강형식은 감리서로 가서 감리 이호정과 점심을 먹었다. 강형식은 사형 중지의 부당함을 강변했지만, 이호정은 앵무새처럼 같은 말만 반복했다.

"어명이오!"

간수장 박동구에게 김창수를 병감에 넣자고 한 이는 영달이었다. 어제 저녁엔 영달이 직접 김창수를 업어 구호실로 옮겼다. 김창수는 벽에 기대앉지도 못하고 쓰러져 사지를 떨었다. 이불을 겹겹이 덮어도 얼음판인 듯했다. 새벽에 병감으로 옮기고 조경신이 제조한 약을 먹고서야 경련이 사그라들었다. 그리고 깊은 잠에 빠졌다. 아침도 점심도 저녁도 건너뛰고 잠만 잤다. 죽음보다 깊은 잠이 이런 것일까 싶었다. 그 사이 영달은 두 번이나 병감으로 와서 자고 있는 김창수를 살폈다. 김창수의 옆엔 조경신이 앉아 있었다. 간간이 물수건으로 얼굴과 목덜미를 닦기도 하고 베개를 고쳐 놓아 주기도 했다. 손엔 『신약성경』이 들렸다. 복도까지 닿지 않을 만큼 작은 소리로 성경의 몇몇 구절을 읽었다. 예전에는 그녀가 김창수 곁에 저렇듯 가까이 앉아 간병하는 것만으로도 화가 났다. 질투심이었다. 그러나 이날은 그런 마음이 들지 않았다. 조경신 덕분에 김창수가 고통을 줄이고 상처를 치료할 수 있어 다행이었다. 박동구는 자정까지 김창수를 다시 구호실로 이동시키라고 명령했다. 영달의 마음 같아서는 적어도 일주일은 병감에서 쉬게 하고 싶었다. 그러나 사형 집행 중지에 분노를 삭이지 못한 강형식에게 괜한 트집을 잡힐 이유는 없었다. 불 밝힌 등잔을 왼손에 들고 병감으로 갔다. 조경신은 여전히 김창수 곁에 앉아 등잔불 아래에서 『신약성경』을 읽고 있었다. 영달이 병감 문을 소리 죽여 열었다. 조경신이 펼쳐 놓은 책에 오른손을 얹은 채 고개만 돌렸다. 일어서려는 그녀를 손짓으로 막은 뒤, 그녀 곁에 나란히 앉았다. 등잔이 두 개가 되자 병감이 더욱 밝아졌다. 좌우로 비친 두 개의 옅은 그림자가 흔들렸다.

"시간이 벌써 다 되었나요?"

이미 통보를 받은 그녀가 물었다. 영달이 김창수의 창백한 얼굴을 보며 되물었다.

"어떻습니까?"

"상할 대로 상했어요. 내일이라도 소장님을 뵙고 병감에서 최소한 열흘은 치료를 하겠다고 말씀드리겠어요."

"열흘! 그렇게 많이 안 좋습니까?"

"벌방부터 없애야 해요. 벌을 주는 곳이 아니라 사람을 말려죽이는 곳입니다. 사형장에선 교형에 처할 밧줄을 목에 매기까지 했다면서요? 몸도 마음도 다친 겁니다. 창수 씨니까, 강골인데다가 의지가 굳으니 버티며 여기까지 온 거예요. 하지만 이제 집중해서 치료해야 합니다."

"괜찮소…… 나는."

영달과 조경신의 시선이 김창수에게 내려갔다. 등잔불이 너무 밝았던 탓일까. 둘의 대화가 잠을 깨운 걸까. 김창수가 어깨를 흔들며 등을 바닥에서 떼려 했다. 영달이 부축하여 벽에 기대 앉혔다. 김창수는 조경신이 내민 따듯한 물을 세 번에 나누어 천천히 들이켰다. 튀어나온 광대뼈 위 퀭한 눈이 깊었다. 두 사람을 번갈아 보며 다짐했다.

"두 분…… 고맙소이다. 사형당한 다음 날을 상상하려 했던 적이 있소. 그런데 그게 상상이 잘 안 되었소. 그 세상에 내가 없으니 단 하루도 그리기 어려웠던 게요. ……오늘부터는 덤으로 얻은 삶이오. 내게 허락되지 않았던 하루하루라오. 특별하게 취급받지 않고, 죄수들 속에서 당분간은 지내고 싶소. 몇 군데 쑤시고 저리긴 해도, 차차 나을 게요. 나아야만 하고."

어떤 제안

겨울로 들어선 감옥소는 더 어둡고 높고 쓸쓸했다. 김창수의 사형이 중단되었다는 소식 이후론 단어 하나 새어 나오지 않았다. 강형식은 감옥소 정비를 이유로 한 달 동안 면회를 금지시켰다. 출퇴근하는 간수들 역시 듣지 못하고 말하지 못하는 귀머거리 겸 벙어리 흉내를 냈다.

지옥문이 열리고 신입 죄수가 들어왔다. 모두 일곱 명이었다. 살인이나 강도와 같은 중범죄는 없고, 사기나 절도로 들어온 십대 후반에서 이십대 초반의 잡범들이었다. 간수장이 귀엽다고 점찍는 죄수도 없었다. 영달은 일곱 명의 죄수 명단을 훑었다. 강태도, 방덕세, 손준, 윤치봉, 조우철, 하태오, 홍부소. 고만고만했다.

눈이 내렸다. 진눈깨비에 이어 폭설이 두 번 이어졌다. 김창수가 목숨을 건졌다는 소식도 눈 아래 하얗게 묻혔다. 김창수가 예정대로 처형되었다면, 일본 영사관은 그 사실을 겨울 내내 널리 알리려 들었을 것이다. 외교관 회의나 상인 모임은 물론이고 각종 행사에서, 사형당한 김창수의 악행을 공공연하게 떠들었을 것이다. 사형 집행이 중단되자, 일본 영사대리 겐조를 비롯한 일본인들은 김창수란 이름 석 자를 일절 언급하지 않았다. 1896년 8월 13일 김창수가 인천 감옥소로 온 직후부터 줄기차게 조속한 사형 집행을 요구하던 그들이 김창수란 이름조차 전혀 모르는 것처럼 굴었다.

세 번째 폭설이 내린 다음 날 저녁, 일본 영사대리 겐조가 감옥소장 강형식을 초대했다. 인천에서 한동안 사라지는 바람에 그에 대한 소문이 흉흉했었다. 겐조는 폭설이 그친 아침 백마를 타고 돌아왔다. 그동안 어디서 무엇을 했는지는 밝히지 않은 채, 평소처럼 영사관 업무를 총괄했다. 겐조는 뜻밖에도 겨울 정원에서 만찬을 즐기자고 했다. 겨울 인천은 무척 추웠다. 바닷바람이 밀려들면 체감온도가 뚝뚝 떨어졌다. 눈 온 다음 날은 종종 따듯해지기도 했지만, 그래도 손가락이 딱딱하게 얼어 젓가락을 놀리기 힘들 정도였다. 강형식은 일본 조계와 각국 조계를 가르는 계단을 오르며 모자를 고쳐 썼다. 지금까지 겐조와의 만남은 대불호텔을 비롯한 일본 조계 은행거리에서 이뤄졌다. 각국 공원

바로 아래 정원에서 저녁 식사를 하자고 청한 것은 처음이었다. 대문을 통과한 후에도 돌계단을 또 스무 개쯤 디뎌야 했다. 좌우에 세워 둔 등이 지상으로 내려앉은 별빛처럼 은은했다. 강형식은 어둠에 덮인 조계와 그 너머 바다를 눈으로 훑었다. 밤새 내린 눈이 어둠을 흔들며 반짝거렸다.

"제가 아끼는 곳입니다. 특히 이 시간엔 절경이지요."

겐조가 마주 앉자마자 정원으로 초청한 이유를 밝혔다. 겐조의 오른쪽이자 강형식의 왼쪽으로 인천 앞바다가 펼쳐졌다. 항구 가까이엔 불빛에 비춰 해안선과 배들과 집들의 윤곽이 드러났지만, 항구에서 멀어질수록 섬과 바다와 하늘이 하나가 되어 어둠에 잠겼다. 그렇게 잠긴 어둠까지 둘의 시선이 나아갔다.

"감옥소를 맡은 지 3년이 지났지만, 여기서 저녁을 먹긴 처음입니다."

대불호텔 요리사들이 풀코스로 음식을 가져왔다. 겐조는 인천에 오기 전 파리에서 2년 동안 근무했다고 했다. 이번 요리도 파리의 밤과 어울렸다. 강형식은 양식에 익숙했지만, 그래도 실수하지 않으려는 듯 겐조보다 조금 늦게 포크와 나이프를 들고 샐러드부터 먹기 시작했다. 콧수염을 쓰다듬으며 겐조가 물었다.

"요즘도 외교관들과 자주 식사를 합니까?"

"감옥소 업무가 바빠 거절합니다만, 거듭 청하는 자린 나가는 편입니다."

강형식은 매를 맞아야 한다면 먼저 맞는 편이 낫다는 심정으

로 말을 이었다. 겐조가 영사관을 비우는 바람에 설명할 기회가
없기도 했다.

"미안합니다. 김창수에 대한 사형 집행이 중지된 이유를 여러
통로로 알아봤는데……."

겐조가 오른팔을 들었다. 손바닥이 보였다.

"그게 어떻게 강 소장이 미안해할 일인가요? 조선 국왕이 명
령을 내렸지 않습니까? 강 소장으로선 어명을 따를 수밖에 없지
요."

"이해해 주셔서 고맙습니다."

고맙다는 강형식의 인사를 가르며, 겐조가 지적했다.

"사형 집행을 중지한 것이지 사면한 건 아니지요?"

"그, 그렇습니다. 사면했다면 석방하란 명령이 뒤따라 내려왔
을 겁니다. 집행을 중지하라, 그게 전부입니다."

"하면 김창수는 계속 인천 감옥소에 수감되겠군요."

"맞습니다. 달라지는 건 없습니다."

겐조가 와인을 한 모금 마신 뒤 말머리를 돌렸다.

"김창수는 어찌 지냅니까?"

"특이사항은 없습니다."

강형식이 말을 보탰다.

"원하신다면…… 살아도 사는 게 아닌 고통을 김창수에게 선
사할까요? 차라리 사형당하는 편이 나았다고 토로하게 만들겠
습니다."

"똑같은 얘길 전에도 들었습니다. 차라리 죽여달라 애원하게 만들겠다고. 김창수가 그런 말을 했던가요?"

"그건 아닙니다만……."

평범한 죄수였다면 열 번 백 번 죽여달란 비명을 질러댔을 것이다. 그러나 김창수는 참고 참고 또 참았다. 그리고 누구도 예상 못한 방법으로 두꺼비와 그 부하는 물론이고 감옥소 죄수 전체의 마음을 사로잡았다.

"다른 죄수들이 김창수를 '대장'이라고 부른다면서요?"

강형식의 얼굴이 벌겋게 달아올랐다. 와인 때문만은 아니었다. 김창수와 관련된 말들이 새어 나갈 것을 우려하여 감옥소 면회까지 전면 금지시키지 않았는가. 그런데 겐조는 감옥소 내부를 손바닥 보듯 안다는 분위기를 풍겼다. 넘겨짚는 것일까. 강형식도 분명히 들었다. 사형 집행일에 죄수들이 김창수를 부르는 소리를. 대장 김창수, 대장 김창수, 대장 김창수였다. 단답으로 잡아떼는 쪽을 택했다. 설명을 시작하면 시시콜콜하게 감옥소 사정을 내비칠 수밖에 없다.

"헛소문입니다."

"그렇습니까?"

겐조가 둥근 와인 잔을 손끝으로 만지작거렸다. 어색한 침묵이 흘렀다. 강형식은 투명한 유리잔처럼 겐조가 자신의 마음을 들여다보려는 것 같아 불쾌했다. 이윽고 겐조가 말했다.

"김창수만 몰아세우진 마세요. 강 소장만 난처해집니다. 조선 국왕의 명령으로 사형 집행이 중지되었습니다. 이 말은 곧 김창수를 국왕이 관심을 두고 챙긴다는 뜻이에요. 강 소장은 할 만큼 했습니다."

몰아세우지 말라! 겐조의 요구가 믿기지 않았다. 회생한 김창수를 누구보다도 증오할 사람이 바로 겐조 아닌가. 더욱더 혹독하게 다뤄달란 요구를 당연히 하리라 예상했다. 그런데 그냥 두란 것이다.

"그래도……."

양고기가 주요리로 나왔다. 겐조가 고기를 썰며 말머리를 돌렸다.

"강 소장은 어찌 봅니까?"

"네?"

"조선이 강성하기 위해선 어느 나라와 손을 잡는 게 옳다고 보느냐 이 말입니다."

"그야…… 당연히 대일본국입니다."

"흠, 왜 그리 생각하는 겁니까? 내 앞이라 그럽니까?"

"아닙니다. 오래 전부터 그리 확신했습니다."

"이유를 물어도 되겠습니까?"

"인천 조계에서 각국의 활동을 살필 기회가 있었습니다. 청나라를 비롯한 다른 나라는 장사를 최우선으로 뒀습니다. 무역 상대국으로 조선을 파악한 것뿐입니다. 즉 조선에서 장사로 이익을 취하지 못하면 언제든 이 나라를 떠날 겁니다. 하지만 귀국은 다릅니다. 장사도 하지만, 그보다 은행과 선박 회사들이 일본 조계에 속속 자리를 잡았습니다. 조선도 장차 은행과 회사를 만들어야 합니다. 지금으로선 조선이 새로운 문물제도를 배우고 익히기 위해 도움을 청할 나라는 귀국이 유일합니다."

겐조가 수건으로 입술을 훔치며 받았다.

"탁견입니다. 강 소장은 인천 감옥소 정도만 맡기엔 아까운 인물이란 내 생각이 틀리지 않았군요. 한 가지 제안을 하려 합니다."

드디어 본론으로 들어서는 순간 가비가 나왔다. 우유를 많이 넣은 법난서국 가비는 텁텁하고 쓴 노서아 가비보다 훨씬 감미로웠다. 강형식은 가비를 한 모금 넘기며 어두워진 인천 앞바다를 내려다보았다. 아무리 어둡더라도, 그믐에 먹구름까지 내려앉는 밤이더라도, 두 눈 크게 뜨고 둘러보면 반짝이는 빛을 발견할 수 있다. 겐조도 강형식을 따라 밤바다를 내려다보다가 잔을 탁자에 내려놓곤 지휘봉을 집어 청국 조계 해안을 가리켰다.

"강 소장도 알고 있겠지만, 청국에선 자국의 상품과 청국인의 편의를 도모하고자 간이 선착장을 만들고 있습니다. 상선을 곧바로 들이기엔 수심이 얕아 어렵지만, 상선에서 짐배로 물건과 승객을 옮긴 뒤 그 물건과 승객이 바닷물에 젖지 않고 신속하게 청국 조계에 닿도록 하는 조처입니다. 썰물 때를 이용하여 최대한 깊이 바다를 파고 돌을 쌓아 올립니다. 선착장에서부터 청국 조계 창고까지 일직선으로 넓은 도로를 만들 예정이고요."

"잘 알고 있습니다. 공사를 시작한 지 석 달이 지나지 않았습니까?"

청국 조계의 공사를 모르는 이는 없었다. 지난 가을 상하이에서 이 공사만을 위해 노동자들이 대거 입국했다. 겐조가 받았다.

"대일본국도 그와 같은 간이 선착장이 필요합니다."

"네⋯⋯."

강형식은 그제야 겐조가 만찬에 자신을 초대한 이유를 파악했다. 겐조가 이어 설명했다.

"청국보다 먼저 선착장을 완공하란 명이 내렸습니다."

"청국은 벌써 석 달이나 진행했습니다. 한 달만 지나면 완공이에요."

"그러니 강 소장과 의논하는 것 아닙니까. 하루에 여덟 시간씩 일해선 청국을 따라잡기 어렵소이다. 그러나 세 배로 일한다면 불가능한 일이 아니지 않겠습니까?"

강형식은 즉답을 하지 않고 가비를 한 모금 더 머금었다. 겐조가 이렇게 서두르는 것은 강형식에겐 청신호였다. 보답의 수준을 머릿속으로 가늠했다. 겐조 역시 바로 그 부분을 곧장 꺼냈다.

"본국 총리대신께서도 관심을 두고 계신 사안입니다."

총리대신까지! 강형식의 두 눈이 빛났다. 겐조가 한마디 더 얹었다.

"품삯은 청국 숙련 노동자와 동일 수준으로 지급하겠습니다."

관직은 물론이고 금전적인 보상까지 충분히 하겠단 뜻이다. 죄수들은 매일매일 다양한 노역을 했다. 노역이란 징벌의 일종이 므로 죄수에게 따로 보상을 하진 않았다. 일본이 제공하겠다는 품삯은 고스란히 강형식의 수익인 것이다.

"알겠습니다. 하겠습니다."

강형식의 답에 만족한 겐조가 와인 잔을 높이 들었다. 강형식은 잔을 부딪친 뒤 목으로 넘어오는 레드와인의 달콤함을 음미하며 일본 조계 해안을 살폈다. 낮밤 구별 없이 죄수들을 교대로 돌려, 청국 노동자들이 먹고 쉬고 자는 시간에도 작업을 하는 것이다. 이것은 오직 인천 감옥소 죄수들만이 가능한 일이었다. 한 달! 한 달 후 강형식은 일본 조계 간이 선착장을 디딤돌삼아 새로운 날개를 다는 것이다. 그리고 두둑하게 돈까지 벌어더 높고 아름다운 관직으로 비상하는 것이다.

겨울, 선착장

강형식에게 기회가 주어진 이유는 두 가지였다. 개항 인천은 조수간만의 차가 심했다. 썰물 때는 배가 항구 가까이 들어서기도 힘들었고, 밀물이 들어도 뻘밭에 발목이 빠지거나 짐배로 옮겨 탈 때가 많았다. 사람도 사람이지만, 항구를 나고 드는 물품을 약속된 시간에 배에서 내리고 올리려면 접안이 쉬운 부두를 건설하는 것이 필요했다. 일본과 청나라를 비롯한 각국 외교관과 상인 대표들이 조선 조정에 거듭 부두 건설을 요구했다. 왕과 대신들도 부두가 필요하다는 덴 이견이 없었지만 선뜻 착공하진 못했다. 1895년 조선 왕비가 시해된 후론 부두를 만들기가 더더욱 어려웠다. 곧 준비를 하겠다는 답만 하고 차일피일 미뤘던 것이다. 불편함이 지속되자 조계에 거주하는 외국인들이 자구책을 마련하기 위해 움직였다. 거래량이 가장 많은 청나라는 자국에서 사람을 들여와 임시로나마 사용할 선착장 공사를 서둘렀다.

세계에서 가장 인구가 많은 대국답게 사람을 부려 쓰는 일엔 아끼는 법이 없었다. 일본도 본국에서 노동자들이 건너왔다. 일본 영사대리 겐조가 강형식과 저녁을 먹기 열흘 전이었다. 일본 노동자들은 힘든 선착장 공사보단 전당포를 비롯한 일본 상점에 취직하여 쉽게 돈을 버는 쪽을 택했다. 인천 조계에만 가면 일확천금을 번다는 풍문이 조선 팔도뿐만 아니라 일본에도 퍼졌던 것이다. 선착장 공사장에서 일해 봤자 일본에서보다 조금 많은 일당을 받을 뿐이었다. 그 돈을 벌자고 고향을 떠나 배를 타고 머나먼 인천까지 온 것이 아니었다. 겐조가 간이 선착장 공사를 강형식에게 부탁한 또 하나의 이유는 공사가 거의 마무리될 즈음에야 드러났다. 강형식도 절반의 이유만 알고 공사를 진행한 셈이다. 일본 외교관이 조선에서 벌인 여러 일들 중에서 근거와 이유를 모두 밝힌 적은 단 한 차례도 없었다. 중요할수록 감추었다.

감옥소로 돌아온 강형식은 간수장 박동구를 소장실로 불렀다. 강형식은 박동구를 세워 둔 채 의자 등받이에 깊이 몸을 묻었다. 오른발을 왼 무릎에 꼬아 얹었다. 오동나무 파이프에 담배를 채워 넣은 뒤 불을 붙이곤 두 모금 빨았다가 박동구를 향해 뿜었다. 연기가 얼굴로 밀려들었지만 박동구는 꿈쩍도 하지 않았다.

"이 자리, 탐나나?"

"……"

박동구는 즉답하지 않았다.

"3년 전 인천 감옥소장으로 가게 되었다니까 주변에서 그러더군. 인천 감옥소 간수들이 가슴에 새기고 다니는 격언이 하나 있다고. 뭔지 아나?"

"모릅니다."

"'소장은 잠깐이고 간수장은 영원하다.' 들어본 적 있나?"

"헛소문입니다."

"틀린 소린 아냐. 간수장뿐만 아니라 막내 간수보다도 감옥소장이 감옥소에 근무하는 기간이 짧았으니까. 그래도 말이야. 난 감옥소장이고 넌 간수장이지. 감옥소장은 간수장을 해임시킬 수 있어. 감옥소 밖으로 멀리 내쫓는단 소리지. 또한 감옥소장은 간수장을 다시 감옥소로 잡아들일 수도 있어. 죄수로 잡아들인단 소리야."

"감옥소에 갇힐 만큼 불법을 저지르진 않았습니다."

강형식이 의자에서 몸을 일으켰다. 박동구를 축으로 삼고 팽이처럼 돌았다.

"간수장이 불법을 저질렀다고 말한 적 없어. 감옥소장인 내가 간수장인 널 죄수로 잡아들일 수 있다고 했을 뿐이지. 나보다 감옥소에 훨씬 오래 있었으니, 감옥소가 불법으로 들끓는 곳이란 건 알 테고. 그 속에서 매일 매일을 보내는 간수장에게 범죄 하나쯤 덧붙이는 건 화단에 나비 한 마리 얹듯 쉽지."

"감옥소를 떠나라, 이겁니까?"

박동구가 곧장 물었다. 강형식이 박동구를 한 바퀴 더 돈 후 멈춰 섰다. 콧잔등이 뺨에 닿을 듯 가까이 얼굴을 대고 말했다.

"포기가 빠르군. 실망인데……."

강형식이 의자로 돌아와 앉았다.

"'소장은 잠깐이고 간수장은 영원하다' 그 말을 지킬 마지막 기회를 준다면? 어때, 잡겠나?"

강형식에겐 여전히 손발이 필요했다. 박동구는 감옥소장이 내민 동아줄을 쥘 수밖에 없었다. 두 사람은 각자 이익을 얻는 가장 좋은 그림에 합의했다. 김창수의 사형 집행이 중지되었지만, 그건 두 사람 잘못이 아니다. 선착장 공사를 마친 뒤 강형식은 일본의 후원에 힘입어 인천 감옥소를 떠나 한양으로 벼슬자리를 옮겨 가고, 박동구는 계속 간수장으로 감옥소를 지키는 것. 그 외는 상상하지 않기로 했다.

감옥소장 강형식이 죄수들을 앞마당에 집합시켰다. 북풍에 눈발이 얼굴과 목과 가슴을 번갈아 쳤다. 죄수들은 옥사를 나서며 욕부터 뱉었다.

"니미럴, 돌아 버리겠네."

"씨바! 몽땅 얼려 죽이려고 하나."

"겨울엔 대충대충 보내는 게 감옥소의 오랜 전통 아닌감."

속옷을 두텁게 입고 모자를 눌러쓴 간수들도 참기 힘든 추위였다. 영달은 불안했다. 김창수의 사형이 중지되고 한 달 가까이 얼굴을 드러내지 않던 강형식이 죄수들을 불러 모은 것이다. 연단에 오른 그는 추위에 덜덜 떠는 죄수들을 내려다보며 일방적으로 통보했다.

"오늘부터 너희들은 일본 조계 간이 선착장 건설 현장에 투입된다. 너희들에겐 큰 영광이다. 그곳에 선착장이 건설되면 더 많은 배들이 안전하게 오갈 수 있다. 이것은 인천을 획기적으로 개발시킬 것이고, 조선을 부국으로 만드는 초석이 될 것이다. 죄수들은 열외 없이 1일 2교대 낮조 밤조로 나눠 일한다. 게으름을 피우거나 탈옥을 시도하는 놈은 즉결 처리하겠다."

인천 감옥소가 생긴 이후 가장 혹독한 겨울이 죄수들을 기다리고 있었다. 여기서 '즉결 처리'란 숨이 끊어질 때까지 죄수를 때리거나 달아나는 죄수를 표적 삼아 총을 쏘겠다는 뜻이다. 감옥소장 입에서 '즉결 처리'란 단어가 나올 때마다 죄수들이 죽어 나가곤 했다. 단기간에 인간을 부릴 땐 당근보다 채찍이 효과가 훨씬 컸다. 영달은 고개를 돌려 박동구의 표정을 살폈다. 놀라움과 긴장감에 추위까지 겹쳐 볼이 차돌처럼 딱딱했다. 강형식은 간수장에게도 선착장 공사 계획을 귀띔하지 않았던 것이다. 옥사로 들어서는 죄수들 얼굴이 하나같이 불만으로 넘쳐났다. 작두가 이를 갈았다.

"미친 새끼! 한겨울에 바닷가에서 땅을 파고 돌을 나르라고?"

좋은 게 좋다는 식으로 살아가는, 그래서 매사에 포기도 빠른 양원종이 변명거리를 억지로 찾아냈다.

"감방에 있어도 춥긴 마찬가진데 뭐. 차라리 밖에서 싸돌아다니는 편이 낫지."

메뚜기가 작두 편을 들었다.

"그 입 닫지 못해? 늙은이만 아니면 묵사발을 만들었을 거야. 싸돌아다니고 싶으면 영감 혼자 가. 바람 씽씽 부는 겨울 바닷가가 얼마나 추운 줄이나 알아. 난 일하기 싫어."

조덕팔이 메뚜기의 말꼬리를 잡아챘다.

"일하기 좋아하는 사람도 있나 뭐. 까짓 거 대충 시간이나 때우면 돼. 쌔 빠지게 일해 봤자 일당도 못 받을 건데. 에잇 씨바, 재수 더럽게 없네. 퉤퉷!"

침을 아무리 뱉어도 노역을 면할 길은 없었다. 감옥소장의 결정을 바꿀 죄수는 없단 뜻이다. 영달은 김창수와 두꺼비를 병감으로 따로 불러 물었다.

"어찌하겠나?"

두꺼비가 먼저 받았다.

"바닷바람 맞으며 돌을 나르고 쌓으라는 건 미친 짓이오. 죄수들을 죽이지 못해 안달이 나도 이렇겐 하지 않소."

영달이 김창수에게 물었다.

"감옥소장과 면담이라도 할 텐가?"

김창수가 침착하게 답했다.

"우선 명령에 따르겠소."

두꺼비가 말꼬리를 붙들었다.

"감옥소 생기고 겨울에 이처럼 큰 공사를 한 적 있어?"

"죄수들에게 노역을 시키는 건 감옥소장 재량이오. 감옥소 안이든 밖이든 문제되지 않소. 나무를 다듬든, 돌을 옮기든, 땅을 파든 상관없다 이 말이오. 아직은 불법이라 항의할 대목이 없소."

"그런가? 창수가 그렇다면 그렇겠지. 하지만 바닷가는 진짜 추워. 미쳐 버릴 만큼."

김창수가 말머리를 돌렸다.

"두꺼비 형님 진정서에 답장은 아직이오?"

제 이름을 듣곤 두꺼비가 영달을 쳐다보았다. 툭 불거진 눈에 기대하는 빛이 살짝 어렸다. 영달이 짧게 답했다.

"없네, 아직."

김창수가 먼저 자리에서 일어섰고 두꺼비도 뒤따랐다. 두 죄수의 뒷모습을 쳐다보며 영달은 제 팔꿈치를 어긋나게 잡았다. 냉기를 쫓아내기라도 하듯 손바닥을 쓸었다. 내일부턴 지금보다 훨씬 혹독한 날들이 펼쳐질 것이다.

그처럼 희한한 구경거리는 인천으로 배들이 나고 든 후 처음이었다. 지금까지 감옥소 지옥문은 신입 죄수들을 받아들일 때만 열렸다. 신입이 도착하지 않았는데도 육중한 철문이 움직인 것이다. 죄수들이 손에 수갑을 차고 발은 차꼬에 묶인 채 허리와 허리를 줄로 이어 길게 늘어서서 바닷가로 향했다. 내리막 행진은 인적이 뜸한 이른 새벽이나 늦은 밤에 이뤄졌다. 신기한 구경을 위해 잠을 줄이는 것쯤은 인천 백성에게 문제가 되지 않았다. 겨울 새벽 입김을 뿜으며 걸음을 떼는 죄수들이 신기했고, 겨울 밤 이글거리는 횃불 아래 철커덕 철커덕 소리를 내며 걸어오는 죄수들이 두려웠다. 아이들은 죄수들을 따라 걸으며 수갑과 차꼬 때문에 뒤뚱대는 모습을 흉내 냈다. 부모들은 아이들에게 죄수들을 보여주기 싫었지만, 그래서 집에 가두고 나오지 못하게 막았지만, 아이들은 한두 대 매를 벌더라도 감옥소 그 높은 담벼락 안에 사는 범법자들을 구경할 기회를 놓치지 않았다. 지옥문이 열리기 전, 간수장 박동구가 도끼눈을 뜨고 목청 높여 거듭 경고했다.

"이동 중에 한 걸음 이상 줄에서 벗어나는 놈, 얼굴을 좌우로 돌리는 놈, 잡담을 하는 놈은 탈영 의사가 있는 것으로 간주하겠다. 모든 간수에게 발포 권한이 있음을 명심하라."

간수장의 엄포에도 불구하고 죄수들은 감옥소 바깥을, 그것도 바다를 구경할 생각에 들뜨기도 했다. 이윽고 지옥문이 쇠와 쇠가 부딪치는 소리를 내며 둔중하게 열렸고 겨울바람이 얼굴과 겨드랑이와 사타구니로 밀려들었다. 좌우로 따라 걷는 간수들이 아무리 윽박질러도, 길가에 선 여자들만 보면 저절로 고개가 돌

아갔다. 특히 기방에서 나고 자란 조덕팔은 코를 계속 벌렁거리
며 침까지 흘렸다.

"아따! 분 냄새 죽이네. 내가 감옥소를 나가면 구호실만 따로
불러 기생년들 분 냄새 실컷 맡게 해 주지."

황기배가 놀렸다.

"언제? 십 년도 더 지난 뒤에? 꿈 깨슈."

"이놈이 기분 잡치게 하네."

멀리서 김상노가 빽 고함쳤다.

"입 닥쳐!"

조덕팔이 어깨를 잔뜩 웅크리며 목소리를 깔았다.

"저 간수 새끼, 성질 저거 안 고치면 제 명에 못 죽을 거야."

"어떤 놈이야?"

김상노가 조덕팔을 노리며 곧장 다가왔다. 김창수가 대신 답
했다.

"아무 것도 아니오. 일하기 좋은 날씨라고 했소."

김상노가 째렸다. 조덕팔이 시선을 내린 채 벙어리 흉내를 냈다.
김상노가 천천히 고개를 들어 먹구름 가득한 하늘을 쳐다봤다.

"네놈 눈구녕엔 저 시커먼 하늘이 안 보여? 눈밭에 미끄러져
대가리가 깨져 봐야 정신을 차리지."

조덕팔이 히죽거리며 끼어들었다.

"뙤약볕 아래보단 차라리 눈발 날릴 때가 낫단 겁니다. 더위
먹고 쓰러질 일도 없으니까요."

김상노가 김창수와 조덕팔에게 경고했다.

"기억해 두지. 폭설이 내릴 때마다 가장 힘든 일을 네놈들에게 시키도록 하겠어."

선두로 돌아가는 김상노의 뒤통수를 향해 조덕팔이 감자를 먹였다. 헛웃음들이 나왔다가 흩어졌다. 웃음을 이어 가기엔 언덕을 쓸고 내려가는 겨울바람이 너무 매서웠다. 고개를 꺾어 어깨에 귓불을 비비거나 앞사람 등에 코를 붙이고 쿵쿵대는 죄수들이 늘었다. 코와 귀부터 얼기 시작하면서 가려웠던 것이다. 극심한 두통으로 오만상을 찌푸리기도 했다. 목을 잔뜩 움츠린 채 덜덜 떨리는 턱으로 되지도 않는 욕을 해댔다. 냉골이라고 투덜대던 옥사 감방이 차라리 그리웠다. 인간이 감당하기 힘든 혹한이었다. 죄수들이 짜증과 분노와 두려움에 허덕이며 걷는 동안, 김창수는 담담했다. 죽음을 넘어온 자만이 가질 수 있는 담담함이었다. 선착장을 만들 바닷가에 도착했다. 황량했다. 도저히 배가 들어올 곳이 아니었다. 안전하게 접안시키려면 돌을 높이 쌓는 것만큼이나 뻘을 파내야 했다. 눈이 차츰 잦아들었다.

"조용, 조용!"

도착한 죄수들이 횡대로 열을 맞춰 섰다. 그들 앞에 감옥소장 강형식, 일본 영사대리 겐조, 일본 선박회사 대표, 일본 상인 대표, 일본제1은행 인천지점장 등이 서 있었다. 그들을 노리는 김창수의 눈빛이 범인을 찾는 형사처럼 날카로웠다. 황기배가 수군거렸다.

"하필 감옥소가 바닷가에 있어서 선착장 만드는 일까지 하네. 참 나도 재수 더럽게 없구나."

조덕팔이 맞장구를 쳤다.

"왜놈 새끼들은 왜 저기 감옥소장 옆에 죄다 선 거야?"

박동구가 강형식에게 경례를 한 후 돌아서서 명령했다.

"전체 우향우!"

죄수들이 청국 조계를 향해 돌아섰다. 강형식이 연설을 시작했다.

"보이나? 저기가 청국 조계 선착장 공사 현장이다. 석 달 전부터 공사 중이다. 오늘부터 너희들은 이곳 일본 조계 선착장 공사에 투입된다. 조건은 단 하나다! 저 청국 선착장보다 빨리 끝마쳐야 한다. 무조건이다. 알겠나?"

죄수들이 일제히 우렁차게 답했다.

"네. 알겠습니다!"

바닷가에 도착한 후, 간수들은 죄수들의 수갑부터 일일이 풀었다. 탈주를 막기 위해 차꼬는 여전히 채웠지만, 일의 능률을 올리기 위해선 양손을 자유롭게 쓰는 것이 필요했다. 감옥소에선 사용을 금하던 연장들이 죄수들에게 지급되었다. 손망치와 손도끼에 쇠못까지 받은 죄수들은 옛 친구를 만난 듯 연장들을 고쳐 쥐거나 돌리거나 흔들어댔다. 장총을 겨눈 간수들의 얼굴엔 긴장감이 넘쳤다. 조금이라도 방심하다간 죄수들의 급습을 받을 수도 있다. 박동구가 큰 소리로 명령을 내렸다.

"시작해!"

굵은 눈발 아래, 죄수들이 맨 처음 한 일은 커다란 쇠막대기를 해머로 때려 땅에 박는 것이다. 그리고 허리와 허리를 묶은 줄을 쇠막대기에 연결했다. 탈옥을 막기 위한 방책이었다. 손수레를 끌어 흙과 돌을 나르는 죄수들은 둘씩 짝을 지었다. 차꼬에 허리까지 줄로 묶인 상황이 불편하고 불쾌했다. 내딛는 걸음이 어긋나기라도 하면 발목이 죄어 왔고, 죄수 중 한 명이라도 넘어지면 균형을 잃고 함께 언 땅을 뒹굴었다. 짐승에게도 저마다의 공간이 필요하다. 손발을 마음대로 놀리고 고개를 원하는 쪽으로 꺾으며, 숨을 들이마시고 싶을 때 들이마시고 내뿜고 싶을 때 내뿜을 공간. 서로의 몸을 이어 버리면 그 공간 자체가 만들어지지 않았다. 나는 느리게 가고 싶은데 상대가 빨리 걷는다든지, 내가 왼쪽으로 돌아서려는데 상대가 오른쪽으로 어깨를 틀면, 언쟁에서부터 주먹질과 발길질이 오갔다. 그럴 때면 어김없이 간수들의 몽둥이가 날아들었다. 얻어맞을 줄 알면서도, 가장 가까이 있는 죄수가 미웠고 뒈지길 바랐다. 간수장 박동구는 죄수뿐만 아니라 간수들에게도 경고했다. 한 놈이라도 탈옥하면 그 즉시 옷을 벗어야 할 것이라고. 수상한 짓을 하는 놈이 있으면 두들겨 패라고. 그 짓을 멈추지 않으면 총을 쏘라고. 총에 맞아 병신이 되든 목숨이 끊어지든, 책임은 감옥소장이 진다고. 김상노는 좋아라 휘파람을 불었지만 영달은 마음이 편치 않았다.

겐조를 비롯한 일본인 귀빈도 처음 15분 정도는 신기한 눈으로 쳐다보았다. 강형식이 큰소리를 치긴 했지만 과연 저 흉악한 죄수들이 일을 제대로 할까 걱정이었다. 죄수들의 노역을 눈으로 직접 본 건 그때가 처음이었다. 손과 뺨이 어는 것도 잊고 바닷바람을 맞으며 서 있었다. 그러나 곧 지루함이 몰려들었다. 죄수들은 묵묵히 땅을 파고 흙을 나르는 것이 전부였다. 계절은 바야흐로 귓불이 떨어져 나갈 듯 차디찬 겨울이었다.

"자! 그만들 가시지요."

감옥소장 강형식이 귀빈들과 함께 서둘러 자리를 떴다. 대불호텔로 가서 아침 가비로 언 몸을 녹이려는 것이다.

지루하긴 죄수들도 마찬가지였다. 계속 땅만 파고 있으니 허리도 뻐근하고 입도 근질근질했다. 한기가 헐렁한 죄수복으로 파고들었다. 숨을 뱉을 때마다 허연 입김이 흘러나왔다. 메뚜기가 투덜거렸다.

"이럴 땐 우리 조 서방 노랫소리가 딱인데 말씀이야."

조덕팔이 기다렸다는 듯이 받았다.

"하라면 못할까. 흠흠. 어허이 지대미야."

죄수들이 따라 불렀다.

"어허이 지대미야!"

조덕팔이 더욱 목청을 높였다.

"어허이 지대미야!"

죄수들이 곡괭이로 땅을 파며 따라했다.

"어허이 지대미야!"

김상노가 황급히 달려와선 조덕팔의 뒤통수를 몽둥이로 내리쳤다. 노래는 중단되었고 조덕팔은 언 땅에 꼬꾸라져 버둥거렸다. 김상노가 옆구리를 걷어차며 씩씩거렸다.

"이 새끼가 놀러 왔나. 어디서 노랠 처불러. 누가 너한테 노래하라 그랬어? 안 그래도 추워 죽겠는데, 허접한 노래로 누굴 엿먹이려고 그래? 기생년들 끼고 노래하던 때가 그립냐? 죽어라, 이 새끼야. 죽어!"

"잘못했습니다. 잘못했어요."

조덕팔이 양손을 파리처럼 비볐다. 김상노의 몽둥이가 멈추지 않았다. 간수들은 약하게 구는 죄수를 더 혹독하게 다뤘다.

"잘못인 줄 아는 새끼가 노랠 불러? 죽자. 오늘 꼭 널 죽여야겠다."

몽둥이가 다시 조덕팔의 관자놀이를 향해 날아들었다. 그 순간 조덕팔과 김상노 사이로 누군가 끼어들었다. 김상노의 몽둥이가 그의 어깨를 후려쳤다. 김창수였다.

"너, 넌 뭐야?"

머리를 감쌌던 조덕팔이나 몽둥이로 내리쳤던 김상노도 놀라긴 마찬가지였다. 김창수가 답했다.

"일을 더 잘하기 위해 노래 한 곡 부르라고 내가 시켰소. 때리려거든 날 때리시오."

"뭐? 이 새끼가 보자보자 하니까⋯⋯."

김상노가 김창수의 머리를 노리고 몽둥이를 휘둘렀다. 또 다른 사내가 김창수와 김상노 사이에 끼어들었다. 두꺼비였다. 몽둥이를 맞은 두꺼비의 귀에서 목까지 피가 흘러내렸다.

"내가 시켰수. 때리려거든 날 때리쇼."

김상노가 다시 몽둥이를 들었다. 이번엔 작두가 김상노와 두꺼비 사이로 끼어들었다. 김상노가 참지 못하고 작두의 얼굴을 몽둥이로 갈겼다. 쓰러진 작두가 오뚝이처럼 일어나서 김상노에게 달려들었다. 내지른 주먹이 김상노의 뺨에 닿기 직전, 김창수가 작두의 발뒤꿈치를 걷어차 넘어뜨렸다. 작두는 어깨부터 맨땅에 닿으며 넘어졌고, 주먹을 피하느라 물러서던 김상노는 몽둥이를 놓쳤다. 그 순간 죄수도 간수도 동작을 멈췄다. 일촉즉발의 위기였다. 죄수들을 구타하던 김상노에게 작두가 덤빈 것이다. 어떤 경우에도 죄수는 간수의 몸에 손을 댈 수 없다. 특히 이곳은 감옥소 안도 아니고 바닷가 작업장이 아닌가. 김상노가 간수에게 덤빈 죄를 물어 작두를 흠씬 지금부터 두들겨 팰 수도 있었다. 그렇게 구타가 시작되면, 김창수와 두꺼비 그리고 작두는 순순히 맞고만 있을 것인가.

"⋯⋯새끼들! 두고 보자."

김상노가 허리를 숙여 떨어뜨린 몽둥이만 급히 챙겨 가 버렸다. 죄수들은 너나할 것 없이 다행이란 눈짓을 주고받았다. 작두만 김창수를 향해 분노를 터뜨렸다.

"왜? 왜 방해하는 거야?"

김창수가 답했다.

"나한테 고마워해야지, 목숨을 구해 줬는데! 간수를 건드리면 작두 당신은 저승 행이오. 당신을 노리는 총구가 몇 개인지 알기나 해?"

두꺼비가 거들었다.

"창수 말이 맞아. 참아, 참아야 해."

작두가 화를 삭이지 못했다.

"저 새끼 죽이고 나도 죽게 그냥 둬. 그냥 두라고."

두꺼비가 작두를 데리고 돌을 나르러 갔다. 김창수는 두 사내의 널찍한 등판을 바라봤다. 간수 하나 죽이고 자기도 죽어 버리겠다는 생각을 한 번쯤 하지 않은 죄수는 없었다. 생각이야 막진 못하지만, 생각대로 해치워 버리면, 죄수와 간수 두 사람의 목숨이 달아나는 것이다. 모든 것이 위험했다.

종소리가 시끄럽게 울려도 죄수들은 자리를 털고 쉽게 일어나지 못했다. 밥을 거르더라도 한숨 더 자고 싶단 푸념이 흘러나왔다. 감옥소는 개인행동이 허락되지 않는 곳이다. 저마다 겨울 공사장에서 크고 작은 부상을 당했다. 발톱이 빠지거나 손목을 삐는 건 경상이고, 무릎이나 팔꿈치 뼈가 부러지거나 폐렴으로 쓰러진 중상자도 적지 않았다. 식당 앞에 줄지어 선 동안에도 여기저기서 쿨럭이는 소리가 들렸다. 병감은 이미 가득 차서 웬만한 감기 몸살로는 입원이 어려웠다. 김창수는 매일 감옥소장과의 면담을 신청했으나 거절당했다. 강형식은 김창수와 말을 섞는 것조차 불쾌한 것이다. 영달은 김창수를 따로 창고로 불러냈다.

"소장은 널 만나기 싫어해."

"알고 있소."

"열리지도 않을 문을 왜 자꾸 두드려. 차라리 글을 써서 내게 줘. 원하는 곳으로 부쳐 줄게."

"그런 짓 하면 간수님도 위험해지오. 간수를 영영 못할 수도 있소."

"난 괜찮네. 정말이야."

"내가 괜찮지 않소. 이 간수님은 감옥소에 오래 계셔야 하오. 죄수들이 이렇듯 부당하게 고생한 사정을 모두 기억해 주시오. 언젠가 적당한 때에 그걸 세상에 알려 주면 더욱 좋겠소. 인천 감옥소와 거기서 복역한 죄수들을 전혀 모르는 사람들에게까지."

"그딴 어려운 일을 하라고?"

김창수가 영달의 눈을 들여다보며 시인처럼 읊조렸다.

"죄수는 떠나도 간수는 남으니까."

두꺼비도 김창수를 설득했다.

"소장을 자극하지 마. 뒤로 빠져 있어."

"이대로 두면 큰 사고가 날 거요. 적어도 이틀 작업에 하루는 쉬어야 합니다. 지치고 아프면 집중력이 떨어지게 마련이지 않소? 선착장 공사를 한 달 안에 끝마치기 위해서라도, 작업 조건을 바꿔야 합니다."

"그래도 자네가 나서진 마. 또 벌방에 갇히면 살아남지 못해."

김창수가 물러서지 않았다.

"끄떡없소. 이왕 찍혔으니, 내게 맡겨 주시오. 하나하나 따져서 합의를 보겠소."

두꺼비가 피식 웃었다.

"합의? 감옥소에 적당한 단어가 아냐. 감옥소장과 죄수가 합의를 봤다는 얘길 들어본 적이 없어. 그보다 몸조심해."

"네?"

"죄수들만 위하지 말고, 주변을 살피라고."

"무슨 말씀이신지?"

두꺼비가 답답한 듯 제법 길게 설명했다.

"어명이 아니었다면, 자넨 이미 저세상 사람이야. 김창수가 사형당하는 게 당연하다고 여기는 자들이 인천에도 꽤 많아. 감옥소는 바깥세상과 철저하게 나뉜 듯하지만, 사실은 다 연결되어 있지. 내가 자네라면 더 긴장되고 더 두렵겠어. 언제 어디서 공격을 받을지 모르니까. 하지만 걱정 마. 김창수 곁엔 나 두꺼비가 있으니까. 내가 있는 한 누구도 자넬 건드리지 못해."

그리고 두꺼비가 목소리를 낮췄다.

"답답하진 않아?"

"감옥소니까, 답답하오."

"나갈 생각은 안 하냐고?"

"네?"

"무식한 내가 보기에도, 조선이란 나라 전체가 감옥소 같아. 꽉 막힌 채 몇 백 년을 흘러왔지. 그러다가 겨우 세 군데 항구가 열렸는데, 더 나쁜 새끼늘이 밀려들어 왔고. 이 작은 감옥소에서 할 일이 없다 싶으면, 말만 해. 인천 감옥소를 바꾸었듯이, 조선이란 감옥소도, 김창수 자네라면 바꿀 수 있을 것 같다."

"부족한 게 많소."

"천천히 생각해 봐. 사형은 면했지만, 감옥소에서 평생 썩을 순 없잖아? 다른 죄수들과 달리 형량도 확정되지 않았어. 석방일도 모른 채 하루하루 살아내는 거, 그거 쉽지 않아. 새겨들어, 내 말."

쾌남자

두꺼비뿐만이 아니었다. 김창수가 감옥소에서 나와야 한다고 마음먹은 이는 인천 땅에 차고도 넘쳤다. 나라가 힘이 없어 아까운 청춘이 감옥에서 썩는다고 한탄했고, 죽을 날만 기다리며 기약 없는 옥살이를 할 바엔 차라리 그때 죽는 게 나았다고 울분을 토했다. 한탄과 울분이 인천 땅에 쌓이고 쌓여 하늘도 움직이고 사람도 움직였다.

한 사내가 있었다. 이름은 김주홍이고, 강화도 관아의 아전이었다가 병인양요 이후 포량고지기(包糧庫直: 군수창고 관리자)를 거쳐 병마우후를 지냈다. 강형식이 정한 면회 금지 기간이 끝나자마자 김주홍이 면회를 신청했다. 치하포 사건 이후 많은 이들이 김창수와 또 감옥소 근처에서 옥바라지하는 김창수의 부모에게 접근하고 말을 넣었다. 김창수를 감옥소에서 석방시키겠다고 장담했지만 대부분 책임지지 못할 허풍이었다. 김창수는 면회실로 가며 영달에게 물었다.

"김주홍이 그렇게 대단하오?"

"강화 사람들에게 들었네. 강화에 큰 인물이 둘 있는데, 양반은 이건창이고 평민은 김주홍이라고. 허튼소린 하지 않는 대장부라고 해. 따르는 아전도 많고."

김주홍과 마주 앉았다. 나이는 마흔 살 정도로 보였고, 눈썹이 짙고 입술이 두꺼웠으며 키가 크고 어깨가 넓었다. 탁자에 올린 주먹은 보통 사람보다 두 배는 더 크고 단단했다. 간수인 영달이 옆에 있어도 아랑곳하지 않고 목소리를 높였다. 힘주어 강조할 대목에선 오른 주먹으로 왼 가슴을 퉁퉁 쳐댔다. 쾌남자였다.

"혹자는 김 대장의 사형 집행이 중지된 것만 해도 다행이라 합니다만, 나는 전혀 찬동하지 않소. 김 대장이 왜인을 죽인 것은 사사로운 원한 때문이 아니라 나라에서 못한 정의로운 일을 대신한 것이오. 칭송 받아 마땅하다 이 말입니다. 사형 중지에 머무를 것이 아니라 당연히 무죄를 확정 짓고 석방되어야 하오. 앞으로 나는 김 대장의 석방을 위해 내 전부를 걸려 합니다."

"석방!"

김창수는 두 글자를 꼭 집어 되뇌었다가 입 안에 넣고 굴렸다. 가슴이 뛰었다. 1896년 5월 11일 해주 집에서 체포되어 해주 감영에 갇힌 뒤로 지금까지 죄를 인정한 적이 없다. 죄를 짓지 않았기 때문에 사형은 물론이고 감옥소에 수감되는 것도 부당한 것이다.

"계획이 있소?"

김창수가 관심을 보이자, 김주홍의 큼직한 눈동자가 더욱 빛났다.

"상경하여 대신들을 만나 따지겠소. 마음 같아선 용안을 우러러 김 대장의 억울함을 아뢰고 싶지만, 거기까지 내가 할 수 있는지는 확답하기 어렵소. 어쨌든 김 대장이 감옥소에서 허송세월하는 것은 이 나라에 너무나도 큰 손실이오. 김 대장은 무죄 석방 되어야 하고, 중용되어야 합니다. 걱정 마시오. 건강 잘 챙기고 나라를 위해 장차 도모할 일을 고민하세요. 본격적으로 움직이기 시작하면 다시 오리다."

개죽음

낮에도 추웠지만 해가 지면 기온이 급강하했다. 자정 무렵, 휴식과 함께 찐 감자가 지급되었다. 죄수들은 조금이라도 바람을 피하고자 둥글게 모여 앉아 무릎과 무릎을 맞대었다. 감자 하나로는 허기를 채우기에 턱없이 부족했다. 두세 번 베어 물면 끝이었다. 어떤 죄수는 감자가 묻은 손가락까지 쪽쪽 빨아댔고 어떤 죄수는 텅 빈 손을 쳐다보며 욕을 해댔다.

"개새끼들! 누구 코에 붙이라고, 천벌을 받을 놈들⋯⋯."

두꺼비가 감자를 쥐었던 손을 바지에 쓱 문지른 뒤 일어섰다. 뒤이어 김창수도 두꺼비 옆으로 가서 곡괭이질을 시작했다. 웅크려 쉬는 것보다는 몸을 놀려 땀을 식히지 않는 것이 중요했다. 다른 죄수들도 하나둘 일어나서 곡괭이를 쥘 때, 갑자기 호각 소리가 시끄러웠다. 죄수들 시선이 소리가 난 쪽으로 끌렸다.

"엎드려, 전부!"

김상노가 외쳤다. 죄수들이 일제히 땅에 가슴과 배를 붙이곤 엎드렸다. 찬 기운이 한꺼번에 온몸으로 파고들었다. 고개를 들고 주위의 어둠을 두리번거리는 죄수들을 향해 김상노가 다시 외쳤다.

"대가리 박아!"

죄수들의 머리가 한순간에 땅에 붙었다. 뺨을 바닥에 댄 채 김창수와 두꺼비의 눈이 마주쳤다. 두꺼비가 문득 무엇인가를 깨달은 듯 눈을 질끈 감고 어금니를 깨물었다.

"작두 이 새끼……."

육호실 작두가 차꼬와 허리에 묶인 줄을 조용히 끊고 어둠 속으로 사라진 것이다. 감자를 먹느라 쉴 때부터 작두가 보이지 않았다. 낌새를 알아차리고 호루라기를 분 이는 최윤석이었고, 횃불을 돌려 비춘 이는 영달이었으며, 천천히 걷다가 뛰기 시작한 작두의 등을 노려 방아쇠를 당긴 이는 김상노였다. 뒤이어 여기저기서 총성이 이어졌다.

"잡았다!"

김상노가 총을 든 채 달렸다. 뒤따라 달린 영달이 횃불로 쓰러진 죄수를 비췄다. 작두였다. 등이 온통 붉은 피로 가득했다. 감옥소를 나와 바닷가에서 노역을 하지 않았다면 작두는 탈옥을 시도하지 않았을 것이다. 결국 이 바닷바람이 그를 달아나게 했고 죽게 만들었다. 작두는 등과 목에 총을 맞고 즉사했다. 시신에서 흘러나온 피가 김상노의 신발에 닿았다.

"쏴야 했어? 꼭 죽여야 했냐고?"

김상노를 비롯한 간수들이 돌아섰다. 두꺼비가 서 있었다. 김상노와의 거리는 10미터도 되지 않았다.

"엎드려! 대가리 박으라고!"

김상노가 총구를 두꺼비에게 겨눴다. 두꺼비가 돌멩이를 쥔 채 김상노를 향해 걸었다.

"너도 죽고 싶어? 손에 그건 뭐야? 당장 버려. 엎드려!"

두꺼비가 멈추지 않고 계속 걸었다.

"다릴 쏠 수도 있었잖아? 작정한 거야. 일부러 심장을 노렸지? 한 방에 죽이려고, 사냥꾼처럼."

김상노가 방아쇠에 검지를 걸고 소리쳤다.

"멈춰! 한 걸음만 더 다가오면 쏜다!"

두꺼비가 갑자기 섰다. 그리고 팔을 깃발처럼 들어 올려 손을 폈다. 쥐고 있던 돌멩이가 땅에 떨어졌다. 두꺼비가 천천히 김상노를 노려보며 앉았다가 엎드린 뒤 이마를 땅에 붙였다. 김상노가 총구를 겨눈 채 공사장을 한 바퀴 훑었다. 어둠 속에서 죄수 하나가 또 일어섰다. 그 방향을 지나쳤던 김상노가 재빨리 총구를 겨눴다. 영달이 일어선 죄수를 향해 횃불을 비췄다.

"사일삼! 또 너냐?"

다른 간수들의 총구도 김창수에게 향했다. 영달이 앞을 막아섰다. 김창수가 제치고 지나가려 했지만, 영달이 가슴을 들이대며 버텼다.

"왜 이래? 죽고 싶어?"

"예의를 갖추고 싶소."

"탈옥하려 했어. 이미 죽었고."

영달은 돌이킬 수 없다는 걸 강조했다. 탈옥범 사살은 세상 모든 감옥소에서 흔히 벌어지는 일이다.

"피가 계속 흘러나오고 있소. 작두의 피가 선착장에 스미길 원하는 거요? 선착장으로 들어오는 사람마다 그 피를 밟게 하고 싶소?"

영달이 팔을 들어 흔들었다. 김상노를 비롯한 간수들이 총을 내려놓았다. 김창수는 작두의 시신 옆에 앉았다. 피가 계속 나오는 작두의 등과 목을, 갈가리 찢은 죄수복으로 겹겹이 감았다. 땅에 박힌 돌들을 빼고 바닥을 평평하게 고른 뒤 작두의 시신을 옮겨 놓았다. 우우우우! 죄수들의 낮은 울음이 물안개처럼 공사장 바닥을 한꺼번에 덮으며 퍼져 나갔다. 인간의 말이라고 하기엔 너무 어둡고 깊었다.

"아가리 닥아!"

최윤석의 경고에도 멈추지 않았다. 오히려 '워워워워!'와 '으으으으!'로 울분의 소리가 바뀌었다. 흐느끼는 죄수들의 야윈 등으로 빗방울이 갑자기 떨어졌다. 김창수는 작두를 꼭 끌어안고 마지막 인사를 했다.

"편히 잘 가오. 감옥소가 있는 세상에선 다시 태어나지 마시오."

추위만큼 두려운 상대가 겨울비였다. 폭설 대신 가랑비가 흩날리자 처음엔 반가웠다. 그러나 그 비가 언 땅을 녹이면서 공사는 곱절 힘들어졌다. 발이 푹푹 빠지더니 수레바퀴가 진창으로 굴렀다. 수레를 빼내고 밀다가 발을 다치는 죄수가 속출했다. 다치지 않은 죄수들에게도 휴식이 필요했지만, 강형식은 하루 2교대를 밀어붙였다. 간이 선착장이 완성될 때까지 단 하루도 휴일을 허락하지 않았다. 죄수들은 수레에 돌과 흙덩이를 잔뜩 담아 해안 끝까지 가서 쏟아부었고, 허리까지 차오른 바닷물에 몸을 담근 채 횡대로 서서 나무판 지지대를 온몸으로 밀며 버텼다. 그 안에 돌과 흙을 채우고 눌러 다져 선착장을 만들 계획이었다. 죄수복은 젖자마자 얼어붙었다. 차디찬 빗방울과 땀방울이 눈과 귀와 입으로 섞여 들어가는 바람에, 죄수들은 자주 고개를 흔들며 짜증을 냈다. 겨울바람까지 휘몰아쳤다. 우산을 쓰고도 거리를 걷기 힘든 날씨였다. 겨울비 내리는 날 김상노는 몽둥이 대신 채찍을 들고 나왔다. 채찍이 죄수들의 얼어붙은 등을 때려 시뻘건 줄을 쫙쫙 만들 때마다 오줌을 찔끔찔끔 지릴 정도로 쾌감이 올라온다고 했다. 김창수가 영달 곁으로 다가와서 청했다.

"잠시만 비를 피합시다. 발을 헛디디거나 자꾸 미끄러져 힘드오. 나중에 한 시간 더 일해서 작업량은 채우겠소. 저녁을 못 먹는 한이 있더라도."

영달도 같은 의견이었다. 마침 간수장 박동구도 없으니 김상노와 합의하면 죄수들을 지옥에서 꺼낼 수 있었다. 한 시간 늦게 돌아가 저녁 식사를 건너뛰더라도, 나중의 굶주림보다 지금의 괴로움을 피하는 것이 우선이었다. 김상노에게 가려고 고개를 돌리는데, 채찍 소리가 먼저 영달의 귀를 파고들었다. 엎드린 채 채찍을 연이어 맞는 죄수는 김천동이었다. 김상노가 채찍을 내리치며 꾸짖었다.

"왜 거기서 미끄러지는 거야? 네가 미끄러지면 너랑 허리를 묶은 죄수들이 다 뻘밭에 뒹구는 걸 몰라?"

황기배가 재빨리 끼어들어 김천동을 끌어안다시피 막았다. 비굴하게 허리를 숙여가며 빌었다.

"아이고 나리! 아직 철부집니다."

김상노가 더욱 화가 나서 황기배를 걷어찼다.

"비켜! 이 새끼야."

황기배가 과장되게 쓰러지며 아픈 시늉을 했다. 김천동은 날아드는 채찍을 맞고만 있었다. 얼이 반쯤 나간 것 같았다. 보다 못해 두꺼비가 나섰다.

"약쟁이 새끼가 약발이 다 떨어졌나, 웬 지랄이야."

"뭐, 지랄?"

김상노가 몸을 돌려 두꺼비를 향해 채찍을 후려쳤다. 첫 번째 채찍이 옆구리를 때렸다. 맞고만 있을 두꺼비가 아니었다. 다시 날아드는 채찍을 팔로 감아 쥔 채 당겼다. 김상노가 서너 걸음 끌려갔다.

"뭐야? 뇌. 정말 죽을래?"

두꺼비가 귀머거리처럼 더 힘껏 채찍을 당겼다. 죄수들이 둘을 가운데 두고 모여들었다. 참았던 분노가 폭발하기 직전이었다. 영달이 급히 두꺼비와 김상노 사이로 뛰어들었다.

"그만해!"

조덕팔이도 두꺼비를 설득했다.

"형님! 이 정도면 됐습니다. 놓으세요."

김상노가 소리를 질러댔다.

"감히 내 채찍을, 이 망할 놈이⋯⋯."

김창수까지 눈짓을 보내자 두꺼비가 쥐었던 채찍을 슬쩍 놓았다. 그 바람에 김상노가 균형을 잃고 엉덩방아를 찧으며 뻘밭에 처박혔다. 죄수들이 한꺼번에 웃음을 터뜨렸다. 그동안 억울하게 당한 것들을 한 번에 앙갚음하는 기분이었다. 열 받은 김상노가 벌떡 일어섰다.

"어떤 새끼야? 어떤 놈이 감히 웃어?"

그때 멀리서 고함이 들려왔다.

"어어이! 비켜 비켜!"

메뚜기가 지게에 흙을 잔뜩 지고 걷다가 발을 헛디뎌 선착장 아래로 떨어진 것이다. 허우적대던 메뚜기의 머리가 쌓아 놓은 돌무더기에 부딪힌 후 굴렀다. 돌들을 떠받치던 나무 지지대가 심하게 흔들렸다. 메뚜기와 허리가 이어진 죄수 셋이 바다로 끌려 들어갔다. 지지대의 한쪽이 기우뚱 넘어지면서 돌덩이가 뻘로 쏟아지기 시작했다. 순식간이었다. 달리기 경주를 하듯 돌들이 죄수들을 향해 몰려왔다. 피할 겨를도 없이 넘어지고 꼬꾸라졌다. 비명이 터져 나왔지만 돌들의 울음에 묻혔다. 죄수들을 덮친 돌덩이들이 김창수 쪽으로 몰려왔다. 김창수가 급히 소리쳤다.

"나와! 비켜!"

김창수가 황기배를 잡아당겼다. 두꺼비가 김천동과 조덕팔을 끌어냈다. 돌덩이가 죄수들을 넘어뜨렸다. 몇몇이 더 물살에 떠밀려갔다. 빠져나오지 못한 메뚜기와 세 명의 죄수가 안간힘을 써 보지만 역부족이었다. 김창수가 되돌아가려는 것을 조덕팔이 붙들었다.

"안 돼! 가면 너도 위험해."

아직 쓰러지지 않은 지지대 위에 돌들이 하나둘씩 굴러 내렸다. 또다시 죄수들을 향해 쏟아지기 직전이었다. 김천동이 소리쳤다.

"메뚜기 아저씨!"

메뚜기의 머리가 물 위로 올라왔다.

"형님! 아이고…… 창수, 제발 나 좀……."

김창수가 조덕팔의 손길을 뿌리치고 바닷물로 뛰어들었다. 메뚜기가 있는 곳으로 곧장 나아가선 허우적거리는 머리를 붙들고 들어올렸다. 김창수의 얼굴을 본 메뚜기가 비로소 안심한 듯 안겼다. 등 뒤에서 인기척이 들렸다. 두꺼비가 따라 들어왔을까. 김창수가 고개를 돌리려는 순간, 오른쪽 옆구리가 싸늘해지면서 숨이 턱 막혔다. 단검에 찔린 것이다. 신입 죄수로 들어온 방덕세였다. 김천동보다도 더 곱고 상냥한, 열일곱 살 절도범 햇병아리가 김창수의 옆구리에 비수를 꽂았다. 메뚜기의 머리를 쥔 손이 스르르 풀렸다. 몰아친 파도에 메뚜기가 먼저 휩쓸리며 소리쳤다.

"차, 창수!"

메뚜기의 머리가 수면에 잠겼지만 김창수는 따라가서 구할 수 없었다. 방덕세가 목덜미를 노리고 다시 휘두른 단검을 손으로 막았던 것이다. 손바닥 살점이 갈라지고 뼈가 드러났다. 피가 바다에 쏟아졌다.

"무너진다!"

조덕팔이 외쳤다. 돌들이 한꺼번에 구르기 시작했다. 굉음이 조계에 사는 이들을 모두 깨울 정도로 컸다. 모든 걸 부수고 때리고 찢고 꺾고 갈아 버릴 기세였다. 방덕세는 돌덩이가 밀려 내려와도 돌아보지 않고 김창수에게만 집중했다. 단검이 손바닥을 뚫고 나왔다. 그대로 칼날을 김창수의 목에 꽂고 싶은 듯 힘을 쏟았다. 김창수 역시 왼손으로 오른 손가락들을 모두 감싸 쥐곤 버텼다. 단검은 더 나아가지도 않고 물러서지도 않은 채 흔들렸다. 방덕세가 작전을 바꿔 오른 무릎으로 김창수의 옆구리를 걷어찼다. 이 신입은 차꼬를 차지도 않았고 다른 죄수와 줄로 엮이지도 않았다. 날렵하게 그가 무릎으로 올려 찬 곳은 단검을 맞은 김창수의 옆구리였다. 극심한 통증으로 김창수의 허리가 뒤틀렸다. 방덕세는 때를 놓치지 않고 목덜미에 단검을 박으려 했다. 칼끝이 김창수의 턱에 닿았다. 턱에서도 피가 흘렀다.

픽!

소리와 함께 방덕세가 쓰러졌다. 두꺼비가 달려들어 뒤통수를 후려갈긴 것이다.

"괜찮……?"

질문이 끝나기도 전에 돌들이 김창수와 두꺼비를 덮쳤다. 한순간에 뻘밭은 돌무덤이 되었다. 아홉 명의 죄수가 돌무덤에 깔렸다. 다친 이들의 비명 소리와 겨우 목숨을 건진 이들의 곡소리가 인천 앞바다를 휘감았다. 개죽음이었다.

돌무덤에 깔린 아홉 명 중 살아 나온 죄수는 김창수뿐이었다. 마지막 순간에 두꺼비가 김창수를 감싸 안았던 것이다. 두꺼비는 쏟아진 돌에 맞아 척추와 어깨뼈가 부러졌지만 김창수는 그 덕분에 치명상을 면했다. 즉시 병감으로 옮겨 응급처치를 받았다. 칼에 찔린 옆구리와 칼날을 감싸고 버틴 손에서 계속 피가 흘러내렸다. 기절했다가 깨고 또 기절하기를 반복했다. 정신이 돌아올 때마다 조경신에게 물었다.

"괜찮소? 괜찮습니까? 두꺼비 형님은…… 죄수들은……."

담판

병감은 하루 종일 비명과 신음과 통곡과 항의로 시끄러웠다. 다친 죄수들로 병실을 가득 채우고 복도까지 병상을 마련했지만 역부족이었다. 조경신이 부상자들 사이를 바삐 오가며 치료했다. 옆구리와 두 손을 붕대로 칭칭 감은 김창수가 물었다.

"몇 명이나 잘못되었소?"

조경신이 침착하게 답했다.

"여덟 명이 죽었고 열다섯 명이 다쳤어요. 다친 사람 중 서넛은 위독하고요."

"두꺼비 형님은?"

조경신이 천천히 고개를 저었다. 김창수가 일어섰다.

"아직 움직이면 안 돼요."

조경신의 손길을 마다하고 복도에서 죄수들을 살피던 영달에게 갔다.

"소장을 만나야겠소."

목소리는 차분했지만 두 눈은 어느 때보다 뜨거웠다.

"어쩌려고?"

"면담을 이번에도 허락하지 않으면, 내일부터 공사장엔 단 한 명의 죄수도 나가지 않을 거요."

실력 행사를 하기로 마음을 굳힌 것이다.

"간수장에게 보고할게. 성급하게 굴지 말고 기다려."

곧장 간수실로 가서 박동구를 만나 김창수의 요구 사항을 전했다.

"뭐가 어쩌고 어째? 일을 안 하겠다고?"

"동요가 심합니다. 김창수가 죄수들을 대표하여 소장님을 만나겠다고 하니……."

박동구가 말허리를 잘랐다. 영달의 별명을 어금니로 씹듯 불렀다.

"박달!"

"……."

"넌 감옥소에서 뭐야?"

"……간수입니다."

"사일삼의 개가 아니고?"

"그, 그건……."

강형식이 두꺼비와 김창수를 벌방에 넣을 때부터, 박동구는 그들을 변호하지 않았다. 글공부를 허락한 장본인으로 몰릴 것을 두려워하며, 물러나고 숨고 침묵했다. 영달도 박동구가 어쩌면 이대로 간수장 자리에서 쫓겨날 수 있다고 예측했었다. 그러나 박동구는 간이 선착장 공사를 시작하면서 다시 전면으로 나섰다. 강형식에게서 어떤 언질을 받았는지는 영달도 몰랐다. 다만 박동구가 김창수와 도움을 주고받던 것을 멈추고, 강형식과 한 배를 탄 것만은 확실했다. 강형식과 박동구는 간이 선착장을 청국보다 먼저 완공하는 일에 목숨을 건 것처럼 보였다.

"상황이 심상치 않습니다. 여덟이나 죽었어요. 며칠만이라도 공사를 중단해야 합니다. 죄수들에게 몸도 마음도 쉴 시간을 줘야 한다고요."

박동구가 몰아세웠다.

"개소리! 이제 겨우 청나라에 따라붙었는데, 여기서 놀자고? 그러다가 청나라 선착장이 먼저 완공되면 네가 책임질 거야? 잘 들어. 이건 우리에게 마지막 기회야. 선착장을 청나라보다 먼저 완공하면, 김창수를 비호해 왔단 오해도 풀릴 거라고."

비호? 오해? 역시 박동구는 마음을 정한 것이다.

"다음부터 그딴 소릴 하는 새끼가 있으면, 사일삼이고 나발이고 일단 박달로 패. 다리든 팔이든 한두 개쯤 부러뜨리란 말이야. 알겠나?"

영달은 병감으로 돌아갔다. 김창수는 흰 천으로 덮어 놓은 여덟 구의 시신 곁에 앉아 있었다. 차례차례 천을 걷어 붕대 감은 손으로 얼굴을 어루만진 뒤 이미 차갑게 굳은 손을 꼭 쥐었다. 조경신과 병감의 죄수들은 김창수가 시신들과 작별 인사를 나누는 것을 지켜봤다. 가슴을 뜯는 죄수도 있었고 눈물을 흘리는 죄수도 있었고 손으로 입을 막은 채 울음을 삼키는 죄수도 있었다. 영달은 조경신의 옆에 서서 김창수가 작별 인사를 마칠 때까지 기다렸다. 일곱 구의 시신에게 작별을 고하고 마지막으로 두꺼비만 남았다. 천을 쥐고 넘기려던 김창수의 손이 멈췄다.

"형님……."

말을 잇지도 손을 움직이지도 못했다. 감정이 차올랐다. 감옥소에서 가장 그를 괴롭힌 죄수였다. 평생 맞은 매보다 더 많은 매를 두꺼비 패에게서 맞았다. 각종 고문을 당할 땐 이대로 죽는구나 하는 생각까지 들었다. 무슨 일이 있더라도 두꺼비는 꼭 응징해야겠다고 마음먹은 것이 수백 수천 번이었다. 그 징글징글한 싸움을 넘긴 후론 감옥소에서 제일 고마운 형님이 되었다. 혼자 극복하기 힘든 순간이 닥칠 때마다 두꺼비가 도와줬다. 벌방에서 살아 나온 것도 옆방에 두꺼비가 있어서였고, 짧게나마 학교를 연 것도 두꺼비가 배우겠다고 나선 덕분이었다. 그리고 공사장 사고에서도 오직 김창수를 구하기 위해 뻘로 뛰어든 것이다. 천을 걷었다. 김창수를 안고 돌아선 채 온몸으로 돌들을 막느라, 부러지고 찢기고 터져 버린 몰골이 적나라하게 드러났다. 더운 눈물이 상처 위로 떨어졌다. 죄수들도 모두 울음을 토했다. 옥사 전체가 순식간에 슬픔으로 가득 찼다. 김창수는 붕대 감은 손으로 머리부터 발끝까지 온몸 구석구석의 상처들을 어루만지기 시작했다. 손으로 만질 뿐만 아니라 고개 숙여 냄새 맡고 눈물 훔친 뒤 한참을 쳐다보았다. 자신을 살리기 위해 두꺼비가 치른 고통의 무게를 남김없이 기억하려는 것이다. 이윽고 김창수가 천으로 두꺼비의 시신을 다시 덮었다. 영달이 뒤에 서서 권했다.

"내일은 공사장으로 나가는 게 어떻겠나? 강 소장에게 오늘 사고에 대한 보고가 올라갔으니 곧 조처가 있을 거야."

김창수가 천에 덮인 여덟 구의 시신을 보며 답했다.

"스스로 알아서 조처할 사람이면 벌써 했을 게요. 오늘 같은 사고가 생기지도 않았을 테고."

"그래도 단체행동은 하지 마. 당장 너부터 다칠 거야. 강 소장이 얼마나 선착장 공사에 신경이 곤두서 있는지 알지 않는가?"

김창수는 뜻을 굽히지 않았다.

"이번에 바로잡지 않으면, 내일 내가 저렇게 누워 있을지도 모르오. 두꺼비 형님 옆에 아홉 번째 시신을 두지 않을 거요. 나를 포함해서 감옥소의 죄수 누구도 선착장 공사의 제물이 될 순 없소."

다음 날 아침, 죄수들이 앞마당에 열을 지어 섰다. 수갑과 차꼬를 차고 허리를 이어 묶은 채 움직이지 않았다. 단상의 김상노가 고함을 질러댔다.

"뭣들 하는 거야? 움직여! 늦었어. 공사장으로 가야 한다고."

죄수들은 꿈쩍도 하지 않았다. 김창수의 면담 요구가 관철되기 전에는 버틸 작정인 것이다. 최윤석이 옆에 선 김천동에게 몽둥이를 휘둘렀다.

"이 새끼들이 단체로 돌았나?"

최윤석을 따라 다른 간수들도 죄수들을 때리기 시작했다. 여기저기서 퍽퍽 하는 몽둥이 소리와 함께 비명이 터져 나왔다. 죄수들은 피를 쏟고 꼬꾸라지고 무릎을 꿇고 쓰러졌다. 간수들을 성난 눈으로 노려볼 뿐 반항하진 않았다. 때릴 테면 얼마든지 때려 보란 식이었다. 영달이 김창수 곁으로 가서 재빨리 속삭였다.

"이런다고 달라지는 건 없어. 헛수고 마."

악에 받친 김상노가 단상에서 내려와 닥치는 대로 몽둥이를 휘둘렀다. 죄수들이 픽픽 쓰러졌다. 몽둥이가 김창수의 머리로 향하는 순간, 김천동이 허리를 숙이며 김상노의 명치를 짧게 때렸다. 김창수가 간수에게 절대로 덤벼들지 말라는 명령을 내렸으나 어린 김천동은 참을 수 없었던 것이다. 김상노는 갑작스런 반격에 놀라 배를 움켜쥐고 쓰러졌다. 죄수들이 김상노를 포위하며 몰려들었다. 최윤석을 비롯한 간수들이 김상노 곁에 서서 접근을 막았다. 김상노가 등에 맸던 총을 돌려 겨누며 일어섰다.

"덤벼! 머리에 총구멍을 내 주마. 어떤 새끼가 먼저 맞아 볼래? 너냐, 너냐?"

김창수가 끼어들었다.

"이러지 마시오. 몽둥이질을 시작한 건 당신들이오."

"뭐라고?"

김상노가 총구를 김창수 쪽으로 돌리는 순간, 김천동이 몸을 날려 김상노의 목을 등 뒤에서 감았다.

"뒈져!"

죄수들이 호응했다.

"죽여! 죽여 버렷!"

김천동이 팔뚝을 힘껏 조이며 당겼다. 김상노의 얼굴이 하얗게 질렸다. 허공에 뻗은 손가락들이 이상하게 꺾였다. 간수들이 접근하자, 김천동은 몸을 이리저리 돌려 피했다. 김상노의 숨이 끊어지기 직전이었다. 김창수가 김천동을 강하게 꾸짖었다.

"멈춰. 폭력은 안 된다고 했잖아?"

김천동이 분노를 터뜨렸다.

"비키세요! 두꺼비 형님이, 사람이 여덟이나 죽었다고."

김창수가 팔을 들어 망루를 가리켰다. 간수장 박동구가 그들을 내려다보고 있었다. 그 옆에는 간수 네 명이 정조준을 한 채 명령만 떨어지길 기다리는 상황이었다.

"그래서? 그자를 죽이고 나선 어찌할 건데? 간수들 총에 우리가 몰살당해도 상관없어? 여기서 그냥 다 죽자 이거야?"

"형님!"

"날 믿어. 내가 할게. 너까지 여기서 개죽음 당할래?"

김천동이 팔을 풀곤 간수들 쪽으로 김상노를 밀었다. 김상노가 목을 부여잡고 엎드려 토하기 시작했다. 김창수가 망루를 올려다보며 걸음을 옮겼다. 대나무가 갈라지듯 간수들과 죄수들이 길을 터 줬다. 망루 바로 아래까지 간 뒤 박동구를 향해 말했다.

"간수장! 매일 감옥소장과의 면담을 요구해 왔소. 오늘은 꼭 소장을 만나게 해 주시오. 그렇지 않으면 우린 일하지 않겠소. 벌방에 가두려거든 얼마든지 가두시오. 굶기시오. 때리시오. 그러나 우린 일하지 않겠소."

박동구가 김창수를 비롯하여 죄수들을 내려다봤다. 하나같이 바위처럼 단단한 표정이었다.

강형식이 의자에 엉덩이를 깊이 넣곤 파이프를 피워 물었다. 조급한 마음은 흥정에 불리한 법이다. 상대가 안달이 날 때까지 느긋하게 구경꾼처럼 기다릴 작정이었다. 그러나 옆구리와 양손에 붕대를 칭칭 감은 김창수는 처음부터 흥정할 마음이 없었다. 곧바로 본론을 꺼냈다.

"조건을 제시하겠소."

강형식이 조개 모양 재떨이의 뚜껑을 열며 비아냥거렸다.

"건방지군. 언제부터 죄수가 소장인 내게 조건 운운했지? 그딴 조건을 들어줄 거라 생각해?"

김창수가 할 말만 했다.

"첫째, 죽은 죄수들 장례를 치러 주시오. 충분히 조문할 시간을 주시오."

"장례라고? 자기들이 잘못해서 뒈졌는데 왜 감옥소에서 장례를 치러야 한단 말인가? 안 돼."

"그럼 지금부터 어떤 일도 하지 않겠소."

김창수가 돌아섰다. 그처럼 단숨에 대화를 끊고 돌아서는 것은 조급함이 아니라 강인함이었다. 강형식의 예상보다 훨씬 단호하고 빠르게 김창수는 말하고 움직였다. 그 속도에 끌려 강형식이 엉덩이를 떼곤 말했다.

"계속, 해 봐."

김창수가 돌아서선 요구 조건들을 이어 갔다.

"둘째, 2교대를 3교대로 바꿔 하루에 여덟 시간 이상 휴식을 보장할 것. 셋째, 죄수들이 배불리 먹을 수 있도록 사식을 매일 지급할 것. 넷째, 사고에 대비하여 병감 과장을 공사 현장에 상주시킬 것. 다섯째, 현장에서 죄수들이 대화도 하고 노래도 부르게 해 줄 것. 이상이오."

파이프 담배를 내려놓고 물었다.

"조건을 들어주면?"

"원하는 날짜에 완공된 선착장을 보게 될 것이오."

강형식의 미간이 좁아졌다. 일방적으로 밀리는 꼴이 불쾌한 것이다.

"많이 다쳤군. 돌에 깔렸지만 뼈가 부러진 건 아니라고?"

"여덟 명이나 사망했소."

"두렵지 않나? 옆구리와 손은 자상(刺傷)이라며?"

김창수의 두 눈이 번뜩였다. 당장이라도 달려들어 목덜미를 물어뜯을 기세였다.

"사일삼, 널 노리는 자들은 이 나라에 차고도 넘쳐. 교수대에 올라서지 않더라도 곧 죽을 목숨이란 풍문이 돈 지도 꽤 됐어. 고집부리지 말고 이제라도 내 말을 듣는 게 어때? 감옥소에서 너를 보호할 이는 감옥소장 나 강형식뿐이야."

"그쪽 보호 따윈 필요 없소. 답을 주시오. 조건을 받아들이겠소, 거절하겠소?"

절벽까지 밀어붙인 셈이다. 이렇게 마지막까지 가면, 잃을 것이 많은 쪽이 불리했다. 죄수들은 잃을 게 없었다. 선착장을 약속대로 짓지 못하더라도 죄수들 형량이 늘지는 않는다. 기껏해야 며칠 배식이 중단되거나 성질 더러운 간수들에게 얻어맞는 정도다. 사형장까지 끌려갔던 김창수도 마찬가지다. 어떤 일을 당하더라도 목에 줄을 매고 교형을 기다리던 그 저녁보단 낫다. 그러나 강형식에겐 선착장 완공이 출세의 기반이었다. 겐조와의 약속을 지키지 못하면 다음 계단을 오를 수 없다.

"……알았어. 약속하지."

김창수가 한 걸음 더 밀어붙였다.

"못 믿겠소. 문서로 쓰고 서명해서 주시오."

"뭐라고? 이 새끼가 보자보자 하니까."

강형식이 권총을 뽑아 들고 서서 김창수를 겨눴다. 김창수가 반걸음 다가서선 총구를 잡고 제 머리에 댔다. 강형식이 소리쳤다.

"명을 재촉하는구나. 죽여 주마!"

"맘대로 해. 여기서 내가 죽으면, 선착장 공사도 중단될 거니까."

"죽인다!"

강형식이 방아쇠에 검지를 걸었다. 김창수는 미동도 하지 않
았다. 방아쇠를 당기면, 김창수는 즉사할 것이고, 죄수들은 흥분
해서 날뛸 것이다. 강제로 제압하여 공사장으로 끌고 가도, 죄수
들은 일하지 않고 버틸 것이다. 청나라보다 늦으면, 그 책임은 고
스란히 강형식의 몫이다. 김창수는 강형식을 노리며 쩌렁쩌렁 외
쳤다.

"쏴!"

방아쇠에 건 강형식의 검지가 심하게 떨렸다. 총구가 서서히
아래로 내려왔다. 김창수는 뒤돌아서서 소장실을 나왔다. 강형
식은 그제야 방아쇠를 당겼다.

탕!

총성과 함께 탄환이 벽에 박혔다. 강형식은 싸움에 진 한 마
리 늑대처럼 괴성을 질러댔다. 절벽에 매달려서도 손을 놓을 작
정을 한, 죽음조차 각오한 김창수의 완승이었다.

그날은 죄수들 모두 공사장에 나가지 않고 쉬었다. 순서를 정
해 빈소가 마련된 창고로 가서 조문했다. 김창수가 상주를 맡
고, 어린 김천동은 종일 울음을 터뜨렸다. 저녁엔 특식이 나왔
다. 돼지고기가 뭉텅이로 들어간 고깃국이었다. 죄수들은 여덟
명의 죽음을 슬퍼하면서도 고깃국에 밥을 말아 두세 그릇씩 비

왔다. 그만큼 선착장 공사는 버티기 힘든 강행군이다. 김창수가
따로 국과 밥을 챙겨 김천동에게 갖다 줬다. 안 먹겠다는 그를
설득했다.

"먹어. 먼저 간 사람들 몫까지."

김천동이 눈물을 쏟으며 고깃국을 숟가락으로 퍼 입에 넣고
씹었다. 죄수들에게 배불리 먹어 두라 권한 김창수는 오히려 그
날 아무 것도 먹지 않았다. 다른 죄수들이 둘러앉아 배를 채울
때, 김창수는 두꺼비의 영정을 지키며 서 있었다.

강형식이 겐조와 정원에서 저녁 식사를 한 날로부터 정확히
한 달 후 일본 조계 간이 선착장이 완공되었다. 청나라 선착장보
다 보름이 빨랐다. 완공식엔 일본 영사대리 겐조를 비롯한 각국
외교관과 상인들이 참석했다. 강형식도 내빈석에 앉았다. 약속
을 지킨 김창수와 인천 감옥소 죄수를 위한 자리는 없었다. 잡음
이라도 생길까 걱정한 강형식은 죄수들을 하루 종일 옥사에 가
두었다. 고생은 죄수가 하고 생색은 소장이 내는 셈이었다. 인천
감옥소에선 흔히 있는 일이다.

영달은 그 저녁 당직을 자처했다. 완공식에 참석하면 일본 영
사관에서 마련한 산해진미로 포식하고 편히 쉴 수 있었다. 어제
까지만 해도 영달 역시 완공식에 갈 예정이었다. 만찬 음식에 대
한 욕심보다도, 죄수들이 겨울 한 달 꼬박 노역하여 만든 선착장

에 승객과 물품이 닿는 광경을 똑똑히 보기 위해서였다. 김창수의 부탁이기도 했다. 하나도 놓치지 말고 모두 보고 와서 이야기해달라고 했다. 강형식은 완공식 준비로 바빴다. 닷새 전부터 선착장과 일본 영사관을 오가며 회의에 회의를 거듭했다. 완공식당일 아침 감리서에서 공문 한 장이 왔다. 이런 공문은 영달이간수장 앞에서 뜯어 내용을 알린 뒤 조처하는 것이 보통이었다.그날 박동구는 망루에 있었고 김상노는 공문 따윈 볼 생각도 하지 않았다. 공문 겉봉에 적힌 이름이 영달의 가슴을 뛰게 했다.마상구! 두꺼비의 본명이다. 김창수가 대서하여 올린 진정서에답이 온 것이다. 그 저녁 김상노와 당직을 바꾼 영달은 김창수를간수실로 데려왔다. 완공식에 왜 가지 않았느냐고 눈으로 묻는김창수의 손에 공문을 쥐어 줬다. 김창수가 겉봉에 적힌 이름을확인했다. 급히 겉봉을 뜯고 속지를 꺼내 펼쳤다. 답신을 읽는 눈이 점점 커졌다. 이윽고 김창수의 시선이 영달에게로 옮겨 왔다.

"두꺼비 형님, 무죄랍니다."

삶은 다른 곳에

선착장 완공식을 마치고 1년 동안 김창수에겐 적지 않은 변화가
있었다. 감옥소 밖에선 1년이 짧다고 여기는 사람도 있겠지만,
감옥소 안 죄수들에겐 세상의 모든 일들이 벌어지고도 남을 만
큼 긴 시간이다. 구호실 죄수들도 변동이 있었다. 김천동이 육호
실로 가고 황기배가 구호실로 왔다. 처음에는 두 사람 모두 육호
실에 머물 예정이었다. 만기 출소를 앞둔 황기배가 김천동과 밤
에도 함께 있고 싶어 간수들에게 비싼 담배를 상납하며 손을 쓴
것이다. 박동구가 마지막에 변덕을 부려 둘의 감방을 맞바꿨다.
육호실 죄수들의 항의가 있었던 것이다.

김창수는 감옥소에 있되 없는 사람처럼 굴었다. 고 진사처럼.
그러나 결코 고 진사처럼 이승의 일들과 거리를 둔 것은 아니었다.

박동구는 망루에 머무는 시간이 더 늘었다. 여전히 죄수들을 짐승 취급했지만, 노역을 위해 감옥소 밖으로 죄수들을 한꺼번에 데리고 나가는 경우는 없었다. 1897년 인천 감옥소에선 기록에 남길 만한 사건이 없었다. 그러나 아무 일도 일어나지 않는 해는 없는 법이다. 죄수에게 1년은 평생과 맞먹을 정도로 길고 아득한 시간이다. 영달이 보기엔 선착장이 완공된 후부터 김창수의 고투가 더 치열해졌다. 눈에 띄는 타인과의 싸움이 아니라 자기 자신과의 싸움이었다.

일본 조계에 간이 선착장이 완공되자마자, 강형식이 곧 인천 감옥소를 떠나 한양으로 영전한다는 풍문이 돌았다. 일본 영사관에서 흘러나온 이야기이기 때문에 신빙성이 높았다. 게다가 강형식은 사흘이 멀다 하고 한양에 다녀왔다. 이사할 집을 고르느라 신문(新門: 서대문) 안을 돌아다니는 걸 보았다는 이도 있었다. 그러나 강형식을 한양으로 불러올리는 명령은 내려오지 않았다. 인천을 떠난 이는 뜻밖에도 영사대리 겐조였다. 겐조의 귀국은 그가 인천을 떠나고 열흘이 지난 뒤에야 알려졌다. 그날 강형식은 대불호텔에서 대취한 채 쓰러져 잠들었다. 겐조의 귀국을 몰랐던 것이다. 강형식과 겐조 사이에 덕담처럼 오간 약속은 겐조의 귀국으로 먼지처럼 흩어져 버렸다. 선착장 공사 품삯을 미리 받은 것이 불행 중 다행이었다. 새로 영사대리에 부임한 나카무라는 겐조와 일면식도 없었다. 강형식으로선 억울한 부분이 많았지만, 이미 떠난 영사대리와의 인연을 내세우는 것이 자신에게 불리하단 것 정도는 알았다. 강형식은 처음 겐조와 사귈 때처럼 나카무라에게 공을 들이기 시작했다. 감옥소 업무 대부분을 간수장 박동구에게 일임하며 딱 한 가지만 명령했다. 감옥소를 고요하게 만들라고. 어떤 잡음도 새어 나오지 않게 하라고.

진달래가 응봉산을 덮을 즈음 김주홍이 다시 면회를 왔다. 이번에는 김창수의 어머니 곽 씨와 함께였다. 곽 씨는 대기실에서 영달을 보자마자 웃으며 아는 체를 했다. 의연함은 여전했다. 영달은 김주홍과 곽 씨를 면회실인 식당으로 안내했다. 세 사람이 마주보고 앉도록 한 뒤 문 쪽으로 가서 섰다. 죄수와 면회객을 방해하지 않으면서도 대화가 충분히 들리는 정도로 거리를 둔 것이다. 김창수가 이야기를 시작하려는 김주홍을 막고 영달을 불렀다.

"이 간수님!"

영달이 놀란 눈으로 쳐다봤다.

"이리로 오세요."

빈자리를 권했다. 영달이 단정하게 거절했다.

"괜찮네."

"어서요. 힘을 보태 주십시오."

힘을 보태달란 말에 영달은 그들에게 다가갔다. 김창수가 권한 옆자리에 앉았다. 김주홍이 의심에 찬 눈으로 영달을 노려봤다. 김창수가 말했다.

"이영달 간수님이오. 감옥소에서 제가 믿는 분이라오. 어차피
저기 서 있어도 우리 얘길 다 들을 거요."

김주홍이 본론을 꺼냈다.

"한양에 올라갈 것이오. 법부대신과 면담이 가능하도록 손을
써 뒀소. 김 대장의 어머님을 모시고 함께 다녀오려 하오. 원하
는 것이……."

김창수가 말허리를 잘랐다.

"어떻게 법부대신과 연락이 닿았소? 쉽지 않은 일일 텐데."

"운이 좋았다오. 여기저기 도와주겠단 사람들도 있고……."

말끝을 흐렸다. 영달이 끼어들었다.

"그 소문이 사실인가요?"

김주홍의 표정이 굳었다. 김창수가 놓치지 않고 말꼬리를 쥐
었다.

"소문이라뇨?"

"김창수를 석방시키기 위해 전답을 모두 팔았다는……."

"어허, 괜한 소리!"

"사실입니까?"

김창수가 거듭 묻자, 김주홍이 순순히 털어놓았다.

"세상이 푹푹 썩었소. 돈을 쓰지 않으면 되는 일이 하나도 없
다오. 걱정 마시오. 김 대장을 구할 정도의 돈은 넉넉하게 마련
해 뒀으니까."

"그러지 마시오. 전답까지 팔면 장차 김 우후께선 어찌합니까?"

"김 대장! 난 그 돈이 조금도 아깝지 않소. 김 대장이 감옥소에서 나올 수만 있다면 돈은 물론이고 더한 짓이라도 하겠소이다. 걱정 말고 기다리시오. 희소식을 전하리다."

곽 씨가 물었다.

"몸은 괜찮은 게냐?"

"괜찮습니다. 아버지 어머니 건강을 살피십시오."

"김 우후가 챙겨 줘 한결 지내기가 편해졌다. 우리 걱정은 안 해도 돼."

"힘드시면 해주로 돌아가세요."

"그딴 소리 말거라. 너를 따라 인천으로 오면서 다짐했다. 너를 반드시 살려, 감옥소에서 나오는 날 함께 집으로 돌아가겠다고. 목숨은 건졌으니 이제 석방되는 일만 남았구나. 김 우후를 비롯한 많은 분들이 무죄 방면을 위해 애써 주고 계신다. 이분들 은혜를 평생 가슴에 새겨야 해."

김창수가 일어나서 김주홍에게 고마움의 표시로 큰절을 하려 했다. 김주홍이 한사코 팔을 붙잡곤 만류했다.

식당과 창고에 죄수들을 모아 놓고 수업을 하긴 어려워졌다. 그 대신 영달이 당직을 설 때, 감방을 정해 두고 돌아가며 가르치고 배웠다. 예전에는 매일 수업을 들었지만, 이젠 열흘에 한 번 기회가 돌아올까 말까 했다. 죄수들은 그 기회를 더 소중하게 여기고 진지하게 임했다. 수업이 시작되면 조경신은 옥사 1층 출구에 서 있었고 영달은 2층 계단을 지켰다. 소장이나 간수장이 불시에 들이닥칠 때를 대비하여 망을 보는 것이다. 다행히 소장도 간수장도 밤중에 옥사를 찾진 않았다. 수업을 마치고 나면, 영달과 조경신이 김창수를 도와 감방에서 뒷정리를 했다. 김창수가 조경신에게 물었다.

"조계엔 외국인이 많으니, 나라 밖 소식도 종종 접하겠소."

"맞아요. 그래서 『사민필지』도 진작부터 읽었습니다. 지구 전체 소식이 들어온다고 봐야죠."

"지구……."

김창수가 지구란 단어를 곱씹었다.

"양이들의 나라가 어떠한지 그 역사를 공부할 만한 책이 있습니까?"

조경신이 미소와 함께 답했다.

"지난주에 내리교회에 갔더니, 한양에 다녀온 선교사님이 『태서신사람요』(泰西新史攬要)란 책을 보여주셨어요. 줄여서 『태서신사』라고 불러요. 영국에서 나온 책인데 번역하여 청국에서 출간되었고, 이 청국 책을 다시 언문으로 번역해서 5월에 출간되었다고 해요. 19세기 유럽사를 담은 책이라고 하니, 도움이 될 겁니다. 구해 드릴게요."

김창수는 『태서신사』를 시작으로 나라 밖 사정을 담은 책들을 탐독하기 시작했다. 『태서신사』를 꼼꼼하게 읽은 다음엔 『만국공법』과 『공법회통』으로 넘어갔으며, 그 외에도 조경신이 내리교회와 답동성당을 통해 구해 오는 세계 역사를 다룬 책들을 파고들었다. 특히 『만국공법』은 당시 나라의 장래를 걱정하는 이들에게 널리 읽혔다. 유럽과 미국까지 모두 아우르는 국제법이었다. 이 법의 정신에 따라 열강과도 대등하게 조약을 맺고 무역과 외교를 해 나가기를, 조선의 선각자들은 바랐다. 김창수는 책들을 정독할 뿐만 아니라 주요 내용은 정리하여 저녁에 죄수들에게 가르치기도 했다. 『대학』을 가르칠 땐 꾸벅꾸벅 졸던 죄수들도, 유럽이란 미지의 대륙에서 벌어진 전쟁과 평화의 대서사시를 듣는 동안엔 한눈파는 이가 한 사람도 없었다. 김창수가 웃을 때 함께 웃고 김창수가 분노할 때 함께 분노하고 김창수가 아파할 때 함께 아파했다. 영달도 김창수를 따라 『태서신사』를 두 번 읽었다.

아홉 개 감방 죄수들이 『태서신사』에서 가장 흥미로워한 대목은 성난 군중이 1789년 7월 14일 바스티유 감옥을 습격하는 대목이었다. 언문을 겨우 익힌 죄수들이 한 글자 한 글자 손으로 짚어 가며 저마다의 방식으로 감정을 실어 읽었다. 구호실에선 조덕팔이 가장 먼저 자원했다. 조덕팔이 그 대목을 두 번이나 읽은 뒤 김창수는 양원종을 지목했다. 양원종이 처음엔 사양했다.

"그냥 덕팔이가 읽게 해."

"이유가 뭡니까?"

"듣고만 있어도 가슴이 벌렁벌렁 뛰어서 그래. 법난서국이라 그랬지? 백 년도 더 전에 먼 나라에서 일어난 괴상망측한 일 때문에 숨쉬기 힘들 만큼 가슴이 뛰다니, 참!"

조덕팔이 책을 슬쩍 제 앞으로 가져다 놓으려 했다. 김창수가 다시 그 책을 양원종에게 내밀며 물었다.

"할배 가슴을 제일 뛰게 만든 문장이 어딥니까?"

양원종이 하는 수 없이 책을 받았다.

"감옥으로 몰려간 무리 중 한 사람이 이런 말을 해. '석년에 우리 조부와 부친들이 다 원통히 이 옥에 들어가 악형을 당하였으니 이제 이 기회를 얻었으매 이러한 함정을 타파치 아니하면 화근을 제하지 못하리라.' 이상하게 여기서부터 가슴이 쿵쿵거리네. 고달픈 옥살이는 조선이나 법난서국이나 매한가진가 봐. 할아버지 아버지 모두 억울하게 감옥소로 가서 악형을 당했다고 하니까. 어쨌든 법난서국 사람들은 신났겠어. 악형을 해대던 감옥소를 박살내고 무너뜨렸으니까."

김창수가 이번엔 황기배에게 감동적인 대목을 물었다.

"난 여기야. '옥에 있는 병정들도 과불적중할 줄 알고 분분 도피하니 이는 칠월십사일 사이러라.'"

"그 대목이 어떻단 거요?"

황기배가 뒷머리를 긁적이며 답했다.

"감옥소를 지키던 병사들이 도망칠 정도로 엄청나게 많은 사람들이 몰려왔다는 거잖아? 우리도 많은 이들이 감옥소를 에워싸면 간수들이 달아날까? 옥문이 모두 열리고 죄수들이 당당하게 감옥소를 나갈 수 있을까? 그런 날이 올까? 에이, 괜한 생각이지. 조선에서 파옥한 적이 있어?"

김창수가 말했다.

"바스티유처럼 큰 감옥을 파옥한 적은 없었소."

황기배가 무릎을 쳤다.

"그 봐. 없잖아. 먼 나라에서 벌어진 멋진 이야기일 뿐이야."

김창수는 아까부터 입이 근질근질한 조덕팔에게 물었다.

"같은 생각이오?"

"인천 감옥소를 파옥하든 하지 않든, 이런 일이 법난서국 역사에 있었다는 게 신기하고 기분이 좋아. 수갑에 차꼬를 채우고, 감방에 가둔 후에 옥사를 다시 잠그고, 높은 담벼락에 두꺼운 철문을 세우고도 모자라, 간수들이 총과 몽둥이와 채찍으로 죄수들을 괴롭히는 곳이 바로 감옥소지. 군중들이 이런 감옥소를 부수고, 갇혔던 죄수들이 몽땅 세상으로 나가는 건 상상만 해도 근사해. 모두들 신나지 않아?"

조덕팔은 어느 틈에 『태서신사』를 제 무릎에 놓고 소리 높여 읽기 시작했다.

"제17절 법인이 대옥을 깨침이라."

가을로 접어들 무렵, 영달이 김창수에게 물었다.

"『태서신사』를 그토록 재독하는 이유가 뭔가?"

"선입견이 있었소. 흉하게 생긴 데다 예의범절도 모르는 오랑캐라고. 한데 그 책을 보니 아니었소. 저마다 국가의 틀을 제대로 갖추고 있으며, 나라를 부강하게 만들기 위해 갖은 노력을 다하고 있었소. 특히 모르는 것을 배우고 익히는 데 아무런 주저함이 없었소."

김창수가 목소리를 줄였다.

"또한 왕이 제대로 통치를 못하면 이웃 나라들이 침범하여 재물은 물론이고 영토까지 빼앗았소. 백성들이 난을 일으켜 왕을 폐위시키거나 죽이는 경우도 적지 않았소. 법난서국이 대표적이오."

영달도 그 대목을 또렷이 기억했다. 첫째 권의 제26절은 제목부터 '왕을 죽임이라'고 나와 있었던 것이다.

"도입부만 읽어 보시겠소?"

김창수가 책을 내밀곤 눈을 감았다. 영달이 낭랑하게 읽어 나갔다.

"일천칠백구십삼년 정월 십구일에 국회에서 왕을 나오게 하여 엄히 국문하고 선고하여 왈 국회에 정한 법률을 범한 자는 반적과 같이 다스린다 하였거늘 왕이 국회의 법을 범하니 마땅히……."

김창수가 말허리를 잘랐다.

"마땅히, 법을 어긴 왕은 죽일 수 있다! 어떻소?"

"……국법을 따르긴 해야겠으나, 그걸 어겼다 하여 죽이는 것은……."

영달이 말끝을 흐리자, 김창수가 갑자기 힘주어 몇 구절을 외웠다.

"그냥 죽인 게 아니오. 구경하는 백성이 천만 명이라 했소. 과장이 섞였겠으나 발 디딜 틈 없이 구경꾼들이 모여든 것이 분명하오. 그리고 '감참관(監斬官)이 왕을 결박하고 이도(利刀)가 한번 두르매 왕의 머리 벌써 끊어지는지라.' 그리고 이런 외침이 울려 퍼졌소. '군왕이 우리를 해코자 하니 우리가 이미 죽었노라.'"

"……."

침묵이 길어졌다. 김창수는 영달을 쳐다보며 의견을 구했으나 영달은 입을 열지 않았다. 조선에서 이와 같은 일을 꿈꾸는 것은 역모다. 상상하는 것만으로도 참형을 면치 못할 일이다. 김창수가 빙긋 웃으며 분위기를 바꾼 뒤 말머리를 돌렸다.

"또 신기한 것은 아예 왕이 없거나 있다고 해도 허수아비에 불과한 나라들이 있단 것이오."

이번에는 영달도 아는 대로 즉답했다.

"미국이 그러하네. 영국이 그러하네."

김창수가 고개를 끄덕이며 날카로운 질문을 다시 날렸다.

"그렇다면 조선은 어찌해야 할까요?"

영달이 즉답을 못한 채 손바닥으로 식은땀이 흐르는 이마부터 닦아냈다. 조선은 어찌해야 하는가? 무서운 질문이었다. 김창수는 방금 조선의 왕은 어찌해야 하는지를 영달에게 물은 것이다. 지금까진 단 한 번도 듣지 못한 질문이었다. 조선의 왕은 곧 조선이다. 왕은 어찌할 수 있는 존재가 아니다. 내가 태어난 나라가 어찌할 수 있는 것이 아니듯이. 그런데 김창수는 『태서신사』에 나오는 법난서국과 미국과 영국을 예로 들면서, 나라마다 왕이 있기도 하고 없기도 하며, 있는 경우에도 그 지위가 다양하고, 왕이라고 해도 법을 어기고 민심을 어지럽히면 극단적인 경우엔 목숨까지 잃는다고 지적한 것이다. 조선의 왕 역시 절대적이지 않다면? 그렇다면? 김창수는 어디까지 생각을 뻗쳐 가고 있는 것일까. 조선의 국법이 허용하는 범위를 넘어선다면? 왕비의 원수를 갚기 위해 왜인을 척살한 김창수가 아닌가. 왕을 위해 청나라 군대까지 끌어들여 의병을 일으키려 하지 않았는가. 그런데 그는 전혀 다른 고민을 시작했다. 나라를 어지럽힌 일본과 양이를 용서할 수 없다는 생각에서, 이 나라가 혼란에 빠지기까지 조선의 왕은 책임이 없느냐는 질문으로 나아간 것이다. 책임이 있다면, 그땐 어떤 벌이 따라야 할까. 어리석은 왕이 차라리 없는 나라가 정녕 새로운 대안이 될 수 있을까.

김주홍이 면회를 왔다. 대기실에서 면회실로 이동할 때까지 김주홍은 내내 땅만 보며 한숨을 내쉬었다. 김창수와 마주보고 앉자마자 한양에 다녀온 경과를 털어놓았다. 김주홍은 좋은 일이든 싫은 일이든 솔직하게 밝히는 사람이었다. 영달도 지난번처럼 김창수 옆에 앉았다.

"법부대신께 요청을 드렸소. 국모의 원수를 갚은 의병대장 김창수의 충의를 표창하라고. 또한 당장 인천 감옥소에서 석방하라고. 법부대신이 답하길 곤란하다더군."

"무엇이 곤란하단 말이오?"

김주홍은 답을 하려다가 화가 치솟는지 영달에게 말했다.

"냉수 한 잔만 주시오."

영달이 건넨 찬물을 마시고서도 깊게 숨을 서너 차례 내쉰 뒤 답했다.

"처음엔 이유도 말해 주지 않으려 들었소. 내가 자꾸 캐물으니까, 일본 때문이라고 했소. 일본 영사를 비롯한 외교관들이 우리 대신들을 만나 경고를 했다고 하오. 대일본제국 국민을 죽인 살인범을 치하하거나 감옥소에서 석방하면 가만두지 않겠다고. 법부대신은 오히려 나를 설득하려 들더군. 사형 집행이 중지되었으니 상황을 보면서 기다려 보자고 했다오. 일본 눈치를 보느라 김 대장을 석방하잔 청을 전하께 드릴 수 없다니! 너무 화가 나서 욕을 퍼붓고 나왔다오. 겁쟁이들! 나라를 거덜 낸 버러지들!"

김창수가 갑자기 웃음을 터뜨렸다. 김주홍과 영달이 어리둥절한 표정으로 쳐다보았다. 호방한 웃음소릴 듣고 창고에 있던 죄수들까지 건너올 정도였다. 김창수는 웃었다. 웃기만 했다. 역시 조선은 썩어빠진 나라였다. 힘없는 나라였다. 김주홍이 억만

금을 갖다 바쳐도, 국왕과 대신들에 의해 감옥소에서 석방될 가능성은 사라진 것이다. 김주홍이 김창수의 손을 잡고 말했다.

"김 대장! 미안하지만, 마지막으로 한 번만 더 힘을 써 보겠소. 기다려 주오."

김창수가 웃음을 그치고 답했다.

"김 우후께서 어찌 미안하다 그러십니까? 너무 애쓰지 마세요. 이미 목숨을 내놓아도 아깝지 않을 만큼 큰 도움을 받았소이다."

굳게 잡은 두 손이 뜨거우면서도 쓸쓸했다.

김창수가 조경신에게 물었다.

"왕을 위해서, 귀족을 위해서, 가문을 위해서가 아니라, 자기 자신을 위해서 살아가는 법을 가르치고 배우는 학교도 있습니까?"

"그런 학교를 만들고 싶은가요?"

"한 사람 한 사람이 스스로 깨닫고 서지 않으면, 나라가 강해지는 것도 나라 살림이 넉넉해지는 것도 어렵단 생각이 요즘 부쩍 많이 듭니다. 물론 사람을 하늘처럼 받들라는 가르침은 일찍부터 깊이 새기며 살아왔지만, 그 구체적인 방법을 유럽과 미국에선 어떻게 가르치고 배워 왔는지 알고 싶습니다."

"모범 사례들을 찾아볼게요. 그와 같은 학교에 참여한 선교사들이 혹시 있는지 알아볼게요."

"부탁드립니다."

겨울로 접어들 무렵, 김주홍의 편지 한 통이 인천 감옥소에
닿았다. 영달은 언제나처럼 먼저 편지를 뜯어 내용을 확인했다.
가을에 김창수의 웃음소리를 듣고 나서도 김주홍은 몇 번 더 서
울을 왕래하며 다른 대신들과 접촉했다. 법부대신의 입장과 크
게 다르지 않았다. 김주홍은 이번에도 솔직하게 자신의 상황을
알렸다. 준비한 돈도 탕진했고, 더 이상 만나 볼 대신도 없다는
것이다. 마지막으로 의미심장한 시 한 수를 적었다.

조롱을 벗어나야 진정 좋은 새요　　　　　　脫籠眞好鳥

통발을 뛰어넘어야 예사 물고기가 아니리.　拔扈豈常鱗

충은 반드시 효에서 구할지니　　　　　　　求忠必扵孝

청컨대 애타게 기다리시는 모친을 생각하시오.　請看依閭人

1898년 2월, 김창수의 아버지와 어머니는 법부에 청원서를
각각 제출했다. 곽 씨는 청원서 두 통을 내기 전에 영달에게 마
지막 검토를 부탁했다. 김주홍의 도움을 받아 작성된 청원서는
문장도 깔끔하고, 부모의 절절한 심정도 충분히 담겼다. 청원서
에 대한 법부의 답은 지극히 형식적이었다. 아버지가 보낸 청원
서에 대한 답은 참작하겠으니 물러나 기다리라는 것이고, 어머
니가 보낸 청원서에 대한 답은 왕의 결정 사항이니 용납할 수 없

다는 것이었다.

부모가 각각 올린 청원서에 대한 법부의 답을 확인한 후, 김창수는 영달에게 독대를 청했다. 영달은 그를 데리고 창고로 갔다.

"간수님!"

김창수는 영달을 부르곤 잠시 말이 없었다. 영달은 그가 먼저 입을 열 때까지 기다렸다.

"조롱을 벗어나고 통발을 뛰어넘어야 할 때가 된 것 같소."

"뭐?"

탈옥하겠단 뜻이다. 아무리 가깝더라도 간수와 죄수 사이에 해서는 안 될 말이 있다. 승낙을 구하는 것도 아니고 일방적인 통보였다.

"두 가지 이유가 있소."

김창수가 일 년 동안 담아 둔 이야기를 꺼냈다.

"첫째는 이 나라가 나를 석방하지 않고 감옥소에 가둬만 두기 때문이오. 사형 집행을 중지시켜 줬으니 성은을 입은 것이므로, 감옥소에서 평생 살더라도 고마워해야 한단 훈수를 듣기도 했소. 하지만 제대로 된 나라라면, 국모의 원수를 갚은 나를 당연히 석방해야 하오. 일본을 비롯한 몇몇 외국의 눈치를 보느라, 이 나라는 나를 석방하지 않고 감옥소에 붙들어 두려 하오. 나는 죄인이 아니오. 죄인이 아닌데 감옥소에서 썩을 순 없소. 사형 집행이 중지되고 일 년이 훌쩍 지났소. 이제 용단을 내려야 합니다."

김창수가 잠시 말을 멈추고 영달의 눈을 들여다봤다. 영달은 고개를 끄덕이지도 젓지도 않았다.

"둘째는 감옥소를 나가서 할 일이 있기 때문이오. 감옥소에 들어올 때까지, 나는 계속 싸우기만 했소. 의롭지 못한 자들을 이 나라에서 쓸어버리고 나면 새 세상이 열리리라 믿었소. 동학에 들어가서 해주성을 함락시키려고 싸웠고, 국모의 원수를 갚기 위해 강계성에서도 싸웠고, 단발령에 이어 일본과 양이들의 횡포에 맞서고자 장연의 포수들을 규합하여 해주성뿐만 아니라 한양까지 쳐들어가려 했소. 내 머리는 오직 싸울 생각뿐이었고 내 가슴은 적군이 흘리는 피와 아군이 쏟아낸 피로 뜨거웠소. 내 발은 적진을 밟고 넘어서느라 바빴고 내 손은 목숨 하나라도 더 거두고자 욕심을 부렸소. 그게 바로 나 김창수였소. 하지만 감옥소에서 죄수들을 가르치며 또 『태서신사』를 비롯한 양이의 책들을 읽으며 깨달았소. 난 가르쳐야 하오. 악한 이들을 없앤다고 결코 선한 세상이 오질 않소. 선한 이들을 가르치고 키워내야지만 새 세상이 오는 것이오. 가난하고 억울한 백성이 차고 넘치는 이유는 그들이 세상 이치를 모르기 때문이오. 자신이 왜 가난한지, 왜 천하게 태어나 천하게 살다 천하게 죽어야 하는지, 인간의 삶은 어떠해야 하는지, 세상이 어떻게 돌아가는지, 아무 것도 모르기 때문이오. 제 이름 석 자도 쓸 줄 모르고 왜 당하고 살아야 하는지도 모르고 심지어 자신이 왜 무식한지도 모르는 백성이 이 땅에 넘치오. 그들이 깨우치지 않는 한 조선엔 희망이 없소. 나는 감옥소에서 새로운 나를 발견했소. 내겐 가르칠 의지도 가르치는 재주도 있소. 이제 세상에 나아가서, 싸우는 의병대장이 아니라 새로운 문물을 가르치는 교사로 살겠소. 그러기 위해선 나가야 하오. 나는 이미 한 번 죽었던 몸이오. 덤으로 사는 인생, 기러기 깃털처럼 가볍게, 평등하고 아름다운 나라를 만들기 위해 떠돌겠소. 함께 가르치고 함께 배우겠소. 나가야겠소."

영달은 김창수를 살리고 싶었다. 일 년 동안 자객이 찾아들진 않았다. 그러나 이대로 시간만 흘려보내다간 김창수에게 끔찍한 불행이 닥치리란 걱정이 영달도 적지 않았다. 그러나 김창수가 탈옥하겠단 이야길 꺼낼 줄은 상상도 못했다. 김창수는 생각대로 말하고 말한 대로 행동하는 사람이다. 탈옥하겠다고 했으니 감행할 것이다. 하지만 탈옥이 어디 쉬운가. 탈옥하다 잡히면 목숨을 부지하기 어렵다. 작두가 눈앞에서 비참하게 최후를 마치지 않았는가. 인천 감옥소에서 탈옥에 성공한 죄수는 단 한 명도 없다. 감옥소장 강형식은 어떤 핑계를 대서라도 탈옥을 감행한 죄수를 반드시 죽일 것이다. 하루하루가 조마조마했다. 다음 날부터 영달은 더 자주 김창수를 살피고 더 가까이 그의 곁에 머물려고 했다. 그러나 김창수는 별다른 움직임이 없었다. 아침에 눈을 뜨고, 점심 식사 후 짧은 휴식 시간에 운동장을 걷고, 밤엔 잠들었다. 감옥소에서 평생을 보낼 듯이, 평온했다.

탈옥

밤이 깊었다. 늦겨울 꽃샘추위가 기승을 부렸다. 낮엔 아지랑이가 피어오르고 응봉산엔 군데군데 진달래가 붉었다. 해가 뉘엿뉘엿 질 즈음 먹구름이 몰려들었고, 요란한 천둥과 번개에 뒤이어 겨울비가 쏟아졌다. 점호를 마친 구호실 죄수 중 잠든 이는 없었다. 간수들의 발소리가 사라지기를 기다린 죄수들이 어둠 속에 모여 앉았다. 조덕팔과 양원종과 황기배가 김창수에게 집중했다. 김창수가 계획을 밝혔다.

"나가야겠소."

세 사람의 어깨가 동시에 움찔 떨렸다.

"국모를 죽인 원수를 갚고 한 점 부끄러움도 없이 조선 백성으로 떳떳하게 죽으려 했소. 그런데 지금은 죽지도 못한 채 감옥소에 갇혀 지낼 뿐이오. 감옥소에서 허송세월하지 않고, 바깥세상으로 나가 새로운 일을 도모하고 싶소. 나 혼자만 나가면 여러분이 큰 고초를 당할 거요. 원하는 이는 함께 가도 좋소이다."

조덕팔이 고개를 끄덕였다.

"잘 생각했네. 이런 날이 올 줄 알았어. 같이 가세."

양원종이 이마에 잔뜩 주름을 잡으며 물었다.

"내가 늙었다고 여기 두진 않을 거지?"

창수의 시선이 황기배에게 향했다. 만기 출소가 불과 한 달 앞이었다.

"동참하지 않으셔도 되오. 충분히 그 입장 이해하오."

황기배가 김창수에게 부탁했다.

"천동이, 우리 천동이를 데리고 나가 줘. 감옥소에서 썩게 내버려 둘 순 없어. 김 대장까지 없으면 천동인 아마 견디지 못하고 자살하고 말 거야."

김창수가 되물었다.

"천동이를 데리고 우리가 나가면, 간수들이 기배 형님을 잡아 족칠 거요. 탈옥을 알고도 신고하지 않았다고 공범으로 몰려 두들겨 맞은 다음 감옥살이를 더할 게 확실하오."

황기배가 울상이 되어 주위를 둘러보았다.

"일이 또 그렇게 되나? 그럼 어쩌지……?"

조덕팔이 재촉했다.

"어쩌긴, 둘 중 하나지. 탈옥을 모의했다고 고발하든지 아니면 우리랑 같이 나가든지. 내 말이 맞지?"

김창수가 고개를 끄덕였다. 잠시 침묵이 흐른 뒤 황기배가 답했다.

"휴우…… 할 수 없지. 나도 천동이랑 함께 나갈게."

김창수가 다짐을 받았다.

"다들 약속해 주시오. 탈옥하면 절대로 붙잡혀선 안 됩니다. 인천에서 가장 먼 곳으로 가야 하오. 이름부터 바꾸고 가족 친지와도 당분간 연락을 끊은 채 숨어 지내야 하는 건 알 테고. 가장 중요한 건 개과천선해서 잘 사는 거요. 사람답게! 알겠소?"

조덕팔이 말했다.

"걱정 마. 최소한 십 년은 꽁꽁 숨어 있을 테니까."

양원종이 이었다.

"얼마 남지 않은 인생, 남들 위해 살아 보고 싶네. 글도 맘껏 읽고."

황기배가 받았다.

"천동이와 함께 열심히 살겠어. 믿어 주게."

육호실 김천동의 장래 희망까지 대신 말했다.

"천동인 가구를 제대로 만들어 볼 생각이래. 손재주를 살려 보라고 김 대장이 권했다며?"

탈옥 준비가 시작되었다. 김창수가 뜻을 모은 죄수들에게 내린 명령은 간단했다.

"오늘 밤부터 작업을 시작하는 거요. 잠은 낮에 적당히 알아서들 자는 걸로 합시다. 우선 작업장에서 뭐라도 좋으니 땅을 팔만한 연장들을 각자 하나씩 훔쳐 나오시오."

겨울엔 창고에서 목재 다듬는 일이 많았다. 간이 선착장을 만든 후로 죄수들의 솜씨가 좋다는 풍문이 돌아서 일감이 몰려들었다. 감옥소장 강형식은 쇠로 된 연장들을 죄수들이 창고에서 사용할 수 있도록 허락했다. 죄수들이 목재를 다듬어 벌어들인 이익은 모두 강형식의 호주머니로 들어갔다. 황기배는 끌을, 김장수는 손바닥만 한 쇳조각을, 양원종은 호미를 훔쳤다. 작업을 마치고 창고를 나서는 죄수들의 몸수색이 시작되었다. 짝수 감방은 김상노, 홀수 감방은 이영달이 맡았다. 제일 앞에 선 김창수의 소매에서 쇳조각이 삐져나왔지만, 영달은 무사통과시켰다. 그리고 줄줄이 구호실 죄수들의 몸을 뒤지는 흉내만 냈다. 김창수는 연장들을 모아 김천동에게 맡겼다.

"감방에 두긴 위험해. 적당한 곳에 감춰."

김창수가 조덕팔에게 따로 명령을 내렸다.

"아편을 좀 구해 주시오."

"아편은 왜?"

"어렵소?"

"어려운 건 아니지만, 곧 거사를 할 테니 체력을 기르기 위해 아편 따위 멀리하고 있는데……."

"무사히 나가려면 그게 꼭 필요하오."

"그러한가? 알겠네!"

닷새 뒤 인천 기생 둘이 조덕팔을 면회 왔다. 간수장이 당직을 쉬는 날이었다. 조덕팔은 술과 고기를 챙겨 면회실 입구에 선 김상노와 영달에게 다가왔다. 넉살 좋게 권했다.

"한 잔씩 하십시오."

김상노가 눈을 부라렸다.

"감옥소에 술 반입은 금지란 걸 모르나? 벌방에 갇혀야 정신을 차리겠어?"

조덕팔이 비굴한 웃음을 거두지 않았다.

"왜 이러십니까, 우리 사이에. 그러니까 이렇게 간수님들 먼저 드시라고 가져온 거 아닙니까? 저는 면회실에서 딱 한 잔만 하겠습니다. 맑고 맑은 청주입니다. 시원합니다."

조덕팔이 영달의 손에 잔을 얹고 따랐다. 영달은 잔을 비우는 대신 김상노를 쳐다보았다. 김상노가 마실까 말까 잠깐 갈등하다가 조덕팔에게 따지듯 물었다.

"몇 잔 마실 거야?"

"한 잔……이라고 말씀 올렸지만, 석 잔은 마셔야 하지 않을깝쇼. 그래야 술과 안주를 장만해 온 저년들 정성도 헤아리는 셈이고."

"알았어."

김상노의 승낙이 떨어지기가 무섭게 조덕팔은 술잔이 넘칠 만큼 청주를 따랐다. 김상노와 영달은 부어라 마셔라 하며 조덕팔이 건넨 술 한 병을 비웠다. 콧잔등이 화끈거리며 이마까지 열

이 뻗쳤다. 그 사이 조덕팔은 기생들에게서 아편을 몰래 넘겨받
았다. 아편 아니라 수박 덩이라도 대취한 김상노는 알아차리지
못했을 것이다.

아편을 구한 밤, 황기배가 김창수에게 물었다.
"어디로 해서, 어떻게 나갈 계획이야? 우리가 홍길동도 아니
고……."
"어찌해야 할 것 같소?"
김창수가 준비한 작전을 설명하는 대신 반문했다.
"아무래도 인천 감옥소 설계도가 있어야 하지 않을까? 내가
출옥이 코앞이라 비교적 행동이 자유로우니, 지도가 있음직한
곳을 몰래 들어가서 찾을까?"
"맞소. 설계도가 꼭 필요하오. 하지만 걱정 마시오. 그 일을
따로 부탁할 사람이 있으니까."
"누군데? 우리 말고 탈옥 계획을 아는 이가 또 있어?"
황기배의 얼굴이 두려움으로 가득 찼다. 겁이 많은 사내였다.
김창수가 부드럽게 되물었다.
"나를 믿소?"
"믿고말고."
"그럼 내 말대로 따라 주시오. 전부를 설명할 순 없지만 이게
최선이오. 알겠소?"
황기배가 고개를 끄덕였다.

김창수가 황기배를 만류하고 택한 이가 바로 영달이었다. 식당에서 죄수들의 저녁 식사가 끝난 후 둘은 다시 만났다.

"설계도가 필요하오."

기다렸다는 듯이 영달이 물었다. 마지막 확인이었다.

"꼭 나가야겠나?"

"네."

영달도 이미 김창수를 돕기로 마음을 굳힌 듯 선선히 말했다.

"알겠네. 내가 찾아봄세."

"설계도를 받은 후 본격적인 작업을 시작하면 알려 드리겠소. 만약 이 간수님이 의심받는 것 같단 느낌이 들면, 그땐 간수답게 행동하시면 됩니다."

"간수답게? 그럴 일은 없을 거야."

김창수가 덧붙였다.

"최악의 상황을 대비해서…… 조 과장님껜 우리 계획을 알리지 마십시오."

김창수가 말한 최악의 상황이란 탈옥 계획이 미리 발각되거나 감행했으나 실패할 경우다. 조경신이 이 일로 다치게 하진 말자는 뜻이다.

"알겠네. 비밀로 하지."

김창수가 일어서려다가 한마디 더 얹었다.

"두 분 잘 어울립니다."

"응?"

영달이 턱을 약간 들며 쳐다봤다. 김창수가 강조했다.

"좋은 사람입니다. 놓치지 말고 꼭 붙잡도록 해요."

그 밤에 영달이 들어간 곳은 관리사 2층 감옥소장실이었다. 건물 간이 설계도는 간수실에도 있지만, 담과 대문까지 포함하여 감옥 전체 설계도는 소장실에 따로 보관했다. 영달도 설계도가 소장실에 있는 것만 알 뿐이고 보관 장소는 정확히 몰랐다. 소장실은 넓고 어두웠다. 불을 밝혀 찾고 싶었으나, 빛이 새어 나가는 것은 금물이었다. 그나마 크고 둥근 보름달이 담 위로 떠오른 것이 다행이었다. 책상을 손바닥으로 쓸며 의자에 앉았다. 어둠에 잠긴 소장실을 훑었다. 전에는 그 방이 무척 작다고 느꼈는데, 설계도를 찾으려고 하니 그 어느 방보다 컸다. 어디에 설계도가 있을까. 책상 서랍과 서류함을 열었다. 서류와 필기구들이 가지런히 놓여 있었다. 비밀 금고가 혹시 있을까 싶어 벽을 모두 만졌지만, 의심되는 부분은 없었다. 소파 사이 간이 탁자 아래 상자엔 파이프와 담배들만 가득했다. 혀로 아랫입술을 누르던 영달의 눈에 진열장이 들어왔다. 진열장 제일 위 칸에 놓인 단검과 총에서 푸른빛이 번뜩였던 것이다. 일 년 사이 장식물이 늘었다. 영사대리 겐조가 말없이 떠난 후, 강형식은 진열장을 새로 넣고 장식물들을 사들였다. 언제나 감옥소를 떠날 수 있도록 소장실에 물건을 쌓아 두지 않던 원칙을 버린 것이다. 허탈한 마음을 이렇게라도 채우고 싶었는지 몰랐다. 단검과 총을 진열해 둔 아래 칸엔 모형 전차와 군함들이 놓였다. 일본 외교관들을 통해 구입한 것이다. 강형식다웠다. 그 아래 칸엔 말을 타고 모자를 깊이 눌러쓴 강형식의 사진이 액자 두 개에 담겨 놓였다. 이것 또한 강형식다웠다. 그리고 그 아래엔 제목을 확인하긴 어렵지만 책들이 꽂혀 있었다. 책? 강형식은 책을 좋아하지 않았다. 끔찍이 싫어했다. 가까이 다가가서 그중 한 권을 뽑아 달빛에 의지하여 어렵게 제목을 확인했다. 『신약성경』. 더더욱 강형식답지 않았다. 그가 교회나 성당에 다닌다는 이야기를 들어본 적이 없었다. 기독교를 신봉하는 외국의 외교관으로부터 선물로 받았을까. 아니면 그들과 대화를 자주 나누는 강형식으로선 성경을 읽어 둘 필요가 있었던 걸까. 어느 쪽이든 강형식의 방에 나란히 놓인 책이 성경과 찬송가라는 점은 어딘지 어색했다. 영달은 서둘러 그 책들을 뽑아 펼쳤다. 『신약성경』엔 없었다. 『구약성경』에도 없었다. 그 옆 『찬송가』 사이에 설계도가 끼워져 있었다. 설계도를 서둘러 품에 넣고 나오려다가, 책들 옆에 놓인 나무 상자에 눈길이 갔다. 그 상자에만 자물쇠가 달려 있었던 것이다. 영달은 상자를 손바닥으로 만지다가, 허리춤에서 열쇠 꾸러미를 꺼냈다. 그중에서 끝만 살짝 구부러진 철사를 들고 자물쇠 홈에 넣었다. 간혹 녹슨 자물쇠가 열리지 않을 때 쓰는 만능열쇠였다. 철컥. 소리와 함께 자물쇠가 열렸다. 영달은 상자 뚜껑을 조심조심 연 뒤 그 안을 확인했다. 발송을 금지시킨 편지들이 수북했다.

'四一三'이란 글자가 가장 많이 눈에 띄었다. 편지함이란 말인가. 영달의 얼굴에 실망하는 빛이 어렸다. 손을 쑥 집어넣고 편지를 흩으며 휘저었다. 갑자기 그의 손이 멈췄다. 공책 두 권을 제일 아래에서 발견한 것이다. 일본인에게 선착장 공사 대금으로 받은 공사비와 그 외 감옥소장이 착복한 금액의 상세 내역서였다. 달빛 아래에서 더 자세히 검토하긴 어려웠지만, 영달을 지켜 주고 강형식을 공격할 무기임을 직감했다. 떨리는 손으로 공책들을 꺼내 품에 넣었다. 그리고 편지를 그 위에 두툼하게 흩어 흔적을 없앴다.

영달은 그 밤에 곧장 설계도를 건네진 않았다. 귀가하여 설계도와 공책들을 꼼꼼히 검토했다. 설계도만 구해 주면 충분하다고 했지만 더 돕고 싶었다. 설계도를 펼치고 탈옥 경로를 궁리하고 또 궁리했다. 다음 날, 같은 시간에 식당으로 갔다. 그 저녁엔 박동구가 망루에서 내려와 식당을 둘러보는 중이었다. 김상노까지 박동구를 따르며 죄수들에게 시비를 걸었다. 영달은 김창수와 마주 앉아 탈옥에 가장 좋은 경로를 설명하고 싶었다. 그러나 기회를 잡기 어려웠다.

"빨리빨리 감방으로 들어가! 여기가 너희들 놀이턴 줄 알아!"

김상노가 방망이로 탁자를 쾅 내리쳤다. 죄수들이 출입문 쪽으로 몰렸다. 영달은 그 기회를 놓치지 않았다. 박달을 높이 들고 죄수들에게 다가갔다. 질서를 잡기 위해 간수들이 흔히 하는 행동이었다. 김창수를 스치며 소매에 설계도를 밀어 넣었다.

그 저녁부터 김상노가 영달 곁에 머물렀다. 간수장에게 무슨 이야기를 듣기라도 했는지, 당직이 아닌 날에도 퇴근하지 않고 간수실과 옥사를 어슬렁거렸다. 영달은 숨어 기회를 찾기보다 나서서 기회를 만드는 쪽을 택했다. 김창수도 이런 상황을 예측 이라도 한 듯 충고했었다. 간수답게! 영달이 먼저 김상노에게 물었다.

"요즘엔 조용하네. 이상하지 않아?"

"뭐가?"

"사일삼 말이야. 그 녀석은 뭔가 작당을 하지 않으면 돌아 버리는 녀석이잖아. 뭐 아는 거 없어?"

"없어. 사일삼이랑 친한 건 너잖아?"

"내가? 웃기지 마. 사일삼은 죄수고 나는 간수야. 녀석은 짐 승이고 나는 사람이라고."

"흠, 맞는 말이지."

"뒤져 볼까?"

"웅?"

영달이 앞장서서 구호실로 갔다. 김상노도 몽둥이를 찾아 들 고 서둘러 뒤따랐다. 옥문을 열자마자 박달을 휘둘러 양원종의 이마를 갈겼다.

"복도로 나가서 대기한다! 실시!"

"실시!"

죄수들이 복도로 나가서 김창수, 조덕팔, 황기배, 양원종 순으로 섰다. 영달과 김상노는 구호실을 뒤졌다. 죄수들 물건을 확인하고 벽과 바닥도 손바닥으로 일일이 눌러 살폈다. 아무런 이상이 없었다. 영달이 물었다.

"뭐 있어?"

"전혀!"

영달과 김상노가 복도로 나왔다. 김창수가 간수들을 노려보며 섰다. 영달이 박달로 김창수의 가슴을 밀며 경고했다.

"눈 깔아! 곳곳에 너를 보는 눈이 있다는 걸 잊지 마. 네놈은 뒈질 곳에서, 이 감옥소에서 평생 살 팔자야! 마음에 새기고 또 새겨!"

김창수가 박달에 밀리면서도 영달의 눈을 오래 들여다봤다. 뒈질 곳, 죽을 곳이 살 곳이었다.

일주일이 더 지나갔다. 첫날, 영달은 김창수에게 다가갔지만, 김창수가 외면했다. 교유가 전혀 없던 사이처럼 데면데면하게 굴었다. 한 번 식당에서 외면을 당하고 또 한 번 창고에서 외면을 당했을 때, 영달은 멀어지는 김창수의 등을 보며 알아차렸다. 탈옥 준비를 본격적으로 시작했다는 신호를 보낸 것이다. 세상 사람들은 김창수를 의협심 강한 호랑이로만 보았다. 김창수는 또

대장 김창수

한 천하를 속이고 자기 자신까지도 속이는 영악한 여우였다. 일주일 뒤 저녁 점호를 마치고 마당으로 나왔을 때, 바바와 부부를 풀어 주고 돌아오는 김천동과 마주쳤다. 김천동이 눈짓으로 영달을 병감 담벼락 아래로 불렀다. 그리고 속삭였다.

"내일은 출근하지 마시랍니다. 조 과장님도 함께."

탈옥 준비를 마쳤다는 뜻이다.

"그래도 내가 있어야, 급할 땐 도움이……."

김천동이 주위를 살피며 말허리를 잘랐다.

"잊지 않겠다고 하셨습니다."

영달은 병감으로 갔다. 조경신은 내내 결근은 물론 지각이나 조퇴도 한 번 없이 감옥소에서 근무해 왔다. 그녀를 어떻게 설득해야 할까 방법이 떠오르지 않았다. 병감으로 들어서기도 전에 기침 소리가 들려왔다. 속기침이 폭포수처럼 쏟아졌다. 영달은 속히 들어갔다. 조경신이 손수건으로 입을 가린 채 멀리 떨어져 있으라고 손짓했다.

"언제부터 이런 겁니까?"

겨우 기침을 멈춘 조경신이 답했다.

"별일 아니에요. 밤에 차게 잤더니……."

"약은 먹었습니까?"

"걱정 말아요. 꿀물 한 잔 마시고 푹 자면 나을 테니까."

얼굴에 핏기가 하나도 없었다. 심상치 않았다.

"갑시다."

일어서며 그녀의 손목을 쥐었다.

"어딜요?"

"내리교회에 존슨 선생이 와 계신다면서요? 그분 목회자 되기 전에 의사셨다니, 가서 진찰부터 받읍시다."

조경신은 팔을 뿌리치려 했지만, 영달이 꼭 쥐고 버텼다.

"가야 합니다."

그녀는 영달의 눈길을 피하지 않고 보다가 기분 좋게 웃었다.

"알았어요. 그럼 근무 끝나고 가요."

"약속한 겁니다."

"약속!"

영달은 미리 선교사 존슨에게 양해를 구했다. 조경신이 너무 일을 많이 해서 탈진한 것 같으니, 하루만이라도 쉬게 해 줬으면 싶다고. 존슨은 조경신을 진찰한 후 목이 많이 부었고 폐를 오가는 공기의 흐름이 좋지 않으니 적어도 하루는 절대 안정이 필요하다고 했다. 영달은 존슨이 써 준 소견서를 감옥소에 갖다 냈다.

다음 날 그러니까 1898년 3월 21일, 조경신과 영달은 하루 휴가를 내고 근무를 쉬었다. 영달은 낮에 경신의 자취방으로 병문안을 갔다. 그녀는 토라진 얼굴로 영달을 맞았다.

"멀쩡한 사람 병자로 만드니 좋아요?"

영달이 진담을 농담처럼 경쾌하게 말했다.

"좋습니다, 무척! 둘이만 이렇게 경신 씨 자취방에 있으니 천하를 가진 듯 기쁘네요."

그녀는 두 손 두 발 다 들었다며 웃었다. 웃음소리가 수정고드름처럼 맑았다.

그날 영달이 구경꾼처럼 김창수의 탈옥을 기원만 한 것은 아니다. 김창수에게도 영달에게도 평생 잊지 못할 하루였다. 영달은 인천 감옥소를 위해 자기만이 할 수 있는 일을 감당하기로 했다. 해질 무렵 영달은 간수복을 꺼내 입고 집을 나섰다. 감옥소로 출근할 때와 조금도 다르지 않았다. 그러나 영달이 향한 곳은 감옥소가 아니라 바로 옆에 붙어 있는 감리서였다. 김창수를 호송하여 데려간 곳이자, 재판의 전 과정과 김창수의 마지막 진술을 보고 들은 곳이기도 했다. 감리서를 지키던 순검들이 막아섰다.

"용무가 뭡니까?"

영달이 그들을 쳐다보며 담담히 말했다.

"감리 어른을 뵈어야겠소."

"퇴근하셨습니다."

"급한 일이오. 어서 댁에 사람을 보내도록 하시오."

영달이 감리 이호정을 기다리는 동안 창수는 탈옥을 시작했다. 먼저 황기배가 저녁 식사를 마친 후 간수실로 김상노를 찾아왔다. 김상노가 떨리는 왼손을 등 뒤로 감추며 물었다. 아편을 피우지 못해 생긴 금단현상이었다.

"구했나?"

황기배가 조덕팔을 통해 받은 아편을 김상노의 바지춤에 찔러 넣었다.

"식은 죽 먹기죠. 흐흐, 앞으로도 필요하시면 말씀만 하십시오. 제가 나갈 때까진 딱딱 구해 바치겠습니다. 그 대신 육호실 김천동이랑 얘기하게 좀……."

"알았어. 면회실로 가."

김상노가 히죽 웃으며 아편을 물었다. 황기배가 나가지 않고 미적거렸다. 김상노가 화를 버럭 냈다.

"빨리 나가. 천동인지 뭔지 네 애인 데리고 면회실로 가라고. 내일 아침까진 찾지 않을 테니 맘껏 놀아."

"그게…… 부탁이 있습니다."

"부탁?"

황기배가 아편 하나를 더 김상노의 바지 주머니에 찔러 넣었다. 김상노가 두툼한 아편 봉지를 느끼며 성난 표정을 풀었다.

"부탁이 뭐야?"

"제가 출소하고 나면 시구문 일을 천동이에게 시켜 주십시오."

황기배는 시구문으로 시신을 몰래 버리는 일을 맡은 후 힘든 노역에서 제외되었던 것이다. 김상노가 피식 웃었다.

"알았어. 간수장이 최종 결정을 내리지만, 내 김천동을 강력히 추천하지. 출소 선물이야."

"감사합니다."

황기배가 재빨리 간수실을 나왔다. 황기배는 간수 최윤석에게 김상노의 명령을 전달했다. 전에도 종종 있던 일이라 최윤석은 의심하지 않고 육호실에서 김천동을 꺼내 주었다. 황기배는 김천동을 데리고 식당으로 갔다. 점호가 끝나고 바깥으로 통하는 옥사의 문이 모두 굳게 잠겼다. 당직 간수 김상노가 간수실에서 아편을 피우는 동안 구호실 죄수들도 움직이기 시작했다. 김창수는 고 진사가 남긴 참매를 챙겨 봇짐에 넣었다. 김창수와 양원종이 마주 보고 서서 손을 모아 깍지를 끼고 조덕팔을 들어 올렸다. 조덕팔이 익숙하게 천장 모서리를 뜯어냈다. 감방 점검을 할 때 간수들은 벽과 바닥에만 신경을 썼다. 땅을 파거나 벽에 구멍을 낸 흔적이라도 있는지 눈에 불을 켜고 찾았다. 그러나 김창수가 구호실에서 택한 탈출로는 천장이었다. 미리 뚫거나 팔 이유가 없었다. 김창수가 밑에서 조덕팔과 양원종을 차례차례 천장으로 밀어 올렸다. 두 사람이 손을 아래로 내려 김창수의 손을 잡고 끌어당겼다. 김창수의 몸이 흔들리며 천장으로 사라졌다. 구호실엔 이제 죄수가 한 사람도 없었다. 어둠뿐이었다.

천장과 지붕 사이 대들보를 세 사내가 재빨리 기어가기 시작했다. 먼지가 수북하게 앉았다. 쥐들이 놀라 재빨리 달아났다. 옥사 가장자리까지 기어간 사내들은 몸을 직각으로 꺾어 천장을 뜯고 내려섰다. 김창수가 대서할 때 줄곧 이용한 독방이었다. 어두운 독방으로 내려선 김창수는 앉은뱅이책상으로 향했다. 책상 옆에는 나무로 만든 서류함이 나란히 두 개 놓였다. 서류함 하나의 크기는 가로 1미터 세로 1미터 정도였다. 첫 번째 서류함에는 대서에 필요한 종이를 비롯한 붓, 벼루 등이 들었고, 두 번째 서류함에는 간수들의 헌 가방이나 신발 등이 담겼다. 양원종과 조덕팔이 이미 여러 번 해 본 솜씨인 듯 앉은뱅이책상을 옮기고 서류함을 옆으로 밀었다. 김창수가 소매에서 송곳 두 개를 꺼냈다. 그걸 벽 사이 틈에 넣고 당기자, 네모반듯한 직사각형 벽돌이 자석에 이끌리듯 딸려왔다. 김창수는 벽돌을 가로로 셋, 세로로 셋, 합해서 모두 아홉 개를 빼냈다. 그리고 양원종과 조덕팔이 차례로 그 구멍으로 들어갔다. 김창수는 앉은뱅이책상을 제자리로 옮겨 두곤 구멍으로 들어간 뒤, 마지막으로 서류함들을 다시 당겨 구멍을 가렸다. 그들이 내려선 곳은 옥사와 벽을 같이 쓰는 사형수 대기방이었다.

김상노가 몸을 가누지 못할 정도로 아편에 취해 간수실 바닥에 엎드려 키들키들 웃기 시작할 때, 김창수는 사형수 대기방에서 고 진사가 유언을 남긴 벽을 향해 걸었다. 벽 아래로 녹슨 철문이 겹겹이 쌓여 있었다. 세 명의 죄수는 힘을 합쳐 철문을 하나하나 옮겼다. 다섯 개의 철문을 옮긴 뒤에야 바닥에서 찬 공기가 불어 올라왔다. 탈옥을 위해 판 구멍이었다. 세 명이 차례차레 그 구멍으로 들어갔다. 구멍은 뒷마당까지 이어졌다. 영달은 김창수에게 뒈질 곳이 살 곳임을 마음에 거듭 새기라고 말했었다. 그중 하나가 바로 이 사형수 대기방이다. 다른 감방은 나무판 아래 돌판을 깔아 뚫는 것이 불가능했다. 그러나 사형수 대기방엔 돌판이 없었다. 길어야 하루 정도 머물다 형장으로 가는 사형수 대기방에까지 돌판이 필요하진 않다고 여긴 것이다.

세 사내가 구멍으로 사라질 즈음, 황기배와 김천동도 면회실로 쓰는 식당을 나섰다. 두 쌍의 불덩이가 어둠 속에서 빙글거리며 이글이글 타올랐다. 김천동은 두려움 없이 오히려 서너 걸음 나선 뒤 왼 무릎을 꿇고 앉았다. 소장이 아끼는 개 바바와 부부가 다가와선 김천동의 손을 핥았다. 황기배를 향해서도 꼬리를 흔들었다. 다른 죄수들이라면 벌써 달려들었겠지만, 개들은 지극 정성으로 자신들을 돌본 두 사람에게만은 다정하게 굴었다. 김천동은 보자기에서 돼지고기 살점을 녀석들에게 한 점씩 던져 줬다. 개들은 단숨에 집어 물곤 남김없이 살점을 씹는 둥 마는 둥 하고 삼켰다. 잠시 후 비틀대더니 픽 쓰러졌다. 황기배가 물었다.

"죽인 거냐? 독약을 섞었어?"

"서너 시간 푹 자는 약을 먹였지요. 자, 좀 도와주세요."

김천동이 앞다리를 모아 잡고 황기배가 뒷다리를 맡았다. 바바와 부부를 창고 옆 개집 안으로 옮겼다. 축 늘어진 송아지만 한 개들을 옮기는 일이 퍽 힘들었다. 황기배가 독촉했다.

"어서 가야 해. 시간이 없어."

김천동은 따라나서지 않고, 잠든 바바와 부부의 뺨을 어루만 졌다.

"잘 있어. 너희들 덕분에 그래도 즐거웠다."

개집 안에서 손망치 두 개를 꺼내 황기배에게 하나를 내밀었 다. 김천동이 손망치를 가볍게 흔들며 설명했다.

"처음엔 연장들을 며칠만 감방 아닌 곳에 숨겨 두라고 하셨 어요. 여기만큼 들키지 않고 안전한 곳이 없더라고요. 일주일 전 에 대부분은 구호실로 넣었고, 이건 우리 둘이 쓰려고 남겨 뒀 죠."

"그랬구나. 고마워."

황기배가 김천동을 끌어안았다. 둘은 서둘러 뒷마당으로 향 했다.

김창수와 조덕팔과 양원종은 달빛에 그늘진 건물 그림자에 붙어 기었다. 망루에서 박동구가 내려다보았지만 세 사람을 발견 하진 못했다. 잠시 기다렸다가 박동구의 망원경이 바닷가를 향 해 돌아서자, 세 명은 뛰기 시작했다. 나무와 화단에 몸을 숨겼 다가 시구문 쪽으로 허리를 숙인 채 빠르게 이동했다. 김천동과 황기배가 시구문 옆 벽에 들러붙은 채 세 사람을 맞았다. 다섯 명은 서로 눈빛을 교환했다. 조덕팔이 김창수에게 물었다.

"이제 어떻게 해?"

양원종도 김창수를 쳐다보았다. 김창수의 시선이 김천동을 지나 황기배에게 닿았다. 시구문 도착 전에 일이 잘못될 것을 염려하여, 김창수는 양원종과 조덕팔과 김천동에겐 뒷마당에 집결한 후의 이동 경로를 알려주지 않았던 것이다. 황기배가 웃으며 호주머니에서 묵직한 시구문 열쇠를 꺼냈다. 김상노의 바지 주머니에 두 번째로 아편을 넣을 때 허리춤에 찬 열쇠를 슬쩍 빼돌린 것이다. 황기배가 시구문의 자물쇠를 열었다. 시구문을 힘껏 당겼다. 삐걱 소리를 내며 열렸다. 다섯 명이 일제히 몸을 낮췄다. 다행히 그 소리에 관심 갖는 이는 없었다. 조덕팔이 투덜거렸다.

"들어가라고? 시체 구멍으로?"

양원종도 같은 질문을 품고 김창수를 쳐다보았다. 김창수가 어깨를 으쓱 들었다.

"이 길밖에 없습니다. 시체가 떨어진 구멍이니 산 사람이 다니는 데도 불편함이 없을 겁니다."

뒈질 곳이 살 곳이라는 영달의 말이 암시한 두 번째 장소이기도 했다. 설계도에 따르면 시구문은 가파른 지하 동굴로 이어졌다. 그 동굴의 끝이 바로 인천 앞바다였다. 썰물에도 바닥이 드러나지 않을 만큼 수심이 깊었다. 몸에 돌덩이를 매달아 시구문으로 던진 시신은 바다 밑바닥에서 영원히 떠오르지 않았다. 불법 해저 무덤인 셈이다. 담벼락을 부수거나 뛰어넘지 않고 감옥소를 벗어날 방법은 시신들만 던져지는 구멍으로 뛰어드는 것뿐이었다. 멀리서 횃불이 일렁거렸다. 간수들이 2인 1조로 감옥소

경비를 돌았다.

"이왕 이렇게 된 거, 나 먼저 가네."

조덕팔이 시구문으로 들어갔다. 탈옥하다 잡힌 죄수는 목숨이 달아날 테니, 김창수를 믿는 수밖에 다른 방법이 없었다. 양원종과 김천동 그리고 황기배도 그 뒤를 따랐다. 마지막으로 김창수가 시구문에 오른 다리를 넣었다. 그리고 왼 다리를 건 채, 시구문의 무거운 둥근 철문을 양손으로 잡았다. 횃불이 더 가까이 다가왔다. 오른 다리를 빼는 것과 동시에 철문을 힘껏 당겼다. 철문이 쿵 닫혔다. 가까이 다가와서 횃불을 비추지 않는 이상, 문에 달린 자물쇠의 잠금 상태를 확인하긴 어려웠다. 간수들은 늦은 밤 시구문 쪽으로 접근하는 것을 꺼렸다. 원혼들이 시구문 주위에 머문다는 농담 아닌 농담이 돌았던 것이다.

김창수가 시구문을 통해 지하 동굴로 떨어지기 시작할 때, 인천 감리 이호정이 집무실로 들어섰다. 잠자리에서 곧장 달려온 듯, 머리는 헝클어지고 두 눈엔 졸음과 짜증이 가득했다. 영달은 소속과 지위 그리고 이름을 밝혔다. 이호정에겐 인천 감옥소 말단 간수에 대한 기억이 또렷하게 남아 있진 않았다.

"그래, 무슨 일인가?"

소장실에서 가져온 공책 두 권을 내밀었다.

"이걸 보여드리려고 왔습니다."

이호정이 첫 번째 공책을 펼쳤다. 그리고 두 눈에 점점 놀라움이 차올랐다. 강형식이 횡령한 죄수들의 품삯, 일본 영사대리 겐조와 맺은 비밀 계약서 등을 하나하나 확인했다. 영달은 그가 두 번째 공책도 마저 검토할 때까지 기다렸다. 몸은 감리서에 있지만 마음은 온통 감옥소로 향했다. 김창수는 죽음과 부둥켜안은 두 곳을 차례차례 통과하여 감옥소를 무사히 탈출했을까. 실패하여 체포된 건 아닐까. 계획대로 일이 진행되지 않는다면? 고개를 저었다. 아니다! 김창수는 반드시 성공할 것이다. 이윽고 이호정이 공책을 덮고 손바닥으로 겉장을 누르며 긴 숨을 내쉬었다. 그만큼 놀라운 비리가 가득했던 것이다.

"강 소장이 일본 영사관과 대불호텔을 아침저녁으로 드나든단 풍문은 들었지만, 이토록 썩었을 줄이야. 이영달이라고 했나? 자네도 인천 감옥소 간수이니 다칠 수 있을 텐데…… 같은 식구끼리 고발을 했다고 따돌림을 당할지도 몰라."

영달은 이미 내부고발자의 길을 가기로 마음을 굳힌 뒤였다.

"제가 다치는 건 사사로운 일입니다. 그보다……."

"알겠네. 고맙네. 자네의 충정이 헛되지 않게 조처하겠네."

영달이 이호정의 미소를 보며 안도하던 그때, 다섯 명의 죄수는 좁고 더러운 시구문을 통과하는 있었다. 오래된 오물과 벌레 그리고 쥐들이 들끓었다.

턱!

김창수의 발에 무엇인가 걸렸다. 끌어당겨 만지니 해골이었다. 시구문을 내려가다가 돌부리에 걸려 더 이상 가지 못하고 그대로 썩은 시신이었다. 김창수는 몸을 비틀어 빠져나가려 했다. 그런데 시신의 허리가 뚝 부러지더니 김창수의 얼굴을 덮어 버렸다. 악취가 코로 밀려드는 것과 동시에 눈물이 쏟아졌다. 두려움이 순식간에 그를 휘감았다. 설계도에는 분명히 지하 동굴이 인천 앞바다로 연결된다고 적혀 있었다. 그러나 산 사람 중에서 시구문을 열고 지하 동굴을 통해 바다에 도착한 이는 없었다. 설계도를 그린 건축가가 동굴로 이렇듯 굴러 떨어졌을까. 단언컨대 그런 적은 없을 듯했다. 동굴은 이대로 땅속 어딘가에서 끝날 수도 있었다. 인천 앞바다와 연결되지 않고 지하 수십 혹은 수백 미터에서 끝난다면, 그곳이 곧 다섯 죄수의 무덤이었다. 생매장당하는 꼴이었다. 탈옥을 감행할 땐 설계도가 든든한 버팀목이었는데, 어둠 속에서 시신과 뒤엉키고 보니 그마저도 헛된 기대인 듯했다. 두 팔을 뻗어 휘저었다. 살갗이 만져지는 대신, 시신의 뼈와 뼈 사이로 손이 쑥쑥 들어갔다. 시신의 몸에서 흘러나온 찐득찐득한 액체가 김창수의 옷을 적셨다. 떨어지려고 애쓸수록 점점 더 시신과 밀착되었다. 숨이 막혔고 눈물과 콧물이 흘렀다. 버둥거리던 김창수가 갑자기 손발을 멈췄다. 지독한 어둠 속에서 낯익은 얼굴들이 반딧불처럼 떠올랐다. 이 시신이 고진사일 수도 있었다. 작두일 수도 있었다. 메뚜기일 수도 있었다. 두꺼비일 수도 있었다. 연고도 없이 감옥소에서 죽은 자들은 모두 이렇게 시구문으로 버려졌다. 김창수가 떼어 버리려고, 벗어

나려고 애쓰는 시신이야말로 감옥소에서 먹고 자고 웃고 울며 함께 지낸, 하늘 같은 사람이었다. 김창수는 시신을 떼어 버리는 대신 꼭 끌어안았다. 그리고 친구처럼 다정하게 말했다.

"같이 갑시다!"

갑자기 두 다리가 아래로 쑥 꺼졌다. 미끄럼틀을 타듯 가속이 붙었다. 소리를 지르기도 전에 물속으로 빠져들었다. 바닷물이 귀와 코와 눈으로 세차게 밀려들었다. 발이 닿지 않았다. 빛한 줄기 들지 않는 검은 수중으로 하염없이 내려갔다. 이승인지 저승인지 현실인지 비현실인지 모를 세계였다. 다시 죽음의 문턱이었고 삶의 경계였다. 둘은 서로를 밀어내면서도 또 가까이 붙어 움직였다. 모든 것이 자연이었다. 삶도 죽음도 자연의 일부였다. 슬퍼하거나 연연하지 말자. 모든 것을 버리자! 김창수가 버둥거림을 멈추고 물의 흐름에 온몸을 맡겼다. 수중으로 빠르게 가라앉던 바위덩어리가 갑자기 물의 일부가 된 것 같았다. 김창수는 꼭 붙들었던 시신이 어느새 떨어져 나가고 없음을 그제야 알았다. 순간 몸이 가벼워짐을 느꼈다. 발이 닿지 않는 어둠이 자신을 빨아 당기는 것이 아니라 떠받치고 있음을 깨달았다. 고개를 들어 수면을 올려다보았다. 동이 트기 시작하는지, 여린 빛들이 단단한 어둠으로 밀려들었다. 다시 고개를 돌려 바다 밑을 쳐다봤다. 무거운 돌에 묶인 시신들이 여기저기 흩어져 있었다. 김창수가 두 손을 모아 그들에게 작별 인사를 했다. 빛을 향해 몸을 꼿꼿이 세우고 힘차게 발을 저었다. 손을 뻗어 어둠을 갈랐다. 빛이 점점 커지더니 그의 몸을 감쌌다. 몸이 둥실 수면으로 떠올랐다. 머리를 내민 김창수의 눈에 섬과 섬 사이에 반쯤 걸린 해가 보였다. 아침이 밝아 오고 있었다. 멀리서 네 명의 죄수가 어서 오라며 손을 흔들어댔다. 김창수는 죄수들이 있는 쪽으로 힘껏 헤엄치기 시작했다. 다섯 명의 탈옥수들이 조계에서 점점 멀어졌다. 이렇게 김창수는 떠났다. 인천 감옥소 최초의 탈옥수가 되어 세상으로 돌아간 것이다.

김창수가 탈옥했다고 옥담(獄談)이 끝난 것은 아니다. 그 아침, 간수장 박동구는 간수실로 들어서자마자 바닥에 쓰러져 침을 질질 흘리고 있는 김상노를 발견했다. 멱살을 쥐고 일으켰다.

"너 이 새끼! 감옥소에선 약 하지 말랬지? 정신 차려. 이 새끼야."

김상노는 실실 웃기만 했다.

"내가 간수 새끼면 너는 간수장 새끼냐?"

실없는 소릴 하다가 박동구에게 더 얻어맞았지만 웃음을 그치지 않았다. 영달은 아무 일 없는 것처럼 감옥소로 출근했다. 이호정은 자신이 다 알아서 할 테니 감옥소에 정상 출근하라고 했다. 불길한 예감이 그제야 박동구의 뒤통수를 친 걸까. 급히 간수실을 달려 나갔다. 옥사에서 마찬가지로 뛰어 돌아오던 최윤석과 문 앞에서 이마를 부딪혔다. 아픈 줄도 모르고 일어나서 묻기부터 했다.

"무슨 일이야?"

"그, 그게…… 구호실에 아무도 없습니다. 육호실 김천동도 보이지 않습니다."

"뭐라고?"

"탈옥한 것 같습니다. 다섯 명 다!"

감옥소 전체에 비상이 걸렸다. 죄수들은 출입문 앞에 붙어 아침부터 일어난 특별한 소동이 무엇 때문인지 알아내느라 바빴다. 그리고 그들은 곧 간수들이 부산하게 움직이는 이유를 눈치챘다. 죄수 다섯 명이 탈옥한 것이다. 죄수들 얼굴에 웃음이 가득했다. 박동구가 간수들과 함께 구호실로 뛰어 올라왔다. 영달도 몽둥이를 꽉 쥐고 그 사이에 끼었다. 미친 듯이 집기와 물건들을 뒤집고 부수었다. 최윤석이 몽둥이로 바닥과 벽을 쿵쿵 찔러 본 후 고개를 들고 천장을 쑤셨다. 모서리 쪽이 쑥 밀려 올라갔다.

"간수장님!"

박동구가 최윤석이 발견한 구멍을 올려다보았다. 재빨리 영달이 자원했다.

"제가 올라가 보겠습니다."

영달은 최윤석과 박동구의 도움을 받아 구멍으로 기어올랐다. 그리고 김창수를 상상하며 그 좁은 대들보 위를 기어가기 시작했다. 자꾸 나오는 웃음을 손으로 막느라 혼났다. 김창수 일행은 그 통로로 독방에 들어선 뒤 벽돌 아홉 개만 뜯어내곤 사형수 대기방으로 이동했다. 사형수 대기방 철문 밑에서 또 다른 구멍이 발견되었으며, 그 구멍을 시작으로 뒷마당까지 땅굴이 이어졌다. 김창수의 탈출 경로를 차근차근 따라가는 영달의 얼굴은 흙과 먼지와 땀으로 뒤범벅이었다. 지면 가까이 올라간 땅굴의 출구는 나무판으로 덮여 있었다. 탈옥수들이 굴을 벗어난 뒤 나무판을 놓고 그 위에 흙을 덮어 위장한 것이다. 그 나무판을 밀고 뒷마당으로 올라선 영달은 고개를 들어 망루부터 살폈다. 2층 옥사 지붕이 망루와 땅굴에서 나온 영달 사이를 가렸다. 김창수가 충분히 고려하여 이곳으로 나온 것이 틀림없었다. 영달은 고개를 돌려 시구문을 바라보며 혼자 몰래 웃었다. 작별 인사를 했다.

"김 대장! 잘 가게."

박동구는 간수들과 함께 소장실로 갔다. 간수들은 복도에서 대기하고 박동구만 강형식에게 보고하러 들어갔다.

"잡았나?"

강형식이 불같이 화를 내며 물었다.

"다 찾아봤는데…… 없습니다."

"없어? 그게 간수장이 할 소리야?"

강형식이 박동구의 정강이뼈를 걷어찼다. 그리고 명령했다.

"그 새끼들이 날짐승도 아니고 어디로 갔단 말이야. 빨리 찾아내. 빨리!"

그때 감리서 순검들이 우르르 관리사로 몰려왔다. 2층 소장실로 곧장 들이닥쳤다. 강형식이 소리쳤다.

"너희들, 뭐야?"

인천 감리 이호정이 뒤이어 들어섰다. 강형식이 당황해서 말을 더듬었다.

"아, 아침에 여기까지 어쩐 일이십니까?"

이호정이 강형식을 가리키며 명령을 내렸다.

"강형식! 당신을 공금횡령, 폭행, 살인교사…… 암튼 저 나쁜 새끼 당장 체포해!"

"예? 그게 무슨?"

순검들이 좌우에서 달려들었다. 강형식이 고래고래 고함을 지르며 저항했다. 순검들이 그의 팔과 목을 꺾어 제압했다. 박동구, 김상노, 최윤석도 강형식을 따라 끌려 나갔다. 이호정은 남은 간수들 사이로 지나가다가 영달 앞에 섰다. 어깨를 가만히 짚어 주곤 감옥소를 나갔다.

한 달 뒤 신임 감옥소장이 왔다. 영달은 인천 감리 이호정의 강력한 추천을 받아 간수장으로 승진했다. 조경신 역시 승진하여 병감 부장이 되었다. 그리고 두 사람은 1년 뒤 내리교회에서 결혼식을 올렸다. 강화도에서 보낸 첫날밤에 조경신이 물었다. 김창수가 탈옥할 것을 미리 알았느냐고. 그래서 그날 그녀가 출근하지 못하도록 일을 꾸민 거냐고. 영달은 오랜 입맞춤으로 답을 대신했다. 조경신은 김창수가 마지막으로 그녀에게 남긴 말이 무엇인지 아느냐고 물었다. 영달은 고개를 저었다.

"이영달 간수님을 놓치지 말라고 그러더군요. 처음엔 정말 악독했지만 나중엔 유일하게 죄수들을 사람으로 대해 준 간수라고. 그렇게 스스로를 변화시키긴 쉽지 않다고. 귀한 사람이라고."

영달은 조경신을 끌어안았다. 김창수가 아니었다면, 그녀를 아내로 맞이하지 못했을지도 몰랐다.

김창수는 떠났고 이영달은 남았다. 영달은 김창수가 감옥소에 머무르는 동안 제안하고 실천한 일들을 이어 가고자 노력했다. 구타를 금지시키고 벌방을 없앴다. 저녁마다 죄수들에게 글을 가르치는 수업도 부활시켰다. 감옥소 바깥의 공공 작업에 죄수를 동원할 경우 품삯을 챙겨 두었다가 그들이 출소할 때 지급하는 내규도 마련했다. 세상의 모든 감옥이 그러하듯 죄수들은 새로 나가고 들어왔으나 김창수에 대한 전설만은 이어졌다. 1910년 나라를 빼앗길 때까지 영달은 인천 감옥소 간수장으로 근무했다. 합방이 발표되자 미련 없이 사표를 쓰고, 그동안 저축한 돈으로 배를 한 척 사서 강화도로 들어갔다. 이름에 성까지 바꾼 것도 그 즈음이었다. 간간이 김창수의 활약상이 들려왔다. 사람들은 그가 인천 감옥소 탈옥수 김창수인 줄 몰랐으나 영달만은 스물한 살 아름다운 청년을 기억해냈다. 세상으로 돌아간 김창수는 조국이 독립되는 그날까지, 싸우고 싸우고 또 싸웠다. 많은 조선의 젊은이들이 그를 따라 독립운동의 한길로 뛰어들었다. 구호실 사형수 수인 번호 사일삼 김창수, 그가 바로 상해 임시정부의 주석 김구(金九)다.

에필로그 : **철 혈 남 아**

누군가에게 바다는 설렘이지만 누군가에게 바다는 덧없음이다. 영영 닿지 않을지도 모르는 순간을 기다리며 버티는 것은, 아파도 병자가 아니고 늙어도 노인이 아닌 인간이다.

해방되고 처음 맞는 봄, 1946년 3월, 여든여섯 살 윤철대(尹哲大)는 앞마당 구석 감나무 아래 의자에 비스듬히 홀로 앉아 있었다. 사람에겐 누구나 감추고 싶은 약점이 있다. 그리고 그 약점이 인생에서 꼭 한 번 전갈의 꼬리처럼 스스로를 찌르는 법이다. 철대에겐 두 눈이다.

만선(滿船)을 자랑하는 솜씨 좋은 어부로 강화도를 통틀어 첫손에 꼽혔지만, 마지막으로 호줄을 풀고 먼 바다로 나선 지도 십 년이 넘었다. 조기 떼가 수면 바로 아래까지 쳐 올라오면, 그는 꼬리지느러미의 크기와 움직임까지 논하며 떠들기 시작했다.

일흔 살을 넘기면서 눈곱이 자주 끼고 이유 없이 눈물이 흐르더니, 오늘처럼 구름이 적은 날에도 뿌연 안개 속을 헤매는 처지가 되고 말았다. 엄지 끝마디보다 두꺼운 돋보기를 쓰라는 권유를 받은 후 안경을 사는 대신 고기잡이배를 팔았다. 합방(合邦: 1910년)되던 해 강화도로 이사 오며 장만한 그 배로 식솔을 굶기지 않고 거느렸다. 배를 팔고 나자 떠버리 선장이란 별명을 의심받을 만큼 말수가 줄었다. 눈에 뵈는 게 없으면 말이 많다지만 철대는 반대였다.

턱을 들곤 고개를 괘종처럼 흔들다가 멈췄다. 새털구름이 멈추지 않고 서쪽으로 흘렀다. 내리쬐는 햇볕에 뺨이 곧 뜨듯해 왔다. 갈매기 한 마리가 대담하게 그의 어깨를 스쳐 내려앉아 울었다. 그는 소리에 이끌려 자세를 바꾸진 않았다. 밀려드는 파도도, 군데군데 산처럼 아담하게 놓인 섬도, 그 위로 어지러운 물새도 그에겐 더 이상 아침 풍경이 아니었다. 대신 이 항구의 온갖 소리들이 이야기와 함께 찾아왔다가 떠나갔다. 눈이 어두운 만큼 귀는 더 예민해졌다. 방금 울음을 뱉은 갈매기는 그제와 어제 아침 계속 마당으로 찾아든 놈이었다. 마당에 흩어 놓은 멸치 대가리로라도 허기를 달래려는 것이다. 가여운 녀석!

철대가 다시 고개를 흔들며 갈매기의 행로를 풀어 나갔다. 목청은 작고 떨렸으나, 아슬아슬 마지막을 말아 꺾어 올리는 솜씨는 굳은살이 밴 듯 능수능란했다.

"함경도 부령에서 날갯짓을 시작했으렷다. 추위를 피해 강릉까지 내려왔다가 부산으로 가는 장삿배의 돛대에 앉았고, 거기서 짝을 만나 오밀조밀 섬들 사이를 날며 사랑 사랑 사랑 타령에 시간 가는 줄 모르다가, 포수가 쏜 총에 쯧쯧 짝이 죽어 눈물 뚝뚝 쏟으며 군산 앞바다를 지나 강화에 이르렀구나. 짝이 죽은 것은 서러운 일이나 네 탓은 아니니, 이 마당에서 편히 쉬고 배불리 먹어 장산곶으로 날아가시게나. 훨훨 훨훨훨!"

소리를 마친 철대는 갈매기가 제 할 일 마치고 날아갈 때까지 기다렸다가 양손으로 쭈글쭈글한 얼굴을 세수하듯 부빈 뒤 입술을 손바닥으로 훔치곤 일어섰다. 한창땐 늙은 어부들을 만나면, 그들의 무표정에 새겨진 주름에서 깊이를 재기 힘든 바다의 골짜기를 상상하곤 했다. 그 골짜기가 너무 많은 어부 앞에선 말을 아꼈다. 배를 팔기 전까지만 해도, 철대는 손바닥을 얼굴에 대곤 자신의 주름을 가늠하는 짓 따윈 하지 않았다. 눈이 멀고 나서부턴 매일 아침, 고래의 등에 팬 사투의 흔적을 살피듯, 지문도 닳아 희미한 손끝과 너무 많이 갈라져서 어느 것이 손금이고 어느 것이 손금이 아닌지 가리기도 힘든 손바닥으로 인생의 찰나를 발견하려 애썼다. 그제야 늙은 어부들이 노을이 지는 쪽으로 돌아앉아 하릴없이 손바닥으로 제 얼굴을 쓸고 또 쓸었던 이유를 알았다. 심해어(深海魚)가 되어 삶의 마지막 바닥을 훑고 있었던 것이다. 그 바닥이 죽음에 닿으면 영영 사라질 궁리도 함께.

철대는 돌아서서 정확히 열두 걸음을 똑바로 걸었다. 녹슨 문

고리가 마중 나왔다. 오른손을 들어 고리를 잡고 당겼다. 옷장 앞에 선 철대는 손잡이 옆에 붙여 둔 사진을 손바닥으로 어루만 졌다. 봄날, 한복 곱게 차려입은 아내와 선상에서 찍은 사진이다. 부정 탄다며 배에 여자를 태우지 않는 것은 뱃사람들의 오랜 관행이었다. 그날은 한양에서 낚시 손님들이 부부 동반으로 세 쌍이나 왔고 선상에서 점심을 먹고 싶어 해서, 아내를 함께 태웠다. 철내도 회는 꽤 잘 썰지만 얼큰한 탕은 아내의 손맛을 따라가기 힘들었다.

배를 판 철대가 바다에서 집으로 돌아오자, 집을 지키던 아내가 덜컥 병들어 죽었다. 아내는 철대의 손을 마지막으로 쥐곤 부탁했다. 바다가 잘 보이는 언덕에 묻어달라고.

바다에 대해서라면 사흘 밤 사흘 낮을 떠들어도 할 말이 남는 철대지만, 아내에 관한 추억은 누구에게도 들려준 적이 없었다. 젊어서부터 그랬다. 비와 바람이 잦아 돛을 펴지 못하고 좁은 방에 둘러앉아 담뱃대만 붕어처럼 뻐끔뻐끔 빨아댈 땐, 술을 마시는 이도 바둑이나 장기를 두는 이도 계집 이야기를 심심풀이로 꺼냈다. 하루 공친 서운함과 걱정을 잠시 잊을 수만 있다면, 그 계집이 술집에 있든 안방을 차지하고 앉았든 가리지 않았다. 철대는 아내를 언제 어디서 어떻게 만났는가에 대해 입을 다물었다. 재취라서 그렇단 소문이 돌았지만 못 들은 체했다. 철대가 반응을 하지 않자 뱃사람들도 따져 묻지 않았다. 바다는 깊고 세 치 혀로 파고들고픈 여자는 차고 넘쳤다.

아내뿐만이 아니라 많은 이들이 먼저 저세상으로 갔다. 배를 함께 탔던 어부 중에서 철대와 연락이 닿는 이는 없었다. 대부분 죽었거나 철대처럼 병든 채 뒷방 늙은이 신세였다. 어쩌다가 바닷가 술자리에 끼더라도 합방 전 이야기를 꺼내는 어부는 없었다. 나라를 되찾았으니 그 나라를 빼앗긴 시절 따윈 되새기기 싫은지도 몰랐다. 철대는 차라리 그편이 낫다는 웃음을 홀로 짓곤 했다.

"떠버리 선장님! 저 왔습니다. 인천으로 가려면 지금 나서셔야 합니다. 맞바람에 파도도 높아서 배가 잘 나갈 것 같지 않아요."

강창수의 걱정하는 목소리가 기적(汽笛)처럼 끝을 말아 올리며 마당에서 들려왔다. 그의 아비 강몽돌은 그물질 솜씨만큼이나 뱃노래에 능했다. 그 노래를 무기로 항구 아낙들 손목을 번갈아 쥐더니 그중 해주에서 내려온 과부와 살림을 차렸다. 이듬해 아들을 본 몽돌은 철대에게 이름을 지어달라고 했다. 강화의 뱃사람 중에서 글을 아는 이는 철대뿐이었다. 철대는 창성할 창(昌) 물가 수(洙)라는 글자를 뽑았다. 몽돌이 그물에 감겨 바다에 빠져 죽고 해주댁이 살림을 챙겨 야반도주한 뒤, 자식이 없던 철대는 창수를 아들처럼 길렀다. 창수도 은혜를 보답하듯, 바다에서 잡은 제철 물고기들을 잊지 않고 챙겨 오곤 했다. 철대가 배를 팔고 이 집에 눌러앉은 지도 십 년이 지났건만, 창수는 언제나 그를 선장님이라고 불렀다.

"잠시만 기다려. 배도 들지 않았는데 호줄 빙빙 돌리지 말고."

"물도 뿜지 않았는데 고래작살 던지지 말고요."

배는 팔았어도 어부의 노래는 쉬이 잊히지 않는다.

옷장을 열었다. 어쩌면 평생 이 장을 열지 않을지도 모른다고 여겼다. 아내가 살았을 때도 평상복을 따로 건넌방에 챙겨 두고 같이입었다. 귀한 보물 모시듯 옷장 안은 손도 못 대게 했다. 아내는 마른 수건으로 반들반들 윤이 나게 장을 닦는 것으로 남편에 대한 서운함을 달랬다.

철대가 옷장에서 비단 보자기 둘을 꺼냈다. 바닥에 내려놓고 바다로 난 창을 등진 채 조심조심 그중 하나를 풀었다. 양식(洋式) 옷 한 벌과 모자가 나왔다. 그 옷을 들고 마루에 걸린 거울 앞으로 갔다. 모서리에 실금이 네 개나 나 있었다. 십 년 동안 몸단장할 일이 없었기에 거울을 바라보는 철대의 시선이 어색했다. 허리를 숙여 바지부터 입곤, 거울 앞에 서서 윗도리를 마저 입었다. 왼손을 들어 오른쪽 가슴에 붙은 명찰의 이름을 거울 속에서 습관처럼 확인하려 했다. 그러나 눈이 먼 탓에 명찰의 위치도 흐릿했다. 손을 뻗어 거울을 가리키며 명찰을 읽듯 또박또박 말했다.

"간수 이영달."

챙 넓은 모자를 눈썹이 보이지 않을 만큼 눌러썼다.

철대는 풀지 않은 비단 보자기를 품에 안고 창수가 빌린 배에

올랐다. 창수가 닻줄을 끌어올리며 물었다. 그 집 마당으로 철대가 나왔을 때부터 던지고 싶은 물음이었다.

"근데 인천 어디로 가시는데요?"

평생 갯냄새 맡으며 고기잡이만 해 온 늙은이로 여겼으리라. 철대는 배가 나갈 쪽으로 고개를 돌린 채 답했다.

"내리교회. 모르진 않지?"

"거긴 왜요? 설마 죽을 날 가까웠다고 신을 믿으시게요? 십자가 붙들고 천당에라도 가실 겁니까? 실망입니다."

창수는 제 아비를 닮아 흰소리를 믿지 않게 했다.

"신이 그물에 걸려 올라오는 미끼라면 믿지."

어부끼리만 통하는 농담이었다.

철대가 이물에 놓인 밧줄을 무릎 아래로 밀곤 그 위에 자리를 잡았다. 창수는 함께 탄 어부에게 행로를 알린 뒤, 철대 곁으로 왔다. 나란히 앉았지만 질문을 잇진 않았다. 철대는 어부의 길을 접은 뒤부턴, 내키지 않으면 침묵했다. 벙어리가 아니냐는 뜨내기들의 질문에 창수가 대신 고개를 저은 적이 여러 번이었다. 정면만 바라보던 철대의 고개가 언덕을 훑으며 돌아갔다. 거기, 바다가 내려다보이는 자리에 아내의 무덤이 있었다. 그 무덤 옆자리까지 사 두었다. 철대는 아예 허리까지 비틀어 창수를 노렸다. 창수가 말했다.

"또 무슨 허풍을 치시려고요? 얘길 해 보세요."

"됐어."

"갈치의 은비늘처럼 끝내주는 이야기라도 된답니까?"

"됐다니까. 너 같은 놈에게 들려주긴 아까워."

창수가 되받아쳤다.

"안 하실 겁니까? 그럼 저도 인천 안 나가겠습니다."

"뭐라고?"

창수가 버텼다.

"이영딜, 그 명찰의 이름 석 자가 궁금해요. 언제부터 남의 명찰까지 훔쳤어요?"

"도둑으로 모는 거냐?"

"그물 던져 민어를 잡을 것도 아니고, 뱃전엔 선장님과 저 단 둘뿐이니, 인천 가는 뱃길이 엄청 심심하다고요. 왕년에 한양 광통교로 가서 전기수(傳奇曳)나 할까 고민하셨다면서요? 아버지도 선장님 이야기 덕분에 그물질이 후딱후딱 지나갔다고도 하셨고요. 그런데도 이야길 하지 않으시겠다면, 배를 돌릴 수밖에 없어요."

"가야 해. 꼭 가야 한다고."

"그건 선장님 사정이고요."

고얀!

철대는 꾸짖으려다가 흠흠 목청을 가다듬었다. 덧없던 바다가 설렘으로 출렁거렸다. 가슴에만 머물고 목구멍까지도 기어오르지 못한 이야기였다. 떠버리의 건재를 알리는, 십 년 만에 풀어놓는 비린내 가득한 보따리이기도 했다.

***

　내리교회로 가는 오르막길은 사람들로 붐볐다. 기독교도는 물론이고 평생 교회 근처에도 가지 않던 이들까지 지붕 위로 우뚝 솟은 십자가를 쳐다보며 몰려들었다. 특히 어린 자식의 손을 잡은 부모들이 많았다. 상해 임시정부를 처음부터 끝까지 지킨 백범 김구 선생을 멀리서나마 보기 위해서였다. 여기저기서 임시정부 주석의 활약상을 이야기했다. 이봉창, 윤봉길, 안창호 등의 이름이 그와 나란히 등장했다.

　"그 얘길 믿으라고요? 선장님이 왜놈들을 벌벌 떨게 만든 백범 선생님과 그런 인연이 있었다는 말을요? 지금까지 한 얘기 다 육전소설이다 하면, 믿어 드릴게요."

　강창수가 헛웃음을 지으며 걸음을 뗐다. 간수복을 입은 늙은이가 맹인처럼 허적허적 걷자, 사람들이 알아서 길을 내 주었다. 창수의 손목을 오른손으로 쥐고 비단 보자기를 왼팔에 품은 채, 반걸음 뒤에서 따라 걷던 철대가 호통을 쳤다.

　"속고만 살았느냐? 난 단 한 번도 거짓말을 한 적이 없어. 내 인생을 소설 취급하지 마라."

　"점점! 좋아요. 감옥소 간수였다는 거 믿죠. 믿어 드릴 게요. 하지만 선장님. 우리끼린 무슨 거짓부렁을 해도 되지만, 교회 앞까지 갔다가 백범 선생님과 운 좋게 딱 마주쳤는데, 선생님이 선장님을 몰라보면 어찌합니까? 그렇고 그런 간수 중 한 사람이었다면, 선생님이 선장님을 기억할 리 없죠. 아, 아파요!"

에필로그 : 철혈남아　　　　　　　　　　　　　　　449

철대가 손목을 쥔 아귀에 힘을 잔뜩 실었던 것이다.

"너라면 죽을 곳을 찾아 탈옥하란 충고를 잊겠어?"

"늘 그러셨잖아요? 오늘 처음 하신 감옥소 이야기 말고도, 지금까지 제게 들려주신 여러 이야기에서, 선장님은 늘 마지막에 중요하고 멋진 역할을 하셨어요. 주인공이 따로 있다 해도 선장님이 아니면 결코 성공하지 못했을 상황으로 이야기를 꾸며내어 몰아가셨다고요."

"난 꾸며낸 적 없어. 오직 사실만을 말했을 뿐이라고."

내리교회 문이 열리고 사람들이 쏟아져 나왔다. 기념 촬영을 위해 계단 쪽으로 몰려갔다. 여기저기서 박수가 터지는 걸 보니, 오늘의 주인공도 교회를 나와서 계단으로 이동 중인 듯했다. 강창수가 걸음을 멈추고 한숨을 내쉬었다.

"앞이 꽉 막혔습니다. 도저히 못 가겠습니다."

"어렵겠나?"

"멸치 한 마리 비집고 들어갈 틈도 없어요. 제가 날치라도 되면 부웅 날 텐데……."

물론 둘은 멸치도 날치도 아니었다.

철대는 손목을 쥐었던 팔을 슬그머니 거둬들였다. 그리고 차렷 자세로 서서 허리를 약간 젖히곤 소리를 내질렀다.

"사일삼!"

계단을 오르던 흰 두루마기 차림의 노신사가 멈춰 섰다. 강창수가 손바닥으로 철대의 입을 막으려 했다.

"선장님! 이게 뭐하는 짓이에요? 조용히 하세요, 조용히."

철대가 강창수의 손을 밀치곤 더 크게 외쳤다.

"사일삼!"

노신사가 갑자기 돌아서선 숫자가 들려온 쪽으로 서너 걸음을 옮겼다. 둘러싼 구경꾼들이 바다가 갈라지듯 나뉘었다. 강창수가 눈앞의 광경을 설명했다.

"길이 났어요. 아, 저기 백범 선생님이신가 봅니다. 맞습니다. 선생님이 걸어오세요."

"사일삼!"

이번에는 노신사가 걸어오며 그 번호를 힘껏 외쳤다. 걸음을 옮긴 뒤론 갈라졌던 길이 곧 사람들로 묻혔다. 철대는 소리가 들려온 쪽으로 방향을 잡았다. 노신사는 불과 세 걸음 정도를 남기곤 멈춰 섰다. 발소리에 귀를 기울이던 철대는 그를 향해 거수경례를 붙였다. 노신사가 다시 걸어 나와 철대를 끌어안았다. 두 사내의 눈에서 굵은 눈물이 흘러내렸다.

철대는 기념 촬영이 끝나기를 기다렸다가 함께 부두로 내려갔다. 경호원들이 쉰 걸음 정도 뒤에서 따라왔다. 강창수도 경호원들과 보조를 맞췄다. 철대는 강창수 대신 노신사의 손목을 붙들고 천천히 걸었다. 갈매기들이 울었다. 그가 물었다.

"나랑 같이 탈옥했던 이들, 혹시 소식을 압니까?"

"노래를 잘했던 조덕팔만 압니다. 탈옥했다가 곧 잡혔으니까요. 인천 감옥소로 다시 왔습니다. 제가 간수장으로 있는 동안에는 탈옥수라고 괴롭히진 않았습니다. 오히려 밤에 간수실로 따로 불러 사일삼에 관한 이야기를 같이 나누곤 했지요."

"저도 나중에 덕팔 형님이 붙잡혔단 소식을 전해 들었습니다. 꼭꼭 숨어 있으라 몇 번을 다짐했건만, 숨어 사는 게 답답했던 모양입니다. 한데 언제부터 눈이 불편하셨습니까?"

"십 년쯤 됩니다."

"그럼 이걸 선물로 드리겠습니다. 그리고⋯⋯."

그는 자신이 쓰고 있던 검은색 테의 동그란 안경을 꺼내 철대에게 건넸다. 그리고 따로 지폐 몇 장을 호주머니에 찔러 주었다.

"아닙니다. 제가 어찌⋯⋯."

"이 간수님 덕분에 감옥소 생활을 버틸 수 있었고 또 탈옥에 성공할 수 있었습니다. 시력 검사부터 하시고 꼭 안경원에 가서 고쳐 쓰십시오. 그리고 저를 기억해 주십시오."

"기억⋯⋯하고말고요."

철대의 눈에서 다시 눈물이 흘렀다. 노신사가 손수건으로 눈물을 직접 닦아 주었다. 철대가 선물 받은 안경을 썼다. 주름진 얼굴이 훨씬 잘 보였다. 인천 감옥소 사일삼 사형수가 환하게 웃고 있었다.

"그때 간수님이 짝사랑하셨던 의무과에 조⋯⋯경신 선생님 은⋯⋯?"

"아내와 함께 강화도에서 물고기를 잡으며 살았습니다. 먼저 떠났습니다."

갈매기들이 다시 두 사람의 머리 위를 맴돌며 울었다.

"그랬군요. 두 분이 결혼하실 것 같았습니다."

"그때 도와주신 덕분입니다. 상해에서 들려오는 소식은 간간이 들었습니다. 한양보다도 인천이 그래도 그쪽 소식이 먼저 닿지요. 앞으로도 이 나라를 위해 큰일을 해 주십시오."

그가 말없이 철대의 손을 힘껏 쥐었다. 두 사람은 천천히 뒤돌아섰다. 인천 감옥소를 나와 바닷가를 향해 차꼬와 수갑을 차고 몸과 몸을 묶은 채 걸어 내려오던 죄수들, 바닷가에서 노래를 부르며 힘차게 일하던 죄수들, 다친 죄수를 업거나 안아 들고 눈물을 쏟으며 올라오던 죄수들, 교실로 바뀐 식당과 창고의 어둑어둑한 횃불 아래에서 소리 내어 글을 읽던 죄수들, 기상 태평소 소리에 단잠을 깨던 죄수들, 앞마당에 줄지어 서서 간수들의 매질에도 꿈쩍 않고 사고로 죽은 죄수들의 장례식을 요구하던 죄수들, 탈옥을 위해 시구문으로 차례차례 몸을 던지던 죄수들을 그리는 듯했다. 그리고 다시 바다를 향했을 때, 고기잡이를 마친 배들이 들어오고 있었다. 철대가 간수를 그만두고 성과 이름을 바꾼 후 구입한 배와도 같았고, 노신사가 탈옥하여 헤엄치다가 멀리서 바라본 배와도 같았다. 철대가 비단 보자기를 내밀었다.

"선물입니다."

보자기를 풀자 종이 상자가 나왔다. 상자 뚜껑을 열었다. 빛바랜 종이 다발이었다. 그것들을 꺼내 한 장 한 장 넘겨봤다.

"대서해서 보낸 진정서들의 답신입니다. 죄수들을 실망시킨 글이 훨씬 많았지만, 그렇다고 더 실망하는 죄수는 없었습니다. 오히려 사일삼에게 고마워했죠. 그 아래 편지들은 그들이 사일삼에게 남긴 감사 편지입니다. 대부분 문맹이었는데, 감옥소에서 글을 익혔죠. 이걸 사일삼에게 전해 드리는 게 인천 감옥소 간수로서 제 마지막 임무라고 여겼습니다. 이제 임무를 마쳤습니다. 고맙습니다."

노신사가 편지 뭉치를 꺼내 품에 안았다. 철대는 그가 종이 상자에 든 것들을 모두 읽을 때까지 조용히 기다렸다.

답신과 편지를 전부 읽은 노신사는 그것들을 종이 상자에 다시 넣곤 뚜껑을 닫으며 말했다.

"고맙소. 정말 고맙소."

몸을 돌려 철대를 끌어안았다. 그렇게 포옹한 채, 두 사람은 누가 먼저랄 것도 없이 웃기 시작했다. 반백년 만에 터뜨린 웃음이자, 이렇게 인천 부두에서 다시 웃을 것이라곤 상상도 못한 웃음이었으며, 쉰 보 밖에서 대기하는 강창수와 경호원들까지 미소 짓게 만드는 웃음이었다.

끝.

'청년 김구'를 쓰고 싶었다.

탄환처럼 개화기를 질주한 문제적 인간. 새 세상을 만들려는 거의 모든 사상을 섭렵하며, 불의와 부당과 불공평에 맞서 싸웠다. 내일 따윈 없다는 듯 온몸을 던졌다.

임시정부를 지키며 바위처럼 버틴 상해 이후의 백범도 자랑스럽지만, 좌충우돌하며 광막한 들판에서 길을 만들고 스스로 길이 되어 하염없이 달린 청년 김창수는 매혹적이다. 이 용기는 어디서부터 왔나? 이 날쌔고 예리한 판단은 누구에게서 배웠나? 좌절을 견딜 땐 어떻게 했고, 울분을 달랠 땐 무엇에 기대었던가?

열혈남아의 핵심에 인천 감옥소가 있다. 감옥소는 그 자체로 강력한 적(敵)이다. 당연한 듯 누리던 자유가 사라지고 수인(囚人), 갇힌 자로 전락한 것이다. 한 마리 짐승을 강요하는 감옥소에서 사람답게 시시각각 살고자 몸부림쳤다. 동학군 선봉을 맡았던 해주성, 의병이 되어 건넌 겨울 압록강보다 치명적이고 비열하며 악랄한 전쟁터가 바로 감옥소였다. 그곳에서 청년 김창수는 더 높이 바라보고 더 깊이 가라앉았다. 반성하고 깨달은 삶의 지혜들을 감옥소에서부터 실천해 나갔다.

이 아름다운 청년의 특별한 언행을 '감옥 이야기'라는 장르에 녹였다. 역사적 사실을 배경에 두되, 등장 시간과 등장 공간 그리고 등장인물을 장르 문법에 어울리도록 고치고 다듬었다. 구상부터 퇴고까지 창작의 원칙은 하나였다. 수인 김창수의 고통과 열망을 생생하게 드러낼 것!

도진순 선생님의 『백범일지』에 대한 다양한 연구 성과를 바탕으로 상상의 나래를 폈다. 감사드린다. 곁에 두고 참고한 중요 도서는 아래와 같다.

김구 지음, 도진순 주해, 『백범일지』(돌베개)

김구 지음, 도진순 탈초·교감, 『정본 백범일지』(돌베개)

백범김구선생전집편찬위원회 편, 『백범김구전집 3』(대한매일신보사)

손세일 지음, 『이승만과 김구』(나남)

백범 김구 선생님의 거대한 생애를 장편소설 한 권에 전부 담긴 어렵다. 상해 이후의 파란만장한 나날을 늘 공부하며 가슴에 품겠다. 무엇보다도 좋은 사람으로 잘 살려고 노력하겠다.

감옥소에서 벗어난 첫날, 청년 김창수의 눈망울을 그려 본다. 이 소설을 읽은 독자들의 눈망울도 굳은 의지와 따뜻한 설렘으로 가득 찼으면 싶다.

김탁환

기억은 흐리고 언어는 가볍다. 그래서 사실과 기억과 언어 사이에
는 언제나 간극이 존재한다. 또한 기억되지 못한 사실과 말이 되지
못한 기억은 부재(不在) 혹은 무(無)라는 점에서 함께 불행하다.
우리는 이 불행을 겨우 면하기 위해 사실을 기억하고 기억을 언어로
남긴다. 이 과정에서 언어는 다시 기억이 되고 기억은 또 사실에 들
러붙어 결국 사실과 기억과 언어는 이야기라는 한 덩어리가 된다.

　　역사를 소재로 이야기를 만들면 늘 같은 딜레마에 빠진다. 역사
적 사실과 사람들의 기억과 나의 언어 사이에서 길을 잃고 방황한
다. 진실과 허구, 사실과 상상 사이에서 위험한 줄타기를 한다. 때
로는 역사 속 누군가로 '빙의'되어 사실로 남겨지지 못한 시대의 진
심을 언어로 내뱉기도 하고, 때로는 그 누군가의 본심과 무관하게
작가로서 사실에 개입하며, 급기야는 역사의 시간과 사건을 감히
재구성하게 된다. 이 일련의 과정은 창작자의 권리이기도 하고 동
시에 그가 져야 할 책임이기도 하다.

　　이 작품을 구상하고, 쓰고, 영화로 만드는 몇 년 동안 나는 그 권

리와 책임 사이에서 두려웠다. 그 시간 동안 이 땅에 너무도 많은 일이 일어났다. 수많은 생명이 이유도 모른 채 죽었고, 온갖 부조리가 불의한 권력으로 일어났으며, 결국 불의한 자들은 불의를 저지르다 감옥으로 갔다. 이 사실들에서 비롯된 미세하고도 구체적인 감정이 또한 내 이야기 안으로 들어왔다. 과거는 결코 과거일 수 없었고 오롯이 현재였다. 내 이야기 속 우리와 현재의 우리는 많이 닮았다. 그래서 나는 단 한 순간도 두렵지 않은 적이 없었다.

지금도 나는 두렵다. 두렵지만 멈추지 않겠다. 역사와 시대와 인생의 도처에 웅크리고 있는 빛나고 어둡고 아름답고 아픈 순간들을 포착하여 글로 쓰고 영화로 만들겠다.

이원태